TOD AM NEUSIEDLER SEE

Lukas Pellmann wurde 1979 in Essen/BRD geboren und lebt seit 1990 in Wien. Er studierte Geschichte und Politikwissenschaft an der Uni Wien und arbeitete jahrelang als Journalist. Seit 2015 hat er mehrere Kriminalromane sowie einen Roman veröffentlicht. Daneben schreibt Lukas Pellmann u. a. Kurzgeschichten mit Usern von derstandard.at, bloggt auf www.booksinvienna.at und organisiert Ausstellungen mit der Instagram-Community.
www.lukaspellmann.at

LUKAS PELLMANN

TOD AM NEUSIEDLER SEE

Kriminalroman

emons:

© Emons Verlag GmbH
Cäcilienstraße 48, 50667 Köln
info@emons-verlag.de
Alle Rechte vorbehalten
Umschlagmotiv: mauritius images/Sven Herdt
Umschlaggestaltung: Nina Schäfer, nach einem Konzept
von Leonardo Magrelli und Nina Schäfer
Umsetzung: Tobias Doetsch
Gestaltung Innenteil: DÜDE Satz und Grafik, Odenthal
Lektorat: Christiane Geldmacher, Textsyndikat Bremberg
Druck und Bindung: Books on Demand GmbH, Norderstedt
Printed in Germany
Erstausgabe 2022
ISBN 978-3-7408-1523-3
Originalausgabe
2. Auflage

Unser Newsletter informiert Sie
regelmäßig über Neues von emons:
Kostenlos bestellen unter
www.emons-verlag.de

Für Papa Pellmann und Jürgen Ritter.
Lasst es krachen dort oben!

Freitag

Endstation

»Verabschiede dich von ihr!«

Hätte es eine Neuverfilmung des Films »Der Pate« gegeben, mit Vito Violino in der Hauptrolle, er wäre eine ziemliche Fehlbesetzung gewesen. Der Pate des Ruhrgebiets hatte so rein gar nichts von Glanz und Aura eines Marlon Brando oder Al Pacino. Hätte ich nicht gewusst, dass er der Boss einer Mafiaorganisation ist, die fast ein ganzes deutsches Bundesland unter ihrer Kontrolle hat, man hätte ihn auch für einen Pizzabäcker oder einen Sachbearbeiter des Wiener Magistrats halten können. Er war ein ziemlicher Durchschnittskerl. Ein Durchschnittskerl, der meiner Frau eine Waffe an die Stirn hielt.

Zwanzig Minuten zuvor hatte ich gerade die Wohnungstür hinter mir ins Schloss fallen lassen, als ich den Funkspruch der Kollegen mitbekommen hatte. Geiselnahme bei Bäcker Peter in der Rüttenscheider Straße. Das war gleich ums Eck. Mein Partner Ralf war bereits auf dem Weg. Kurz darauf trafen zeitgleich er, die uniformierten Kollegen und ich bei der Bäckerei ein. Die orangefarbenen Plastiksessel, die unter der gleichfarbigen Markise standen, waren verwaist. Einer der Sessel lag auf dem Boden, umgeworfen von der Dramatik der Ereignisse. Von der gegenüber gelegenen Straßenseite konnten wir erkennen, dass im Inneren der Filiale ein Mann stand, der mit einer Waffe herumfuchtelte. Die Beine einer Frau waren durch die Eingangstür zu sehen. Sie lag am Boden. Wir hatten keine Ahnung, ob sie noch am Leben war. Es war jedenfalls keine Regung zu sehen.

»Ich gehe rein«, sagte ich zu Ralf. Seine Bedenken, die er

mir hinterhergerufen hatte, wurden vom Wind durch die Rüttenscheider Straße hinfortgefegt, bis hin zur Brücke über den Kanal der A 52, wo sie vom Lärm der Autokolonnen vollständig absorbiert worden waren. Natürlich war auch das Sondereinsatzkommando im Anmarsch, da hatte Ralf schon recht. Aber eine innere Stimme sagte mir, dass es bei der Geiselnahme um etwas Persönliches ging. Dass das mit mir zu tun hatte. Mit mir ganz persönlich. Und nicht mit Ralf, dem SEK oder sonst wem. Kurz darauf stand ich in der Filiale. Es roch nach Backwaren. Mein Hirn schaltete sofort in den Topfengolatschen-und-Nussbeugel-Modus, obwohl ich in den vergangenen sieben Jahren nichts davon in der Vitrine eines deutschen Bäckers gesehen hatte. Mein Verstand negierte einfach die Realität. Wie gern hätte ich das in diesem Moment auch getan.

»Pack deine Wumme weg«, schrie Vito mich an. Doch ich reagierte gar nicht, sah nur auf den Boden, auf die dort mit dem Gesicht nach unten liegende Frau, und alle meine Befürchtungen wurden mit einem Schlag bestätigt.

»Ganz ruhig, Luise«, sagte ich, »ich bin bei dir. Alles wird gut!«

Meine Frau trug ihren neuen grauen Trenchcoat, in den sie sich ein paar Tage zuvor verliebt hatte. Sie rührte sich nicht, aber ich hörte ein leises Schluchzen. Sie war am Leben.

»Hör auf zu labern«, erklärte Vito, »und pack endlich die Wumme weg!«

»Ich habe keine Waffe dabei«, sagte ich. Zum Beweis hob ich meinen Pullover hoch, damit er sich davon überzeugen konnte, dass ich kein Holster trug.

»Bist 'n kluger Bulle«, lobte er mich. Erst jetzt bemerkte ich an einem Wimmern hinter der Theke, dass wohl auch dort mindestens ein weiterer Mensch kauerte.

»Gib auf, Vito, das macht doch keinen Sinn«, erklärte ich. Ich versuchte, so ruhig und abgeklärt wie möglich zu klingen, und war selbst überrascht, wie gut mir das gelang.

Immerhin lag keine fünf Meter von mir entfernt meine Frau auf dem Boden. Da griffen wohl die jahrelang einstudierten Mechanismen, die man als Polizist in der Ausbildung einge- bläut bekommt. Ich hätte nicht gedacht, dass das auch dann funktioniert, wenn man auf einer so unmittelbar persönlichen Ebene betroffen ist. »Das SEK wird jeden Moment hier sein, und dann nehmen die den Laden auseinander«, sagte ich ab- gebrüht.

»Sollen sie doch«, erklärte Vito, leider ebenso abgebrüht. Es entbehrte nicht einer gewissen Ironie, dass er das Leben der Frau eines Polizisten ausgerechnet mit einer HK P10 be- drohte, einer auch von der Polizei verwendeten Pistole. »Bis die da sind, bin ich längst fertig.«

»Man kann doch über alles reden.« Solange man mit Ge- walttätern im Gespräch blieb, hatte man die Möglichkeit, die Kontrolle über die Situation zu behalten. Endete das Gespräch, verebbte die Kommunikation, nahm die Tragödie ihren Lauf. Ausnahmslos. Immer.

»Ich bin aber nicht zum Reden hier«, fuhr Vito fort. »Du hast mir meinen Bruder genommen. Ich nehme dir deine Frau. Das ist ganz einfach. Ich wollte nur warten, bis du kommst, damit du es erste Reihe fußfrei mitverfolgen kannst.«

»Vito!«, rief ich. »Mach keinen Scheiß.«

Luises Wimmern wurde lauter. »Niko, tu doch was!«, schrie sie.

»Halt's Maul, Schlampe!«, brüllte Vito sie an. »Schau genau hin«, sagte er anschließend zu mir. »Endstation!«

»Vito, nein!«

»Endstation!«

»Nein!«

»Doch, Wien Hauptbahnhof, der Zug endet hier.«

Ich öffnete die Augen.

»Gut, dass Sie endlich aufg'wacht sind, sonst hätt ich Ihnen unterm Popscherl einen Schweizer Kracher zünden müssen. Aber dann hätt ich wieder Probleme mit'm Fahrdienstleiter bekommen.« Der ÖBB-Zugbegleiter wusste offenbar, wovon er da sprach.

Willkommen in Ungarn

»Depperter Beidl«, hatte ich dem Zugbegleiter hinterhergeschimpft, nachdem er mich recht unsanft aus dem ICE befördert hatte. Weniger, um ihn damit persönlich zu treffen. Dafür hätte ich mir wesentlich Schlimmeres ausdenken müssen, Kontrolleure und Zugbegleiter mussten sich während der Ausübung ihrer Dienstleistung wohl genug unerfreuliche Dinge anhören. Nein, vielmehr wollte ich mich meiner sprachlichen Skills vergewissern. Sieben Jahre in Deutschland hatten ihre Spuren hinterlassen, auch hinsichtlich meiner verbalen Umgangsformen. Das Meidlinger L kam mir tatsächlich nicht mehr so räudig über die Lippen, wie es sich eigentlich gehörte. Ich übte weiter, während ich mich von der Rolltreppe hinunter in die Bahnhofshalle chauffieren ließ und mich von dort auf den Weg zum Anschlusszug machte. Dreimal, viermal. »Du depperter Beidl, du Hundsbeidl.« Doch meine Aussprache wurde nicht authentischer. Dafür erntete ich verstörte Blicke der Leute, die auf der Rolltreppe an mir vorbeihuschten und die mich – im besten Fall – für einen Patienten mit Tourettesyndrom hielten.

Kein See in Sicht. Die Fahrt mit dem Regionalexpress gestaltete sich seit der Abfahrt am Wiener Hauptbahnhof eintönig. Namenlose Orte mit ihren Fertigteilhauserweiterungen wechselten sich mit Lagerhäusern von landwirtschaftlichen Genossenschaften und riesigen Bahnhofsparkplätzen für Pendler ab. Die Felder standen noch ziemlich im Saft, das überraschte einen in landwirtschaftlichen Dingen gänzlich Minderbemittelten wie mich. Ich hätte erwartet, dass die

Landschaft Mitte November in einem grauen Einheitsbrei versinkt. Doch weit gefehlt. Neben abgeernteten Feldern gab es auch reichlich Grün und dazwischen riesige Streifen mit gelbblütigen Pflanzen, die ich für Raps hielt. Hie und da reckte ein Hase seine Ohren aus dem Feld, Rebhühner hüpften vergnügt über die Wiesenstreifen. Die Hochstände der Jägerschaft rundeten das Bild ab. Das am Horizont thronende schneebedeckte Bergmassiv – von der Sonne kitschig in Szene gesetzt – verschwand leider genauso unverhofft, wie es kurz zuvor aus der grauen Wolkendecke emporgekrochen war. Dafür tauchte kurz vor Parndorf, nachdem der REX auf einer Brücke über die A4 gedonnert war, plötzlich ein in der Pampa stehendes Hochhaus auf, das wie diese riesigen Kreuzfahrtschiffe im norddeutschen Emden darauf zu warten schien, endlich zum Meer gezogen zu werden. Doch weit und breit waren keine Schlepper zu sehen, die das mindestens zehn Stockwerke hohe Monstrum zum nicht vorhandenen Meer hätten bugsieren können. Hätte das Hochhaus einen riesigen Balkon im vorletzten Stockwerk gehabt, dann hätte das Ding auch als Avengers Tower aus der Marvel-Superheldenserie durchgehen können.

Als der REX den Bahnhof in Neusiedl am See verließ, war weit und breit immer noch nichts von einem der größten Steppenseen Europas zu sehen. Natürlich hatte meinen Mitschülern und mir schon Frau Spitznagl in der Volksschule in der Kleinen Sperlgasse das Vorhandensein des Neusiedler Sees glaubwürdig dokumentiert. Und wenn ich mich richtig erinnere, haben meine Eltern mit mir auch mal einen Ausflug zum See gemacht. Aber Seen konnten austrocknen, insbesondere Steppenseen wie der Neusiedler See. Von einer Burg war bis jetzt übrigens auch weit und breit nichts zu sehen, was mich ebenso an der Sinnhaftigkeit der Namensgebung für das dazugehörige Bundesland zweifeln ließ. Aber gut, ich hatte ja gerade erst mal ein paar Kilometer auf burgenländischem Terrain zurückgelegt.

Der REX setzte seine Reise am westlichen Ufer des Sees in Richtung Süden in aller Gemütlichkeit fort. Sein hündischer Namensvetter, der in den 1990ern als Polizeihund die österreichischen Fernsehbildschirme erobert hatte, hatte beim Schnappen nach einer extra Wurstsemmel definitiv mehr Elan an den Tag gelegt. Wir zuckelten weiter durch die Landschaft, ließen die ein oder andere Bedarfshaltestelle aus, ebenso wie ein kleines Häuschen mit dem Schriftzug »Leos Ranch«. Es folgten orange-gelb-golden eingefärbte Weingärten an den Hängen des Leithagebirges auf der rechten sowie unendlich weit wirkende Ackerflächen auf der linken Seite. Und, ganz in der Ferne: Schilf. Und schmale Stangen, die man mit einigem Goodwill Segelbooten zurechnen konnte. Ein untrügliches Zeichen dafür, dass mich Google Maps und die ÖBB nicht an der Nase herumführten. Dort hinten musste er tatsächlich irgendwo sein, der Neusiedler See.

Rund eine Stunde nachdem ich in Wien in den REX eingestiegen war, kündigte die metallene Stimme der ehemaligen Fernsehansagerin Chris Lohner die Ankunft in Eisenstadt an. Und siehe da, am Horizont war auch hier jenes imposante Massiv des Schneebergs zu sehen, das ich bereits kurz hinter Wien ausgemacht hatte. Ich wurde das Gefühl nicht los, dass der REX nicht gerade den direktesten Weg nach Eisenstadt gewählt hatte.

Als sich die roten Schlussleuchten des REX in Richtung Wulkaprodersdorf verabschiedet hatten, kehrte auf den drei Gleisen des Bahnhofs der burgenländischen Hauptstadt Ruhe ein. Der Bahnhof in Eisenstadt gehörte zu jenen grundehrlichen Orten auf der Welt, die einem gar nicht erst vorgaukelten, ein Erlebnisort von Weltformat zu sein. Hier sprang den Ankömmling keine unnötige Shoppingmall und auch keine einzigartige Erlebnisgastronomie an, was ich als sehr wohltuend empfand. Der Eisenstädter Bahnhof erledigte einfach unaufgeregt seinen Job und behelligte die Ankommenden und Abreisenden nicht mit unnötigem Kommerz und Trallala.

Ich schlüpfte zwischen Bahnhofshäuschen und einem von Jugendlichen mit ihren hochgetunten Autos frequentierten Parkplatz hindurch. Auf der anderen Seite warteten bereits Martin, Fanny, Georg und Vitus auf mich. Doch die niedlich benamsten Eisenstädter Stadtbusse ließ ich genauso links liegen wie den 285er, der mich direkt zu meinem Ruster Domizil hätte bringen können. Denn ich teilte eine ungute Eigenschaft mit illustren Herren wie dem Schriftsteller Gorch Fock oder dem Evolutionsforscher Charles Darwin. Steuerte ich Fahrzeuge mit mehr als einem PS nicht selbst, wurde mir gern mal nach wenigen Minuten schlecht. Zug war okay. Beifahrersitz in einem Auto meistens auch. Alles andere konnte sehr übel enden. Goethe, ebenso von Übelkeit auf Reisen betroffen, soll empfohlen haben, mit Brot und Wein stets in der Horizontalen zu reisen. Nun denn, bei mir sollte hoffentlich der Beifahrersitz eines Uber reichen. Eines Uber, auf das ich jedoch lange hätte warten können. Denn ein Blick in die dazugehörige App auf meinem am Wiener Hauptbahnhof erstandenen Wertkartenhandy verriet mir, dass es den praktischen Fahrservice in Österreich lediglich in drei Städten gab. Eisenstadt gehörte, wie ich nun wusste, nicht dazu.

Ich machte mich also auf dem Bahnhofsvorplatz auf die Suche nach einem Taxistand. Leider auch das umsonst. Alles, was ich fand, war das Werbeschild eines Taxiunternehmens in einem Haltestellenaushang. Taxi Pruckner. Ich wählte die angegebene Nummer. Zwanzig Minuten später hielt vor meinen Füßen eine eierschalenfarbene Familienkutsche mit notdürftig auf dem Dach montiertem gelb-schwarzen Taxischild.

»Sie haben ang'rufen, gell?«, fragte die Frau durch das geöffnete Fenster der Beifahrertür. Ich nickte, während Vitus und Georg sich im Hintergrund beleidigt aus dem Staub machten.

»Wo soll's denn hingehen?«, fragte sie, nachdem ich meinen großen dunkelblauen Koffer und den Rucksack im Kofferraum des Minivans verstaut und auf dem Beifahrersitz Platz genommen hatte. Unter meinem Schuh klebten die roten Reste eines Chupa-Chups-Lollis. Ich hätte schwören können, dass die im Zug noch nicht dort gewesen waren. Kirschgeschmack, tippte ich, nachdem ich den Mist abgekratzt und unter die Lupe genommen hatte.

»Geben S' her, tut mir leid«, sagte die Taxifahrerin und entriss mir den blauen Stängel mit der roten Viertelkugel, um beides in der Zwischenablage des Autos verschwinden zu lassen. »Meine Tochter vergisst hin und wieder, dass das Auto kein Mistkübel ist.«

Kein »Mistkübel«. Es gab nicht viele österreichische Eigenheiten, die ich während meiner Zeit in Deutschland vermisst hatte. Das Wörtchen »Mistkübel« begeisterte nun aber meine Ohren wie Beethovens Sechste die Ohren eines Klassik-Fans. Und das war noch dazu ein Wort, das mir nach wie vor problemlos und authentisch über die Lippen kam.

»Wo wollen Sie hin?«, fragte sie, nachdem sie den Motor gestartet hatte und losgefahren war.

»Hätten Sie das nicht fragen sollen, bevor Sie sich gerade eben für eine Richtung entschieden haben?«, fragte ich zurück.

Sie war vielleicht ein paar Jahre jünger als ich, Mitte oder Ende dreißig. Dunkle ausufernde Locken, die von einem Zopf gebändigt wurden. Ein beigefarbener Rollkragenpullover und eine Jacke schützten sie vor der Kälte, die in das Innere des Autos gekrochen war. Die warme Luft, die mit dem typischen Gebläseton aus den Öffnungen der Lüftung kam, kämpfte einen vorerst aussichtslosen Kampf. Lange konnte die Frau zuvor noch nicht im Taxi unterwegs gewesen sein, denn im Innenraum hatte es nicht viel mehr Grad Celsius als draußen. Die schmalen Furchen in ihren Gesichtszügen ließen darauf schließen, dass das Leben nicht immer gut zu ihr gewesen war. Trotzdem – oder vielleicht gerade deswegen – war sie eine schöne Frau. Nicht von jener Sorte, die man im Fernsehen oder auf der Straße auf den ersten Blick hübsch findet. Sondern ein Hübsch, dass von innen nach außen strahlt.

»In Eisenstadt kann man sich nicht wirklich verfahren«,

antwortete sie. »Selbst wenn Sie in die andere Richtung gewollt hätten, hätten wir nicht viel Zeit verloren.«

Ich nannte ihr die Adresse, und ohne umzudrehen, ging es weiter. Nachdem wir einen verwaisten Kreisverkehr, in dessen Mitte ein halbes Dutzend weißer Kreuze die Vorbeifahrenden still und inhaltsarm ermahnte, passiert hatten, fuhren wir nur noch geradeaus. Wir überquerten die Bahnlinie, über die der REX kurz zuvor in Richtung Wulkaprodersdorf gezuckelt war, und kurvten durch eine Gegend, die sich nicht entscheiden konnte, ob sie nun Wohn- oder Gewerbegebiet sein wollte. Kurz nachdem Diskonter und Baumärkte das Match für sich entschieden hatten, war es auch schon vorbei mit Eisenstadt, und wir befanden uns mitten am Land. Also so richtig am Land.

»Was wollen Sie denn in Rust?«, fragte sie, als wir durch Trausdorf fuhren. Ein Schild wies Interessierte auf Deutsch und Kroatisch in Richtung eines Papstkreuzes beziehungsweise eines Papin križ. »Besuchen Sie jemanden bei uns?«

Bei *uns*.

»So in etwa«, antwortete ich. Von Luise wusste ich, dass im Garten ihres Elternhauses der geliebte Schäferhund ihrer Kindheit, Kery, begraben worden war. Insofern konnte man durchaus davon sprechen, dass ich jemanden besuchte.

»Und wie lange bleiben Sie?«, fuhr sie mit ihrem Interview fort. Hier draußen tat sich wahrscheinlich nicht so viel. Fremde, unrasierte Kerle mit halblangen fettigen Haaren und einer abgewetzten schwarzen Jeansjacke saßen wahrscheinlich nicht allzu häufig in ihrem Taxi. Insofern sah ich ihr die Neugierde nach, die in Taxifahrerkreisen überall auf der Welt eine Art Berufskrankheit zu sein schien.

»Ich weiß noch nicht so genau«, erklärte ich. Ich wusste es wirklich nicht. Gestern war ich in meiner Wohnung in Essen-Rüttenscheid aufgewacht, und der einzige Tagesordnungspunkt war der abendliche Gang zur Frittenbude von Matze gewesen. Dass Vito und seine Jungs wenige Minuten später plötzlich in meinem Schlafzimmer gestanden waren und mir an die Gurgel wollten, hatte zu einer leicht überstürzten Planänderung geführt, die mich schließlich hierher ins östlichste Eck meines Geburtslandes geführt hatte. Kein Mensch wusste, wie lange mein Aufenthalt hier nötig sein würde, um ausreichend Gras über gewisse Dinge wachsen zu lassen. Falls es das jemals täte.

Zur Vorbereitung auf einen Einsatz gehört in der Regel eine detaillierte Aufklärung des Einsatzortes. Das ist das kleine Einmaleins, das man in der Polizeischule lernt. In Rust erwartete mich zwar kein Einsatz, eine entsprechende Vorbereitung hielt ich aber trotzdem für angemessen. Und Wikipedia war eine wahre Fundgrube, wenn es darum ging, sich über seine neue Umgebung zu informieren. In Österreichs kleinster Statutarstadt, die sich seit Jahrhunderten obendrein Freistadt nennen durfte, lebten laut Onlinelexikon exakt zweitausend Menschen. Rust wurde von der B 52 durchquert, auf der wir gerade an einem Vierundzwanzig-Stunden-Weinautomaten vorbeifuhren. Im Osten grenzte Rust an den Neusiedler See, für dessen tatsächliche Existenz mir nach wie vor ein Beweis fehlte. Fuhr man auf der B 52 weiter in Richtung Süden, war man innerhalb kürzester Zeit in Mörbisch und bald darauf in Ungarn. Nicht mit dem Auto, aber zu Fuß. Denn die B 52 endete kurz hinter Mörbisch mitten im Wald. Vielleicht ein Relikt des Kalten Krieges. Nach Norden führte eine Straße entlang des Schilfgürtels des Sees bis nach Neusiedl und weiter am Ostufer entlang, wo Google Maps so liebliche Orts- und Flurbezeichnungen wie die Hölle oder den Unteren Stinkersee verzeichnete. Und wer vermutete, dass es neben einem Unteren auch einen Oberen Stinkersee gab, wurde nicht enttäuscht. Einen Bahnhof gab es in Rust nicht, einzig weiteres nennenswertes Verkehrsmittel war der Schiffsliniendienst der Reederei Plünder, der die Stadt – zumindest in den touristisch interessanten Monaten des Jahres – mit den anderen Gemeinden des Sees verband.

So weit zu den Hard Facts. Doch nicht die schlechte öffentliche Anbindung und die Nähe zu Ungarn waren es, die die Freistadt Rust berühmt gemacht hatten, sondern der ausgezeichnete Wein, der dank des sonnigen pannonischen Klimas in dieser Gegend gedieh. Nicht, dass mir Welschriesling und Co etwas sagten, als passionierter Freund des Gerstensafts war ich im Ruhrgebiet und zuvor in Wien nahe der Ottakringer Brauerei durchaus richtig aufgehoben. Aber Weinliebhaber und solche, die es werden wollten, schienen hier auf ihre Kosten zu kommen. Zusätzlich war Rust für die Störche bekannt, die sich jedes Frühjahr auf den Hausdächern der Stadt einfanden und offensichtlich ein beliebtes Motiv für Touristen abgaben. Viel mehr als dieses Wissen, das sich auch in einer Werbebroschüre befunden haben konnte, wusste ich nicht über Rust. Luise hatte sich früher nicht gerade ausufernd über ihren Heimatort geäußert. Das mochte seine Gründe gehabt haben, denn neben Kery hatte es wohl nicht viel gegeben, das sie hier zu schätzen gewusst hatte. Sonst wäre sie nicht im frühesten Erwachsenenalter nach Deutschland gegangen.

»Sie können froh sein, dass Sie nicht im August hier angekommen sind«, sagte die Taxiprucknerin, als wir auf einer Anhöhe hinter St. Margarethen einen mächtigen Steinbruch passiert hatten. Sie erwartete sich wohl eine neugierige Nachfrage meinerseits, warum eine Ankunft im Hochsommer nicht empfehlenswert gewesen wäre. Doch ich schwieg.

Dann hatten wir auf unserer Fahrt die Spitze des kleinen Hügels erreicht. Vor uns lag eine graue Nebelsuppe. Irgendwo dort hinten versteckte sich der Neusiedler See vor mir. Zwischen uns und dem grauen Nichts lagen unzählige im Winterschlaf befindliche Weinreben sowie ein kleines Städtchen, dessen Skyline von zweieinhalb Kirchtürmen geprägt wurde. Das musste dann wohl Rust sein. Kurz darauf löste die Taxiprucknerin ihre selbst gestellte Rätselfrage auf. Bei schön Wetter im Sommer gleiche die Fahrt auf der B 52 nämlich einem Schneckenrennen, weil sich halb Ostösterreich zu einem Vergnügungspark namens Familypark aufmachte. Aha.

Wenig später erregte vor der Ortseinfahrt von Rust ein Banner meine Aufmerksamkeit. »Gegen Plünders Hotelwahnsinn«, stand dort in wütenden Buchstaben zu lesen. Darunter hing ein weiteres Plakat, auf dem eine Leopoldsnacht angekündigt wurde. Bevor ich das dazugehörige Datum lesen konnte, waren wir schon vorbeigefahren.

»Kennen Sie hier jemanden?«, fragte sie. »Also in Rust?«

»Ich kannte mal jemanden«, behielt ich meinen unverbindlichen Politikerstil bei.

»Ich wohne nämlich auch in Rust, deshalb frage ich«, reagierte sie erstmals mit einer Antwort anstelle einer neuerlichen Frage.

»Aha«, sagte ich.

Die Fahrt von Eisenstadt nach Rust dauerte keine fünfzehn Minuten. Als wir das Ortsschild passiert hatten, bog sie links ab, und schon waren wir da.

»Im Bahnhofsheiserl wohnen Sie also?«, fragte sie, als sie den Motor abgestellt hatte.

»Ähm, kann sein«, erklärte ich.

»Das Haus hätte mal der Bahnhof von Rust sein sollen. Doch die Bahnlinie ist nie gebaut worden. Nachdem die Neubauers drin g'wohnt haben, steht es jetzt schon ziemlich lang leer. Kannten Sie die Neubauers?«

»Kann man so sagen, ja.«

»Ach, dann kennen Sie sicher die Luise! Die ist ja damals nach Deutschland gegangen. Und so, wie Sie sich anhören …«

»Wie höre ich mich denn an?«

»Na, wie schon? Wie ein Deutscher halt.« Sieben Jahre im Ruhrgebiet machten also aus einem Wiener einen Piefke. »Wie geht's ihr denn? Ich hab sie nimma g'sehn oder g'hört, seit sie damals weg ist. So schad. In der Schule hamma uns so gut verstanden, damals.«

Luise war tot. Zwei Jahre zuvor von Vito und seinem verdammten Clan ermordet, um einen Beamten der Essener Sondereinheit für organisierte Kriminalität von weiteren Ermittlungen abzuhalten. Das hätte ich der Taxifrau sagen können. »Ich habe sie auch schon länger nicht mehr gesehen«, erklärte ich stattdessen. »Was bekommen Sie?«

Ich zahlte und war dankbar dafür, dass die Frau keine weiteren Fragen stellte. »Dann sehen wir uns in der nächsten Zeit wohl noch das ein oder andere Mal. Vielleicht kommen Sie ja auch mal beim Spritzenhaus vorbei«, sagte sie zur Verabschiedung.

Gut möglich, aber nicht nötig, dachte ich für mich und winkte ihr freundlich zu.

»Ach, entschuldigen Sie!«, hörte ich sie hinter mir herrufen, gerade als ich dachte, ich hätte endlich meine Ruhe. Ich drehte mich nochmals zu ihr.

»Kann es sein, dass Sie deshalb in Rust sind?« Sie strahlte mich an, als ob sie das Rätsel um die Errichtung von Stonehenge oder wenigstens das Geheimnis um das verschollene Bernsteinzimmer gelöst hätte, und zeigte mit ihrem Arm zur Bundesstraße. Ein paar Meter weiter in Richtung Stadtmitte, zwischen Straße und Friedhofsmauer, befand sich ein großes Werbeschild. Die früh einsetzende Dämmerung machte es einem nicht leicht, die Buchstaben in großer Entfernung zu entziffern. Es war jedenfalls ein Gruppenfoto zu sehen, über dem das Logo eines österreichischen Fernsehsenders prangte.

»In der Stadt gehen Gerüchte um, wonach die Serie endlich mit einem neuen Hauptdarsteller fortgesetzt werden soll«, sagte die Prucknerin, immer noch mit Atomium um die Wette strahlend.

Offensichtlich gab ich keinen guten Schauspieler ab, denn meiner Entgegnung schien die Taxifrau keinen Glauben zu schenken. Sie stieg ins Auto, hupte einmal fröhlich und fuhr davon.

Das Bahnhofsheiserl, in dem Luise aufgewachsen war, war das erste Haus vor beziehungsweise nach der Stadtgrenze, je nachdem, aus welcher Richtung man kam. Das L-förmige Ensemble war frei stehend, verfügte also über keine direkten

Nachbarn. Weit und breit waren keine Bahngleise zu sehen. Und in seiner Größe entsprach das Gebäude definitiv mehr einem Bahnhofsanwesen als einem kleinen Bahnhofsheiserl.

Neben dem kleinen Einfahrtstor aus Metall wurde die Mauer auf der Seite der Baumgartengasse durch die schwarze Holzfassade einer Scheune unterbrochen. Danach folgte ein in die Jahre gekommener Holzzaun, über den an einer Stelle die Äste eines Apfelbaumes auf Gehweg und Straße ragten. Es waren Winteräpfel, die kleinen sauren, die da zuhauf an dem Baum hingen und wohl immer wieder als unerwartete Geschosse auf Windschutzscheiben landeten. Nadelbäume und eine Hecke begrenzten das Grundstück nach Süden, also dort, wo die B 52 sich auf den Weg nach St. Margarethen machte. Was sich im Inneren des Wohnhauses und des Grundstückes abspielte, war von außen nicht einsehbar. Wie gemacht für mich.

Ich öffnete das Einfahrtstor mit dem Schlüssel, den ich in einer der Kisten, in denen ich Luises Sachen eingelagert hatte, gefunden hatte. Als ich das Tor geschlossen hatte, hörte das unbestimmte Gefühl, beobachtet zu werden, das mich seit dem Aussteigen aus dem Taxi der Prucknerin verfolgt hatte, schlagartig auf. Wenn ein Fremder seine Zelte in einem verlassenen Haus aufschlug, sorgte das schließlich nicht nur bei einer Taxifahrerin für Interesse.

Ich fand mich in einem kleinen Hof wieder. Rechts neben mir ein länglich geducktes Wohnhaus, ihm gegenüber der große Schuppen aus schwarzem Holz. Es herrschte totale Stille. Das kannte ich ja schon vom Bahnhof in Eisenstadt. Aber hier, durch Gebäude, Mauern und dicht stehende Bäume und Sträucher von der Umwelt abgeschirmt, erreichte die Stille nochmals eine neue Dimension.

Derselbe Schlüssel, der auch die Hofeinfahrt gesperrt hatte, öffnete die massive Tür des Wohnhauses. Es brauchte einen kleinen Ruck, damit sie mich einließ. Es war schon fast dunkel draußen, durch die geschlossenen Fensterläden drang dementsprechend auch nichts vom düsteren Winterlicht ins Innere des Gebäudes. Es roch muffig. Ich tastete nach einem Lichtschalter und wartete vergeblich darauf, dass der Raum erhellt würde. Dass die Elektrik nach all den Jahren, in denen das Haus leer gestanden hatte, nicht auf Anhieb funktionierte, war nicht weiter verwunderlich. Also zückte ich das Handy und aktivierte dessen Taschenlampenfunktion. So wie es aussah, stand ich mitten in der Küche, vor mir ein kleiner quadratischer Tisch. Die dicke Staubschicht auf der bescheidenen Küchenzeile, bestehend aus Abwasch, altertümlichem Gasherd und mehreren kleinen Schränken, ließ darauf schließen, dass hier schon sehr lange keine Apfelnockerln mehr zubereitet worden waren. Das war eine der Süßspeisen, deren Zubereitung mir Luise beigebracht hatte, damit nicht immer sie in der Küche stehen musste. Direkt angrenzend lag das Badezimmer. Auf der anderen Seite führte eine Tür ins Esszimmer, von dort ging es weiter ins Wohn- und Schlafzimmer. Alle Möbel waren mit Decken und Planen vor Staub und Moder geschützt. Luise hatte mir erzählt, dass Verwandte nach dem Tod ihrer Eltern tagelang hier geschuftet hatten, um das Haus, für das keiner von ihnen eine Verwendung gehabt hatte, zumindest notdürftig einzuwintern. Irgendwann sollte es dann verkauft werden, doch es schien sich niemand um die Einleitung dieses Verkaufsprozesses kümmern zu wollen. Vielleicht lagen, abgesehen von Kery, doch noch zu viele Emotionen in diesem Haus und auf diesem Grundstück begraben. Ich wusste es nicht und ging auch nicht davon aus, das jemals zu erfahren. Von wem auch? Von den Neubauers lebte niemand mehr hier.

Nachdem ich den Sicherungskasten gefunden hatte, war das Licht zumindest in Küche und Schlafzimmer wiederhergestellt. Für die anderen Lampen würde ich neue Glühbirnen oder, was einen wesentlich größeren Aufwand bedeuten würde, neue Leitungen organisieren müssen. Das war aber ohnehin nicht die einzige Investition, die nötig war, um das

Haus zumindest temporär bewohnbar und winterfit zu machen. Aber das hatte Zeit bis zum nächsten Tag. Oder bis zur nächsten Woche. Oder bis irgendwann später.

Die Plastikplane machte ihre plastikplanigen Geräusche, als ich mich auf die Couch setzte. Ich öffnete eine der Bierdosen, die ich zusammen mit einer Flasche Milch am Hauptbahnhof in Wien erstanden hatte. Die Dose war blau und trug einen weißen »Wieselburger«-Schriftzug. Ich hatte gehofft, dass die kalten Außentemperaturen dafür sorgen würden, dass das Bier seine trinkbare Temperatur beibehalten würde. Doch meine Hoffnungen wurden enttäuscht. Und ich ahnte, dass es nicht die einzigen Wünsche waren, die in nächster Zeit jäh zerplatzen würden. Ich öffnete das Bier, nahm einen kräftigen Schluck und streckte meine Beine auf dem ebenfalls mit einer Plane abgedeckten Couchtisch aus.

Mein Handy vibrierte. Obwohl eigentlich niemand die Nummer meines neuen Wertkartenhandys kannte. Es war eine Kurznachricht meines Mobilfunkbetreibers.

Lieber Kunde, willkommen in Ungarn. Hier nutzen Sie Ihre österreichweiten Einheiten ohne Zusatzkosten wie daheim.

Samstag

Gehört der zu Ihnen?

Die Vorhänge ließen nicht viel Licht ins Schlafzimmer. Als ich meine Augenlider endlich auseinandergezogen hatte, wusste ich nicht wirklich, wie spät es war. Oder ob der nächste Tag überhaupt schon angebrochen war. Ich zog den verstaubten Vorhang zur Seite und unterdrückte den durch den aufgewirbelten Staub ausgelösten Hustenreiz. Das mit dem Vorhang hätte ich mir sparen können, denn um etwas aus dem Fenster sehen zu können, hätte ich am Vorabend die Fensterläden öffnen und die Scheiben putzen müssen. Ich torkelte aus dem Schlafzimmer, stets dem Schein der Handytaschenlampe folgend, durch die anderen Zimmer bis zur Küche, wo ich, begleitet vom bereits bekannten Knarzen des Holzfußbodens, die Milch aus dem zum Glück funktionierenden Kühlschrank holte. Ich platzierte sie auf dem Tisch, fein säuberlich, wie sich das gehörte.

Ich öffnete die Haustür und war nicht wesentlich schlauer als zuvor, was den Stand der Sonne anging. Es war dunkel. Eher grau als schwarz. Aber, und das kam jetzt wirklich überraschend, ich war nicht alleine in dieser grauen Dunkelheit. Denn vor der Tür, im Hof des Bahnhofsheiserls, hockte ein brauner Hund. Die Toreinfahrt war nach wie vor geschlossen. Der Hund sah mich mit seinen schwarzen Murmelaugen erwartungsfroh an. Wo war der denn hergekommen?

»Hallo«, sagte ich. Ich ging ein paar Schritte zu der hochgewachsenen Hecke, die den Hof von der Straße nach St. Margarethen abschirmte, und ließ dem Bier vom Abend zuvor freien Lauf. Der Hund stellte sich neben mich und tat es mir gleich. Das reichte, um unsere Freundschaft zu besiegeln. Und um mir zu zeigen, dass es sich gar nicht um einen Hund handelte. Sondern um eine Hündin.

Kurz darauf hatten wir das Tor des Bahnhofsheiserls verschlossen und befanden uns direkt an der B 52. Wir marschierten, als ob wir uns schon seit Jahren kennen würden, an der Friedhofsmauer vorbei, und schon hier zeigte sich, dass man nicht in einer nüchternen Großstadt gelandet war, sondern in einem pittoresken Städtchen. Denn die Mauer war nicht einfach nur hoch und in die Jahre gekommen, so wie die meisten Friedhofsmauern in den meisten Städten dieser Welt. Nein, es handelte sich um eine niedrige Mauer, die aus einzelnen Steinelementen bestand, die einen anständigen Blick auf den Friedhof freigaben. Ein Blick, der meine Gefährtin und mich jedoch nicht weiter kümmerte, denn unsere Aufmerksamkeit richtete sich auf die überdimensionale Werbetafel, mit der die Freistadt Rust sich als Drehort des »Weinkaisers« outete. Das war jenes Schild, auf das meine Chauffeurin am Abend zuvor gedeutet hatte. Wir hielten bedächtig inne. »Willkommen in der Freistadt Rust, der Stadt des ›Weinkaisers‹«, war dort zu lesen. Stadt der Störche, Stadt des Weines, Stadt am See – all diese Zuschreibungen hätte ich und jeder zweitklassige Marketinglehrling der Stadt mit gutem Gewissen verpasst. Auf die Stadt des »Weinkaisers« wäre ich wohl nicht gekommen.

Wir brauchten keine zehn Minuten, bis wir – vorbei an Einfamilienhäusern, Versicherungsmaklern und Gasthäusern sowie einem Park – an einer Kreuzung ankamen, die so was wie den verkehrsplanerischen Mittelpunkt der Freistadt Rust zu bilden schien. Von hier aus führten die Wege zwar nicht nach Rom, dafür jedoch in alle vier Himmelsrichtungen: nach St. Margarethen, ins Zentrum von Rust, nach Mörbisch sowie nach Oggau und weiter in Richtung Neusiedl, jene Bezirkshauptstadt am Nordufer, der der See seinen Namen zu verdanken hat. An der Kreuzung stand unter anderem ein niedliches Ensemble aus zwei Gebäuden. Neben einem kleinen Knusperhäuschen eine offenbar zu einem Gasthaus umfunktionierte ehemalige Feuerwehrstation, in deren Garage vielleicht gerade mal eine alte Puch 175 Platz hatte. Mit ein bisschen gutem Willen ging sich vielleicht auch noch ein Beiwagen aus. Über der aus einer Glasfront bestehenden Vorderseite verriet ein Schild, dass es sich um ein Lokal namens Spritzenhaus handelte. Das war dann wohl jenes Etablissement, das die Taxiprucknerin erwähnt hatte. Das an den Schriftzug angrenzende beleuchtete Logo einer Großbrauerei aus den Niederlanden machte mir Hoffnung, dass ich in der Stadt des »Weinkaisers« auch ein gepflegtes Bier finden würde. Wenngleich die Sorten des Biermultis für mich eher nicht in diese Kategorie fielen. Das niedliche Türmchen auf dem Dach des Spritzenhauses überragte zwar gerade noch so jene angrenzende Kastanie, deren Blätter den Boden des Gastgartens bedeckten. Einen wirklichen Rundumblick, um eine Feuersbrunst zu entdecken, hatte man von dort oben aber wahrscheinlich nicht mehr.

Das Ziel unseres Fußmarsches, der auf Google Maps eingezeichnete Supermarkt, lag direkt hinter dem Spritzenhaus. Doch wir hatten Pech. Denn Supermarkt und Mitarbeiter waren an diesem Samstag, wie ein handgeschriebener Zettel an der Eingangstür verriet, ausnahmsweise bereits zu Mittag in das verdiente Wochenende gestartet.

Meine Gefährtin und ich machten uns also auf den Weg zurück zum Bahnhofsheiserl. Als wir gerade das dezente Willkommensschild der »Weinkaiser«-Stadt Rust erreicht hatten, hielt neben uns eine zu einem Taxi umgebaute Familienkutsche.

»Soll ich Sie mitnehmen?«, fragte die Taxiprucknerin.

»Gerne, wir müssen ein bisserl was einkaufen«, antwortete ich. »Und der Laden im Zentrum hat schon zu.«

Sie nickte wissend, als ob das eh klar wäre, dass der Supermarkt in Downtown Rust an diesem Samstagmittag früher schließt.

»Gehört der zu Ihnen?«, fragte sie und deutete auf die Hündin.

»Ist eine Sie«, machte ich die Taxlerin auf die korrekte Geschlechtsform aufmerksam. Ordnung muss sein.

»Sie kann leider nicht mitfahren«, erklärte sie. »Meine Tochter hat eine Hundeallergie, und deshalb kann ich keine Haustiere im Taxi transportieren.«

Ich blickte in die schwarzen Murmelaugen und wieder retour zum Taxi. Es war kalt. Murmelaugen. Und ich war faul. Murmelaugen. »Da kann man nichts machen«, erklärte ich.

Die Taxiprucknerin winkte, hupte zur Verabschiedung und verschwand in Richtung St. Margarethen. Die Hündin und ich sahen ihr hinterher und setzten unseren Fußmarsch fort.

Im Bahnhofsheiserl legte ich einen Zwischenstopp ein, um mir einen zusätzlichen Pullover zu holen. Ich hatte gerade wieder die noch auf dem Tisch stehende Milch in den Kühlschrank verfrachtet und die Tür zum Wohnhaus geschlossen, als ich – im Hof stehend – ein Geräusch vernahm, dessen Herkunft ich irgendwo zwischen Buntspecht mit verformtem Schnabel und einer ungestimmten Pausenglocke verortete. Die Hündin bellte für den Fall, dass ich das Geräusch nicht mitbekommen hatte, was, unter uns gesagt, ein Ding der Unmöglichkeit gewesen wäre. Aber das musste meine neue Freundin ja nicht wissen, weshalb ich mich artig bei ihr bedankte. Ich öffnete das Einfahrtstor und blickte in das Gesicht eines schlanken und hochgewachsenen Mannes mit Segelohren, der mir einen Ausweis vom Landeskriminalamt unter die Nase hielt. Er versuchte, seriös dreinzuschauen, allein, gelingen wollte es ihm nicht so recht. Sein staatsmännisches Gehabe wirkte in seinem etwas zu engen Slimfit-Anzug reichlich aufgesetzt. Einer der beiden uniformierten Kollegen, die hinter ihm Aufstellung genommen hatten, hatte dafür einen ziemlich eindringlichen Blick drauf. Er sah mich an wie eine Bulldogge, die mit ihren kleinen Stummelbeinchen jeden Moment zum Sprung auf ein schönes Stückerl Wurst ansetzen würde. Der andere Polizist sah wesentlich entspannter aus. Ob das nur an seinem breiten Körperumfang und dem gemütlichen Gesichtsausdruck lag, konnte ich nicht abschätzen. Das Auto der drei Gestalten stand in der Einfahrt, direkt unter dem Apfelbaum.

»Es ist niemand da«, sagte ich.

Die drei unerwarteten Besucher tauschten einige Blicke aus. Damit hatte ich sie offensichtlich auf dem falschen Fuß erwischt.

»Dann würden wir uns gerne mit ›niemand‹ unterhalten.«

Hmm, schade. Da hatte ich mir einen größeren Effekt meines blöden Spruchs erhofft.

»Wie kann ich Ihnen helfen?«, gab ich mich ein bisschen kooperativer.

Die Hündin wiederholte die Frage in bellender Hundesprache, nur zur Sicherheit, man wusste ja nie, mit wem man es zu tun hatte. Bella wäre ein passender Name für sie, dachte ich in diesem Moment. Das hätte dem irgendwo weiter hinten in der Wiese verbuddelten Kery sicherlich gut gefallen.

»Halten Sie den Kampfhund zurück!«, bekam es der Segelohrmann mit der Angst zu tun. Der Kerl erinnerte mich an Martin Schoiswohl, dem ich meinen unrühmlichen Abgang vom Wiener LKA vor acht Jahren zu verdanken hatte. Kein Wunder, dass mir der Kerl hier so unsympathisch war. Hinter den dreien bog ein Kleinlastwagen von der Hauptstraße in die Baumgartengasse ein. »Der Moser Wein ist Dein!«, stand auf der Abdeckplane des Wagens. Als der Fahrer das Geschehen am Eingangstor des Bahnhofsheiserls realisierte, hielt er an. »Heast, Poidl du Beidl, sehn ma uns eh übermorgen Abend im Spritzenhaus?« Eines war sofort klar. Der Kerl im Auto musste sich keine Sorgen um seine Aussprache des Meidlinger Ls machen. Der dickere der beiden uniformierten Polizisten drehte sich um, winkte und rief: »Sowieso!«

»Das ist kein Kampfhund«, erklärte ich, als sich die gesamte Aufmerksamkeit wieder auf Bella und mich konzentriert hatte. Um kurz darauf meine Frage zu wiederholen, wie ich denn nun behilflich sein könnte.

»Können Sie sich ausweisen?«, fragte der Zivilkieberer.

Konnte ich. Ich entschuldigte mich für einen Moment, um meinen Ausweis aus dem Wohnhaus zu holen. Meine Kampfhündin nahm ich zur Sicherheit mit. Nicht, dass einer der Polizisten auf blöde Gedanken kommen würde.

»Nikolaus Lauda aus Wien also?«, fragte der Zivilbeamte mit den Segelohren, als ob die auf dem zwanzig Jahre alten Personalausweis abgebildete Person mit meiner aktuellen Erscheinung nichts zu tun hätte.

»Zu Diensten«, sagte ich.

»À la bonne heure«, sagte er. Dann blickte er auf meinen Kopf. Ihm schien dort etwas abzugehen.

»Suchen Sie etwas?«, fragte ich ihn.

»Nein«, antwortete er irritiert. »Ich dachte nur … Ihr Name hat mich … egal, mitkommen!«, fuhr er im Befehlston fort und steckte sich meinen Personalausweis gleich mal in die Tasche.

»Warum?«, fragte ich.

»Hat dir wer ins Hirn g'schissen? Wenn der Herr Chefinspektor etwas anordnet, dann spurst gefälligst!«, platzte es aus dem grimmigen Polizisten mit dem Oberlippenbart heraus.

»Mal ganz entspannt hier. Und per Du sind wir noch lange nicht«, platzte ich zurück.

Der Zivilbulle brachte seinen aufmüpfigen Kollegen mit einer beschwichtigenden Handbewegung zur Räson.

»Es gab einen Vorfall im Steinbruch, zu dem wir Sie befragen wollen«, antwortete er schmallippig.

»Und Ihre Fragen können Sie nicht hier stellen?«

»Ich glaube, wir haben ein längeres Gespräch vor uns. Und das würde ich ungern hier draußen in der Kälte führen. Und, so wie ich den Zustand des Gebäudes einschätze, haben wir es im Stadtpolizeikommando ein bisserl gemütlicher«, fuhr er mit süffisantem Grinsen fort.

In genau diesem Augenblick fiel ein ziemlich wuchtiger Winterapfel auf das darunter geparkte Polizeiauto. Alarmanlage und Sirene sprangen gleichermaßen an, meine Hündin fing an zu bellen, und ein Nachbarshund in der Umgebung stimmte in den Chor mit ein. Der schlecht gelaunte Polizist beeilte sich, das Gejammer des Autos abzustellen. Ich sorgte meinerseits für ein Verstummen des Bellens.

»Bringen Sie mich dann auch wieder mit dem Auto zurück?«, fragte ich. Wenn ich schon mal in Eisenstadt war und die drei Vögel mich anschließend wieder in Rust absetzen würden, konnte ich dort ja schließlich auch gleich die Einkäufe erledigen.

»Das hängt ganz vom Verlauf und von den Ergebnissen des Gesprächs ab«, erklärte der Zivilpolizist.

Ich verabschiedete mich von Bella und schloss das Tor. Auf nach Eisenstadt.

Schön haben Sie es hier

Noch nicht mal vierundzwanzig Stunden war ich zurück in Österreich, und schon hatte mich die örtliche Polizei einkassiert. Das roch nach einem neuen Rekord.

Um zum Stadtpolizeikommando Eisenstadt zu gelangen, fuhren wir fast den ganzen Weg wieder retour, den mich die Taxiprucknerin tags zuvor in Richtung Rust chauffiert hatte. Vor dem wunderschönen Gewerbegebiet bog der Bulldoggenpolizist jedoch auf die S 31 ab. Vom Rücksitz aus, den gemütlichen Beidl-Poidl neben mir, sah ich Wiesen und Äcker an uns vorbeiziehen, gefolgt von den bis zum Himmel reichenden Masten eines Elektrizitätswerks und der Zentrale eines regionalen Fernsehsenders, auf deren Dach sich eine Handvoll Satellitenschüsseln aneinanderkuschelte. Wir kreuzten Bahngleise, von denen ich annahm, dass ich auf diesen am Tag zuvor mit dem REX unterwegs gewesen war. Und nach einer weiteren Abzweigung waren wir dann auch schon da.

Für die Inneneinrichtung hatte das Stadtpolizeikommando wohl keinen Design-Award verliehen bekommen. Ein durch und durch funktional wie langweilig eingerichtetes Dienstzimmer in der zweiten Etage war für unsere Unterhaltung auserwählt worden. Ich nahm auf einem mit rotem Plüschstoff bezogenen Sessel Platz. Auf der anderen Seite des Tisches hockte Stefan Krammer, seines Zeichens besagter Chefinspektor des Landeskriminalamts. Der Kerl saß da in seinem Slimfit-Anzug und seiner Sonnenbrille, als ob er im Anschluss an unser Gespräch zur Sommerausgabe des Opernballs im Park von Schloss Schönbrunn gehen würde. Auf dem quadratischen Tisch, der mich von dem Kerl trennte, standen ein gefüllter Wasserkrug und zwei leere Plastikbecher sowie ein aus vielen Schaumstoffeinzelteilen zusammengesetzter Polizeihund aus Kunststoff, dessen Äußeres auf eine Abstammung einer bei Kindern beliebten Welpenretter-Fernsehserie hindeutete. Wo war ich da nur hineingeraten? Der wenig anspruchsvolle Klangteppich bestand aus dem leisen Surren der Klimaanlage. Durch die drei kleinen Fenster war die wie ein Monolith aus dem All in die Landschaft gepflanzte Filiale einer großen Supermarktkette auf der anderen Seite der Straße zu erkennen. Mein Entschluss, der Einladung von Krammer zu folgen, hatte sich wenigstens mit Blick auf die Befüllung meines Kühlschranks als goldrichtig erwiesen. Immerhin etwas.

»Schön haben Sie es hier«, erklärte ich.

Krammer wirkte wie einer dieser ambitionierten Kerle, denen eine Stadt wie Eisenstadt schnell zu klein geworden war. Er fühlte sich für Höheres bestimmt, war dann aber doch schon zu alt gewesen, um es tatsächlich noch mal irgendwo hinzuschaffen. »Und was führt Sie in unsere schöne Gegend?«, antwortete er und klappte allen Ernstes die Fassung seiner Sonnenbrille nach oben. Das war also eine Kombination aus Brille und Sonnenbrille. Die nach oben gerichtete Sonnenbrillenfassung schützte ihn zwar jetzt gegen das Licht der Deckenlampe, aber zum Preis, dass er sich da gerade ziemlich zum Affen machte.

»Ich will ein bisschen runterkommen und entspannen. Das soll man hier ganz gut tun können, habe ich gehört.«

»Ja, das stimmt. Hat Ihnen wohl die Luise erzählt?«

»Mhmm«, machte ich. »Um welchen Vorfall geht es denn nun?«

Ich wollte das Gespräch rasch hinter mich bringen. Immerhin würden auch in Eisenstadt irgendwann die Geschäfte schließen. Und Small Talk konnte ich ebenso gut mit Bella oder der Taxiprucknerin führen.

»Im Steinbruch, nicht weit vom Bahnhofsheiserl, in dem Sie die Nacht verbracht haben, wurde heute Vormittag die Leiche einer Frau gefunden, die ganz offensichtlich nicht eines natürlichen Todes gestorben ist.«

Jetzt machte er jene kunstvoll verlängerte Pause, die Polizisten gern machen, um die Reaktionen des Gegenübers zu deuten. Was machte meine Mimik? Begann ich, nervös mit den Händen herumzuspielen? Richtete ich meinen Rücken auf, oder machte ich mich klein? Da konnte er bei mir lange warten.

»Wir haben nicht oft Mordfälle hier«, fuhr er schließlich fort, nachdem ich ihm eine Zeit lang regungslos gegenüber verharrt und seinem Blick standgehalten hatte. »Wie Sie schon sagen, bei uns kann man entspannen. Und das soll auch so bleiben.«

»Natürlich«, antwortete ich. »Aber was hat eine tote Frau in einem Steinbruch mit mir zu tun?«

Ohne anzuklopfen und ohne irgendwelche Höflichkeitsfloskeln wurde die Tür geöffnet, und der grimmige junge Beamte kam zackigen Schrittes herein. Er legte Krammer eine braune Dokumentenmappe vor die Nase und verschwand ebenso schnell, wie er gekommen war. Krammer warf einen Blick in die Mappe, machte dabei mehrere interessierte »Ahas« und »Sosos« und klappte das Ding wieder zu.

»Wenn am Freitagabend ein Fremder nach Rust kommt und am nächsten Tag eine Leiche gefunden wird, könnte man schon auf die Idee kommen, dass das was mit besagtem Fremden zu tun hat. Noch dazu, wenn dieser Fremde erst vor wenigen Tagen in der Bundesrepublik den Polizeidienst quittieren musste, weil er einen Mann mit einer Gartenkralle getötet hat. Tatsächlich mit einer Gartenkralle? Echt jetzt?«, fragte er nach, als ob er seinen eigenen Ohren nicht trauen würde.

Eigentlich hatte ich Vitos Bruder den Schädel zertrümmern wollen. Er hatte sich nur zu schnell gedreht und war meiner Bewegung ausgewichen. Ich hatte mich nicht sehr geschickt angestellt. Hatte einfach zu wenig Übung darin, anderen Menschen mit einer Gartenkralle den Kopf einzuschlagen. Gibt ja auch keine Volkshochschulkurse, in denen ausgebildetes Personal einem diese Fähigkeiten näherbrachte. Und ja, mit einer Gartenkralle. Wenn man ungeplanterweise einem Mitglied des örtlichen Mafiaclans in einem Geldwäschebetrieb über den Weg läuft, hat man halt nicht gerade ein ganzes Arsenal an geeigneten Waffen zur Verfügung. Da muss man mit dem vorliebnehmen, was gerade neben einem auf dem Tisch liegt. Dass der Kerl dann aufgrund der dreckigen Gartenkralle an einer Blutvergiftung stirbt, konnte man mir nun wirklich nicht anhängen. Aber irgendwie beschlich mich das Gefühl, dass ich all diese Details besser für mich behalten sollte.

»Ein tragischer Unfall«, antwortete ich.

»Was haben Sie denn gestern Abend und heute in der Früh gemacht?«

Schien so, als ob die Kollegen von der Pathologie dem Slim-fit-Sheriff noch keine Details zur genauen Todeszeit der Frau gegeben hatten.

»Das, weswegen ich hergekommen bin«, erklärte ich. »Geschlafen und mich ausgeruht. Die Reise war anstrengend.«

»Kennen Sie eine Carlotta Woods?«

»Ist das die Tote?«, fragte ich.

Er nickte. »Die Dame erlitt einen Bruch der oberen Halswirbelsäule, herbeigeführt durch einen noch nicht näher bekannten Gegenstand.«

Aua.

»Nein, ich kenne sie nicht. Ich kenne hier generell fast niemanden.«

»Das kann ich mir nicht vorstellen. Haben Sie mit der Luise nie die Schwiegereltern besucht?«

»Das Verhältnis zwischen Luise und ihrer Familie war nicht das beste«, antwortete ich wahrheitsgemäß.

»Und trotzdem sind Sie jetzt, Jahre nachdem die Neubauers gestorben sind, ohne Luise hergekommen. Warum?«

»Das sagte ich bereits. Ruhe und Erholung. Die vergangenen Wochen waren, nun ja, recht anstrengend.«

»Gibt es Probleme in Ihrer Ehe mit Luise?«

Offensichtlich hatte die vor ihm liegende braune Mappe nicht alle Details über mich und mein Dasein als Witwer verraten. Ich hatte nicht vor, das zu ändern.

»Das, so würde ich meinen, ist meine Privatangelegenheit.«

»Es gibt nichts Privates, wenn ein Mensch ermordet wird.«

Öha. Mir kam es so vor, als ob das Surren der Klimaanlage plötzlich lauter wurde. Oder bildete ich mir das nur ein?

»Hat der feine Herr aus der Bundesrepublik die vergangene Nacht mit jemandem verbracht? Vielleicht mit Carlotta Woods?«

Warum betonte er immerzu die »Bundesrepublik«? Konnte er, wenn er das schon immer so herausstreichen musste, nicht einfach Deutschland sagen?

»Ich bin erst gestern Abend angekommen. Danach habe ich das Haus bis heute Mittag nicht mehr verlassen.«

»Kann jemand bezeugen, dass Sie in der vergangenen Nacht und während des Vormittages daheim waren?«

»Selbstverständlich«, sagte ich.

Meine Wortmeldung überraschte sowohl ihn als irgendwie auch mich. Er hatte sich wohl schon einen Vortrag zurechtgelegt, wonach meine Geschichte sehr unglaubwürdig klinge und ich mir besser einen Anwalt organisieren sollte. Einen Anwalt, hier in der Pampa. Wahrscheinlich war der einzige Anwalt der Bruder vom Slimfit-Sheriff. Oder sein Cousin. Oder sein Vater. Oder sein Haberer, der ihn in der Schule immer abschreiben hat lassen. Aber seinen Vortrag musste er sich noch ein bisschen aufsparen.

»Ein Hund saß plötzlich vor meiner Tür. Seitdem begleitet er mich.«

Ich verriet ihm nicht, dass Bella erst heute Mittag, als ich meine Nase ins graue Nichts gesteckt hatte, vor der Tür gesessen war. Und ich war mir ziemlich sicher, dass sie mich nicht verraten würde.

»Ich glaube, Sie verkennen den Ernst der Lage«, erwiderte er trocken.

Ich verneinte. »Schauen Sie, ich sehe mich für diese Situation weder zuständig noch verantwortlich. Ich habe mit Ihrer Toten aus diesem Steinbruch nichts zu tun. Ich kannte die Frau nicht, und ich wusste nicht einmal, dass es hier einen Steinbruch gibt. Wenn es weiter nichts zu besprechen gibt, und angesichts Ihrer nicht vorhandenen Beweise sieht das für mich ganz so aus, würde ich jetzt gerne gehen. Ich muss nämlich noch einkaufen, bevor Sie mich zurück nach Rust fahren.«

»Sie wollen mir weismachen, dass Sie den weltbekannten Steinbruch von St. Margarethen nicht kennen?«

Bis hierhin hatte er meine Ausflüchte und Erklärungen wohl noch halbwegs für bare Münze genommen. Mein Unwissen hinsichtlich des »weltbekannten« Steinbruchs ließ mich und das von mir Gesagte jedoch nun in einem äußerst unglaubwürdigen Licht erstrahlen. Dabei hatte ich natürlich schon mal vom Margarethener Steinbruch gehört, schon in der Schule in der Kleinen Sperlgasse hatte ich gelernt, dass der dort gewonnene Sandkalkstein unter anderem für den Bau des Stephansdoms verwendet worden war. Und ja, jetzt fiel mir auch ein, dass in einem Teil des Steinbruches Opern und andere Kulturevents aufgeführt werden. Große Sommerspektakel, die Abend für Abend die Massen anlocken. Aber woher sollte ich denn wissen, dass das Mordopfer ausgerechnet in diesem Steinbruch ums Leben gekommen war?

Widerstand!

Der Hupfer über die Straße vom Stadtpolizeikommando zum Supermarkt kostete mich keine sechzig Sekunden.

Ich konnte mir ausrechnen, dass Krammer mich nicht so schnell von der Leine lassen würde. Ein Fremder kommt in ein kleines Städtchen wie Rust, und am nächsten Tag wird gleich nebenan im weltberühmten Steinbruch eine Leiche gefunden. Für jeden Polizisten der Welt ist das einfach eine zu verlockende Konstellation, und ich selbst hätte die Gelegenheit bis vor wenigen Tagen wahrscheinlich ebenso am Schopfe zu packen versucht. Auch wenn, und das war so ein bisserl der Schwachpunkt seiner Theorie, auch noch andere Orte in der näheren Umgebung des Steinbruchs von St. Margarethen lagen, in denen man nach potenziellen Täterinnen oder Tätern fahnden hätte können. Zum Beispiel St. Margarethen. Aber wie es aussah, würde er sich so lange in seine Nikolaus-Lauda-Tätertheorie verbeißen, bis er genug halbseidene Indizien beisammenhatte. Auch das wusste ich aus eigener Erfahrung nur zu genau. Also musste ich hoffen, dass der tatsächliche Täter bald auftauchen würde.

»Nehmen Sie es ihm nicht übel, er steht ein bisserl unter Druck«, sagte der Poidl, der freundlichere der beiden uniformierten Polizisten, als er mich zur Tür begleitete. »Wir haben die Tatwaffe noch nicht gefunden«, erklärte er. »Das macht ihn ziemlich unrund. Grüßen Sie bitte die Luise von mir, ich würde mich freuen, wenn sie auch mal wieder vorbeischauen würd.«

»Mach ich«, sagte ich geistesabwesend. »Fahren Sie mich dann gleich wieder zurück nach Rust?«

»Würd ich gern«, antwortete Leopold Rainprecht, und schon nach diesen drei Worten war klar, dass aus meinem Taxishuttle zurück nach Rust wohl nichts werden würde. »Aber der Herr Chefinspektor hat's untersagt.«

Ich klaubte die dringlichsten Einkäufe im Supermarkt zusammen und trat mit zwei vollen Papiersackerln wieder in die nassgraue Eisenstädter Vorstadt hinaus. Ich studierte den Fahrplan der direkt neben dem Supermarkt gelegenen Busstation. In meinem Rücken konnte ich spüren, wie mich Krammer und Konsorten von der gegenüber gelegenen Stadtpolizeidirektion beobachteten. Der 280er verkehrte zwischen Neusiedl und Eisenstadt, und ich hatte gute Lust, mich mit seiner Hilfe auf direktem Wege wieder aus diesem Landstrich wegzubewegen. Aber wohin hätte ich fahren sollen? Rust war wohl jener Ort in der Welt, der mich aktuell am willkommensten hieß. Im Ruhrgebiet drehte Vitos Clan auf der Suche nach mir jeden kohlegeschwärzten Stein einzeln um. Natürlich war es gut möglich, dass sie mich auch in Rust aufstöbern würden. Aber zum einen wollte ich hier ja nicht ewig bleiben, sondern in Ruhe einen Plan schmieden und dann weiterziehen. Und zum anderen hatte ich in dieser überschaubaren Gegend wenigstens den Vorteil, dass ich sie schon von Weitem anrollen sehen würde.

Kurz darauf hörte ich ein mir vertrautes Hupen.

»Sie spazieren ja dauernd durch die Gegend«, sagte die Taxiprucknerin.

Auf der Rückbank saß ein kleines Mädchen, das an einem Lolli rumlutschte. Wohl die Tochter, kombinierte ich mit der mir eigenen phantastischen Kombinationsgabe.

»Wer rastet, der rostet«, erklärte ich philosophisch.

»Steigen Sie ein, ich nehme Sie mit. Wir sind auf dem Weg zur Demo, da kann ich Sie beim Bahnhofsheiserl rauslassen. Und Ihren Hund haben Sie ja nicht dabei.«

»Meine Hündin«, grummelte ich.

Angesichts der zwei schweren Papiersackerln und der vor

mir liegenden Wartezeit bis zum nächsten Bus nahm ich das Angebot gern an. »Was denn für eine Demonstration?«, fragte ich neugierig, nachdem ich auf der Rückbank Platz genommen und »Hallo« zur Tochter gesagt hatte.

Ich schätzte sie auf acht oder neun Jahre. Sie hatte mich keines Blickes gewürdigt, sondern weiter auf ihrem Lolli rumgekaut.

»Der Plünder hat große Kalksteinmengen aus dem Steinbruch für das neue Hotel in Ungarn zugesagt. Das lassen wir uns nicht gefallen«, sagte die Taxiprucknerin mit resoluter Stimme.

»Der Steinbruch also«, murmelte ich vor mich hin.

»Ja. Auch wenn das jetzt ein total g'schissener Zeitpunkt ist wegen der Carlotta. Aber die Demo ist schon so lang für heute geplant, weil heute der erste Transport nach Ungarn gehen soll.«

»Und was ist so schlimm daran, wenn Kalkstein nach Ungarn geht?«

»Das ist ja in Fertőrákos nicht nur ein Hotel, sondern ein Parkhaus mit fast neunhundert Stellplätzen, ein Yachthafen und wer weiß was noch alles. Auf einer Fläche von achtzig Fußballfeldern, mitten im Nationalpark- und Naturschutzgebiet.«

»Aber was drüben irgendwo in Ungarn passiert, kann den Rustern doch egal sein«, erklärte ich.

»Eben nicht. Das ist nicht ›irgendwo‹ in Ungarn, sondern gleich hinter der Grenze. Und ein solches Monsterprojekt wirkt sich auf das sensible Gleichgewicht von Flora und Fauna in der ganzen Region aus, um das es ohnehin nicht gut bestellt ist.«

Die Taxiprucknerin war on fire. Also Themenwechsel.

»Haben Sie die Carlotta gekannt?«, fragte ich.

»Natürlich. Sie war zwar keine von uns, aber mit dem Alfred verheiratet. Der wohnt am Rathausplatz.«

Keine von uns.

»Waren Sie befreundet?«

»Nicht wirklich. Die Carlotta hat sehr genau g'wusst, was sie will. Und dass ihr Rust zu klein war, hat man sehr schnell g'merkt. Sie wollte über die Schönen und Reichen berichten und Karriere als Journalistin machen.«

»Arbeitete sie für eine Zeitung hier aus der Region?«, hakte ich mit möglichst gleichgültigem Tonfall nach.

»Ja, für den Eisenstädter Express.«

»Ist die Demo im Steinbruch?«

»Na, der ist noch als Tatort gesperrt. Wir versammeln uns vor der Einfahrt. Schauen Sie auch vorbei? Ist nicht weit von Ihnen, immer der B 52 entlang. Der Christian Braunschmidt vom Express hat sich auch angesagt, das wird richtig viel Aufmerksamkeit geben.«

Warum eigentlich nicht? Das war eine gute Gelegenheit, um sich dem Tatort unverdächtig nähern zu können. Die hiesige Polizei machte in puncto Aufklärung des Mordes schließlich keinen sehr hoffnungsvollen Eindruck. Und wenn ich nicht mangels anderer Verdächtiger irgendwann so richtig ins Fadenkreuz vom Krammer geraten wollte, konnte es nicht schaden, vielleicht selbst ein bisschen zum Erfolg der Ermittlungen beizutragen. Zudem war so eine Demonstration eine gute Möglichkeit, Anschluss an die Ruster zu finden. Ich hatte das unbestimmte Gefühl, dass ich in der nächsten Zeit ein paar Verbündete gebrauchen könnte.

Die Taxiprucknerin hatte mich vor dem Bahnhofsheiserl mit dem guten Ratschlag rausgelassen, gemeinsam mit Bella nicht zu Fuß entlang der Ruster Straße zum Steinbruch zu marschieren, da so mancher Autofahrer dort wie eine »g'sengte Sau« unterwegs sei. Den Ausdruck hatte sie tatsächlich so gewählt. Und sie war Taxifahrerin, wusste somit, wovon sie sprach. Die Frage war nur, welchen Alternativweg wir einschlagen sollten, denn sowohl nördlich als auch südlich erstreckten sich ausufernde Weingärten. Die beiden nördlich beziehungsweise südlich verlaufenden Rad- und Wander-

wege, die parallel zur Bundesstraße lagen, bedeuteten einen
ziemlichen Umweg.

Bella und ich stellten uns vor unserem Haus an die Straße.
Ich wollte meine Gefährtin entscheiden lassen, welche Richtung sie für unseren kleinen Ausflug einschlagen wollte. Ob
südliche oder nördliche Variante. Ich nahm jene unbestimmte
und reglose Körperhaltung ein, die ich zuvor auch schon in
der Unterhaltung mit Herrn Chefinspektor Krammer gewählt
hatte, damit ich Bella in ihrer Entscheidung nicht beeinflusste.
Irritiert von meiner Starre, sah sie mich mit einer Mischung
aus Verstörung und Mitleid an. Vielleicht vermutete sie einen
Schlaganfall oder Ähnliches bei mir, denn je länger wir da so
reglos standen, desto unruhiger schien sie zu werden. Um sie
von ihren Qualen zu erlösen, schlug ich schließlich den Weg
in Richtung Süden ein. Wir ließen den Friedhof, zwei Häuser und ein Pflegezentrum hinter uns und befanden uns eine
Minute später inmitten der Ruster Weinberge. Die einzelnen
Weingärten waren lediglich von brachliegenden Flächen, frei
stehenden Bäumen oder Windschutzgürteln unterbrochen.
Aus Letzteren schaute hin und wieder mal ein neugieriges
Reh oder ein Feldhase heraus, um einen Blick auf die beiden
Störenfriede zu werfen, die bei bestem grauen Novemberwetter auf diesem schmalen Asphaltweg unterwegs waren.

Den Schildern zufolge marschierten Bella und ich erst auf
dem Weinweg, waren dann ein Stückerl auf dem Storchenweg
unterwegs und legten schließlich noch einige Meter auf dem
Panoramaweg zurück, der für unseren Geschmack jedoch leider viel zu früh die B 52 kreuzte, um sich auf der nördlichen
Seite weiter durch die malerische Landschaft zu schlängeln.
Doch egal wie die Wege von den einheimischen Touristikern
benannt worden waren, ihnen allen war gemeinsam, dass man
mit jedem gewonnenen Höhenmeter eine nochmals grandiosere Aussicht auf den Neusiedler See als Geschenk für seine
Mühen erhielt. Im Sommer. Nicht hier und jetzt, im Novembernebel. Dass wir gleichzeitig fernab davon waren, einen auch

nur annähernd direkten Weg zwischen Bahnhofsheiserl und Steinbruch zurückzulegen, störte uns keineswegs. Die von der Prucknerin erwähnte Demonstration würde uns schon nicht davonlaufen.

Und so zogen Bella und ich durch die abgeernteten Weingärten, machten eine Rast auf einer morschen Holzbank und genossen von dort einen weiteren Blick auf Rust und den breiten Schilfgürtel, der die Freistadt vom Neusiedler See trennte. Dabei wurde mir noch mal bewusst, dass das bescheiden große Städtchen über gleich drei Kirchen verfügte. Ich wusste, dass die Religion – auch nach wie vor – eine große Rolle in Österreich spielte, sobald man sich aus Wien herausbewegte. Aber drei Kirchen in einer Zweitausend-Einwohner-Stadt fand ich trotzdem erstaunlich viel. Kurz darauf machten Bella und ich die Erfahrung, dass nicht nur auf der Bundesstraße die Leute wie eine »g'sengte Sau« fahren können, auch auf den als Wanderweg getarnten Nebenstraßen musste man mitunter um sein Leben fürchten. Als uns ein roter Kombi mit drei Halbstarken überholte, mussten wir fast in den Wanderweggraben springen, um unser Leben zu retten.

»Passts halt auf!«, schrie ich den Fahranfängern hinterher, ohne dabei jedoch irgendeine Reaktion zu erwarten oder gar zu bekommen.

»Da haben wir noch mal Glück gehabt«, sagte ich zu Bella, als wir uns einmal kräftig durchgeschüttelt hatten. Dass das nicht nur sprichwörtlich galt, zeigte sich, als wir drei Meter später vor einem Holzwegweiser mit der Aufschrift »Glück« standen. Er zeigte nach links, den Hügel weiter hinauf, wohin auch der hier verlaufende Bernsteintrail führte, wie wir einem weiteren Wanderwegschild entnahmen. Ich warf Bella einen Blick zu, und dieses Mal musste ich nicht lange auf eine Reaktion ihrerseits warten. Sie fetzte den Hügelweg hinauf, und ich rannte, so schnell es ging, hinter ihr her. Mitten ins Glück.

Zwanzig Minuten später hatten wir einen Sendemast mit einer darunter befindlichen – von der Pannonia Bank gesponserten – Parkbank sowie eine Siedlung mit einer Reihe von Einfamilienhäusern passiert. Wenn so das Glück am Ruster Berg aussah, haben Bella und ich es in vollen Zügen genossen. Je mehr wir uns der Bundesstraße näherten, desto lauter wurden immer wieder aufbrausende Beifallsbekundungen. Wir waren trotz unseres einstündigen Fußmarsches durch die Ruster Weinprärie nicht zu spät gekommen, um etwas von der Demonstration mitzubekommen. Direkt bei der Werkseinfahrt auf das Gelände von Plünders Steinbruchfirma begann eine am Wegesrand geparkte Kolonne von gelben Radladern und langen Lkws. Je mehr Bella und ich uns der Kundgebung näherten, desto mehr wurde die für Rust und Umgebung übliche Totenstille durch Rasseln, Trommeln und Rufe abgelöst. Bella neben mir war ganz aus dem Häuschen. Ich sah mich unauffällig um, hinter uns war niemand zu sehen. Einhundert, vielleicht einhundertfünfzig Menschen waren zu der Kundgebung gekommen. Das war nicht nichts für diese ländliche Umgebung. Die Blicke der Menschen waren auf eine Rednerin gerichtet, die auf einem kleinen Podest stand. Ich nutzte die Gelegenheit und schlenderte ein bisschen um die drei schweren Radlader herum. Das waren schon riesige Dinger. Erinnerten mich an jene Fahrzeuge, die sie damals bei den Anti-Atom-Protesten im deutschen Gorleben aufgefahren hatten, um die von unserer österreichischen No-Atom-Sektion errichteten Barrikaden zu räumen.

Ich kannte natürlich so gut wie niemanden und postierte mich deshalb ein bisschen abseits der Menge, um mir einen Überblick zu verschaffen. »Plünder, du Sünder!«, lautete der oft wiederholte Slogan, hin und wieder auch mit dem Zusatz »Umweltsünder«. An einem Tor, hinter dem die Zufahrt zum eigentlichen Abbaubereich des Steinbruchs lag, standen Bauarbeiter und Anzugträger hinter einer Absperrung. Sie sahen sich die ganze Szenerie interessiert an. Ich entdeckte die Taxiprucknerin am Rande der Kundgebung und gesellte mich zu ihr und ihrer Tochter hinzu.

»Schön, dass Sie wirklich gekommen sind. Wir können jede Unterstützung gebrauchen. Das ist die Umweltbeauftragte von Neusiedl«, erklärte sie und deutete zur Rednerin, die gerade über mögliche Gefahren dozierte, die das Hotelprojekt in Ungarn für die Welterberegion Neusiedler See sowie Natur und Tierwelt berge.

»Und die Demonstration findet hier statt, nur weil der Plünder ein bisserl Steine für das Projekt zur Verfügung stellt?«

»Der Plünder ist auch mit einer seiner Immobilienentwicklungsfirmen an dem Hotelbau in Fertőrákos beteiligt«, erklärte die Taxiprucknerin.

»Gehört dem Plünder zufällig auch dieses kleine Hochhaus, an dem man mit dem Zug vorbeifährt? Zwischen Parndorf und Neusiedl?«

»Ja, genau. Das ist seine Unternehmenszentrale. Maximilian Plünder ist quasi der Richard Lugner des Burgenlands. Der hat mit seiner Firma das halbe Bundesland be- und gebaut, vom Einfamilienhaus über Thermen bis hin zu diversen Schnellstraßen. In Rust hat er, am Beginn der Seestraße, ein Pflegewohnhaus errichtet, in dem meine Mama ein Zimmer bekommen hat. Es ist also nicht alles schlecht, was er macht. Aber sonst …«, sinnierte die Taxiprucknerin. »Bei Parndorf hat er sich dieses Hochhaus in die Landschaft gesetzt und anschließend seinen Firmensitz dort eingerichtet. Er verhält sich wie ein feudaler Gutsherr aus dem 18. Jahrhundert. Plünder hat die besten Verbindungen nach Wien. Es heißt, er hat sogar einem Duzfreund des früheren Bundeskanzlers die Villa gebaut. Aber von so einem Machoangeber lassen wir uns hier nicht beeindrucken.«

Ein lautes »Buuh« ertönte, als die Umweltbeauftragte davon berichtete, dass auch der burgenländische Landtag nichts gegen das Engagement Plünders in Ungarn ausrichten könne und man ihm die Art der Verwendung der hier in St. Margarethen abgebauten Rohstoffe nicht diktieren könne. Ich buhte, stellvertretend für Bella, kräftig mit. Immerhin war es ihre Heimat, die hier verunstaltet werden sollte.

Als Nächstes folgte ein Mann um die fünfzig, recht klein gewachsen, der aber einen ziemlich bestimmenden Eindruck und eine resolute Körpersprache an den Tag legte. Um allen Klischees gerecht zu werden, trug er Birkenstocksandalen. Im November. Hatte die Umweltbeauftragte noch versucht, ihrer Empörung auf zivilisierte Art und Weise Ausdruck zu verschaffen und vor allem auf die Überzeugungskraft ihrer Argumente gesetzt, packte dieser Herr nun den rhetorischen Vorschlaghammer aus. »Wir lassen uns von den Großkopferten nicht hinters Licht führen und lassen uns unseren Neusiedler See ganz sicher net verschandeln«, war noch das Freundlichste, das er den Anzugträgern hinter der Absperrung ausrichtete. »Dafür brauch ma die Ungarn net, das mit der Verschandlung schaff ma eh auch selbst, wenn man sich die ganzen exklusiven Chalets mit direktem Seezugang anschaut, die in den letzten Jahren hochgezogen werden«, murmelte ein Mann neben mir, der nicht ganz auf Linie mit den Demonstrationsorganisatoren zu liegen schien.

»Geh, gib a Ruh, du Depp!«, erntete er die erwartbare Reaktion der Prucknerin. »Das ist doch ganz was anderes.«

»Ihr kriegts uns net klein, wir werden Widerstand leisten bis zum letzten Mann und bis zur letzten Frau!«, schloss der Birkenstockprediger schließlich kurz darauf seine Ansprache.

»Das war der Alfred Dachs«, erläuterte die Taxiprucknerin, als er einige Minuten später ein letztes »Widerstand!« in den Himmel über dem Steinbruch gepfeffert hatte. »Der Mann von der Carlotta. Und Kristallschädelhüter ersten Grades, er hat damals die Bürgerinitiative gegründet.«

Ich blickte sie etwas überrascht an.

»Trauen Sie uns Landeiern wohl net zu, eine eigene Bürgerinitiative auf die Beine zu stellen, oder?«, fragte sie und lachte mich an. »Unsere Eltern haben damals schon die Brücke über den Neusiedler See zwischen Mörbisch und Illmitz noch vor Baubeginn zum Einsturz gebracht. Wir werden auch jetzt diesen unförmigen Hotelkoloss verhindern.«

Dabei war es eigentlich nicht die Bürgerinitiative gewesen, deren Erwähnung mich dezent irritiert hatte.

»Wann können wir denn endlich wieder gehen?«, fragte die neben der Prucknerin stehende Tochter, noch bevor ich Details zum Kristallschädel erfragen konnte. »Mir ist sooo kalt.«

»Wart noch ein bisserl, Desiree. Wir stehen ja schließlich auch für deine Zukunft hier.« Das blonde Mädchen schien nicht sonderlich überzeugt zu sein von dieser Argumentation und zupfte weiterhin an der Hose der Taxiprucknerin herum. »Das muss so schwer für den Alfred sein, in dieser Situation eine so beeindruckende Rede zu halten«, sagte die Taxiprucknerin vor sich hin.

Hmm. Wie ein trauernder Witwer sah er nicht gerade aus, wie er dort so in seiner Kämpferpose dastand und die linke Faust in den grauen Himmel reckte. Das konnte man aber genauso gut für die Taxiprucknerin behaupten. Dafür, dass heute Morgen eine Mitbürgerin tot im Steinbruch aufgefunden worden war, wirkte sie ziemlich aufgeräumt. »Und ist der Plünder auch da?«, fragte ich.

»Nein, der lässt sich nicht dazu herab, sich mit uns hier auseinanderzusetzen. Dafür ist er sich zu fein.«

Wir betrachteten das Schauspiel noch eine Weile.

»Was machen Sie eigentlich beruflich?«, fragte die Taxiprucknerin auf einmal.

»Sicherheitsbranche«, antwortete ich knapp. Es reichte, wenn der Hilfssheriff aus Eisenstadt über meine frühere Profession Bescheid wusste. Es bestand kein Grund, das hier an die große Glocke zu hängen.

»Deshalb fragen Sie also so neugierig«, erklärte sie und lachte mich an.

Das sagte gerade die Richtige, dachte ich und erinnerte mich an die gestrige Taxifahrt von Eisenstadt nach Rust.

»Papa, Papa!«, rief die Kleine auf einmal. »Mama, bitte darf ich zu Papa?«

Die Taxiprucknerin drehte sich um, und ich tat es ihr gleich. Die beiden uniformierten Polizisten waren gerade hinter uns aus ihrem Dienstauto gestiegen und kamen auf uns zu. Vor ihnen ging der Sheriff, auf den die Tochter der Taxiprucknerin nun zustürmte. Der gelackmeierte Slimfit-Beau mit der Sonnenbrille herzte das heranstürmende Mädchen kurz und war dann sichtlich darum bemüht, sofort wieder einen professionellen Eindruck zu machen. Vor allem ihre von Lolli und Schokolade gezeichneten Mundwinkel schienen ihm Angst zu machen, weswegen er versuchte, sie nicht allzu nahe an seinen Anzug heranzulassen.

»Grüß Gott«, sagte er, als er neben der Taxiprucknerin und mir angekommen war. Seine beiden Kollegen schwärmten aus, um sich ein Bild von der Situation zu machen. »Die Daniela und der Herr aus der Bundesrepublik, man kennt sich also«, sagte er zur Mutter seiner Tochter. »Das sollte mich ja eigentlich nicht wundern.« Dazu wieder dieses selbstgerechte Grinsen.

»Ich wundere mich eher, dass du dich da hertraust«, entgegnete die Taxiprucknerin. »Hast keine Angst um dein hübsches G'wand? Könnt doch dreckig werden.«

Ah ja. Die Verhältnisse zwischen den beiden schienen ziemlich eindeutig zu sein.

»Jemand in einer solch wichtigen Position, wie ich sie innehabe, kann sich seine Einsätze leider nicht aussuchen«, erklärte er staatstragend. Es hätte nicht viel gefehlt und seine Segelohren wären vom starken Wind hin- und hergeschwungen worden. »Papa, Papa, wollen wir uns die Bagger im Steinbruch anschauen?«, hing das Mädchen nun trotzdem an seiner Hose. Pikiert wischte er sich diese sauber, als ob seine Tochter zuvor mit den Fingern in Hundescheiße gespielt hätte.

»Nein, Schatzerl, das geht nicht. Ich habe zu tun«, erklärte er, sehr zur Unzufriedenheit von Desiree. »Es ist auf jeden

Fall gut, dass Sie sich weiterhin in Rust und Umgebung aufhalten«, sagte er anschließend zu mir. »Und ich würde Ihnen empfehlen, an diesem Aufenthaltsstatus auch in den nächsten Tagen und Wochen nichts zu ändern.«

»Ich wüsste nicht, warum ich hier wegsollte. Ich habe hier doch alles, was man braucht«, antwortete ich.

»Dann ist's ja gut.«

Die beiden uniformierten Polizisten begannen damit, mit rot-weißem Absperrband ein Spalier durch die kleine Menschenmenge zu ziehen. Die Demonstranten, unter denen auch viele Familien mit Kindern waren, ließen das widerstandslos geschehen. Lediglich der Hüter des Kristallschädels wollte sich dem Prozedere nicht widerstandslos ergeben. Er war aber schnell von jenem grimmigen Polizisten zur Räson gebracht worden, der mich heute Morgen schon so garstig angebellt hatte. Auch hier kannte man sich, auch hier duzte man sich. Persönliche Nähe half dabei, den Aggressionslevel bei einer solchen Kundgebung möglichst niedrig zu halten. So war das wohl am Land. Nur dass halt blöderweise trotzdem an diesem Morgen eine Leiche im Steinbruch gefunden worden war.

Die Anzugträger öffneten die Einfahrt zum Gelände des Steinbruchs, und die Arbeiter machten sich auf den Weg zu ihrem schweren Gerät, das nach wie vor am Rand des Weges geparkt stand. Eine friedliche Demonstration an einem Tatort zu tolerieren, war für die örtlichen Behörden natürlich ein Ding der Unmöglichkeit. Mit schwerem Baugerät potenzielle Spuren platt zu fahren, schien dagegen kein Problem zu sein.

Die ersten Motoren wurden gestartet, die Buhrufe der Anwesenden wurden lauter. Der verantwortliche Plünder, der hier erst gar nicht erschienen war, wurde erneut lautstark als Umweltsünder gebrandmarkt. Der Slimfit-Sheriff sah sich die unübersichtlich werdende Szenerie gemeinsam mit einem der Anzugträger an. Sie unterhielten sich geschäftig, lächelten einander jovial zu. Auch hier kannte und schätzte man einander.

Die Motoren der Fahrzeuge heulten auf. Doch in der Folge

tat sich reichlich wenig. Nur einer der Lkws setzte sich in Bewegung, die Radlader schienen nicht wirklich vom Fleck zu kommen. Ein Plattfuß an jedem der riesigen Ungetüme hatte das schwere Gerät außer Betrieb gesetzt. Die Anzugträger reagierten gehetzt und unentspannt, liefen zu den Maschinen. Auch Chefinspektor Krammer schloss sich ihnen an, ebenso wie der grimmige der beiden uniformierten Polizisten. Der dicke, der mir nach der Vernehmung im Stadtpolizeikommando die Grüße an Luise mit auf den Weg gegeben hatte, Leopold Rainprecht, lächelte stattdessen in sich hinein. Bei allen Maschinen war ein Reifen mit einem Messer malträtiert worden. Das mit dem Messer war offiziell natürlich erst später festgestellt worden. Was damals in Gorleben funktioniert hatte, erfüllte offensichtlich auch fünfundzwanzig Jahre später am Neusiedler See seinen Zweck.

9. Juli 1989

Der Hermann hat mir heut einen Heiratsantrag g'macht!

Wir waren im Leithagebirge spazieren. Hinauf zur Franz-Joseph-Warte hat er woll'n, eine Brotzeit hat er auch dabeig'habt. Als wir oben an'kommen sind, hat er plötzlich inneg'halt'n. Ich hab erst nicht verstanden, warum. Aber dann hab ich g'sehn, dass auf den vierundzwanzig Steinstufen der Warte jeweils ein Zweig einer wunderschön bläulich schimmernden Schafgarbe lag – meine Lieblingswiesenblume!

Ganz vorsichtig ist er mit mir gemeinsam zur Stiege, hat jede Schafgarbe einzeln aufg'hoben und mir oben den ganzen Strauß überreicht. Dann hat er mich, oben zu bleiben, während er wieder nach unten ist. Dort hat er sich dann am Fuße des Gemäuers nieder'kniet und hat »Miss Burgenland« vom Ludwig Hirsch für mich g'sungen. So ein verrückter Kerl! Richtig bemüht hat er sich, obwohl er doch gar net singen kann. Und als der Hermann fertig war, hat er eine kleine Schachtel hervorg'holt, sie geöffnet und mich im Angesicht des Ringes von unten g'fragt, so laut, dass alle Rehe und Wildschweine im Wald es ham hören können, ob ich ihn heiraten mag. Ich hab vor Freude ang'fangen zu weinen. Er war erst ganz enttäuscht, weil er 'dacht hat, ich würd net wollen. Dabei hab ich diesen Moment doch so sehr herbeig'sehnt. Auch die Mama war so froh, als ich ihr davon erzählt hab. Und ich bin mir sicher, auch der Papa hätt seine Freud damit g'habt. Wenn er es nur hätt erleben können ...

Sonntag

Der Anführer der Herde

Das Krächzen, das ich schon tags zuvor erfolgreich als Türglocke identifiziert hatte, weckte mich an diesem Sonntagmorgen aus meinen Träumen. Als Stadtkind, das im Karmeliterviertel im zweiten Bezirk groß geworden und lange Jahre für das Wiener Landeskriminalamt tätig gewesen war und zuletzt sieben Jahre im Riesenmoloch Ruhrgebiet verbracht hatte, hatte ich im Vorfeld ja erwartet, dass hier am Land zu nachtschlafender Zeit vielleicht ein krächzender Hahn die Tagwache einläuten würde. Aber wie das so ist mit Klischees, sie besitzen zwar oft einen wahren Kern, haben aber nur wenig mit der Realität zu tun.

Ich holte die Milchflasche aus dem Kühlschrank und stellte sie auf den Tisch. Dann torkelte ich, begleitet von der bellenden Bella, nach draußen und nahm mir fest vor, am heutigen Abend weniger Bier zu trinken. Die Chancen standen gut, dass ich diesen Vorsatz in die Tat würde umsetzen können, denn mein Bierbestand war praktisch an seinem Ende angelangt. Ich Depp hatte vergessen, beim Supermarkt in Eisenstadt auch in dieser Hinsicht für Nachschub zu sorgen. Und eine Trinkhalle à la Ruhrgebiet würde ich in Rust wohl vergeblich suchen.

»Ja, bitte?«, sagte ich zu dem Mann, der vor dem Einfahrtstor stand und mich erwartungsvoll wie bedrückt ansah. Er trug eine blonde Dauerwelle im Vokuhila-Style, wie sie zuletzt vielleicht in den 1980ern modern gewesen war. War das eine Perücke?

»Ich habe gehört, Sie sind aus der Sicherheitsbranche?«

Das war ein ziemlich weites Feld, aber grundsätzlich konnte ich das nicht abstreiten. Da er diese Information wohl nur von der Taxiprucknerin haben konnte und er mir bis auf die

Lockenpracht halbwegs vertrauenswürdig vorkam, ließ ich ihn eintreten.

»Ich kann Ihnen leider nicht viel anbieten«, erklärte ich, nachdem wir uns in der Küche an den kleinen weißen Tisch mit den Metallbeinen gesetzt hatten. Nicht nur das Bier war alle, auch die Kaffee- und Teevorräte gaben nicht mal genug für das Befüllen des kleinen Fässchens eines Rettungsbernhardiners in den Walliser Alpen her.

»Vielleicht ein Glas Milch?«, fragte ich.

»Ist nicht nötig«, sagte er. »Ich heiße Thomas Forstner. Ich bin der Bruder von der Carlotta.«

Das war eine passende Erklärung dafür, dass er so bedrückt aussah. Nicht jedoch für die affige Frisur.

»Mein Beileid«, sagte ich. »Aber was kann ich für Sie tun? Ich habe Ihre Schwester nicht gekannt.«

»Ich möchte, dass Sie ihren Mörder finden.«

»Ist das nicht der Job der Polizei?«, fragte ich.

»Ich bin in Eisenstadt aufgewachsen, ich weiß, wie das hier läuft. Die Carlotta hat irgendwem von den Großkopferten dazwischeng'funkt und wurde deshalb aus dem Weg geräumt. Und die sind hier alle miteinander verhabert, da hackt kein Storch dem anderen ein Auge aus.« Interessante Vorstellung, das. »Ich traue denen nicht über den Weg, vor allem nicht diesem Trottel Krammer, der nur Polizist geworden ist, weil sein Vater ihn damals protegiert hat.« Ich kannte Thomas Forstner noch nicht allzu lange, aber er war mir bereits jetzt sehr sympathisch. »Ich wohne in Wien und fahre noch heute wieder zurück. Ich will mit den Trotteln von der Polizei in Eisenstadt gar nichts zu tun haben. Deshalb würde ich Sie bitten, ein paar Nachforschungen anzustellen. Natürlich gegen Bezahlung.«

Ich war einigermaßen überrascht. Ich war nicht zum Arbeiten nach Rust gekommen. Das Gehalt vom deutschen Staat war mir nach der Freistellung vom Polizeidienst noch einige Zeit sicher, ich musste mich also erst mal nicht um meinen Lebensunterhalt sorgen. Und jetzt erhielt ich hier auf einmal ein Jobangebot. Wenn ich es aber recht betrachtete, wurde mir hier die Legitimierung für eigene Nachforschungen auf dem Silbertablett serviert. Nachforschungen, die mir die eigene Haut retten konnten, denn dass der Slimfit-Sheriff den nötigen Ehrgeiz an den Tag legen würde, einen anderen Täter als Nikolaus Lauda zu finden, darauf würde ich wohl vergeblich warten. Also musste ich selbst aktiv werden. Und hier vor mir saß die passende Ausrede dafür.

»Warum ausgerechnet ich?«, fragte ich. »Gibt es in Eisenstadt oder Wien keine Privatdetektive?«

»Doch, natürlich«, antwortete er. »Aber Sie sind nicht von hier. Ihnen kann ich vertrauen. Sie verfolgen keine eigenen Interessen.« Ziemlich naiv, der Kerl. »Außerdem hat mir die Daniela Sie empfohlen. Und die hat eigentlich eine ganz gute Menschenkenntnis.«

Ich überlegte in Sekundenbruchteilen hin und her, wägte ab, ordnete Argumente und legte eine imaginäre Plus-Minus-Liste an, nur um das alles nach einem weiteren Sekundenbruchteil wieder zu verwerfen.

»Gut«, sagte ich. »Ich mach's.«

Carlotta Woods war zweiunddreißig Jahre alt geworden, sie hatte in Wien Publizistik studiert und anschließend versucht, in der österreichischen Hauptstadt im Journalismus Fuß zu fassen. Ihr war jedoch kein Erfolg vergönnt gewesen, also war sie nach ein paar Jahren ins Burgenland zurückgekehrt, um beim Eisenstädter Express anzuheuern, einer Bezirkszeitung, die ihre Leserinnen und Leser über anstehende Weinfeste, den Ruster Storchennachwuchs und Veranstaltungen der die Kunst und Kultur fördernden Fürstenfamilie informierte. Wenn sich in Eisenstadt, am Neusiedler See oder sonst wo im nördlichen Burgenland etwas tat, der Express wusste Bescheid. Thomas Forstner schien kein gesteigertes Interesse an Veranstaltungen und Entwicklungen dieser Art zu haben, im Gegenteil, er äußerte sich ziemlich abschätzig. Und ich hatte auch nicht

vor, mich allzu tief in diese Details des burgenländischen Ge-
sellschaftslebens zu vertiefen. Ich war schon in Wien und im
Ruhrgebiet mehr Einzelgänger als Gesellschaftstier gewesen.

Drei Jahre war das Mordopfer mit Alfred Dachs, einem, laut
Forstner, »Quacksalber ersten Ranges«, verheiratet gewesen.
Mir fiel in diesem Kontext das Wörtchen »Kristallschädel«
ein, das ich am Vortag bei der Demonstration aufgeschnappt
hatte. Forstner schien jedenfalls keine rechte Freude an der Ehe
seiner Schwester gehabt zu haben. Er beschrieb sie als karrie-
rebewusst und zielstrebig, und er verriet auch, dass Carlotta
Alfreds Kinderwunsch stets mit Verweis auf ihre berufliche
Karriere abgewiesen habe. »Das hat dem Alfred natürlich nicht
getaugt, der wollte eine reiche Kinderschar. Seine Kristallschädel haben ihm das offenbar ins Ohr geflüstert. Aber ohne
Carlotta hat er sich da natürlich schwergetan.«

»Ach ja«, hatte ich doch noch eine Frage, als Thomas
Forstner bereits auf dem Gehweg vor dem Einfahrtstor
stand. »Wenn Sie Forstner heißen und der Mann Ihrer toten
Schwester Dachs, wie kam Carlotta dann zu ihrem Nachnamen Woods?«

Ein dicker weißer Kipplastwagen fuhr auf der B 52 an uns
vorbei in Richtung Rust und hinterließ dabei eine feuchte
Gischtwolke. Die Nebelnässe hatte sich wie eine Lasur über
die ganze Gegend gelegt. »Plünder« war in blauer Schrift auf
dem Lkw zu lesen.

»Sie heißt eigentlich Carlotta Forstner. Aber für ihre jour-
nalistische Karriere erschien ihr ein Künstlername erfolgver-
sprechender. Also hat sie sich damals das Pseudonym Carlotta
Woods zugelegt. Ich fand das eine Schnapsidee. Aber wenn
sich meine Schwester etwas in den Kopf gesetzt hatte, war sie
nur sehr schwer wieder davon abzubringen.«

Was in Paris die Avenue des Champs Élysées und in New
York der Broadway, ist in Rust der Rathausplatz, der in seiner
lang gestreckten Tropfenform bis fast hinunter zum Schilfufer

reicht. Zugleich bildet der Platz mit seinen denkmalgeschütz-
ten bunten Bürgerhäusern das Zentrum der Freistadt, und in
der Vergangenheit trug das historische Ensemble nicht nur
einmal dazu bei, dass die Kleinstadt am Neusiedler See zur
schönsten Stadt des Burgenlandes gewählt worden war und
zahlreiche andere Auszeichnungen erhalten hatte. Das liebliche Setting wussten wohl auch die Produzenten des »Weinkaisers« zu schätzen, denn an zahlreichen Fassaden der niedlichen
Häuschen hing nicht nur die blau-weiße Denkmalschutzpla-
kette, sondern auch eine Tafel, die das jeweilige Gebäude als
Schauplatz und Drehort der Saga rund um einen sympathi-
schen Weinbauern und dessen zwielichtigen Gegenspieler, den
Bürgermeister, auswies. Und über allem thronten auf vielen
Häusern die im Winter großteils verwaisten Storchennester
wie überdimensionale Osternester, die darauf warteten, dass
sie mit Eiern, Schokolade und anderem Süßkram gefüllt wurden. Im Nest, das auf dem Dach des Rathauses angebracht
worden war, hatte ich auf meinem Weg zum Rathausplatz zwei
gemütlich darin hockende Störche gesehen. Und aus der Entfernung war das Klappern eines weiteren einsamen Storches zu
hören. Es endete abrupt, als direkt vor dem Stadtmuseum drei
kleine Burschen und ein Mädchen Aufstellung nahmen. Ihre
Kleidung wirkte so, als ob sie gerade auf dem Weg zu einem
Mittelalterfest wären. Einer der Burschen trug eine Trommel vor sich her, deren Kordel um seinen Hals hing. Mit den
Schlägeln drosch er in einer Art und Weise auf die Trommel
ein, die nicht nur Mitleid für das Musikinstrument, sondern
auch für den eigenen Gehörgang erzeugte.

»Höret, höret, liebe Leut!«, fing das Mädel anschließend an
zu schreien, »am Samstag wird's sein, zu eurer Freud! Denn
dann feiern wir, in all ihrer Pracht, die heil'ge anständige Leopoldsnacht!«

Es folgte eine Zugabe des elendigen Trommelns und bald
darauf, zum Glück, der Abgang der kleinen Musikantenschar.
Sie liefen den in Richtung See abfallenden Platz hinunter, bo-

gen hinter dem grünen Haus links ab und waren nicht mehr gesehen. Und zum Glück auch nicht mehr gehört.

»Entschuldigen Sie?«, hörte ich kurz darauf eine weibliche Stimme mittleren Alters hinter mir, als ich gerade jene »Weinkaiser«-Plakette studierte, die neben dem Stiegenaufgang des Rusterhofs, einem Gasthaus am oberen Ende des Platzes, angebracht worden war.

»Ja?«, fragte ich mit einem zarten Hauch von Verunsicherung. Sie trug neben einer Dauerwelle aus den frühen 1980ern auch eine Fotokamera um den Hals spazieren, und wahrscheinlich stand ich ihr auf ihrer Reise durch die Ruster »Weinkaiser«-Vergangenheit im Weg. In zwei Metern Entfernung stand ein Mann, der verlegen von einem Bein aufs andere trat und sich mächtig zu genieren schien. Ob dies seinem walrossigen Bartwuchs oder dem Verhalten seiner Gefährtin geschuldet war, war mir nicht ersichtlich.

»Stimmt es wirklich?«, fragte sie.

Grundsätzlich würde ich auf so eine Frage immer mit einem ganz klaren und sehr deutlichen »Nein« antworten. In diesem Fall, als Neuankömmling in dieser fremden Umgebung und mit den Krammer-Boys an meinen Fersen, wollte ich lieber zumindest erst mal wissen, worum es der Dame geht.

»Kommt drauf an, wovon Sie sprechen?«, fragte ich zurück, während ich einen Schritt weg von der Plakette machte.

»Dass Sie der neue ›Weinkaiser‹ sind?«

Die Freistadt Rust und ihre Bewohner sind ein blühender Basar für Gerüchte aller Art, so viel stand wohl fest.

»Der ›Weinkaiser‹? Mitnichten. Maximal der Bierpapst«, antwortete ich.

Mein Spruch entlockte ihr ein schüchternes Grinsen. Ich definierte ihren Gesichtsausdruck als jenen eines Teenagermädchens, das gerade Harry Potter begegnet, aber zu schüchtern war, um ihn zu fragen, ob er es wirklich ist. Falls Mädchen heutzutage überhaupt noch wussten, wer Harry Potter war.

»Trägt der Bierpapst nicht immer eine Lederhose?«, fragte sie.

»Und eine Glatze?« Sie kicherte. »Komm, Fredl, wir wollen uns jetzt die Bilder von Michael Jansen im Galeriecafé anschauen«, sagte sie zum Walross, und beide verschwanden in derselben Richtung wie kurz zuvor die trommelnden Kinder.

Ich beschloss, dass ich mir den Fame nicht zu Kopf steigen lassen sollte, weswegen ich gemeinsam mit Bella den Rathausplatz entlang in Richtung Tropfenende wanderte. Einige Holzhütten sowie ein – noch unbeleuchteter – Weihnachtsbaum in der Mitte des Platzes deuteten darauf hin, dass bald auch in Rust die Weihnachtszeit zelebriert werden würde. Eine Fassade war schöner als die andere, selbst jetzt im November strahlten die bunten Häuser um die Wette. Offen stehende Tore gaben hie und da einen Einblick in die lang gestreckten Höfe, die sich hinter den Fassaden verbargen. In einem dieser Höfe hatte ein Radverleih seinen Sitz, in anderen waren Buschenschanken untergebracht. Bella und ich blieben vor einem grünen zweistöckigen Gebäude stehen und läuteten. Gegenüber befanden sich eine Bankfiliale sowie eine Buchhandlung namens Storchenbuch. Unter dem Firmenschild wies ein schmaleres Sujet an der Fassade einen gewissen Johannes Pruckner als Inhaber aus. Wenn das mal nicht ein Verwandter der Taxiprucknerin war.

Laut Thomas Forstner wohnte in dem grünen Gebäude am Rathausplatz mit Alfred Dachs, dem Witwer von Carlotta Woods, ein geeigneter erster Gesprächspartner für meine Nachforschungen. Darauf wäre ich natürlich auch von alleine gekommen. Es gehörte quasi zum kleinen Polizei-Einmaleins, immer zuerst mit den Angehörigen anzufangen. Doch im Gespräch mit dem Bruder der Toten erschien es mir von Vorteil, ihm das Gefühl zu geben, dass er mir einen entscheidenden Ansatz für meine Nachforschungen geliefert hätte. Nach allem, was ich bisher von ihm gesehen und gehört hatte, war ich gespannt, was uns hinter dem Hoftor erwarten würde.

»Stören wir?«, fragte ich den Hausherrn, nachdem er uns geöffnet hatte.

Offenbar nicht. Ohne uns nach dem Grund unseres Besuches zu fragen, ließ Dachs Bella und mich eintreten, während aus der Entfernung das erneute Klappern eines Storches zu hören war. Vielleicht hatten all seine Mitbewohner ihm unseren Besuch ja bereits angekündigt. Auf Baumstümpfen, kleinen Regalen und anderen Gestellen saßen in diesem Hof unzählige Totenköpfe. Aus Glas, Metall, Plastik, manche sogar aus Holz. Groß und klein, in den unterschiedlichsten Farben.

»Der Hund bleibt bitte im Hof«, waren die ersten Worte, die Dachs zu uns sprach, als er die Tür zum Wohnbereich öffnete. Ich sah in Bellas Murmelaugen und entdeckte dort reichlich Unbehagen. Kein Wunder angesichts all dieser unheimlichen Spielgefährten.

Alfred Dachs gab sich an diesem Sonntagmittag weitaus weniger kämpferisch als noch tags zuvor. In diesem Moment entsprach er tatsächlich ganz dem Bild eines trauernden Witwers. Seine Körperhaltung war gebückt, seine Mimik schien sich auf eine bevorstehende Wurzelbehandlung einzustellen, und die theatralische klassische Hintergrundmusik, die aus dem Inneren des Hauses zu mir waberte, war wohl auch nicht gerade für einen lebensfrohen Anlass komponiert worden.

»Kommt drauf an, was Sie wollen«, antwortete er. Ich stellte mich vor und erklärte ihm, dass mich Carlottas Bruder beauftragt hatte, ein paar Nachforschungen über den Tod der Schwester anzustellen. »Dann sind Sie also so was wie ein Privatdetektiv?«

»So was in der Art, ja«, erklärte ich selbstbewusst.

Alfred Dachs geleitete mich, begleitet vom Schlurfgeräusch seiner Birkenstocksandalen, ins Wohnzimmer. Dann verabschiedete er sich zum Kaffeemachen in die Küche und ließ mich allein. Und doch auch wieder nicht allein. Denn auch hier drinnen standen sie überall verteilt: Zwanzig, vielleicht sogar fünfundzwanzig Totenschädel starrten mich aus allen Richtungen an. Sie waren grün, gelb oder schwarz, manche auch durchsichtig. Sie trugen ein Horn auf der Nase, hatten die Form von Widdern oder Drachen. Standen alleine oder kuschelten sich in Gruppen von drei oder vier Exemplaren aneinander. Ein kalter Schauer breitete sich über meinen Rücken aus. Ich hatte als Beamter der Essener Sondereinheit für organisierte Kriminalität und auch zuvor beim Wiener Landeskriminalamt arg zugerichtete Leichen und andere unschöne Dinge zu Gesicht bekommen. Aber ein lebloser Körper entfaltete ganz offensichtlich eine weniger bedrohliche Wirkung als diese Ansammlung übersinnlicher Spielgefährten aus dem Jenseits. Kein Wunder, eine Leiche war ja – im Normalfall – bereits tot, und somit hielt sich das Gefahrenpotenzial für einen Überraschungsangriff in Grenzen. Aber diese Schädel hier? Denen traute ich in diesem Moment alles zu. Zwischen all diesen unheimlichen Gesellen stand ein Bilderrahmen, der das Foto einer Frau enthielt. Lange blonde Haare, sehr dünn, sportlich-elegant gekleidet. Das musste dann wohl Carlotta Woods gewesen sein.

»Wie ich sehe, haben Sie sich schon bekannt gemacht«, sagte Alfred Dachs. Er reichte mir einen weißen Becher. »Milch, Zucker?«

Ich verneinte. Kaffee musste schwarz bleiben, so schwarz wie der nächtliche Donaukanal, der sich durch die erleuchtete Innenstadt von Wien schlängelte.

»Das ist Gobo, mein Hauptschädel«, sagte Dachs, nahm einen Schädel vom Beistelltisch und setzte ihn neben sich auf die Couch. Offenbar genoss das Ding gegenüber seinen Kollegen gewisse Privilegien. Der Schädel war aus einem grünen Opal gefertigt worden, die Zahnreihen ruhten aufeinander, und in Augenhöhlen sowie in der Nasenhöhle herrschte gähnende Leere. Ich konnte auch beim Anblick dieses Schädels nicht ganz nachvollziehen, wie man sich in der Umgebung all dieser Dinge wohlfühlen konnte. Ein Totenkopf auf einer Piratenflagge war im Kinderzimmer ja vielleicht noch ganz spaßig. Aber diese ganzen Fratzen des Todes?

»Begrüßen Sie ihn ruhig«, erklärte Dachs und lächelte mich gutmütig an. Ich war mir nicht sicher, ob ich ihn richtig verstanden hatte. Er bemerkte mein Zögern. »Nur zu, er beißt nicht.«

»Äh, ja, hallo«, sagte ich, kam mir reichlich dämlich vor und hoffte, dass Gobo nicht bemerkte, dass ich das alles für ausgemachtes Gschisti-Gschasti hielt.

»Carlottas Bruder hat Sie also hergeschickt?«, wechselte Dachs dankenswerterweise gleich im Anschluss das Thema.

»Hergeschickt ist wohl der falsche Ausdruck«, antwortete ich. »Er bat mich, mich ein bisschen umzuhören, weil er der Polizei wohl nicht ganz zutraut, sich mit der notwendigen Ernsthaftigkeit um die Ermittlungen zu kümmern.« Ich unterschlug ihm die Information, dass obendrein auch ich einen guten Grund hatte, mich einzumischen.

»Die Polizei war schon bei mir«, erklärte Dachs. »Denen konnte ich leider auch nicht wirklich weiterhelfen. Meine Frau hat Freitag noch Termine gehabt und dann in ihrer Stadtwohnung in Eisenstadt übernachten wollen. Laut Polizei ist in die Stadtwohnung übrigens eingebrochen worden. Man konnte mir aber nicht sagen, ob etwas entwendet worden war.«

»Leben Sie getrennt?«, fragte ich.

»Nein, ach wo. Aber wir haben uns unsere Räume und Energieorte gelassen, an denen jeder für sich sein und Kraft tanken oder zu sich kommen konnte.«

»Haben Sie Kinder?«

Ich wusste ja schon von Thomas Forstner, dass das Paar keinen Nachwuchs hatte, hielt es aber für sinnvoller, nicht gleich mit der Frage in den Raum zu platzen, warum Carlotta Woods keine Kinder haben wollte.

»Nein, das war uns leider nicht vergönnt«, antwortete Dachs.

»Hat Sie das belastet?«

»Mich schon, ja. Carlotta war da anders. Sie hatte keinen Kopf für Kinder, ihre Karriere war ihr wichtiger. Nachwuchs, so sagte sie oft, könne sie noch bekommen, wenn sie etwas erreicht habe.«

»Und das war okay für Sie?«, hakte ich nach.

»Ich habe mich damit arrangiert, auch dank der Fürsprache von Gobo.«

Ich ließ den Blick über die kristallene Rasselbande schweifen. Lachten mich die kleinen Dinger gerade aus? Bei dem grünen Schädel mit den als Widerhaken getarnten Ohren war doch ganz eindeutig ein hämisches Grinsen in der Totenfratze zu sehen. Jedenfalls wollte ich lieber nicht wissen, welche Form der Energie die Schädel an Alfred Dachs weitergaben.

»Was für Termine hatte Ihre Frau denn tagsüber, wissen Sie das vielleicht?«

»Sie hatte etwas von der Eröffnung eines neuen Lagerhauses erzählt. Das war, glaube ich, für Freitagnachmittag geplant. Was sie danach vorhatte, weiß ich leider nicht. Wir waren erst wieder zum Frühstück am Samstag verabredet.«

»Wissen Sie, ob Ihre Frau mit jemandem Probleme hatte? Gab es Streit oder Ärger?«

»Meine Frau war die Ausgeglichenheit in Person. Das spiegelte sich auch im Umgang mit anderen Menschen wider. Und wenn sie mal im inneren Unfrieden war, kam sie hierher, zu mir. Sie wusste genau, wie sie ihren Seelenfrieden herstellen konnte und was ihr guttat. Mokey war ihr in dieser Hinsicht eine große Unterstützung und half ihr dabei, sich von negativen Einflüssen im Leben fernzuhalten.«

»Mokey?«

»Ihr Hauptschädel«, antwortete Alfred Dachs. »Mokey ist ein weiblicher Schädel, sie stand meiner Frau bei allen Fragen zur Seite und sendete ihr, falls nötig, positive Energie.«

»Und was macht so ein Hauptschädel?«

»Er ist der Anführer der Herde. Wenn ich unterwegs bin, darf er mich auch begleiten.«

»Und woher wissen Sie, dass das Ihr … nun ja … Hauptschädel ist?«

»Er hat es mir mitgeteilt«, antwortete Dachs, ohne eine Miene zu verziehen.

»Natürlich«, sagte ich. Hätte ich auch gleich drauf kommen können, blöde Kristallschädel-Anfängerfrage. »Und bei Ihrer Frau war im Job sonst alles in Ordnung?«

Dachs nahm einen Schluck vom Kaffee. Nachdem er seine grüne Kristallschädeltasse wieder auf den Tisch gestellt hatte, fuhr er sich genussvoll mit der Zunge einmal über die Lippen. Da saß mir ein Feinspitz gegenüber.

»Natürlich. Sie hat nicht für ein investigatives Recherchenetzwerk gearbeitet, das einer internationalen Verschwörung auf der Spur war, sondern für den Eisenstädter Express«, sagte er und lächelte. »Die einzige Möglichkeit, sich in dieser Funktion unbeliebt zu machen, ist, indem man bei einem Gruppenfoto den Namen vom zweiten Zwerg von links vergisst. Aber deswegen wird ja wohl niemand umgebracht.«

Man sollte niemals die Eitelkeit der Menschen unterschätzen. Aber in diesem Punkt war ich bei Dachs. Das reichte nicht für ein Mordmotiv.

»Sie wirken sehr gefasst«, sagte ich. »Das ist mir gestern auch schon auf der Demonstration aufgefallen.«

»Wissen Sie, wenn man jahrelang als Schamane tätig ist, bekommt man eine gewisse Übung im Umgang mit dem Leben. Ich bin sehr traurig über den Tod meiner Frau. Aber nur weil ich diese Trauer nicht so zeige, wie die Gesellschaft es erwartet, bedeutet dies nicht, dass mich ihr Tod nicht getroffen hat. Das ist eines der großen Missverständnisse unserer Zeit und ein Grundproblem unserer ach so toleranten Gesellschaft. Wir erwarten von anderen stets, dass sie so reagieren, wie wir selbst es tun würden. Wenn das nicht passiert, ist man gleich unnormal. Dann wird man sofort kritisiert, in irgendein Eck gestellt. Was glauben Sie, wie viele Leute mir hinter dem Rücken den Vogel zeigen, weil ich auf den Schutz durch Gobo und meine anderen Schädel vertraue.« Man mag es sich in seinen schlimmsten Träumen nicht ausmalen, dass Menschen zu so einer Gemeinheit in der Lage wären, nein. »Wie gesagt, ich bin sehr traurig. Ich gebe der Trauer ihren angemessenen Raum, den ich jedoch nicht auf einer öffentlichen Veranstaltung verorte, die noch dazu einem ganz anderen Thema gewidmet ist.«

Mir blieb von seinen Worten vor allem der Begriff Schamane in Erinnerung. Das hatte was Unheimliches. Und aus irgendeinem Grund empfand ich das als noch unheimlicher als all die Kristallschädel, die mich nach wie vor misstrauisch beäugten. Ich stellte mir den Schamanen dabei vor, wie er in einem Hexerkostüm im Hof bei Vollmond um seine Kristallschädel herumtanzte und seltsame Laute von sich gab, um eine ihm unliebsame Person zu verwünschen oder was auch immer Schamanen sonst so zu tun pflegten. Auch wenn ich weit entfernt davon war, auf solchen Schabernack etwas zu geben. Aber verscherzen wollte man es sich mit solchen Leuten dann ja doch nicht unbedingt. Und schon gar nicht mit den Kristallschädeln.

»Warum haben Sie die Bürgerinitiative gegründet?«, fragte ich.

»Ich bin schon seit Jahren in verschiedenen Umweltgruppen aktiv. Als wir gehört haben, dass sich der Plünder mit den ungarischen Oligarchen auf ein Packl haut, um dieses Ungetüm von Hotel ans Ufer zu klotzen, haben wir uns gleich zusammengeschlossen. Da geht's um unsere unmittelbare Lebensrealität, das sind ja keine zehn Kilometer Entfernung von hier. Und wir lassen unsere wertvollen Kulturlandschaften, die Welterberegion Neusiedler See und das pannonische Klima nicht von einem wie dem Plünder und seinen ungarischen Investorenfreunden kaputt machen.«

»Was hat denn das pannonische Klima mit einem Hotel zu tun?«, wunderte und fragte ich mich und bemerkte, dass ich das wohl gerade laut gesagt hatte.

»Nur wenn es dem Ökosystem See gut geht, kann er den Störchen, den über dreihundert verschiedenen Vogelarten, den Fischen und nicht zuletzt auch uns Menschen im Sinne eines vernünftigen Tourismus als Lebensraum dienen. Erst kürzlich ist der See für ein paar Jahre komplett ausgetrocknet.«

»Echt?«, war ich nun tatsächlich überrascht. Ich versuchte, mich zu erinnern, aber in den vergangenen zweiundvierzig Jahren war mir wohl keine Schlagzeile über einen ausgetrockneten Neusiedler See untergekommen.

»Ja«, erklärte Alfred Dachs, »in den sechziger Jahren des vorvergangenen Jahrhunderts.«

Okay. Unsere Vorstellungen von Raum und Zeit schienen sich grundlegend voneinander zu unterscheiden. In meinen Augen war meine Flucht vor Vito und seinen Jungs aus Deutschland *kürzlich* erfolgt. Der Kristallschädelwächter schien in dieser Hinsicht in deutlich längeren Zeiträumen zu denken.

»Glauben Sie, dass Sie mit Ihrer Bürgerinitiative den Bau des Hotels verhindern können? Immerhin dürften die Bauarbeiten ja schon bald starten. Und der Plünder scheint ein mächtiger Gegner zu sein.«

»Natürlich nicht. Würde das im demokratischen Österreich geschehen, würde ich uns gute Chancen ausrechnen. Unsere Vorfahren haben vor sechzig Jahren« – in diesem Kontext verwendete Dachs komischerweise nicht das Wörtchen »kürzlich« – »die Neusiedler-See-Brücke zwischen Mörbisch und Illmitz zu verhindern gewusst. Wir hätten auch einen solchen Hotelbau verhindert. Aber Ungarn …« Dachs hielt inne. Ihm schienen die Worte abhandengekommen zu sein. »Das wissen nur die Erzengel«, erklärte er, ohne mit der Wimper zu zucken. Er sah mir meine Verwunderung an. »Mir ist bewusst, dass Sie das nicht nachvollziehen können. Aber lassen Sie sich gesagt sein, dass nicht alles in unseren eigenen Händen liegt. Wir können die Erzengel im Channeling um gewisse Dinge bitten. Ob diese geneigt sind, unsere Bitten zu erhören, das liegt außerhalb unseres Einflussbereiches. Das ist wie mit den Kristallschädeln. Baluga zum Beispiel, das ist jener orangefarbene Schädel, der neben Ihnen auf dem Beistelltisch steht.« Ich sah hinüber und ertappte mich dabei, wie ich ein schüchternes »Hallo« flüsterte. »Er ist mein Trauerschädel und dementsprechend gerade sehr wichtig für mich. Er gibt mir Ratschläge und Empfehlungen. Aber es sind keine Befehle, er hat keine Macht darüber, ob ich seine Ratschläge in die Tat umsetze. Und genau so verhält es sich auch mit den Erzengeln. Es ist stets ein Miteinander auf Augenhöhe.«

Dachs gab mir noch die Empfehlung, mich mit dem Chefredakteur von seiner verstorbenen Frau in Verbindung zu setzen. Wobei, vielleicht war es auch irgendeiner der Schädel, die da im Wohnzimmer alle Freiflächen besetzten, der diese Empfehlung abgegeben und sie durch das Schamanenmedium Alfred Dachs an mich weitergeleitet hatte. Wer wusste das schon so genau?

»Was machen eigentlich all die Schädel hier im Hof? Dürfen die nicht rein zu ihren Freunden?«, fragte ich draußen an der frischen Luft, nachdem mich Bella freudig zurückbegrüßt hatte.

»Heute Nacht ist Vollmond. Chruska und die anderen hier bilden die Vorhut für die anderen Schädel, sie bereiten das Terrain vor. Heute Nacht kommen dann alle nach draußen, damit sie ihre Energie empfangen können.«

Ah ja. Da war es wieder, das Bild von Dachs, wie er im Hexerkostüm bei Vollmond durch den Hof tanzte. Ich wunderte mich, dass ein solch kompletter Irrsinn aus dem Mund eines relativ normal aussehenden Mannes kommen konnte. Dachs war optisch in jeder Hinsicht unauffällig, auch aufgrund seiner geringen Körpergröße. Und gleich, als ich den Gedanken zu Ende gedacht hatte, verwünschte ich mich dafür. Die Schädel und Erzengel hatten ja sicherlich registriert, was ich über ihren Chef dachte. Also besser mit den blasphemischen Gedanken warten, bis ich weit genug von seinem Grundstück entfernt war. Bella und ich nahmen die Beine in die Hand, verabschiedeten uns und fanden uns auf dem Rathausplatz wieder.

»Ach, Herr Lauda!«, hörte ich plötzlich Dachs' Stimme. Verdammt, jetzt bekam ich die Rechnung. Die Schädel hatten mich und meine frevelhaften Gedanken doch noch entlarvt.

»Ja?«

»Wann haben Sie das letzte Mal in der Früh im Spiegel zu sich gesagt, dass Sie sich selbst wertschätzen?«, fragte er.

Was war das denn für eine seltsame Frage? Ich überlegte. Hatte ich überhaupt jemals irgendwas zu mir in den Spiegel gesagt? Geschweige denn in der Früh? Ich kann mich nur daran erinnern, mir in meinen Jugendjahren, jeweils vor Dates mit Mädchen, in den Spiegel Mut zugesprochen zu haben.

»Schon lange her«, erklärte ich und blickte mich um, ob einer von den Nachbarn unsere fernmündliche Therapieeinheit mitbekam.

»Sollten Sie vielleicht tun. Eine weise Frau hat mal gesagt, dass der einzige Mensch, der uns wirkliche Anerkennung geben kann, jener Mensch ist, den wir im Spiegel betrachten. Denken Sie mal drüber nach.«

»Hast du eine Ahnung, was er mir damit sagen will?«, fragte ich Bella, als wir ausreichend Abstand zwischen Alfred Dachs und uns gebracht hatten.

Doch meine Begleiterin sah mich nur verständnislos an und trottete auf dem Kopfsteinpflaster des Rathausplatzes weiter.

Glei spüts Granada

Bella war ziemlich nervös. Schon bevor ich das Einfahrtstor aufgesperrt hatte, tänzelte und wackelte sie mit ihrem Hinterteil so aufgeregt hin und her, dass man annehmen könnte, dass im Hof des Bahnhofsheiserls ein Rudel gamsiger Rüden auf sie – und zwar exklusiv auf sie – warten würde. Doch zu meiner und wohl auch Bellas Überraschung lag da nur ein weißer Briefumschlag auf dem Boden. Den hatte wohl jemand durch den Briefschlitz geschoben, während wir bei Alfred Dachs zu Besuch und anschließend eine Runde spazieren waren. Der Sonntag war der Tag des Herrn, ganz besonders in einer solch ländlichen Gegend, und so ging ich davon aus, dass die Post an einem Sonntag keine Briefe austrug. Also hatte es sich wohl um einen persönlichen Zustellservice gehandelt.

Bella tänzelte immer noch unruhig auf allen vieren vor sich hin.

»Was ist denn los?«, fragte ich sie, leicht genervt. Ich versuchte gerade, meine Gedanken zum Gespräch mit Alfred Dachs zu sortieren. Multitasking war leider nicht meine Stärke. War sie nie gewesen. Würde sie niemals werden.

Bella blieb mir eine Antwort schuldig. Stattdessen bellte sie die grüne Eingangstür des Schuppens an. Jenes Schuppens, in den ich erst ein Mal, kurz nach meiner Ankunft, einen Blick geworfen hatte. In dem es aber noch muffiger gerochen hatte als im Wohngebäude, weswegen ich schnell wieder kehrtgemacht hatte.

Ich legte den Umschlag auf den weißen Plastiktisch, der auf der gefliesten Terrasse stand, und näherte mich vorsichtig der Holztür, vor der Bella herumfiepste. »G'scht«, machte ich und bedeutete ihr, zur Seite zu rücken. Sie gehorchte. Ich ergriff die Türschnalle mit der linken Hand, um nötigenfalls die rechte Hand für einen sich in der Folge entwickelnden Faustkampf zur Verfügung zu haben. Mit einem Ruck zog ich die klapprige Holztür auf und starrte in die von Spinnweben und Staub gesäumte Dunkelheit. Jetzt rächte sich, dass ich zwar im Wohnhaus die Glühbirnen instand gesetzt hatte, jedoch zu faul gewesen war, Selbiges im Schuppen zu erledigen. Ich zog mein Handy aus der Jackentasche, aktivierte die Taschenlampenfunktion und begann, in den übel riechenden Schuppen hineinzuleuchten. Mit vorsichtigen Schritten folgte ich dem kleinen Lichtkegel. In der Mitte des Schuppens befanden sich mehrere Kästen und Regale, darum herum schlängelte sich ein Rundgang. Die Wände des Schuppens waren vollgeräumt mit allerlei Gerümpel, Werkzeug und Gedöns, das eine verdiente Seele vor Ewigkeiten mal vor dem Sperrmüll gerettet hatte. Ich leuchtete jede noch so kleine Luke und Ecke aus, doch nach der Hälfte des Rundgangs war hier nichts Auffälliges auszumachen außer einem eingestaubten Lastenfahrrad, das ich vielleicht für Bella und mich reaktivieren könnte. Stand ich dem Drahtesel als Fortbewegungsmittel in Wien noch recht reserviert gegenüber, hatte sich das dank Luise geändert. Denn das postindustrielle Ruhrgebiet hatte sich in den zurückliegenden Jahrzehnten in ein wahres Paradies für Fahrradfahrer verwandelt, weswegen Luise und ich immer wieder mal eine Tour unternommen hatten, vorbei an alten Zechen und Weltkulturerbestätten, an Kanälen und renaturierten Flussläufen entlang. Das wäre hier am Neusiedler See doch sicherlich auch ganz nett. Ich näherte mich dem Ende des Rundgangs, der dank der offen stehenden Schuppentür in ein fahles Novemberlicht getaucht wurde. Da standen eine Gefriertruhe sowie ein Kühlschrank – beides reichlich out of order wirkend –, dazu alte Regalböden und Brennholz, das wohl bereits zu Zeiten der Türkenfeldzüge geschlagen worden war. In Alfred Dachs' Worten also erst »kürzlich«. Das Moos gedieh prächtig, und aus einem Holzscheit wuchs eine kleine Pilzfamilie empor. Ein richtig herziges Ensemble.

»Hier ist niemand«, rief ich zu Bella, die derart beruhigt in die Tür tapste und in den Schuppen hineinlugte. Doch sofort begann sie wieder zu bellen. »Was denn?«, schrie ich sie an. »Hier ist doch nichts!« Sie stolzierte in den Schuppen und stellte sich kläffend vor die Gefriertruhe. »Da ist kein Futter für dich drin«, erklärte ich. Es war eine jener Truhen, die man mittels großen Flachdeckels öffnen konnte. Es hätte also nichts gebracht, den Deckel für sie anzuheben, weil Bella selbst dann, wenn sie auf den Hinterpfoten gestanden hätte, nicht in der Lage gewesen wäre, hineinzuschauen. Aber um sie zu beruhigen, tat ich ihr halt den Gefallen und öffnete das Scheißteil.

»Siehst du, nichts drin!«, hatte ich gerade gesagt, als ich be-merkte, dass da sehr wohl was drin war. Eine lange Eisenstange, vielleicht einen Meter lang, deren rund fünfzehn Zentimeter breite Bodenplatte mit einer bräunlich roten Wasserfarbe an-gemalt worden war. Oder an der Blut klebte. Je nachdem. Am anderen Ende der Stange befand sich eine Metallöse. Bella verstummte mit einem Mal. Sie war zufrieden mit meiner de-tektivischen Leistung. Und ich bedankte mich, getrieben von meinem schlechten Gewissen, für ihren Support. Wenn ich da an meinen Kollegen Ralf bei der Essener Sondereinheit zurückdachte, der hätte sich ein paar Scheiben von Bellas Spür-sinn abschneiden können. Ich schnappte mir ein Paar blaue Arbeitshandschuhe, zog die Eisenstange aus der Gefriertruhe und besah sie mir bei Tageslicht. Ich hatte keine Ahnung, was das für ein Teil war. Bella offensichtlich auch nicht. Sie inte-ressierte sich kein Stück mehr für das Ding und legte sich auf die Terrasse im Hof. Ihr Job war getan.

Ich hätte zehn Besen gefressen, wenn sich die rote Farbe auf der kleinen Platte bei einer Laboranalyse nicht als Blut von Carlotta Woods herausgestellt hätte. Das Blöde war nur, dass ich hier in der pannonischen Herrlichkeit kein Labor zur Verfügung hatte. Und noch wesentlich blöder war es, dass sich jemand die Mühe gemacht hatte, diese vermutliche Tatwaffe in meinem Schuppen zu deponieren. Das machte man eigentlich nur dann, wenn man im Anschluss vorhatte, einen anonymen Tipp bei der Polizei zu deponieren. Die rückte dann aus und hielt kurz darauf öffentlichkeitswirksam ein Beweisstück in die Kameras der zufällig vor Ort auftauchenden Journalistinnen und Journalisten. Ich musste mir also schnell etwas einfallen lassen. Sehr schnell. Diejenigen, die infolge eines anonymen Hinweises diese Eisenstange hier finden sollten, waren sicher-lich schon verständigt, wenn sie nicht sogar schon auf dem Weg waren. Und der Weg von Eisenstadt nach Rust, das war bekanntlich ein kurzer. Ich überlegte fieberhaft hin und her, doch ich kannte mich hier einfach nicht gut genug aus, um ein sicheres Versteck ausfindig zu machen. Ich bat in Gedanken Gobo und seine Freunde um eine rettende Idee, und siehe da, kurz danach hatte ich einen Geistesblitz.

Ich kramte in aller gebotener Hektik im Schuppen herum, bis ich schließlich eine halb verweste Golftasche und eine durchsichtige Plastikplane in Händen hielt. Ich umwickelte das Corpus Delicti mit der Plane, um etwaige Fingerabdrücke und andere Spuren nicht zu ruinieren, und verstaute es anschließend in der Golftasche. Danach öffnete ich das Eingangstor einen klitzekleinen Spalt, wirklich nur eine miniwinzige Kleinigkeit, und als ich niemanden erblickte und auch keine aufgeregt sirenenden Martinshörner hörte, schlüpfte ich hinaus, Bella dicht hinter mir, quasi als Geleitschutz. So marschierten wir also mit der Golftasche in aller Unbescholtenheit und Seriosität hinüber zum Friedhof.

Dort durchstreiften Bella und ich die Gräber all der Ostersehers, Kickers und Karassowitschs. Was wir nicht fanden, war ein zufällig gerade ausgehobenes Grab, in dem man bequem einen langen Stab verschwinden lassen konnte. Es war ein kleiner Friedhof für eine kleine Stadt, mehr als fünfhundert Gräber waren hier wahrscheinlich nicht zu finden. Dementsprechend war unsere Chance, ein vorübergehendes Versteck für eine Tatwaffe zu finden, nicht gerade ausgeprägt groß. Aber ich konnte das Ding auch schlecht über den Zaun zu den Nachbarn werfen. Also weitersuchen. Vielleicht gab es irgendwo einen ausgewachsenen Busch oder etwas anderes Geeignetes. Leider war Bella keine große Hilfe, zu viele aufregende und neue Gerüche schien es hier für sie zu geben. Zwischenzeitlich verlor ich sie ganz aus den Augen, keine Ahnung, wo sie sich herumtrieb. Vielleicht gab es auf dem Friedhof einen eigenen Bereich für bestattete Tiere? Das plötzlich einsetzende Bellen verriet mir ihre Position. Und nachdem sie nicht damit aufhörte und ich nicht wollte, dass die Anrainer unnötig auf unsere ungebührlichen Aktivitäten aufmerksam wurden, hastete ich mit Sack und Pack in ihre Richtung. Und, was soll ich sagen? Das gute Tier stand vor einem ausgehobenen Grab. Nur leider stand Bella dort nicht alleine.

»Interessanter Platz für eine Runde Golf«, sagte die junge Frau.

Sie trug ein enges kariertes Kleid, das knapp oberhalb der Knie endete. Darüber ein schwarzes T-Shirt mit einem verwaschenen Dead-Kennedys-Spruch. Dazu klobige schwarze Stiefel, die sich von jenen eines Soldaten nur dadurch unterschieden, dass sie erst knapp unterhalb der Knie endeten. Ferner ein schwarzes Jackett und einen weißen Schal, den sie sich einmal um den Hals gewickelt hatte. Über ihre linke Gesichtshälfte verlief ein tätowiertes Spinnennetz, vom Kinn seilte sich eine tätowierte Spinne an einem ebenfalls tätowierten braunen Faden ab. Ihre schwarzen Haare musste sie an diesem Morgen gebügelt haben, so glatt, wie sie herabhingen. In dieser Aufmachung hatte sie sicher die gesamte Aufmerksamkeit für sich, wenn sie den sonntäglichen Kirchgang absolvierte. So wie sie da am Grab stand, hätte man sie für einen aus den Achtzigern entlaufenen Grufti halten können. Irgendwo in der Umgebung feuerte eine Krähe eine ganze Batterie ihrer krächzenden Laute ab. Die Frau ließ sich davon nicht beirren. Sie lächelte und ließ ihre Hand immer wieder über Bellas Rücken gleiten, die sich das entspannt gefallen ließ. Kannten sich die beiden vielleicht?

»Die herkömmlichen Greens sind mir ein bisserl zu fad. Ich bin ein Freund der Herausforderung«, sagte ich.

»Kann ich gut verstehen«, antwortete sie und grinste mich an. »Sie sind der neue Oppa vom ›Weinkaiser‹, oder?«

Sie sprach diesen Kosenamen für einen Großvater aus, wie ich es von den Menschen im Ruhrgebiet kannte. Da waren es nicht Oma und Opa, die nachmittags auf einen Kaffee vorbeischauten, sondern Omma und Oppa. Aber wie auch immer sie es aussprach, ein Kompliment war das nicht gerade.

»So was in der Art«, sagte ich. Plötzlich hörte ich Sirenen. Sie kamen näher und näher, und ich wurde unentspannter und unentspannter. Ich blickte hinab in das ausgehobene Grab und bemerkte erst jetzt, dass da bereits ein Grabstein am Ende der Grube stand. Es handelte sich um das Grab der Familie Forstner. Eine Henriette und ein Rudolf Forstner waren bereits mit ihren Geburts- und Sterbedaten in goldener Schrift auf dem nicht mehr ganz hellen Marmorstein verewigt worden. Ich konnte mir ausrechnen, welche Inschrift als Nächstes eingraviert werden würde. »Die lassen aber nichts anbrennen«, stellte ich, für einen Augenblick abgelenkt, fest.

»Genau wie die Einsatzfahrzeuge«, sagte die Frau. Und da war es wieder, dieses leicht diabolische Grinsen, bei dem sich die Lage des tätowierten Spinnennetzes hin zu ihrem Ohr verlagerte.

Ich wollte nun auch nichts mehr anbrennen lassen, zog die Eisenstange aus der Golftasche und wuchtete sie in das ausgehobene Grab. Wir hörten den dumpfen Aufprall, und ich hoffte, dass Henriette und Rudolf mir das nicht übel nahmen. Zu meiner Verblüffung half mir die junge Dame im Anschluss dabei, ein bisschen von der neben dem Grab liegenden Erde über dem Corpus Delicti zu verteilen. Dafür waren ihre klobigen Treter wesentlich besser geeignet als meine abgetragenen Turnschuhe.

»Wissen Sie, was das für eine Stange ist?«, fragte ich sie, als wir unser Werk beendet hatten.

»Sah aus wie ein Stabanker«, erklärte sie in aller Abgebrühtheit. »Wird im Weingarten in der Erde versenkt, um anschließend den Weindraht daran befestigen zu können.«

Wieder was dazugelernt. Die Kavallerie rückte an, und wir machten uns daran, den Ort des Geschehens zu verlassen. Wenn Krammer und seine Boys mich hier gesehen hätten, hätte ich ihnen die vermeintliche Tatwaffe auch gleich auf dem Silbertablett nach Eisenstadt bringen können. Wir wählten den unteren Friedhofsausgang, damit wir möglichst weit entfernt vom Bahnhofsheiserl und der dort gleich eintreffenden Polizeihorde auf die B 52 stoßen würden. Doch als wir unter einem kahlen Baum an der Straße zu stehen kamen, war von Stefan Krammer und dem Eisenstädter Stadtpolizeikommando weit und breit nichts zu sehen. Stattdessen rauschten ein Jeep und zwei Mannschaftswagen vom Bundesheer an uns vorbei.

»Da sind ihnen wohl wieder ein paar Geflüchtete über die grüne Grenze entwischt«, stellte die junge Frau nüchtern fest.

»Kommt das häufiger vor?«, fragte ich.

»Schon, ja. Die Schlepper setzen die Geflüchteten in Ungarn aus und schicken sie über die grüne Grenze, während sie selbst mit ihrem leeren Transporter bei St. Margarethen unbehelligt über die Grenze fahren. Auf der österreichischen Seite klauben sie sie dann wieder auf. Im Idealfall. Manche schaffen es so über die Grenze«, lautete ihre Antwort. »Aber leider viel zu wenige.«

Wenn ich die politische Stimmung in Österreich noch richtig in Erinnerung hatte, würde den Zusatz wohl nur eine Minderheit unterschreiben. Aber für politische Diskussionen hatte ich keine Zeit.

»Ich muss los«, sagte sie. »Und so, wie ich das sehe, werden Sie auch bereits erwartet«, fuhr sie fort und deutete die Straße hinauf in Richtung Bahnhofsheiserl. Dort bog gerade – ganz ohne Sirene – ein aus Zivil- und Einsatzfahrzeugen bestehender Konvoi in die Gasse vor meiner temporären Bleibe ein. Krammer hatte sich wohl für einen unauffälligeren Auftritt entschieden, um die Ruster Störche nicht unnötig aufzuscheuchen. Blöd nur, dass ihm das Bundesheer diesen Plan zunichtegemacht hatte. Die junge Frau tätschelte Bella liebevoll das Kopferl und ging in die andere Richtung.

»Wie heißen Sie?«, rief ich ihr hinterher.

»Petra«, sagte sie, ohne sich umzudrehen, »aber alle nennen mich Jennie.«

Von Petra zu Jennie erschien es mir ein langer Weg. Doch ich hatte andere Sorgen, als mir Gedanken über den Entstehungsprozess ihres Spitznamens zu machen.

Als Bella und ich vor dem Haus ankamen, stand Stefan Krammer mit breitem Grinsen vor dem Eingangstor und hielt mir einen Zettel unter die Nase, auf dem ein Richter vermerkt hatte, dass das Bahnhofsheiserl zur Durchsuchung freigegeben worden war. Ich gönnte ihm aber nicht die Freude, las mir den Wisch nicht mal durch und sperrte den Burschen einfach die Tür auf. Und ja, es waren tatsächlich ausschließlich Männer. Die Vorteile der besonders ausgeprägten weiblichen Sozialkompetenz im Polizeidienst hatten sich hier wohl noch nicht rumgesprochen.

»Der Herr aus der Bundesrepublik war wohl eine Runde Golfen in Donnerskirchen«, sagte Krammer im Reingehen, nachdem er argwöhnisch meine Golftasche begutachtet hatte.

»Glei spüts Granada«, raunte mir der Nachwuchsrambo in Uniform zu, als er an mir vorbei durch das Einfahrtstor marschierte. Keine Ahnung, was er mir damit sagen wollte. Es folgten Krammer sowie der mich auch dieses Mal wieder nett grüßende Polizist. Den Abschluss bildeten zwei weitere uniformierte Polizisten, die ich noch nie zuvor gesehen hatte.

Ich schlenderte ihnen mit der Ruhe einer Person hinterher, die nichts zu verbergen hatte. Doch bei genauerem Nachdenken fiel mir ein, dass dem nicht ganz so war. Da lag ja noch der Umschlag auf dem weißen Gartentisch. Mein Glück war jedoch, dass der anonyme Tippgeber ziemlich genaue Angaben gemacht haben musste, denn vier der fünf Beamten marschierten schnurstracks in den Schuppen. Hätte mein Essener Kollege Ralf neben mir gestanden, hätte ich jetzt mit ihm gewettet, wo im Schuppen sie wohl als Erstes nachschauen würden. Aber Ralf war nicht da, stattdessen verblieb der gemütliche Kollege als Wache gemeinsam mit Bella und mir im Hof zurück.

»Die wissen wohl ganz genau, wo sie suchen müssen«, kommentierte ich das Schauspiel.

»Anonymer Hinweis«, antwortete der Polizist und schob mit den Schultern eine entschuldigende Geste hinterher. »Es ist eben alles sehr kompliziert«, sagte er.

»So was in die Richtung dachte ich mir schon«, sagte ich und stellte mich zwischen Polizist und Tisch. Die Golftasche platzierte ich auf dem Boden. Mit der Hand hinter dem Rücken versuchte ich den Umschlag zu erwischen, was mir beim zweiten Versuch auch gelang. Aber wohin jetzt damit?

Bella war keine große Hilfe, sie hatte sich neben die Eingangstür zum Wohnhaus gelegt und erholte sich von der vorangegangenen Aufregung. Sie glaubte wohl ernsthaft, dass ich alles unter Kontrolle hätte und sie sich mal ein bisschen ausruhen könnte. Eine miese Menschenkenntnis legte meine Gefährtin da an den Tag, ganz miese Menschenkenntnis.

»Sie haben sich wirklich eine schöne Gegend für Ihren Urlaub ausgesucht«, fuhr mein Bewacher mit dem Small Talk fort. »Vor allem im Sommer sind sehr viele Touristen da. Wenn die wieder nach Hause fahren müssen, sind sie immer ganz traurig.«

»Was Sie nicht sagen«, erklärte ich, leicht geistesabwesend.

»Wenn ich mit wem ins Gespräch komme, der bald seinen Abreisetag hat, drücke ich ihm immer meine Visitenkarte in die Hand.«

Ich machte, ohne ihm weiter zuzuhören, an mir sinnvoll erscheinenden Stellen seines Monologs jeweils ein bedeutungsschwangeres »Mhmm«. Dann ließ ich den Umschlag auf den verwitterten weißen Gartensessel gleiten, der neben dem Tisch stand. Als ich mich anschließend auf Umschlag und Sessel setzte, ließ ich größte Vorsicht walten, denn ob dieser Sessel meine neunzig Kilo aushalten würde, nachdem er so viele Jahre nicht benutzt und wahrscheinlich ziemlich porös geworden war, wusste ich natürlich nicht. Es knarzte hier und da ein bisschen, aber im Großen und Ganzen schien er der Belastung standzuhalten. Glück gehabt.

»Hier haben Sie eine«, sagte der Polizist schließlich und reichte mir eine Visitenkarte. Auf dieser standen neben seinem Namen nicht etwa sein Dienstgrad sowie seine Erreichbarkeit in polizeilichen Dingen, sondern mit besagter Karte stellte er sich mir als Künstler vor. Ein Künstler namens »Leopold *Poidl* Rainprecht«, der tatsächlich auf seiner Visitenkarte seinen Spitznamen in kursiver Schrift hervorgehoben hatte.

»Aha«, sagte ich. »Und was für Kunst machen Sie?« Ich war ganz froh, ihn jetzt in ein möglichst unauffällig wirkendes Gespräch verwickeln zu können.

»Das habe ich Ihnen doch gerade erklärt«, sagte er und lachte. Er schien mir meine gedankliche Abwesenheit nicht übel zu nehmen. »Ich schicke Touristen und Fans der Freistadt Rust Postkartengemälde, die ich selbst gemalt habe.«

»Postkartengemälde also«, sagte ich und sah ihn etwas irritiert an, während ich im Augenwinkel auszumachen versuchte, ob sich im Schuppen etwas tat, das mir Sorgen bereiten sollte. Aber es schien so, als ob ich mein Gespräch mit Poidl Rainprecht ganz entspannt weiterführen könnte.

»Ich male Motive aus der Region mit einem Kugelschreiber. Und das schicke ich den Leuten dann nach Hause.«

»Einfach so?«

»Einfach so, einmal im Monat.«

Ich fragte mich, wie hoch die Verbrechensrate hier in Rust war, wenn der ansässige Polizist seine Zeit damit verbrachte, jeden Monat Tausende Postkarten zu malen und zu verschicken.

»Ist das nicht ein bisserl arg zeitaufwendig?«, fragte ich.

»I wo«, sagte er mit der Ruhe eines Ministeriumsbeamten, den in seinem gemütlichen Berufsalltag zwischen Kaffeepause und Mittagessen nichts so leicht aus der Ruhe bringen konnte.

Aus dem Schuppen war lautes Gepolter zu hören. Doch ich konnte mich hier nicht vom Fleck rühren, ohne dass der Umschlag auf dem Sessel zum Vorschein gekommen wäre. Also führte ich die Unterhaltung fort.

»Und ist das nicht teuer? Da kommen doch sicher viele Postkarten zusammen, wenn Sie sie den ganzen Touristen nach Hause schicken.«

»I wo«, wiederholte er sich. »Ich wähle aus allen Leuten, die mir ein Mail schicken, jeden Monat einen Empfänger aus. Der bekommt dann ein Postkartengemälde von mir. Im nächsten Monat wird wieder neu ausgewählt und so weiter. Wobei es meistens Empfängerinnen sind«, schob er spitzbübisch hinterher.

Ich sah mir noch mal seine Visitenkarte an. Sollte ich nach meiner Abreise aus Rust jemals Sehnsucht nach dem Ort und der Region verspüren, würde ich eine Nachricht an poidl. rainprecht@gmx.at schicken und auf die Glücksfee hoffen.

Kurz darauf kam die gesammelte Mannschaft aus dem Schuppen wieder rausmarschiert. Dem Slimfit-Sheriff mit den Segelohren war die Enttäuschung ins Gesicht geschrieben. Alibihalber ließ er seine Truppe noch das Wohnhaus und den riesigen Garten durchkämmen. Doch falls dort nicht auch noch Beweismittel gegen mich versteckt worden waren, würden sie nicht viel finden. Immerhin wohnte ich erst seit zwei Tagen in diesem Haus, die allermeisten Gebrauchsgegenstände und Möbel waren nach wie vor eingemottet, und das sah man ihnen auch deutlich an.

»Wir sehen uns bestimmt bald wieder«, sagte Krammer, als sie damit fertig waren.

»Aber sicher doch«, antwortete ich, noch immer auf dem klapprigen Sessel samt Umschlag sitzend.

»Stehen S' gefälligst auf, wenn der Herr Chefinspektor mit Ihnen spricht!«, fuhr mich der unsympathische Polizeistreber von der Seite an.

»Wir sind hier nicht beim Bundesheer«, erklärte ich ihm in ruhigem Ton.

»Hören Sie auf mit der Kindergartenbalgerei«, sagte Krammer und zog seinen Bulldoggenkollegen hinter sich her. Doch plötzlich hielt er inne und drehte sich noch mal zu mir um. »Ach, fast hätte ich es vergessen«, sagte Slimfit-Dumbo.

Shit. Hatte er mitbekommen, dass ich mich hier total diskret die ganze Zeit auf meinem Sessel festgekrallt hatte? Hatte ihm der Poidl im Verborgenen einen Tipp gegeben, dass da doch

noch irgendwo ein weißer Umschlag lag, den ich total unauffällig verschwinden hab lassen?

Krammer kam auf mich zu. Meine plötzliche Nervosität
schien sich auch auf Bella zu übertragen, die merklich unruhig
wurde. Ihr Schwanz fegte über den kalten Steinboden, ihren
Kopf legte sie auf ebenjenen. Sie gab seltsame Quieklaute von
sich. Fehlte nur noch, dass sie mit ihren Pfoten ihre Augen ver-
deckte, um das drohende Unheil nicht mitansehen zu müssen.

»Das sollten wir uns ja auch noch anschauen«, sagte Krammer. Er beugte sich zu mir hinunter und schnappte sich die –
Golftasche. »So blöd sind wir auch nicht, dass wir es nicht
bemerken, wenn Sie Beweismaterial vor uns verstecken.« Er
zog den Zippverschluss der Tasche auf und besah sich ihr –
leeres – Innenleben. Er sah zu mir. Er sah in die Tasche. Er sah
zu Bella.

»Aufsitzen!«, kommandierte er seine Truppe ab, und kurz
darauf war der Spuk vorbei.

Nein, so blöd war Stefan Krammer nun wirklich nicht.

Ich öffnete eine Dose Hundefutter, die ich am Vortag gegenüber dem Stadtpolizeikommando erstanden hatte, und ent-
leerte den Inhalt auf einen tiefen weißen Teller, den ich in einem
der Küchenkästen gefunden hatte. Bella warf mit ihren schwarzen Murmelaugen einen verächtlichen Blick auf die braune
Masse, die ich ihr da vorgesetzt hatte. Mangels Alternativen
begann sie aber doch zu essen. Ich setzte mich wieder auf den
weißen Plastiksessel und sah Bella beim Essen zu. Niemand
sollte alleine essen müssen, das galt auch für einen Hund.

»Du kennst wohl das Mädel vom Friedhof?«, fragte ich sie,
ohne eine Antwort zu erwarten.

Und dann begann ich damit, mir den weißen A5-Umschlag
näher anzuschauen. Es standen weder Empfänger noch Absender darauf. Es war ein flacher Umschlag, keine Ausfor-
mungen, es konnten also maximal wenige Blätter Papier drin
sein. Ich roch daran, doch vernahm nichts Auffälliges. Ich

schüttelte ihn sanft, ohne Ergebnis. Also öffnete ich das Ding an einer der beiden Längsseiten mit einer Messerspitze. Umschläge sollte man nie an der Kante mit der Lasche öffnen. Gab es einen versteckten Mechanismus, war dieser meistens an genau dieser Stelle eingebaut. Das war die goldene Regel im Öffnen von unerwarteten Briefsendungen. Ich blickte in den geöffneten Brief und zog einen Zettel hervor. »Achtung, heute Hausdurchsuchung!«, stand da geschrieben.

Wer auch immer mich so freundlich warnen wollte, hätte dies ruhig auch ein bisschen früher machen können.

18. August 1989

Ich freu mich schon so auf morgen Nachmittag. Mit der Babsi geh ich zum Picknick in St. Margarethen. Da soll's Lagerfeuer geben, und tanzen soll man dort auch können. Wir hätten fast nix davon mitbekommen, aber gestern hab ich im Konsum am Franz-Josef-Platz eines der Flugblätter mit der Einladung g'sehn. Um 14 Uhr ist Treffpunkt in St. Margarethen am Hauptplatz. Irgendwelche Politiker sollen bei der Veranstaltung zwar auch sprechen, aber des interessiert die Babsi und mich eh net so. Und das Beste: Man soll sich vom Grenzzaun was abschneiden können! Angeblich. Na, hoffentlich hab'n da die ungarischen Grenzwächter nix dagegen! Und eine einmalige okkasionelle Grenzüberschreitung wird auf dem Poster ang'kündigt, was auch immer das sein soll! Nur schad, dass der Hermann nicht mitkommen kann, weil er arbeiten muss. Aber er wird Augen machen, wenn ich ihm Stacheldraht von der Grenze mitbring!

Montag

Die fetten Jahre sind vorbei

Die vermutliche Mordwaffe lag nach wie vor im Grab der Familie Forstner, und eh ich nicht wusste, wohin damit, wollte ich es auch erst mal dabei belassen. Die Polizei auf den Stabanker aufmerksam zu machen, erschien mir angesichts der Voreingenommenheit eines gewissen Chefinspektors als überschaubar gute Idee. Bis die Leiche von der Gerichtsmedizin freigegeben und beerdigt werden würde, würden vermutlich noch ein paar Tage vergehen. Und sollte die Tatwaffe doch schon vorher im Grab gefunden werden, würde die Polizei zumindest keine Spuren von mir auf dem Ding finden. Zumindest solange Jennie mich nicht verriet.

Weniger Herausforderung als vielmehr Notwendigkeit bedeutete der nächste Tagesordnungspunkt, der Bella und mich wenig später in die Eisenstädter Hauptstraße führte. Für die Strecke nach Eisenstadt nahmen wir zum ersten Mal das Lastenfahrrad, das ich tags zuvor im Schuppen gefunden hatte. Es ruckelte ein bisschen, und auch die Bremsen hätte ich besser vor der Fahrt nachziehen sollen, aber alles in allem schien es das klapprige Rad noch eine Weile zu tun. Wahrscheinlich hasste mich Bella dafür, dass sie auf diese unwürdige Art und Weise durch die Gegend kutschiert wurde. Aber nachdem sie nicht neben mir herlaufen wollte, musste sie da jetzt durch. Als Zugeständnis machte ich, wann immer wir einem anderen Hund begegneten, einen großen Bogen um ihren Artgenossen, damit sie sich nicht genieren brauchte. Was jedoch, zugegeben, nicht sehr oft vorkam. Damit wir nicht wieder so ewig lange unterwegs waren wie am Samstag auf dem Weg zur Demonstration, nahm ich den direkten Weg über die B 52, was sich, bereits nach wenigen hundert Metern, als lediglich zweitbeste Variante herausstellte. Denn auch wenn Bella kein ausgewachsener Bernhardiner mit dem entsprechenden Gewicht war, forderten mir das ohnehin schon nicht ganz leichte Lastenrad, der Hund und mein eigenes Körpergewicht bei einer gefühlten Steigung von dreißig Prozent alle Kraftreserven ab, die ich in den vergangenen vier Jahrzehnten aufgebaut hatte. Dazu der eiskalte Wind, der den Hügel nur so hinunterzurauschen schien. Nicht schön. Gar nicht schön. Meine vierbeinige Freundin konnte sich immerhin noch in ihre Kiste ducken. Ich dagegen war den Gewalten der Natur schutzlos ausgeliefert. Vielleicht wären die schmerzenden Oberschenkelmuskeln, der meinen Rücken hinabfließende und gleichzeitig schockgefrierende Schweiß sowie meine eiskalten Körperextremitäten noch halbwegs erträglich gewesen, wenn nicht gleichzeitig die sich hinter mir stauende Kolonne ein fürchterliches Hupkonzert von sich gegeben hätte. In das Bella vor mir nur zu gern einstimmte, immer dann, wenn uns eines der Autos, ein Lkw oder ein Traktor in einem Affentempo überholten. Sie meinte es wohl gut, vielleicht wollte sie mich ja sogar anfeuern. Allein ihr Gebell machte die Herausforderung für mich nicht gerade leichter.

Die Einfahrt des bereits im Winterschlaf liegenden Familyparks brachte eine sehr willkommene Gelegenheit für einen Boxenstopp. Die eingemotteten Fahrgeschäfte, Achterbahnen und sonstigen Reizmagenförderungseinrichtungen waren durch das blanke Geäst der Bäume gut zu erkennen. Doch während Bella freudig aus ihrem Behälter sprang und sich an einem nahen Baum erleichterte sowie sich die Beine vertrat, musste ich die Lauda'sche Rennmaschine erst mal eine Weile pausieren lassen. Als ich nach einer Viertelstunde langsam wieder meine Fingerkuppen spüren konnte und auch das Gefühl in meine Zehen zurückkehrte, sammelte ich meine Beifahrerin wieder ein und machte mich daran, die letzte Etappe unserer ganz persönlichen Bergwertung in Angriff zu nehmen. Denn zwischen Familypark und dem Gipfel unserer heutigen Etappe lag noch ein weiterer Anstieg, hinter dessen Kuppe die langersehnte Abfahrt wartete. Bis es so weit war, galt es jedoch, noch weiter intensiv zu strampeln sowie die unerträglich fröhliche Fratze des Maskottchens des Familyparks, die auf einem Schild »Happy Magic Fun« versprach, auszuhalten. An einer Busstation ließ ich den sich hinter mir wieder stauenden Verkehr vorbeiziehen, bis mich der Bus mit wütenden Hupgeräuschen auch von dort verscheuchte. Und dann hatten wir es schließlich geschafft. Auch wenn ich bei Gott kein gläubiger Mensch bin, aber in jenem Moment, in dem ich auf der Spitze des Miniatur-Alpenpasses den im Nebelgrau weiß strahlenden Kirchturm von St. Margarethen entdeckt hatte, musste ich einfach ein kleines Stoßgebet gen Himmel schicken.

Kurz hinter dem Margarethener Naturbadeteich schwenkten wir auf den Festival-Radweg ein. Die folgende Strecke durch St. Margarethen und Trausdorf war ein Fest der Freude im Vergleich zum vorherigen Anstieg. Und auch das bisschen Anstieg in Eisenstadt konnte Bella und mich nicht mehr wirklich schocken.

Die Redaktion des Eisenstädter Express befand sich ganz oben in einem schmucken dreistöckigen Eckhaus in der Hauptstraße, aus dessen Dachboden einzelne Dachfensterluken davon zeugten, dass es eigentlich einen vierten Stock gab. Der Eingang befand sich dagegen schon etwas weniger repräsentativ in der Seitengasse. Die Redaktion teilte ihn sich mit einem Rechtsanwalt sowie einer Praxisgemeinschaft, bestehend aus gleich fünf Psychotherapeuten.

Im Dachgeschoss des Gebäudes wurde Bella und mir die Tür von einem Herrn geöffnet, der mich optisch ganz entfernt an den ehemaligen Chef eines deutschen Nachrichtenmagazin erinnerte. Wobei ich diesen Zeitungsmenschen natürlich nicht persönlich kannte. Aber im – auch in Österreich omnipräsenten – deutschen Privatfernsehen war über Jahre hinweg, gefühlt waren es Jahrzehnte gewesen, eine Werbung gezeigt worden, in der besagter Chefredakteur an einem Redaktionstisch lümmelte und der versammelten Redaktion einimpfte, worum es im Journalistenjob zu gehen habe: Fakten, Fakten, Fakten und an die Leser denken.

Sein Eisenstädter Zwilling, Mitte fünfzig, volles dauerwelliges Haar, führte uns zu einem Besprechungstisch, der am Rande des kleinen Großraumbüros stand. Im Gegensatz zur TV-Werbung reichten an diesem Tisch vier Sessel aus, um alle Redaktionsmitglieder zu versammeln. Ich versuchte, mich zu erinnern, ob ich Christian Braunschmidt bei der Demonstration der Bürgerinitiative im Steinbruch gesehen hatte, immerhin hatte die Taxiprucknerin das angekündigt. Falls er dort gewesen war, hatte er sich aber wohl im Hintergrund gehalten.

»So ein Lieber«, sagte Braunschmidt, nachdem er Bella, die es sich neben mir auf dem Boden gemütlich gemacht hatte, ein Schüsselchen mit Wasser hingestellt hatte.

»Ist eine Sie«, erklärte ich.

»Oh, ja, da muss man korrekt sein«, antwortete er, während auch er sich auf seinen dicken Hintern setzte und Bella eifrig zu trinken begann. »Ich hab auch einen daheim.«

Wir tauschten uns ein bisschen über Hunde aus, was mir schwererfiel als ihm, schließlich hatte ich erst seit drei Tagen einen eigenen. Aber mit Hunden war es wie mit Kindern und dem Wetter: Sie waren der perfekte Eisbrecher, um ein Gespräch in Gang zu bringen.

»Und Sie nehmen Ihren nicht in die Redaktion mit?«

»Doch, doch, immer wieder. Aber heute ist er in Oggau. Wir haben daheim einen kleinen Weingarten, in dem sich meine Frau ein Atelier eingerichtet hat. Dort hat er mehr Auslaufmöglichkeiten. Und ich habe hier viel zu tun, da kann ich mich nicht ausreichend um ihn kümmern. Wie kann ich Ihnen denn helfen?« Braunschmidt hatte eine offene und herzliche Art. Ließ man den Krammer und seine Bulldogge beiseite, schien das hier rund um den Neusiedler See generell ein freundliches Völkchen zu sein.

»Nun«, begann ich meinen Vortrag, »ich wurde beauftragt, der Polizei ein bisschen unter die Arme zu greifen.«

»Das kann sicherlich nicht schaden«, unterbrach er mich, noch bevor ich überhaupt sagen konnte, wobei ich der Polizei unter die Arme greifen wollte. »Wenn ich mir den Krammer Stevie anschaue, habe ich wenig Vertrauen, dass da g'scheit was weitergeht. Es ist mir auch unverständlich, warum der Verfassungsschutz sich nicht der Sache annimmt. Immerhin wurde hier ein Mitglied der vierten Gewalt unseres demokratischen Staates ermordet. Das können wir uns nicht gefallen lassen, und das werde ich auch genau so im Leitartikel unserer nächsten Ausgabe thematisieren.«

Als Nächstes würde er sich dann wohl an die Vereinten Nationen wenden.

»War Carlotta Woods denn gerade an einer brisanten Geschichte dran?«

Der Freund der Fakten nickte. »Ich glaube schon, ja. Aber wie immer hat sie mich nicht von Anfang an in ihre Recherchen eingeweiht.«

»Könnte diese Recherche mit dem Hotelbau in Ungarn und dem damit verbundenen Engagement Maximilian Plünders zu tun haben?«, hakte ich nach.

Mein Blick fiel auf ein überdimensionales Foto an der Wand, das Christian Braunschmidt mit Frau und Hund neben einem blauen Jaguar zeigte. Kein betrunkenes Tier, sondern ein azurfarbenes Kraftfahrzeug.

»Ich weiß schon, dass das am naheliegendsten wäre. Und ich bin mir dessen bewusst, welches Bild der Fundort in dieser Hinsicht abgibt. Aber das glaube ich nicht. Ich habe ihr klargemacht, dass wir uns den Plünder nicht zum Feind machen können und wollen. Immerhin ist er unser bester Kunde, was Anzeigen und Inserate betrifft. Er sponsert mit seiner Baugruppe so gut wie jeden Verein und jede Institution, weit über Eisenstadt und den Neusiedler See hinaus. Da braucht man schon wirklich etwas Handfestes, um eine solche Persönlichkeit anzugehen.«

»Vielleicht gab es ja etwas Handfestes?«, tastete ich mich langsam vor.

»Das kann ich mir nicht vorstellen. Natürlich, das Baugewerbe ist kein Feel-good-Ponyhof. Aber dass sich der Max etwas so Schlimmes geleistet hat, dass man dafür einen Mord begeht? Nein, das glaube ich wirklich nicht. Und ich kenne ihn schon lange genug, um das beurteilen zu können. Wir waren ja damals schon zusammen in der Land- und Parteijugend. Da lernt man sich wirklich kennen.«

Der Max also.

»Wie viele Leute arbeiten hier eigentlich?«, fragte ich und blickte ein bisschen durch die Runde. Ich entdeckte neben dem hinter einer Glaswand abgetrennten Chefbüro und dem Poster mit dem Jaguar noch vier weitere über das Großraumbüro verteilte Schreibtische.

»Wir sind beziehungsweise wir waren zu dritt. Die Carlotta und ich, ein Grafiker, der uns die Inhalte für unseren regionalen Teil entsprechend aufbereitet. Dazu ein paar freie Mitarbeiter, die die Geschichten für uns in den Bezirken einsammeln. Die arbeiten aber alle von daheim aus, von denen ist kaum jemand mal da bei uns in der Redaktion.«

»Nicht viele Menschen, um regelmäßig eine Zeitung zu produzieren«, stellte ich fest.

»Es kann natürlich immer mehr Manpower sein, na klar. Aber der Großteil vom Eisenstädter Express wird von den Verlagskollegen in Wien zugeliefert. Wir kümmern uns von hier aus lediglich um das Geschehen im nördlichen Burgenland, das sind nur ein paar Seiten pro Ausgabe. Der Rest kommt aus Wien.«

»Und das Geschäft läuft gut?«

»Nun, die fetten Jahre in der Medienbranche sind natürlich vorbei. Aber wir können überleben«, sagte Braunschmidt.

»Und Sie kamen gut mit der Carlotta aus?«, fragte ich.

»Sowieso, die Carlotta war super. Ich hätte mir keine bessere Nachfolgerin vorstellen können.«

»Ist's denn schon so weit bei Ihnen?«, fragte ich erstaunt.

»Na, na«, sagte der Faktenfreund und lachte in sich hinein.

»Gute zehn Jahre hab ich schon noch. Aber wenn man heutzutage eine fixe Anstellung bei einer Zeitung hat und seinen Job gerne und gut macht, bleibt man im Normalfall lebenslang dabei. Die Carlotta war meine natürliche Nachfolgerin.«

»Im Normalfall«, wiederholte ich.

Während Braunschmidt einen Seufzer von sich gab, erhob ich mich, was Bella als Aufforderung verstand, es mir gleichzutun.

»Können Sie mir einen Gefallen tun, Herr Lauda?«

»Kommt drauf an«, entgegnete ich.

Er lächelte milde, während Bella nervös an der Tür herumtänzelte und ein dringendes Bedürfnis verspürte, die Redaktion zu verlassen.

»Sie haben sich doch in Rust im Bahnhofsheiserl eingerichtet, wie man hört.«

»Ach so?«, fragte ich. »Hört man das?«

Der Faktenfreund nickte.

»Also scheinen Sie ja ein bisschen länger bei uns im schönen Burgenland bleiben zu wollen. Wenn Sie also wirklich etwas rausfinden, was mit dem Mord an der Carlotta zu tun hat, würde ich mich freuen, wenn Sie mich informieren würden. Der Eisenstädter Express würde sich auch entsprechend erkenntlich zeigen.«

»Aber natürlich«, lächelte ich ihn an. Bis dato war er mir ja nicht unsympathisch gewesen. Immerhin auch Hundebesitzer, so wie ich. Das verband uns, schweißte uns zusammen. Aber mit dieser Bitte hatte er sich in meinem Persönlichkeitsranking keinen Gefallen getan.

»Sehen wir uns am Samstag bei der Leopoldsnacht?«, schickte er noch hinterher, wodurch er sich auch bei Bella nicht gerade beliebter machte.

»Was für eine Nacht?«, fragte ich. Ich meinte, mich dunkel an ein Transparent beim Ruster Ortseingangsschild zu erinnern.

»Die Nacht zur Ehrung von König Leopold I.« Der Faktenfreund sprach in Rätseln. Und weil er mir die offenkundige

Verwirrung ansah, fügte er an: »In den zwei Wochen zwischen ›Ruster Herbst Zeitlos‹ und der Eröffnung der Ruster Adventmeile ist dort wenig los. Damit die Leute aber trotzdem was zum Feiern haben und sich was tut, haben die Ruster vor ein paar Jahren damit begonnen, König Leopold I. eine ganze Nacht zu widmen, in der der Ort z'sammg'räumt wird, und anschließend sitzt man natürlich ein bisserl beisammen. Das ist mittlerweile zum richtigen Volksfest geworden.«

»Höre ich zum ersten Mal«, erklärte ich glaubwürdig. »Was hat der gute alte Leopold den Rustern denn Gutes getan, dass sie ihn auf diese Art ehren?«

Bella begann, unwürdig zu fiepsen.

»Er war es, von dem die Ruster im Jahr 1681 den noch heute gültigen Titel als Freistadt erhielten. Es war damals eh auch kein schlechtes Geschäft für den König, die Ruster hatten sich das etwas kosten lassen. Aber das kann Ihnen alles der Pruckner Johannes erzählen, der kennt sich da besser aus.«

»Ist das ein Verwandter von der Taxiunternehmerin?«

»Ja, das ist der Bruder. Der ist Buchhändler in Rust und Hobbyhistoriker. Dem können Sie unter @ruster_bua auf Instagram folgen, und einen eigenen Blog hat er auch unter dem Namen Rusterbua. Der Johannes kennt sich generell wirklich ganz gut aus.« Ich erinnerte mich daran, eine Buchhandlung am Rathausplatz gesehen zu haben, als ich Alfred Dachs aufgesucht hatte.

»Vielleicht schaue ich bei der Leopoldsnacht vorbei«, sagte ich und verabschiedete mich.

»Und darf ich Ihnen noch einen Tipp geben?«, rief er mir hinterher, als Bella und ich schon die ersten Stufen der Stiege hinabgegangen waren. Ich drehte mich um. »Nehmen Sie auf dem Rückweg den Radweg. Verläuft mehr oder weniger parallel zur Bundesstraße.« Ich sah ihn erstaunt an. »Ich hab Sie vorhin mit dem Auto überholt, als ich gerade am Rückweg von Mörbisch war. Das sah nicht sehr gesund aus, was Sie da veranstaltet haben.«

So schnell, wie Bella im Treppenhaus hinuntergesaust war, hatte sie sicherlich einen neuen persönlichen Rekord aufgestellt. Und ich somit zwangsläufig mit ihr. Die Erleichterung in ihrem Gesichtsausdruck war deutlich zu sehen, als sie sich bei einem Baum hinhockerlte und erleichterte.

»Hey, schaff deinen Hund dort weg«, hörte ich kurz darauf eine empörte Passantin schreien. »Eisenstadt ist kein Hundeklo!«

»Das ist eine *Sie*«, erklärte ich, nicht zum ersten Mal innerhalb der vergangenen drei Tage.

Und ich hatte das dumpfe Gefühl, dass es nicht das letzte Mal gewesen war. Die empörte Reaktion der Frau nahm ich nicht weiter zur Kenntnis, denn etwas anderes drängte sich in mein Aufmerksamkeitsfeld. Aus dem Haus auf der anderen Seite der Hauptstraße, einem zweistöckigen Gebäude mit hübsch verzierten Fenstern im ersten Stock, stapfte jemand, der sogar mir als Neuankömmling bekannt war, den ich aber eher nicht in diesem Haus vermutet hätte. In blauen Buchstaben auf weißem Hintergrund stand über dem Holztor jener Firmenname, der die Bauwirtschaft im ganzen Land im Laufen hielt und der nebenbei auch noch ein Faible für Hotelanlagen im benachbarten Ausland hatte. Doch der Kerl, der nun durch die Hauptstraße marschierte, hatte eigentlich weder mit Steinbrüchen noch mit Hotels etwas am Hut. Eine innere Stimme in mir sprach die höfliche, aber bestimmte Empfehlung aus, ihm zu folgen.

Ein Baum, eine Litfaßsäule oder ein widerrechtlich abgestellter Lieferwagen – man nimmt, was man kriegen kann, wenn es darum geht, sich zu tarnen und zu verstecken, während man jemanden observiert, der durch eine mäßig frequentierte Fußgängerzone marschiert. Bella erwies sich dabei als erstaunlich gute Kumpanin, die sich leichtfüßig und elegant meinen Schritten anschloss und auch nicht aus der Reihe tänzelte, als es galt, in Deckung zu gehen oder in selbiger zu verharren. So beobachteten wir also, wie der Mann durch eine schmale Nebengasse zum Domplatz ging. Ob es sich dabei tatsächlich um den Eisenstädter Domplatz handelte, wusste ich natürlich nicht, aber der dort befindliche mächtige Kirchenbau ließ darauf schließen. Dort steuerte er zielstrebig auf eine Reihe von schräg parkenden Autos zu und öffnete bereits aus der Entfernung einen dunkelblauen VW Kombi per Fernbedienung. Ich blickte mich leicht panisch nach einer günstigen motorisierten Gelegenheit um, mit der wir dem Mann in seinem Volkswagen folgen hätten können. Bella war zwar alles zuzutrauen, aber einem Auto zu Fuß zu folgen, würde für mich wohl nach spätestens hundert Metern einen schlimmen Herzinfarkt zur Folge haben. Unsere Lastenrad-tortur war mir noch in allzu guter Erinnerung. Gerade als der dunkelblaue VW sich in den überschaubaren Verkehrsfluss eingeordnet hatte, hielt meine Rettung an der Busstation. In Form eines Taxis.

»Das ist wirklich ein ganz dringender Notfall«, erklärte ich der Taxiprucknerin, nachdem eine alte Dame aus ihrem Auto gestiegen war und bezahlt hatte. »Und sie muss unbedingt mit«, fuhr ich fort und blickte zu der neben mir stehenden Bella.

Die Taxiprucknerin fackelte nicht lange und öffnete mittels Knopfdruck den Laderaum ihrer Familienkutsche. »Sie kann nur hinten mitfahren, vorne geht's wirklich nicht wegen der Allergie von der Desiree.«

Ich blickte meine treue Vierbeinerin an, und ihre Murmelau-gen bedeuteten mir, dass sie eine Fahrt auf der Rückbank zwar bevorzugen würde, zur Not aber auch mal eine Ausnahme machen konnte. Zumal ihr der Kofferraum eines Vans immer noch würdiger erschien als die Kiste eines Lastenfahrrades. Zwei flexible Damen hatte ich mir da angelacht, das lobte ich mir. Mir nix, dir nix waren wir im Auto und fuhren los.

»Was ist das denn für ein Notfall?«, fragte unsere Chauf-feurin.

»Wir müssen dem dunklen VW folgen«, erklärte ich. Drei

oder vier Autos waren zwischen uns, und ich hatte Mühe, den weiter vorne fahrenden Volkswagen nicht aus den Augen zu verlieren.

»Das klingt ja spannend«, sagte die Taxiprucknerin. »Und wer sitzt da drin?«

»Der Hilfssheriff vom Stefan Krammer.«

»Der Poidl?« Sie sah mich erstaunt an.

»Schauen Sie bitte nach vorne. Uns ist nicht damit geholfen, wenn wir im Straßengraben landen«, bat ich sie.

Ich blickte kurz aus dem Fenster. Weit und breit kein Straßengraben zu sehen. Häuser mit maximal zwei Stockwerken säumten diesen Teil der Eisenstädter Innenstadt, wir konnten lediglich in vor den Häusern geparkte Autos krachen. Aber auch das hätte schon gereicht, um unsere kleine Verfolgungsjagd zu beenden.

»Nein, nicht der Poidl«, beruhigte ich sie. »Der andere, die unfreundliche Bulldogge.«

Bella sah plötzlich aufmerksam zu uns nach vorne.

»Ah, der Daniel«, sagte die Taxiprucknerin.

»Hat der auch einen Nachnamen?«

»Sonnleitner«, antwortete sie. »Sonnleitner, Daniel.«

Ein sehr sonniges Gemüt konnte man diesem Herrn zwar nicht zusprechen, aber was sagte ein Nachname schon über eine Person aus? Ich war ja auch kein ausgewiesener Schnellfahrer. Als Sonnleitner sich spontan links auf einem Radweg einparkte, blieb die Taxiprucknerin geistesgegenwärtig auf dem Gehweg unserer Straßenseite stehen. Zum Glück konnte der Kerl mit seinem Cabrio hinter uns gerade noch ausweichen. Seine Hand zum freundlichen Gruß erhoben, zog er an uns vorbei und beschleunigte so stark, dass er bei einem fliegenden Start hinter dem Safety-Car gute Chancen auf die Poleposition gehabt hätte. Das war auch Sonnleitner nicht entgangen, der dem weißen Cabrio hinterhersah und sich wahrscheinlich nicht nur über das Aufheulen des Motors gewundert hatte, sondern auch über dessen offenes Verdeck.

Schließlich lief man selbst im milden pannonischen Klima im November mit einem Cabrio Gefahr, sich eine g'schmeidige Lungenentzündung einzufangen.

Sonnleitner verschwand hinter dem Gartentor eines zweistöckigen Eckhauses. Gelbe Fassade, die Fenster mit schmalen weißen Farbstreifen abgesetzt.

»Wo geht's dorthin?«, fragte ich die Taxiprucknerin und zeigte in Fahrtrichtung geradeaus.

»Das ist die Neusiedler Straße. Da kommen Sie entweder zur Schnellstraße oder zum See. Von da können Sie dann entweder in Richtung Ungarn oder rauf nach Neusiedl fahren.« Ich sah den an uns vorbeifahrenden Autos hinterher. Am Ende meines Sichtfeldes entdeckte ich ein Lokal mit dem schönen Namen Schluckspecht. Auch nicht schlecht.

»Er kommt wieder raus«, erklärte die Taxiprucknerin kurz darauf, weswegen ich meine Aufmerksamkeit erneut auf Daniel Sonnleitner lenkte.

Er schien nur kurz etwas geholt oder abgegeben zu haben.

»Wohnt er dort?«, fragte ich meine Fahrerin.

Sie nickte.

Wir folgten Sonnleitner weiter stadtauswärts, vorbei an nur noch wenigen Wohnhäusern, dafür umso mehr Gewerbebetrieben sowie den üblichen Fast-Food-Pavillons.

»Da war ich schon mal«, sagte ich, als wir am Gebäude der Stadtpolizeidirektion vorbeikamen.

»Da haben Sie mir was voraus«, erklärte die Taxiprucknerin.

Sonnleitner interessierte sich nicht für die Auffahrt zur Schnellstraße, sondern blieb auf der Neusiedler Straße, zu der sich schon bald hinter Eisenstadt jene Eisenbahngleise gesellten, auf denen mich der REX am Freitag nach Eisenstadt gebracht hatte. Wir fuhren über offenes Land, ließen Kreisverkehre, Weingärten und Felder sowie die üblichen Gewerbeansiedlungen und Tankstellen hinter uns, die sich g'schamig an den Ortsrändern der Neusiedler-See-Gemeinden versteckten. Nach einiger Zeit gesellte sich auf der linken Seite das Leithagebirge zu uns. Gegenüber war weit und breit nichts vom See zu sehen.

»Wenn man hier so fährt, entlang all der uferlosen Seegemeinden«, erklärte ich, »könnte man meinen, dass der Neusiedler See ein riesengroßer Fake ist.«

»Der See ist halt keine oberflächliche Schönheit, die sich gleich jedem an den Hals wirft. Wer so was mag, sollte zum Wörther- oder zum Wolfgangsee fahren. Der Neusiedler See will entdeckt und erkundet werden, vor allem hier am westlichen Ufer. In Podersdorf drüben neigt er ein bisserl mehr zur Selbstdarstellung«, erklärte die Taxiprucknerin, während sie dem VW Kombi in gebührendem Abstand folgte. Zwischen uns hatte sich bei einem der Kreisverkehre ein roter Volvo gedrängt, was unserer Tarnung zugutekam. Alles in allem wirkte die Taxiprucknerin so, als ob sie eine solche Verfolgung nicht zum ersten Mal absolvierte.

Ich machte eines meiner berühmten »Mhmm«, während wir das Ortsschild von Donnerskirchen passierten. »Und wo sind all die Burgen? Ein Burgenland ohne Burgen. Klingt nach einem schlechten Marketingscherz.«

»Das mit den Burgen ist so eine Sache«, antwortete sie, während wir durch das kleine Örtchen mit seinen einstöckigen Bauernhäusern fuhren. Rechts ging es zum Golfplatz, links zu einem Geschäft mit Wasserbetten. Alles, was man halt so braucht. »Die namensgebenden Burgen sind uns nach dem Ersten Weltkrieg abhandengekommen«, erklärte sie. »Die drei Burgen, nach denen das Bundesland benannt ist, lagen nach dem Krieg alle auf ungarischem Gebiet. Ursprünglich hätte es sogar das Vierburgenland sein sollen, aber auch das mit der vierten Burg ist nicht so gelaufen, wie es sich die Österreicher nach dem Krieg vorgestellt haben, weil Pressburg an die Tschechoslowakei gegangen ist.«

Mir war das alles komplett neu. Im Geschichtsunterricht wurde das sicher alles im Detail durchgekaut. Aber mein Geschichtsunterricht bei Herrn Fessa Leitner, wir nannten ihn aufgrund seiner Leibesfülle auch Balu, lag schon mehr als zwanzig Jahre zurück. Für Alfred Dachs kaum ein Wimpernschlag der Geschichte, gewiss, für mein Nudelsiebhirn dagegen in grauer Vorzeit.

»Im Südburgenland gibt es aber genug Burgen, so ist's nicht. Lockenhaus oder Burg Schlaining zum Beispiel, da läuft derzeit noch die Jubiläumsausstellung zum hundertjährigen Bestehen des Burgenlandes. Die sind schon recht imposant. Wenn Sie mal Zeit haben, können wir eine kleine Tour dorthin unternehmen.«

War das gerade eine Einladung zu einem Burgendate? Nicht, dass es mich grundsätzlich groß stören würde, es gab wohl Schlimmeres, als Zeit mit der Taxipruknerin zu verbringen. Aber zum einen fühlte ich mich noch nicht wirklich bereit für amouröse Abenteuer, zu sehr spukte Luise durch meine Gedanken. Zum anderen hatte ich nicht vor, mich hier langfristig häuslich niederzulassen und bei Wochenendausflügen den Ersatzpapa für die Tochter der Pruknerin zu spielen.

Wir ließen auch Purbach und Breitenbrunn mit seinem Turmmuseum, von dem aus man laut der Taxipruknerin einen feinen Blick über den Ort haben sollte, sowie Winden hinter uns, und ich fragte mich langsam, wohin uns diese Observierung wohl führen könnte. Wir waren schon eine ganze Zeit lang unterwegs, und Sonnleitner machte nach wie vor keine Anstalten, irgendwo anhalten zu wollen. Meine Fremdenführerin machte mich auf die beiden Hügel auf der Beifahrerseite aufmerksam, die angeblich als Urberge älter als die Alpen waren.

»Wenn er jetzt im Kreisverkehr geradeaus fährt, hab ich eine Idee, wo die Reise hingehen könnte«, erklärte die Taxipruknerin.

Er fuhr tatsächlich geradeaus, ihr Geheimnis behielt sie jedoch für sich. Und auch im nächsten Kreisverkehr hielt Sonnleitner den Kurs. Dank der Straßenschilder wusste ich immerhin, dass wir uns der Autobahn näherten.

»Da ist ja auch der Turm vom Plünder«, sagte ich schließ-lich.

»Das ist, wenn ich nicht irre, das Ziel unserer Reise.«

Wir querten die Autobahn über eine Brücke und fuhren an einem riesigen Einkaufszentrum im US-amerikanischen Dorf-stil vorbei. Wir waren in Parndorf angekommen, wo zwei Jahrzehnte zuvor ein riesiges Shoppingcenter-Outlet in die Prärie gepflanzt worden war, um Kundinnen und Kunden aus Wien und den östlichen Nachbarländern anzulocken. Es folgte ein ebenso riesiger Parkplatz, und gleich dahinter setzte Daniel Sonnleitner bei seinem dunkelblauen VW Kombi den Blinker.

»Hab ich es doch gewusst!«, rief die Prucknerin sichtlich zufrieden.

Gestampfte Bananen und Datteln, cremig am Gaumen

»Gibt's auch Bier?«

Rückblickend gibt es nicht viele Dinge, die man mir in Bezug auf meinen Aufenthalt in Rust vorwerfen könnte. Na gut, ich habe kein Willkommensfest gegeben und mich auch nicht gleich mit einer Spende bei der Freiwilligen Feuerwehr eingestellt. Und ja, ich habe nicht einmal meinen Namen auf das Türschild vom Bahnhofsheiserl geschrieben. Abgesehen davon, dass es an der Pforte gar keine Vorrichtung für ein Tür-schild gab. Aber ich hätte es auch nicht getan, wenn eine solche vorhanden gewesen wäre. Sonst hätte ich für Vitos Burschen ja gleich ein Willkommensplakat an den Hauszaun hängen oder ihnen einen Kartenausschnitt von Google Maps mit dem darauf markierten Bahnhofsheiserl schicken können. Was man mir aber wohl noch in zwanzig Jahren in Rust übel nehmen wird, war meine Frage nach einem Bier an diesem Montagabend im Spritzenhaus. Denn anstelle einer frisch gezapften Hopfenkaltschale erntete ich ungläubiges Staunen, kollektives Kopfschütteln und ein höhnisches Gelächter aus dem Barbereich.

Was ich bei meiner Ankunft in Rust anfangs für eine niedliche kleine Kapelle oder eine ebenso niedliche Feuerwehrwache gehalten hatte, entpuppte sich an diesem Abend als Treffpunkt für die örtliche Stadtgemeinschaft. Das quadratische Häuschen mit dem Türmchen, an dessen Fassade eine kleine Sonnenuhr angebracht war, beherbergte eher so was wie ein Vereinsheim oder ein Clublokal. Dementsprechend hing keine Speisekarte in einem Schaukasten, und es wurden auch keine Speisen auf großen Kreidetafeln angekündigt. Lediglich einige Biertische und Bänke sowie als Hochtische zweckentfremdete Weinfässer erweckten den Eindruck, dass hier kulinarische und flüssige Köstlichkeiten offeriert wurden. Bis 1991 sei dies tatsächlich das Spritzenhaus der Freiwilligen Feuerwehr der Freistadt Rust gewesen, hatte die Taxiprucknerin erzählt.

Bevor ich das Spritzenhaus betrat, scannte ich noch mal die Umgebung ab. Die Erbauer der Feuerwache hatten den besten Platz für die Errichtung eines solchen Gebäudes ausgewählt. Schließlich trafen sich an dieser zentralen Kreuzung die vier wichtigsten Straßenzüge der Freistadt. Brach irgendwo in der Stadt ein Brand aus, war man von hier aus in kürzester Zeit an Ort und Stelle. Erst jetzt entdeckte ich, dass sich auf der gegenüber gelegenen gelben Hausfassade ein Künstler mit einem Wandbild des Neusiedler Sees verewigt hatte. Auf mich wirkte das Fresko eher wie ein Krake, dessen Arme sich irgendwo auf ungarischem Staatsgebiet verheddert hatten.

Das Röhren eines alten himmelblauen Ford Granada, der aus Richtung St. Margarethen kommend die B 52 entlangfuhr, holte mich aus der Unterwasserwelt zurück ins Hier und Jetzt. Ein einzelner Mann saß am Steuer. Der Wagen folgte dem Straßenverlauf in Richtung Mörbisch. Ich drehte mich um und betrat das Spritzenhaus.

Die Taxiprucknerin hatte mich dorthin eingeladen, als sie Bella und mich am Nachmittag nach unserer kleinen Observation wieder in Rust abgesetzt hatte. Meinen Einwand, dass ich ja nur vorübergehend hier sei und kein großes Aufheben um meine Person machen wolle, hatte sie nicht gelten lassen und auf den samstäglichen Auftritt von Stefan Krammer verwiesen.

»Dadurch weiß jetzt eh jeder über Sie Bescheid. Kann außerdem nicht schaden, wenn der Josef Sie mal gesehen hat. Und bringen Sie Ihre Bella ruhig mit, das ist kein Problem«, hatte sie mir meine obligatorische Frage gleich vorweg beantwortet.

Also gut, ging ich halt hin. War ja schließlich eine ganz gute Gelegenheit, um mal ein bisschen in die Herzkammer der Freistadt hineinzuhören. Welche Gerüchte waren rund um den Mord an Carlotta Woods in Umlauf? Sah man in Rust einen Zusammenhang mit dem Hotelbau in Ungarn und dem damit einhergehenden Engagement von Maximilian Plünder? Da gab es doch sicherlich einiges an Klatsch und Tratsch. So stellte sich das zumindest der Großstädter in mir vor. Und wer auch immer Josef war, anscheinend konnte es nicht schaden, den guten Mann kennenzulernen. Doch jetzt, nach meinem Bierfauxpas, hatte ich den Eindruck, dass sogar die neben mir auf dem Boden liegende Bella verständnislos mit dem Kopf wackelte. So eine elende Verräterin.

Josef war auch Ursprung des nächsten höhnischen Gelächters gewesen. Trotz des allgemeinen Unverständnisses ob meiner Vorliebe für Bier wurde eine anständige braune Flasche vor mir auf den Tisch platziert. Ich bedankte mich artig, stellte erfreut fest, dass die Flasche mit dem blauen Schriftzug und der blauen Burgsilhouette sogar die richtige Temperatur hatte, und nahm einen kräftigen Schluck. Josef setzte sich neben mich an den Tisch, der mit einem Metallstorch in der Mitte als Stammtisch gekennzeichnet war. Damit war die illustre Runde für diesen Abend komplett. Alfred Dachs, der Witwer und Kristallschädelflüsterer, hatte sich vorab aus naheliegenden Gründen entschuldigt. Die Taxiprucknerin war mit von der Partie, genauso wie Poidl, der freundlichere der beiden uniformierten Kollegen von Chefinspektor Stefan Krammer. Dazu ein Mann namens Rudolf Schumich. Er stellte sich mir als Generaldirektor der Pannonia Bank vor und brachte alles mit, was ein Banker so brauchte, nämlich einen ziemlich gewieften Gesichtsausdruck und ausreichend Sitzfleisch. Und dann war da noch der Mann, der am Samstag mit seinem Kleinlaster vorm Bahnhofsheiserl angehalten und den Poidl gefragt hatte, ob man sich die Tage beim Spritzenhaus sehen würde: Gerald Moser, Weinbauer, gleichzeitig hoher Funktionär bei der lokalen landwirtschaftlichen Genossenschaft.

»Nenn mich ruhig Castle«, sagte er, als er sich mir vorstellte. »Niemand nennt mich hier bei meinem richtigen Namen.« Er war ein drahtiger Kerl mit strahlend weißen Zähnen und einer wirklich tiefen Stimme. Und wenn ich »wirklich tief« sage, dann meine ich das auch so. Dass es ihn in diesen Landstrich verschlagen hatte und er hier zur lokalen Größe der Weinwirtschaft avancierte, wäre ohne seinen Großvater nicht möglich gewesen. »Grandpa wurde im Mai 1944 mit seinem Bomber über dem Burgenland abgeschossen. Er landete im See und konnte sich erst mal im Schilf verstecken. Niemand hat ihn gefunden. Doch dort konnte er sich natürlich nicht bis zum Ende des Krieges verbergen. Er ist dann bei Einbruch der Dunkelheit in Rust von Haus zu Haus gegangen, um nach etwas zu Essen und warmer Kleidung zu fragen. Blöderweise erwischte er dabei auch den Polizeiposten. Die Frau des Kommandanten hat ihn gut versorgt, aber halt leider dann doch gemeldet, dass bei ihr ein Schwarzer in US-amerikanischer Fliegermontur sitzt. Kurz darauf ist er abgeholt worden. Aber er hat nie ein böses Wort über seine Gefangenschaft verloren. Er hat mir seine alten Kriegsgeschichten erzählt, wenn wir bei ihm in Oregon auf seiner Ranch am Lagerfeuer gesessen sind. Als Grandpa 1994 gestorben ist, wollte ich mir Castleland anschauen. Das Land, von dem er immer erzählt hat. Also kam ich her, hab die Anja geheiratet und bin Weinbauer geworden.«

»Selbst schuld, wenn er den 2018er Ruster Ausbruch nicht will«, antwortete Josef schließlich zeitversetzt auf meine Frage nach einem Bier. »Würdest vielleicht besser in unsere Partnerstadt nach Kulmbach passen. Das ist a echte Bierstadt.«

»Ruster Ausbruch?«, fragte ich irritiert nach und ließ Kulmbach links liegen. »Gab es hier vor vier Jahren einen groß angelegten Gefängnisausbruch?« Ein Blick in die Gesichter der Runde sagte mir, dass meine nicht ganz ernst gemeinte Nachfrage offenbar für bare Münze genommen wurde. »Das war nur ein Spaßerl«, unternahm ich einen Rettungsversuch, um meine Reputation zu retten.

»Der Ruster Ausbruch ist eine Ruster Spezialität, den gibt's nur da bei uns«, erklärte Castle. Zur Untermalung schwenkte er sein Weinglas, woraufhin sich die goldgelbe Flüssigkeit wellenartig in Bewegung setzte. »Der Ausbruch rangiert zwischen Beerenauslese und Trockenbeerenauslese. Wir reden da von einem wahrhaftigen Prädikatswein, also Wein der höchsten Qualitätsstufe.«

»Der 2018er ist ein Traum, da entgeht dir was«, fuhr nun wieder Josef fort. »Ein Aroma aus gestampften Bananen und Datteln, cremig am Gaumen – herrlich!«

»Wie auch immer«, startete ich meine Verteidigung, »wenn ich in Wien das Fenster aufg'macht hab, ist mir der wohlige Malzgeruch der Ottakringer Brauerei entgegengeströmt, und die letzten sieben Jahre habe ich im Ruhrgebiet gewohnt. Dort trinken die Leute nur dann Wein, wenn sie eine Hopfenallergie haben oder keine Kohlensäure vertragen.«

»Ist ja schon gut, lass dich nicht ärgern«, erklärte die Taxiprucknerin. »Wir freuen uns jedenfalls, dass du vorbeigekommen bist.«

»Du bist also der Niki Lauda?«, sagte Josef und erwartete sich offenbar eine Vorstellung meinerseits.

»Nikolaus, bitte«, erklärte ich. »Die Abkürzung birgt ein gewisses Potenzial für Verwechslungen.«

»Also hast nix mit dem großen Ex–«

»Nein.«

Ich unterbrach Josef gleich im Ansatz. Schon in der Schule konnte ich die ständigen Anspielungen nicht ausstehen. Eine der frühesten Erinnerungen meiner Kindheit reichte bis zu meinem vierten Geburtstag zurück. Ein Sonntag. Während ich alleine am Geburtstagstisch saß, war der Rest der Familie um den Fernseher versammelt, um mitanzusehen, wie mein Namensvetter in Kyalami zum ersten Sieg der noch jungen Formel-1-Saison fuhr. Auf dem Siegerpodest herzten sich der Sieger und sein Teamkollege Alain Prost, und meine Familie lag sich im Wohnzimmer in den Armen und jubelte. Am Ende der Saison gewann der Österreicher seinen dritten und letzten Weltmeistertitel. Doch bereits an diesem frühlingshaften Abend im April 1984 war für den kleinen vierjährigen Nikolaus Lauda klar, dass er niemals den Namen seines berühmten Namensvetters in den Mund nehmen werde.

»Ich war übrigens heute in Güssing und Mattersburg«, beendete Castle schließlich die unangenehme Stille rund um meinen Namen und begann, eine Geschichte zu erzählen, die wohl hätte aufschlussreich oder interessant werden können. Schließlich kann man wohl selbst in Güssing oder Mattersburg allerhand erleben. Doch Castle langweilte uns mit einer Aufzählung seiner Gesprächspartner sowie einem Erlebnisbericht vom Kauf eines Bolzenschneiders in Mattersburg. Es war eine typische Reaktion von jemandem, der die Stille in einem Raum nicht aushielt. Hauptsache, es wurde gesprochen. Egal, wie sinnvoll es war. Auch die Information, dass besagter Bolzenschneider lediglich neunundzwanzig Euro gekostet habe, was in Vor-Euro-Zeiten rund vierhundert Schilling entsprochen hatte, konnte die Begeisterung über seine Geschichte an unserem Tisch nicht in lichte Höhen heben. Auch als er anfing, schwarze Baseballcaps zu verteilen, auf denen jeweils eine weiße Raute sowie ein weißes B eingestickt worden war, hob sich die Stimmung nicht sonderlich. »Ich war bei einem Weinhändler, als gerade dessen Nachbar vorbeigekommen ist. Der war früher Profifußballer, in Deutschland«, ließ er uns wissen. Und wie es der Zufall wollte, hatte der Fußballer von seinem früheren Arbeitgeber aus Deutschland eine große Lieferung mit Merchandise-Artikeln geschickt bekommen. Von denen hatte er Castle gleich einen ganzen Schwung mitgegeben. Und der ließ sich natürlich nicht lumpen und reichte die heiße Ware an uns weiter. Gut möglich, dass eine an Fußball interessierte Person jetzt eingehakt und weitere Informationen über diesen faszinierenden Fußballsuperstar aus Castle herausgekitzelt hätte. Fest stand aber, dass ich diese Person definitiv nicht war. Fußball war mir, auf gut Wienerisch, ziemlich blunzn.

Also versuchte ich, das Thema zu wechseln, und fragte Josef lieber über die Geschichte des Spritzenhauses aus. Dadurch erfuhr ich, dass dies tatsächlich früher mal eine Feuerwache gewesen war, die in den Dreißigern des vorigen Jahrhunderts gegen den Widerstand von vier Familien am Franz-Josef-Platz erbaut worden war. Deshalb, so wurde mir mitgeteilt, hätten die Nachfahren dieser Familien bis heute keinen Zutritt zum Spritzenhaus. Soll so sein, dachte ich mir.

Das Lokal war in zwei Bereiche getrennt. Der Hauptraum mit der Bar war durch zwei steinerne Torbögen mit dem Nebenbereich und den dort befindlichen Tischen verbunden. Ringsum an den Wänden der ehemaligen Feuerwehrwache hingen zahlreiche Zeitungsberichte über Einsätze und gesellschaftliche Events, bei denen die lokale Feuerwehr im Einsatz gewesen war. Feuerwehrfeste, Brandeinsätze, Fußballturniere, Bootsbergungen auf dem Neusiedler See, Autounfälle und Fotos von einem Einsatz, bei dem eine Schlange im Ruster Rathauskeller geborgen werden musste. Dieser Artikel im Eisenstädter Express war mit den Initialen CW gekennzeichnet, ich konnte mir ausrechnen, wer die Urheberin war. »Das war im

Einundzwanzigerjahr, da hat's in ganz Österreich Schlangen in Toiletten, Badezimmern und sonst wo im häuslichen Bereich gegeben«, erklärte Josef. »Wir hatten unsere fünf Minuten Ruhm im Juni, als eine Schlange in einem Atelier am Rathausplatz auftauchte. War aber ganz harmlos. Eine da aus der Gegend, die wir dann im Wald ausg'setzt haben.«

»Darf ich eine blöde Frage stellen?«, fragte ich.

»Du machst doch die ganze Zeit nix anderes«, sagte der Poidl, und alle lachten. Bis auf Bella und mich.

»Warum wirst du Josef genannt?«, fragte ich die Bürgermeisterin.

»Das ist die erste nicht so blöde Frage von dir«, antwortete sie, und wieder lachten alle. »Vor ein paar Jahren, da war ich schon lang Bürgermeisterin, ging eine Meldung durch die Medien, wonach es in Österreich mehr Bürgermeister mit dem Namen Josef als weibliche Bürgermeisterinnen gäbe. Da ist einer von den Deppen auf die Idee gekommen, mich Josef zu nennen.«

»Dass amal eine Frau Bürgermeisterin wird, das haben die Leute sich hier sicher nicht vorstellen können«, fügte Gerald »Castle« Moser hinzu.

»Dass ein Schwarzer Weinbauer wird, auch net«, entgegnete der Poidl. »Wie du siehst«, fuhr er mir gegenüber fort, »haben solche Bezeichnungen nichts damit zu tun, ob wir jemanden mögen.«

»Kommt immer drauf an, wie die betreffende Person das sieht«, erklärte ich. »Ich mein, ich lass mich ja auch nicht von jedem dahergelaufenen Polizisten duzen, egal ob er mich mag oder net.«

»Ist schon okay«, sagte Castle. »Als ich vor zwanzig Jahren hergekommen bin, hab ich mir ganz andere Dinge anhören können. Aber meistens nicht von den Leuten, die hier wohnen. Depperte Kommentare kommen meist eher von Gästen, in deren blütenweißer Welt ein Schwarzer als Weinbauer nicht vorkommt. Denen fallt als Erstes oft das Kinnladl runter«, sagte er und tippte sich mit Mittel- und Zeigefinger an sein glatt rasiertes Kinn.

»Wichtig ist jedenfalls nur, dass die Mannsbilder spuren, wenn ich etwas entscheide. Wie sie mich nennen, ist mir herzlich wurscht«, gab sich Josef, die eigentlich Susanne Ehrenreich hieß, überraschend pragmatisch.

»Habts schon eine heiße Spur, wer die Carlotta umgebracht hat?«, wechselte Rudolf Schumich das Thema.

»Du weißt doch, dass ich euch nix dazu sagen darf. Laufende Ermittlung«, erklärte der Poidl hochoffiziell. Leopold Rainprecht behielt auch hier jene gemütliche Art bei, die er schon während der Durchsuchung meines Schuppens sowie im Stadtpolizeikommando Eisenstadt an den Tag gelegt hatte.

»Aber stimmt es, dass man der Carlotta die Halswirbelsäule eing'schlagen hat?«, blieb Schumich am Ball.

Der Poidl hielt sich an sein Schweigegelübde, gab Schumich aber mittels Nicken zu verstehen, dass dieser sich nicht verhört hatte.

»Also hamma heuer zusätzlich zum Ruster Ausbruch auch noch einen Ruster Halsbruch. Na serwas. Und ihr habts wirklich keine Spur?«

»Laufende Ermittlung«, fand der Poidl nun wieder zum Standardprozedere zurück.

Schumich nahm Poidls Antwort hin, wenn auch unzufrieden. »Und was führt dich nun nach Rust?«, fuhr er mit seiner Fragerunde fort und sah mich an.

Ich blickte in die illustre Gesellschaft und überlegte, ob ich wieder meinen Ich-brauchte-einfach-mal-einen-Tapetenwechsel-Spruch abliefern oder eine Alternative wählen sollte, die ein bisschen näher an der Wahrheit lag.

»Und warum ist denn die Luise nicht mitgekommen?«, stellte die Taxiprucknerin eine weitere Frage, deren Beantwortung mir noch schwererfiel. Warum konnte ich denn nicht einfach hier in Ruhe sitzen, dem Stadttratsch lauschen und an meiner Bierflasche nuckeln? Apropos Bier.

»Kann ich vielleicht noch eines haben?«, fragte ich.

»Du weißt ja, wo es steht«, antwortete die Bürgermeisterin.

Ich erhob mich und schlenderte in aller Ruhe nach hinten zur Bar, öffnete den auf dem Boden stehenden Kühlschrank und zog eine weitere Flasche Golser heraus. In dem gleichen gemütlichen Tempo schlich ich dann wieder zum langen Holztisch. Meine Hoffnung, dass die Runde in der Zwischenzeit ein anderes Gesprächsthema gefunden haben könnte, zerschlug sich, als ich mich wieder hingesetzt hatte, und alle Gesichter mich genauso fragend anblickten wie vor meiner Weltreise zur Bar.

»Große Feuerwehrautos hatten hier aber früher keinen Platz, oder?«, startete ich das nächste Ablenkungsmanöver.

Da nicht mal ein Stirnrunzeln als Reaktion folgte und selbst Bella mir nicht mit einem fingierten Gassiwunsch zur Seite springen wollte, gab ich mich schließlich geschlagen. Außerdem hatte der Poidl sicherlich denselben Kenntnisstand über meine Vorgeschichte wie Stefan Krammer. Es brachte also nichts, hier irgendwelche Legenden in die Welt zu setzen.

»Also gut«, sagte ich. »Ich habe es mir mit ein paar Leuten verscherzt. Deswegen habe ich mir gedacht, dass es nicht schaden könnte, mich ein paar Tage aus der Schusslinie zu nehmen.« Dass das mit der Schusslinie durchaus wörtlich zu verstehen war, behielt ich lieber für mich. »Die Luise hat mir von Rust erzählt, und da habe ich mir gedacht, dass das ein ziemlich perfekter Ort ist, um aus der Schusslinie zu kommen.« Allein schon diese sehr vage Erzählung sorgte dafür, dass die Runde im Spritzenhaus sehr aufmerksam an meinen Lippen hing.

»Sind das gefährliche Leute?«, wechselte die Taxiprucknerin wieder in ihren Taxi-Interviewmodus.

»Nein«, log ich.

»Und kommt die Luise auch?«

Ich schüttelte den Kopf und hoffte darauf, dass dies als Antwort ausreichen würde. Anscheinend wurden meine diesbezüglichen Gebete im Himmel erhört, denn weitere Nach-fragen blieben zum Glück aus.

Dass ich diesen Leuten, die mich so herzlich aufgenommen hatten, die ganze Wahrheit verschwiegen hatte, bescherte mir für einen kurzen Moment ein schlechtes Gewissen. Aber ich wollte hier nicht für größeres Aufsehen sorgen, als es ohnehin schon der Fall war. Vitos Clan würde mich hoffentlich nicht so schnell finden, und ich musste nur dafür sorgen, dass der Mordfall Carlotta Woods aufgeklärt wurde, um vom Radar der Eisenstädter Polizei zu verschwinden und mir zu überlegen, wohin ich weiterziehen könnte. Es würde also hoffentlich nicht nötig sein, ihnen meine gesamte Geschichte zu erzählen.

»Und was hast du jetzt vor?«, fragte Castle.

»Den Mörder von eurer Carlotta finden, damit mich zumindest der Krammer in Ruhe lässt«, antwortete ich.

»Der Krammer ist eh der Ärgste«, erklärte Castle. »Der ist ein richtiges Askhole. Würd sich auch in der Politik gut machen.«

»Er ist ein was?«, erkundigte ich mich unverbindlich, ob ich mich vielleicht verhört hatte.

»Ein Askhole«, wiederholte Castle. »Der fragt dich die ganze Zeit über Gott und die Welt aus, nur um dann doch was anderes über dich in die Welt zu setzen.«

»Vor dem Krammer musst keine Angst haben«, unterbrach der Poidl die Englischnachhilfestunde. »Der rührt keinen Finger, wenn es nicht unbedingt sein muss. Die Arbeit bleibt immer an den Kollegen und Kolleginnen der Bundespolizei hängen. Als vor ein paar Jahren eine zerstückelte Leiche im See gefunden wurde, hat der feine Herr Krammer vom LKA erst was g'hackelt, als meine Kollegen und ich vom Posten hier in Rust die ganze Vorarbeit g'macht haben. Und so ist es jetzt auch mit dem Mord an der Carlotta, da bleibt die Arbeit beim Daniel und mir hängen. Der ist ein bisserl frustriert deswegen. Aber nach der ergebnislosen Hausdurchsuchung lässt der Daniel den Blödsinn mit den anonymen Tipps sicher bleiben.«

»Also hat Daniel Sonnleitner mir den Krammer auf den Hals gehetzt?«, fragte ich.

Der Poidl nickte. »Er hat Samstagabend erzählt, dass er schon dafür sorgen werde, dass wir dich des Mordes an der Carlotta überführen werden. Als ich dann kurz darauf vom Krammer die Order bekommen habe, dass wir für Sonntag die Hausdurchsuchung im Bahnhofsheiserl vorbereiten sollen, brauchte ich nur eins und eins zusammenzählen.«

»Hast du mir den Brief mit der Vorwarnung durch den Schlitz in den Hof geworfen?«

»Ich wollt dich nicht so ins offene Messer rennen lassen.«

Damit hatte er sich das Du-Wort nun doch verdient. Dafür wuchs mein schlechtes Gewissen, Poidl und den anderen nicht die volle Wahrheit zu erzählen, gerade sekündlich an.

»Aber woher bist du dir so sicher, dass ich Carlotta Woods nicht umgebracht habe?«, fragte ich. Konnte er ja wirklich nicht wissen, der good old Poidl.

»Warum hättest du das tun sollen? Bist ja selbst Polizist.«

»Ich war Polizist«, besserte ich ihn aus.

»Einmal Polizist, immer Polizist. So ist das zumindest bei uns. Außerdem bist ja am Freitag erst auf Rust kommen und hast die Carlotta gar nicht gekannt. Und wenn du hergekommen wärst, um sie umzubringen, hättest du dich wohl nicht im Bahnhofsheiserl einquartiert. Außerdem …«

»Ja?«

»Außerdem hat die Luise nichts mit einem Mörder zu tun. So einfach ist das.«

So einfach war das.

»Aber was habt ihr geglaubt, bei mir zu finden?«, fragte ich. So wie sich die bisherige Schilderung vom Poidl angehört hatte, schien er nichts von der in meinem Holzschuppen versteckten Tatwaffe zu wissen.

»Laut dem anonymen Tippgeber sollten wir bei dir im Schupfen einen Beweis dafür finden, dass du die Carlotta umgebracht hast. Was das genau sein sollte, wussten wir nicht.«

Schupfen. Das gefiel mir.

»Weiß jemand von euch, was Daniel Sonnleitner mit dem Maximilian Plünder zu tun hat?«, fragte ich und fügte als Erklärung hinzu, dass die Taxiprucknerin und ich ihm zur Zentrale des Baulöwen in Neusiedl gefolgt waren.

»Ich glaube, er verdient sich beim Plünder ein bisserl was dazu«, sagte der Poidl.

»Ist das denn hierzulande erlaubt?«, fragte ich verdutzt.

»Eigentlich nicht«, antwortete der Polizist. »Aber wenn selbst Beamte im Bundesamt für Verfassungsschutz nebenbei Aufträge für Privatpersonen wahrnehmen und die halbe Bundesregierung gemeinsame Sache mit irgendwelchen Unternehmen macht und sich von denen die Wahlkämpfe finanzieren lässt, denkt sich so mancher Beamter der niederen Besoldungsstufen wohl, dass er sich auch etwas dazuverdienen könnte.«

»Ich verstehe. Und was konkret macht er für den Plünder?«

»Keine Ahnung«, antwortete der Poidl knapp.

»Aber was immer es auch ist«, schaltete sich Rudolf Schumich nun wieder ins Gespräch ein, »mit dem Plünder ist nicht zu scherzen. Das haben schon ganz andere versucht. Und sie alle sind gescheitert.«

»Und eure Bürgerinitiative? Verscherzt ihr es euch nicht auch gerade mit ihm?«

»Ach was«, fiel mir Schumich sogleich ins Wort. »Selbst das Hotel in Ungarn ist doch ein Lercherlschas im Vergleich zu den Geschäften, die der Plünder sonst betreibt. Wenn das nicht in Ungarn gebaut wird, dann baut er die Anlage halt woanders. Vielleicht sogar in einer Neusiedler-See-Gemeinde auf unserer Seite der Grenze. Da schreien doch jetzt viele auch auf, weil sie Angst vor der billigeren Konkurrenz in Ungarn haben.«

Ich nahm einen großen Schluck von meinem Bier.

»Als das Spritzenhaus hier noch Sitz der Feuerwehr war, gab es lediglich ein Tanklöschfahrzeug und einen Kommandowagen«, sagte Castle, als ich gerade dabei war, gemeinsam mit Bella und der Taxiprucknerin das Etablissement zu verlassen.

»Was meinst du?«, fragte ich. Ich stand sprichwörtlich am Feuerwehrschlauch.

»Du hast vorhin gefragt, ob hier auch große Feuerwehrautos Platz hatten. Wirklich umfassendes Gerät wurde erst nach dem Neubau des Feuerwehrhauses unten am Hafen angeschafft.«

»Ah ja«, sagte ich und bedankte mich für das Nachreichen der Antwort. »Ach, was ich noch fragen wollte: Kennt eigentlich jemand von euch meine treue Wegbegleiterin?«

Bella war am Samstag im Hof vom Bahnhofsheiserl aufgetaucht. Irgendwoher musste sie ja gekommen sein.

»Wir dachten, du hättest sie mitgebracht«, antwortete Castle.

»Soll ich dich heimführen?«, fragte die Taxiprucknerin, als wir beide mit unseren schwarzen Kapperln draußen vor der Tür standen.

Der Wind zog von der B 52 hinunter und sorgte dafür, dass mir nicht allzu warm ums Herz wurde. Im Gegenteil. Es war arschkalt. »Nicht nötig, den Weg schaffen Bella und ich schon noch zu Fuß.« Das stimmte nicht nur inhaltlich, es konnte auch nicht schaden, wenn Bella sich noch ein bisschen draußen erleichterte, anstatt im Garten des Bahnhofsheiserls Wasser zu lassen und dabei vielleicht noch aus Versehen auf das Grab ihres berühmten Vorgängers zu urinieren.

Was mir erst jetzt auffiel, war die ziemliche Dunkelheit, die sich in der Zwischenzeit über den Platz gelegt hatte. Zwei einsame Laternen sorgten dafür, dass der Fußgängerüberweg halbwegs einsehbar war, ansonsten war es wirklich stockdunkel. Die Luftfeuchtigkeit, die wahrscheinlich vom Neusiedler See heraufzog und dabei schwer gegen den Wind anzukämpfen hatte, hinterließ auf allen glatten Flächen einen feuchten Film. Es war diese hinterhältige Feuchtigkeit, die viel durchdringender ist als eine trockene Kälte, denn sie schaffte es, in jede noch so kleine Ritze meiner viel zu leichten Bekleidung zu kriechen. Hat ja keiner ahnen können, dass es im Burgenland im November so kalt ist, als ich völlig überstürzt meine Koffer in Essen gepackt hatte. Wie hieß das noch in der Tourismuswerbung? Burgenland, das Land der Sonne? Nicht im November.

»Geht's der Luise gut?«, fragte mein Gegenüber. »Ich hatte das Gefühl, dass du da drinnen nicht über das Thema sprechen wolltest. Aber ich würd schon gern wissen, ob alles passt bei ihr.«

In all der Zeit, die wir hier draußen standen und in der Bella schon mehrfach Anläufe unternommen hatte, alleine in Richtung Bahnhofsheiserl zu marschieren, war kein Auto die B 52 entlanggekommen. Es war kurz vor elf, der Durchzugsverkehr hielt sich in Grenzen. In einiger Entfernung waren nun aber doch die Geräusche eines sich nähernden Autos zu hören. Für einen Großstadtmenschen wie mich ein beruhigender Ton. Eine vorbeiratternde Straßenbahn, das Rauschen der Südosttangente oder des Ruhrschnellwegs, Jugendliche, die sich auf übelste Art beflegeln. Das war die akustische Umgebung, die mich abschalten ließ, die mir das Gefühl gab, dass die Welt um mich herum ihren normalen Gang nahm. Diese absolute Stille dagegen, die behagte mir ganz und gar nicht.

»Ich habe die Luise schon lange nicht mehr gesehen«, erklärte ich. Das war keine Lüge. Nur nicht die ganze Wahrheit.

Die Taxiprucknerin war sichtlich unzufrieden mit meiner Antwort. Aber offenbar realisierte sie, dass ich auch hier draußen, ohne weitere Zuhörer, nicht über Luise sprechen wollte. Wahrscheinlich nahm sie an, dass Luise und ich uns getrennt oder gestritten hatten. Und das war für alle Beteiligten besser so. In allererster Linie für mich.

»Bist du am Samstag bei der Leopoldsnacht dabei?«, fragte sie schließlich, um der nun auch zwischen uns eingetretenen Stille ein Ende zu bereiten.

Christian Braunschmidt hatte mir bereits von der Veranstaltung erzählt. Aber ich fand, es konnte nicht schaden, die Hintergründe der Leopoldsnacht noch mal von einer direkt involvierten Person zu erfahren.

»Was für eine Nacht?«, fragte ich also.

»Wir ehren König Leopold jeweils einmal im Jahr mit einem großen Fest, bei dem die Jugendlichen des Ortes und aus der Umgebung die Stadt ein bisserl aufräumen.«

»Mitten im Winter?« Das erinnerte mich an Zuschauer bei Skirennen oder an den Karneval im Rheinland. Mitten im Februar, in der kältesten Zeit des Jahres, stundenlang auf der Straße stehen und Helau oder Alaaf rufen, Bonbons von Festwagen auffangen und schon um acht Uhr früh betrunken sein. Ich trinke sehr gerne Bier, keine Frage, aber lieber in geheizten Innenräumen und nicht im Schneeregen auf der Straße.

Das wohlige Autogeräusch kam näher, aus Richtung St. Margarethen zeichnete sich bereits ein Lichtschein an der Fassade der Post ab, die neben der Trafik und dem Spritzenhaus das einzige Gebäude diesseits der Straße war, bevor in Richtung St. Margarethen eine Reihe von Schrägparkplätzen den Park am Franz-Josef-Platz von der B 52 trennten.

»Ja, gerade dann. Sonst unterm Jahr ist ja genug los, vor allem in der Sommer- und Weinsaison. Wenn du mehr dazu wissen willst, musst du meinen Bruder fragen. Der kennt sich da aus und kann dir Geschichten erzählen, da wäre er Weihnachten noch nicht fertig!«

»Kennt er sich auch mit dem Steinbruch aus?«

»Der kennt sich mit allem hier in der Umgebung aus, würd ich meinen«, antwortete die Taxiprucknerin.

»Ich überlege es mir, vielleicht schaue ich bei der Leopoldsnacht vorbei«, antwortete ich unwahrheitsgemäß, denn für mich war jetzt schon klar, dass ich diesen fragwürdigen Event eher auslassen würde. Jede Teilnahme an öffentlichen Veranstaltungen barg das Risiko, von Menschen erkannt zu werden, die mich besser nicht erkennen sollten.

Das Auto war jetzt deutlich zu sehen. Den Großteil der Strecke vom Bahnhofsheiserl am Beginn des Stadtgebiets bis zum Spritzenhaus verlief die B 52 fast schnurgerade. Ich tippte auf eine Limousine, ziemlich breit, vier Frontscheinwerfer. Wahrscheinlich ein Mercedes, eher ältere Bauart. So eine protzige Limousine, die sich heutzutage vor allem Leute mit wenig Selbstvertrauen als Statussymbol in die Garage oder, besser, vor die Haustür stellten. Egal wie heruntergekommen der Wagen war, Hauptsache, der Mercedesstern funkelte auf der Kühlerhaube. Status war alles.

Doch gerade, als ich mich von der Taxiprucknerin verabschieden wollte, fiel mir ein, dass es noch eine andere Kategorie Leute gab, die auf solche mitunter schon etwas in die Jahre gekommenen Limousinen abfuhr. Der Wagen war vielleicht noch fünfzig Meter von uns entfernt, Bella unternahm soeben mal wieder einen Versuch alleine in Richtung Bahnhofsheiserl, doch dafür hatte ich nun keinen Sinn mehr. Ich hörte auch nicht mehr wirklich, was mir die Taxiprucknerin erzählte. Sie musste gemerkt haben, dass da gerade in meinem Hirn ein anderer Film ablief. Ein Thriller mit Vito und seinen Leuten in der Hauptrolle. Die Scheinwerfer blendeten zu stark, als dass man weitere Autodetails hätte erkennen können. Zum Beispiel, wie viele Personen sich im Inneren befanden oder gar das Kennzeichen. Ein, vielleicht zwei Sekunden noch, dann wäre das Auto auf Höhe von der Prucknerin und mir angekommen. Also hielt ich mich an jenes Naturgesetz, das uns jungen Polizisten damals während der Ausbildung in der Marokkanerkaserne eingeimpft worden war. Demnach gibt es drei Optionen, wenn man in Gefahr gerät: verwirren, angreifen oder abhauen.

In diesem Moment entschied ich mich für die erste Option. Ich zog die Taxiprucknerin recht unsanft an mich heran, küsste sie und bildete mir ein, gestampfte Bananen und Datteln zu schmecken. Es war tatsächlich ein guter Jahrgang.

20. August 1989

Gestern war der schlimmste Tag meines Lebens. Ich kann mit niemandem drüber sprechen. Es tut so weh. Es tut so unglaublich weh.

Dienstag

Einsatz für Marie Kondo

Einem Polizisten hätte ich eigentlich ein qualitativ besseres Türschloss zugetraut. Aber dieses altertümliche Ding, das wahrscheinlich irgendwann kurz nach dem Zweiten Weltkrieg in diese Tür eingesetzt worden war, hätte selbst ein Volksschüler ohne Probleme knacken können. Im Handumdrehen stand ich im Flur des einstöckigen Gebäudes an der Neusiedler Straße in Eisenstadt. Daniel Sonnleitners Haus verfügte auf seiner Rückseite über eine großzügige Grünfläche. Diese Information verdankte ich bereits vor Betreten des Grundstücks der Satellitendarstellung auf Google Maps. Doch der Garten von Daniel Sonnleitner interessierte mich an diesem Dienstagvormittag nicht wirklich. Um sicherzugehen, dass ich mich ungestört im Haus des Polizisten umsehen konnte, hatte ich zuvor anonym beim Stadtpolizeikommando angerufen. Dort wollte man zum Glück den anwesenden Kollegen gerade ans Telefon holen, als seltsamerweise der Anruf unterbrochen worden war. So ein Pech aber auch.

Das Haus bestand im Wesentlichen aus zwei Räumen. Ein längliches Wohnzimmer inklusive Einbauküche sowie ein Schlafzimmer, das durch einen breiten offen stehenden Türrahmen bereits vom Wohnzimmer aus im hinteren Teil zu erkennen war. Das Wohnzimmer wirkte so, als ob Sonnleitner die Nachkriegseinrichtung seiner Eltern lediglich durch ein »Fast & Furious«- sowie einige Kampfsportposter aufgepeppt und mit diversem technischen Schickschnack aufgewertet hatte. Leere Pizzaschachteln türmten sich gemeinsam mit anderem Müll auf dem Couchtisch und dem dazugehörigen beigefarbenen Sofa, das Sonnleitner darüber hinaus nicht nur einmal mit einem Aschenbecher verwechselt haben dürfte.

Aber, immerhin, er schien passionierter Biertrinker zu sein. Damit konnte er bei mir natürlich punkten. Ein Obdachloser wäre als reicher Mann aus dem Supermarkt herausgekommen, hätte er alle leeren Bierflaschen aus Sonnleitners Wohnzimmer im dortigen Flaschenrückgabeautomaten deponiert. Kurzum, Marie Kondo hätte hier einiges zu tun gehabt. Was mir die Sache natürlich nicht gerade erleichterte. Zumal ich nicht genau wusste, wonach ich eigentlich suchen sollte.

Sonnleitner war nicht nur Polizist, er war auch in irgendeiner Funktion für Maximilian Plünder und dessen Bauunternehmen tätig. Vielleicht würde es hier ja Anhaltspunkte dafür und darüber hinaus weitere Hinweise darauf geben, welcher Art der Nebentätigkeit er für den Bautycoon nachging. Schon bald wurde ich in dieser Hinsicht fündig, denn auf Kontoauszügen, die ich in dem riesigen Stapel mit Umschlägen und unerledigter Post gefunden hatte, tauchte einmal im Monat eine spendable Überweisung der Plünder GmbH in Höhe von eintausendachthundert Euro auf. Gemeinsam mit dem Gehalt, das er als Polizist bezog, hätte er sich also tatsächlich Marie Kondo als persönliche Aufräumassistentin leisten können. Leider ging aus den Kontoauszügen genauso wenig hervor, um was für eine Tätigkeit es sich handelte, wie aus den restlichen Dokumenten.

Das Schlafzimmer sah eine Spur ordentlicher aus. Prägendes Element war ein riesiger Flatscreen, der gegenüber dem Bett an der Wand hing. Der Kleiderkasten neben dem Bett entpuppte sich genauso als inhaltlicher Reinfall wie eine Kommode, deren drei Schubladen lediglich einige Decken und Handtücher enthielten. Unter dem Bett war nichts als eine dicke Staubschicht zu sehen. Hinter dem Flatscreen verbarg sich kein Tresor, die Unterseiten der Schubladen in der Kommode verfügten über keine dort geheim angebrachten Umschläge, und auch im Lampenschirm des Deckenfluters war nichts versteckt.

Bis auf die Höhe von Plünders regelmäßigen finanziellen Zuwendungen war ich also genauso schlau wie zuvor. Und da ich im Gegensatz zu Daniel Sonnleitner nicht vorhatte, in seiner Wohnung etwas zu deponieren, beschloss ich, meinen ungebetenen Besuch wieder zu beenden. Ich durchschritt das Wohnzimmer in Richtung Vorraum, und gerade als ich dort angekommen war, hörte ich, wie von außen ein Schlüssel in das altertümliche Schloss der Haustür gesteckt wurde. In Weltrekordzeit hechtete ich zur Seite und öffnete eine Tür, hinter der ich das Badezimmer oder die Toilette vermutet hatte. Stattdessen stolperte ich drei Stufen nach unten und fand mich plötzlich unter freiem Himmel im Garten des Hauses wieder. Zwei morsche Bäume, einige verwilderte Hecken und eine Hütte – das war alles, was ich in der Hektik entdecken konnte. Ich beschloss, dass die Baracke ausreichen würde, um mir Schutz zu bieten, für den Fall, dass der Überraschungsgast auch einen Blick in den Garten werfen sollte.

Ich lief einige Schritte und ging hinter der Hütte in Deckung. Eine Hütte, die bei näherer Betrachtung – und dafür hatte ich in diesem Moment ausreichend Gelegenheit – erstaunlich gepflegt daherkam. Hier war nichts morsch, im Gegenteil. Kein Vergleich zum in die Jahre gekommenen Schuppen – oder »Schupfen«, wie Poidl Rainprecht sagte – vom Bahnhofsheiserl. Das Holz war erst vor Kurzem mit braunem Lack überzogen worden, ebenso die Fensterrahmen, deren Fenster aus Doppelglas bestanden. Doppelglas für eine stinknormale Gartenlaube? Das machte neugierig. Durch ein kleines Fenster war zu erkennen, dass es im Inneren der Hütte dunkel war. Ich spähte um die Ecke. Durch die Glasfenster des Wohngebäudes sah ich, dass sich dort eine Person aufhielt. Ob es sich dabei um Sonnleitner handelte oder ob Marie Kondo bereits ihr neues Amt angetreten hatte, war von meinem unfreiwilligen Beobachtungsposten aus nicht zu erkennen. Sehr wohl zu sehen war dagegen, dass die Tür der Hütte ebenfalls erst vor Kurzem renoviert worden sein musste und dass diese darüber hinaus mit einem massiven Sicherheitsschloss versehen war. Falls Sonnleitner etwas zu verbergen hatte, war die Wahrscheinlichkeit sehr groß, dass es sich in diesem schmucken Schupfen befand.

Während ich da so wartete, gingen mir die Szenen des vorangegangenen Abends durch den Kopf. Das herannahende Auto, der Kuss mit der Taxiprucknerin und die daraus resultierende Watsche. Diese Reaktion hatte ich ihr nicht verübeln können, ich wäre umgekehrt wohl genauso überrascht gewesen. Aber durch den Kuss war zumindest gewährleistet gewesen, dass mich die Insassen des an uns vorbeifahrenden Autos nicht erkennen konnten. Natürlich hätte ich der Taxiprucknerin offenbaren können, warum ich sie geküsst hatte. Sie hätte die Ohrfeige dann zwar auch nicht mehr zurücknehmen können, aber zumindest hätte sie nachvollziehen können, was mich zu dieser teenagerhaften Tat verleitet hatte. Aber tja, ich hatte beschlossen, auch in dieser Situation nichts von Vito und seinen Burschen zu erzählen.

Die einzige Möglichkeit, wie Vito mir auf die Schliche gekommen sein konnte, brachte ich mit der Personenabfrage in Verbindung, die Stefan Krammer im Polizeicomputer gemacht hatte. Solche Abfragen wurden bei den Kollegen in Essen selbstverständlich registriert und dokumentiert. Für Vito und sein weitverzweigtes Netzwerk aus Informanten und Spitzeln wäre es ein Leichtes gewesen, diese Informationen anzuzapfen. Aber vielleicht war es ja auch gar kein Stoßtrupp von Vito gewesen, der am gestrigen Abend im Schritttempo durch Rust geschlichen war. Aufgrund des Kusses hatte ich keinen Blick auf das Kennzeichen werfen können. Es handelte sich also um bloße Theorie.

Ganz und gar nicht theoretisch war dagegen nun mein Aufenthalt hinter Daniel Sonnleitners Schupfen, in den ich nur zu gerne einen Blick geworfen hätte. Doch das konnte ich mir aufzeichnen, ohne gleichzeitig Gefahr zu laufen, von der Person im Inneren des Hauses entdeckt zu werden. Ich sah mich um und entdeckte ein Loch im Zaun, der Sonnleitners Grundstück vom Nachbarhaus trennte. Ich wartete einen Moment und lief in Rekordzeit hinüber, kroch durch den Zaun und weiter durch ein offen stehendes Tor auf die Straße, wo mein Fahrrad und Bella in ihrer ungeliebten Kiste schon auf mich warteten.

Willst mich foppen?

Man kann mal einen Fehler machen, hatte mein Vater immer gesagt. Aber man sollte nicht denselben Fehler zweimal machen. Das hätte er berücksichtigen sollen, als er nicht nur seine erste Frau, sondern auch meine Mutter für eine andere Frau verlassen hatte. Leute, die ihre eigenen Regeln brechen, waren mir immer schon suspekt, egal, ob sie Teil der Lauda'schen Familie waren oder nicht. Und trotzdem hatte sich dieser Merksatz in mein Hirn gebrannt. Was mich natürlich nicht davon abhielt, trotzdem – ganz in der Tradition meines Vaters – einen Fehler zweimal zu machen.

Und so strampelten Bella und ich – bei genauerer Betrachtung eigentlich nur ich – die B 52 entlang von Eisenstadt in Richtung Rust. Aber, und darauf kommt es an, wenn man einen Fehler zweimal macht, man muss einen guten Grund für die Wiederholung eines Traumas haben. Und den hatte ich. Zum einen wollte ich mir mal den Steinbruch aus der Nähe anschauen. Zum anderen hatte ich mich vorab über die Höhenverhältnisse in diesem Landstrich informiert. Eisenstadt lag auf einer Höhe von hundertzweiundachtzig Metern. Rust auf hundertdreiundzwanzig Metern. Fast sechzig Meter Höhenunterschied also. Und das bedeutete nach Nikolaus Riese, dass man auf dem Weg von der Landeshauptstadt in die Metropole am Neusiedler See weniger Höhe machen musste als umgekehrt.

Doch bevor es daran ging, den zwischen St. Margarethen und Rust gelegenen Ruster Berg zu bewältigen, bogen Bella und ich links ab. »Steinbruchwerk Plünder«, war auf der Steinstele zu lesen, und genau dort wollten wir hin. Jenes Tor zur Zufahrtsstraße, das am Wochenende während der Demonstration geschlossen war, stand einladend offen. Mit gefinkelten Sabotageakten rechnete hier wohl niemand. Auf der anderen Seite herrschte aber auch keine ausgeprägte Betriebsamkeit. Für einen Dienstagvormittag war auf dem Firmengelände erstaunlich wenig los. Im Grunde nichts. Jene Geräusche, die ich als naiver Steinbruchanfänger erwartet hätte, explodierendes Gestein, umherfahrende Radlader oder über Schotterpisten brettende Transporter – von alldem war nichts zu hören. Und schon gar nicht zu sehen. Ich schob unser Gefährt über den Schotterweg, der die Einfahrt auf der B 52 mit dem eigentlichen Steinbruch verband. Bella trottete neben mir her. Der Weg, gerade mal breit genug für ein Fahrzeug, durchschnitt einen kleinen Bergrücken in zwei Hälften. Das war menschengemacht, so kerzengerade können keine Felswände sein. Über uns verlief eine auf zwei ehemals roten Stahlträgern ruhende Brücke aus Holz. Der Weg führte uns anschließend direkt in den Steinbruch. Auch hier war niemand zu sehen. Dafür gesellte sich nun ein leises Surren zu Bella und mir. Es hörte sich wie eine überdimensionale Biene an, die durch die Luft schwirrte. Und als jemand, der bereits an zig Observationen und Aufklärungseinsätzen der Polizei teilgenommen hat, konnte ich mir ausmalen, was dieses Geräusch verursachte.

»Sehen wir uns das mal aus der Nähe an«, sagte ich zu Bella, mehr Ansage als Frage. Die Ärmste hatte sich nach dem für sie nicht sehr spannenden Ausflug nach Eisenstadt schon auf die wohlverdiente Schale mit frischem Wasser im Hof des Bahnhofsheiserls gefreut. Doch wie so oft im Leben, wenn das Ziel schon in Sichtweite ist, kommt das Schicksal daher und präsentiert eine neue Herausforderung.

Die Ursache für das Surren war schnell ausgemacht. Zwei Jugendliche standen sich an den beiden Abbruchkanten der steinernen Pforte gegenüber, durch die Bella und ich soeben in den Steinbruch gekommen waren. Einer der beiden hielt eine Fernsteuerung in Händen, mit der er eine Drohne über den Steinbruch hinweg zwischen sich und seinem Freund hin- und herschweben ließ. Direkt über Bella und mir.

»Was treibt ihr denn da?«, rief ich zu ihnen nach oben. Offenbar hatten sie Bella und mich überhaupt nicht bemerkt. Zu sehr waren sie darauf konzentriert gewesen, ihr Spielzeug in der Luft zu halten. Unser Auftauchen im Steinbruch brachte eine dementsprechend große Unruhe in die Flugshow. Vielleicht lag der Stimmungswechsel aber auch an der neben mir ausharrenden und vom kühlen Nass träumenden Bella. Die beiden Nachwuchspiloten schienen mich und mein Anhängsel jedenfalls für jemanden vom Wachdienst zu halten. Vor lauter Schreck verlor der Pilot die Kontrolle über die Fernbedienung und somit über die Drohne, die in den Sinkflug überging. Er konnte den Aufprallwinkel gerade noch abschwächen, sodass die Drohne keinen Totalcrash hinlegte, als sie unmittelbar vor Bella und mir zu Boden ging. Jegliche erneuten Startversuche schlugen fehl, mehr als ein röchelndes Brummen und ein paar letzte Bewegungsstöße waren nicht drin. Der zweite Bursche hatte sich bereits aus dem Staub gemacht, keine Spur mehr von ihm zu sehen. Der andere, der mit der Fernbedienung, hatte nun die Wahl zwischen Pest und Cholera. Entweder sich auch aus dem Staub machen und Gefahr laufen, sein fliegendes Spielzeug nie wieder zu Gesicht zu bekommen. Oder zu seiner Tat stehen. Zu meiner Überraschung entschied er sich für Letzteres.

»Bekomme ich jetzt eine Strafe?«, fragte er, nachdem er vor uns Aufstellung genommen hatte. Er trug einen roten Hoodie, auf dem die schwarze Silhouette von Darth Vader abgebildet war. Dass es sich bei ihm um den Sohn oder zumindest einen Verwandten von Castle handeln könnte, verriet mir seine dunkle Hautfarbe. Ich schätzte ihn auf zwölf, maximal dreizehn Jahre. Für sein Alter kam er recht stämmig daher. Ich wusste nicht, ob er schon im Stimmbruch steckte.

Seine Stimme jedenfalls ließ ebenfalls auf eine Verwandtschaft zu Castle schließen. Vielleicht hatte er mit der Möglichkeit gespielt, doch noch abzuhauen. Oder sich schnell die Drohne zu schnappen und dann wegzulaufen. Hatte sinnvolle Laufwege ausgekundschaftet. Aber all diese Überlegungen hätte Bella, die die schwarze Drohne mittlerweile in ihr Herz geschlossen hatte, zunichtegemacht. Kein Bursche der Welt war schnell genug, um es mit einer ausgewachsenen Hündin aufzunehmen. »Wir haben hier doch nichts kaputt gemacht«, fuhr er zu seiner Verteidigung fort. »Nur ein bisschen gespielt.«

Ich hätte ihn noch ein bisschen zappeln lassen können, ihm ein schlechtes Gewissen einreden oder ihm sonst was androhen können. Immerhin ließ sich der eigentliche Werkschutz, sofern es überhaupt einen gab, nach wie vor nicht blicken. Ich hätte ihm sonst was weismachen können, wer ich bin. Der Steinbruchbesitzer, dessen schießwütiger Sicherheitschef oder der Kaiser von China. Für einen Moment hätte ich sein können, wer auch immer ich hätte sein wollen. Aber was hätte es mir gebracht?

»Keine Sorge, vor mir hast du nichts zu befürchten. Der Security würde ich hier aber an deiner Stelle nicht über den Weg laufen, hörst du?«

»Hier gibt's keine Security. Das haben der Flo und ich schon ausgecheckt«, sagte er, schon gar nicht mehr so unterwürfig.

»Der Flo und du, soso. Und wie heißt du?«

»Walter«, antwortete er.

Kein einfacher Vorname für einen Burschen diesen Alters in der heutigen Zeit.

»Ihr macht das also nicht zum ersten Mal hier?«

»Nein, wir sind öfter hier. Hier kann man den Flying Groundhog am besten schweben lassen. Im Steinbruch gibt es nämlich keine Fallwinde und keine Oberleitungen oder Straßen.«

»Verstehe«, sagte ich. »Ihr wart nicht zufällig auch letzten Freitag oder am Samstag hier?«

»Sie meinen, als man die tote Frau gefunden hat? Nein, davon haben wir nichts mitbekommen.«

»Da seid mal froh. Kein schöner Anblick«, erklärte ich, ohne die Leiche selbst gesehen zu haben. Aber hat man einmal im Leben eine Leiche gesehen, hat man sie alle gesehen. Das ist einfach nie ein schöner Anblick, egal ob von einem Lkw überfahren, durch einen Kopfschuss getötet oder mit einem Stabanker ausgeknockt.

»Ach, kennen wir doch alles von der Xbox und der PSP. Schaut in echt sicher auch nicht anders aus.«

Die Sirene, die zweifellos zu einem Einsatzfahrzeug gehörte und sich plötzlich aus Richtung der Steinbrucheinfahrt bemerkbar machte, versetzte ihn sofort wieder in Unruhe. Genauso wie Bella.

»Haben Sie mich doch verraten?«, fragte Walter entrüstet.

»Sicher nicht«, erklärte ich.

Kurz darauf bremste sich Daniel Sonnleitner mit seinem Einsatzwagen hinter uns ein.

»Wie oft hab ich euch Gschroppen schon g'sagt, dass ihr hier nicht mit eurer Drohne spielen sollts? Das ist Privatgelände, verdammt noch mal!«, schrie er auf Walter ein, nachdem er aus seinem Auto gehechtet war.

»Er kann nichts dafür«, erklärte ich spontan. »Das war mein Fehler.«

Sonnleitners Laune schien sich durch mein Einschreiten nicht wesentlich aufzuhellen.

»Ihr Fehler also?«, sagte er, nun in meine Richtung gewandt, wobei er das Pronomen besonders genüsslich in die Länge zog.

»Ja«, antwortete ich kurz und knapp.

»Und was hast du Fetznschädl hier mit dem Buben von Castle zu schaffen?«

»Also, ›zu schaffen‹ ist vielleicht der nicht ganz korrekte Ausdruck«, entgegnete ich. »Ich habe etwas verloren, und der Bursche hat mir mit seiner Drohne beim Suchen geholfen.«

Sonnleitners Blicke wechselten zwischen Walter und mir hin und her. Bella war mal wieder fein aus dem Schneider.

»Und was, bitte schön, hast hier verloren?«

Gute Frage. Ich blickte mich um und scannte die Umgebung nach etwas, das sowohl sinnvoll als auch glaubwürdig war.

»Einen Stein«, erklärte ich, mangels Alternativen.

»Willst mich foppen?«, herrschte er mich an.

Ich hätte Ja sagen können, das hätte die Situation aber wohl auch nicht entschärft.

»Verraten Sie es bitte nicht dem Herrn Plünder, aber ich brauche für meinen Vorgarten einen Stein zum Beschweren der Tür von meinem Schupfen. Die geht immer von alleine auf, verstehen Sie? Und ich will nicht, dass da etwas verloren geht. Oder etwas hineinweht, das ich nicht gebrauchen kann.«

Sonnleitner lief hochrot an in seiner feschen Uniform. Da ratterte es jetzt in seinem Schädel. Ob er sich fragte, ob er, als er die Mordwaffe in meinem Schupfen versteckt hatte, die Tür wieder hinter sich verschlossen hatte? Ob ich den Stabanker noch vor Eintreffen der Tatütata-Hausdurchsuchung gefunden und rechtzeitig entsorgt hatte? Ob er wusste, dass er das Ding in der ausrangierten Tiefkühltruhe versteckt hatte? All diese Gedanken führten in seinem Hirn zu folgender knapper Artikulation:

»Schleichts euch, aber zackig!«

Walter schnappte sich seine Drohne, ich griff alibihalber nach dem nächstbesten Stein.

»Ach, was mich noch interessieren würde«, sagte ich zu Sonnleitner. »Warum kamen Sie eigentlich her? Hat jemand die Polizei gerufen, weil Walter mir mit der Drohne geholfen hat?«

»Schleichts euch, hab ich g'sagt!«

»Warum so a Grantscherbn?« Ohne dass wir es gemerkt hatten, was insbesondere auf Bella ein schlechtes Licht warf, hatte sich ein Mann mit einem kleinen Grüppchen weiterer Menschen genähert. Die Truppe wirkte wie eine Theatergruppe einer Irrenanstalt, die gerade auf Ausgang war. Mit jenem Mann als ihrem Anführer, der kurz zuvor zu mehr Höflichkeit aufgerufen hatte. Mit der Wahl hatten sie einen guten Griff gemacht, denn der Kerl wirkte noch am normalsten. »Wos werklts da dou umanaund?«

»Geh Johannes, kümmer dich um deinen eigenen Schmarrn«, reagierte Sonnleitner unwirsch. »Und ihr schleichts euch endlich, hab ich mich klar aus'drückt?« Ohne abzuwarten, ob wir uns wirklich schleichen würden, setzte er sich in seinen Einsatzwagen und fuhr davon.

»Baba«, sagte Walter und trottete mit seiner Drohne unterm Arm der Staubwolke des Polizeiautos hinterher.

»Du woaßt, da Sunnleitner Daniel is manchmul a weng deppat in sein Schädl. Dos derfst iahm owa nit krummneimma«, sagte Johannes zu mir.

Er war ein bisschen kleiner als ich, trug dunkle Sportschuhe, eine Jeans und eine rote Adidas-Jacke, wie sie Fußballtrainer in den 1970ern hatten. Darüber einen dünnen Trenchcoat, der den Körper des Mannes bei diesen Temperaturen unmöglich warm halten konnte. Hier blies zwar, geschützt von den steilen Klippen des Steinbruchs, kein Wind. Aber trotzdem.

»Jo, hiatz sein ma am Oad va insara kluanan Rundroas. I hoff, dass si a jeder auskennt«, sagte er zu dem kleinen Grüppchen, das hinter ihm stand und erwartungsfroh zu uns blickte. Allgemeines Nicken setzte ein. »Sou, hiatz geht's hinter de zwoa Buawan her, oft keimmt's am kiarzastn Wei af die Strouß oi, und daneibm is eh scha da Parkplotz«, sagte er und zeigte in Richtung Staubwolke und Walter.

»Sou, und wos tuan ma da hiatz mit enk zwoa?«, fragte er Bella und mich, als die Theatergruppe uns verlassen hatte.

Der Mann, den ich auf fünfunddreißig schätzte, stellte sich als Johannes Pruckner vor, seines Zeichens Bruder der Taxiprucknerin sowie Experte für die Geschichte dieses lieblichen Landstrichs. Das war dann wohl auch der Mann, dem die Buchhandlung am Rathausplatz gehörte. Aufgrund seines

Fachwissens wurde er immer wieder für Führungen angeheuert, so auch an diesem Dienstag, an dem die Arbeit im Steinbruch unterbrochen war, damit er den Produzenten und dem Regisseur der nächstjährigen Opernaufführung die Location zeigen konnte. Wo in dieser Steinwüste eine Oper aufgeführt werden sollte, war mir zwar ein Rätsel, aber ich hatte keinen Grund, ihm zu widersprechen.

»Soll ich Ihnen den Steinbruch zeigen?«, wechselte er ins reinste Hochdeutsch und lud mich zu einem Rundgang ein, ohne zu fragen, wer ich war oder warum ich mit einer Hündin hier im Steinbruch aufgetaucht war. Die Auseinandersetzung mit Daniel Sonnleitner schien ihm als Beweis für meine Integrität zu genügen. Ich nahm die Einladung dankend an, was Bella nur mäßig erfreute.

»Der Durchbruch im Felsen, durch den Sie hereingekommen sind, ist die Eisenbahnschlucht. Die wurde Ende des 19. Jahrhunderts in den Bergrücken g'sprengt, um Gleise für den Abtransport des Materials aus dem Steinbruch zu legen. Das machen zwar mittlerweile Lkws, doch die Schlucht ist uns geblieben«, erklärte er, ganz in seinem Element. Am Rand des Weges, den wir nun beschritten, lagen einzelne Steinquader wie Findlinge in der Gegend herum. Dazwischen warteten kahle Bäume darauf, im Frühling endlich wieder austreiben zu können. Hier gab es generell ziemlich viel Grünzeug, auch oberhalb der Abbruchkante, rund vierzig Meter über uns, standen viele Bäume. Es wirkte nicht so, als ob im großen Stil Stein abgebaut werden würde. »Durch den Einschnitt in den Bergrücken, den die Eisenbahnschlucht hinterlassen hat, wurden mehrere Höhlen freigelegt. Eine davon wurde als Bierkeller genutzt«, zog Johannes Pruckner mich plötzlich ganz in seinen Bann. »In einer anderen lebt eine stattliche Fledermauskolonie, weswegen wir sie auch Fledermaushöhle nennen.« Und schon war meine Aufmerksamkeit wieder dahin. »Das war früher der größte Steinbruch von ganz Ungarn«, referierte er. »Das ganze Burgenland hat ja bis 1921 zu Ungarn gehört. Wir bewegen uns hier auf dem Gebiet eines längst verschwundenen subtropischen Meeres, das war schon da, als von Ungarn und Österreich noch lange keine Rede war. Deshalb findet man hier auch heute noch immer wieder Fossilien, zum Beispiel Jakobsmuscheln. Ein Weinbauer in Rust hat in seinem Weingarten schon mehrere Haifischzähne gefunden. Der Kalksandstein, den uns das Meer hinterlassen hat, eignet sich perfekt fürs Bauen, weil er sehr weich ist, jedoch aushärtet, wenn er der Luft ausgesetzt wird. Das wussten bereits die Römer, die hier abgebaut haben. Deswegen wird der Steinbruch auch heute noch Römersteinbruch genannt. Das ist schon eine nicht unspannende Gegend«, fuhr er fort.

Das war mein Stichwort. »Ich hab gehört, dass hier neulich eine Frau gestorben sein soll«, hakte ich ein.

»Ja, das stimmt«, antwortete er. »Aber hier sind schon viele Menschen gestorben. Die Arbeit im Steinbruch war früher nicht ungefährlich. Es wurde ja alles von Hand gemacht. Viele Mitglieder der Steinbruchzünfte aus St. Margarethen, die früher übrigens im Steinbruch ihre Hütten hatten und auch hier gewohnt haben, haben hier ihr Leben gelassen. Für jeden Verstorbenen wurde ein Totenkopf an jener Stelle des Steins hinterlassen, an der das Unglück passiert ist. Dort wurde dann auch nicht mehr weiter abgebaut, den Stein hat man an diesen Stellen in Ruhe gelassen.«

»Wird für die Frau auch ein Totenkopf hinterlassen?«
Bella gähnte demonstrativ.

»Sie war keine Mitarbeiterin des Steinbruchs, das kann ich mir also nicht vorstellen.«

Johannes Pruckner wechselte erneut das Thema, berichtete von der Stephansdomwand, einem Teilstück des Steinbruchs, aus dem ein Großteil des Materials für den Bau des Wiener Stephansdoms verwendet worden sei. Für die in der Gegenwart laufenden Renovierungsarbeiten des Doms werde der Stein ausschließlich aus der besagten Wand im St. Margarethener Steinbruch kommen. Pruckner schien nicht gerne über den Tod von Carlotta Woods sprechen zu wollen. Es folgte die Börsewand, vor deren Rückseite wir nun Aufstellung genommen hatten. Ich konnte mir ausmalen, wofür der Stein der besagten Wand verwendet worden war. »Für die Börse wurde der Stein dieser Wand aber gar nicht wirklich genommen, dafür für zahlreiche andere Gebäude, die noch heute die Ringstraßenarchitektur in Wien prägen.«

Aha. Vor der Börsewand, deren Rückseite vom Alpenverein auch als Kletterwand benutzt wurde, stand ein überdimensionaler VW-Bus, der meine Aufmerksamkeit schon eher wecken konnte als die Biografie der Steine. Er sah aus wie ein original T1-Kastenwagen, der mit einem riesigen Campingaufbau vergewaltigt worden war.

»Sieht stark aus, oder?«, war auch vor Johannes Pruckner meine Faszination nicht verborgen geblieben. »Das ist eine Requisite aus Donizettis ›Liebestrank‹, die Oper wurde vor sechs Jahren auf der großen Bühne aufgeführt. Als Erinnerung ist uns dieser Bus geblieben, der jedoch leider alles andere als fahrtüchtig ist.«

»Ich kann mir gar nicht vorstellen, wie und wo man hier eine Oper aufführen will«, erklärte ich, während ich meine Blicke noch mal über das Gelände kreisen ließ.

Pruckner begann zu lachen. »Dann kommen Sie mal mit.«

Wir umrundeten die Börsewand, marschierten nochmals durch eine kleine Schlucht, deren Felsen rund zehn Meter steil in die Höhe ragten. Und schon realisierte ich, dass das hier sehr wohl eine ausgezeichnete Location für eine Opernaufführung war. Denn vor uns erstreckte sich ein Meer aus Sesselreihen sowie eine riesige Bühne, die jedoch bereits für den Winterschlaf eingepackt worden war.

»Die Fürstenfamilie feiert in diesem Jahr ihr vierhundertjähriges Jubiläum in der Region, zu diesem Anlass wurde heuer im Juli und August Verdis ›Nabucco‹ aufgeführt. Das war vor fünfunddreißig Jahren die überhaupt erste Oper, die im Rahmen der Opernfestspiele gezeigt wurde.«

»Die Fürstenfamilie? Ich dachte, das gehört hier alles dem Plünder?«

Erneut lachte Pruckner. »Gewiss, Maximilian Plünder ist ein bedeutender Mann in dieser Gegend. Aber die Fürstenfamilie ist noch mal eine ganz andere Kategorie«, sagte er milde lächelnd. »Die Firma von Maximilian Plünder hat lediglich jenen Teil des Steinbruchs gepachtet, in dem auch heute noch Kalksandstein abgebaut wird. Aber das gesamte Gelände gehört der Fürstenfamilie. Das gesamte Festivalgelände, inklusive der kleineren Bühne für die Passionsfestspiele, die ich Ihnen jetzt noch gar nicht gezeigt habe – einfach alles, was Sie hier sehen, ist im Besitz der Fürstenfamilie.«

Maximilian Plünder war also nicht der Alleinherrscher in dieser Gegend. Gut zu wissen.

Nach gefühlten zwei Stunden und mehreren erfolglosen Versuchen meinerseits, das Gespräch auf den Mord an Carlotta Woods zu lenken, verabschiedete sich Johannes Pruckner bei der Kassa der Opernfestspiele von uns. Bella schien mehrfach während unseres Spazierganges im Gehen eingeschlafen zu sein, womit sie sich meine volle Hochachtung verdient hatte. Erst als wir die lange Holzrampe, die sich über mehrere Serpentinen vom Grund des Steinbruchs bis hinauf zum Eingang des Festivalgeländes schlängelte, erklommen hatten, war sie wieder aktiver geworden. Dass ich unser schweres Lastenfahrrad raufschieben musste, in dessen Kiste sie anschließend wieder ihren Hundehintern deponieren würde, schien sie nicht zu würdigen.

»Dann wünsche ich Ihnen noch einen schönen Tag, Herr Lauda«, sagte Johannes Pruckner, als er mir die Hand schüttelte. »Und passen Sie auf Ihren Hund auf, wenn Sie über den Parkplatz des Festivalgeländes gehen. Hier hat's eine Menge Ziesel. Und die stehen unter Naturschutz!«

Keine Ahnung, woher er wusste, dass ich der Herr Lauda war. Und warum er sich zwar mit seiner Künstlergruppe in einem seltsamen Dialekt unterhalten hatte, Bella und mir gegenüber aber lupenreines Hochdeutsch an den Tag gelegt hatte. Aber ich wusste schon jemanden, der, oder besser *die*, uns in dieser Hinsicht Auskunft geben konnte.

Wiedergutmachung

»Wo ist denn Bella? Ich dachte, ohne sie setzt du hier keinen Schritt vor die Tür?«

Direkt nach unserer Spezialführung im Steinbruch waren Bella und ich nach Rust gefahren. Und jetzt war ich gerade dabei, das Apfelsortiment in dem kleinen Supermarkt neben dem Spritzenhaus unter die Lupe zu nehmen, als ich eine mir vertraute Stimme vernahm. Ich drehte mich um und blickte in die braunen Augen der Taxiprucknerin.

Sie trug ein kariertes Hemd und dazu eine Jeans. Die Lockenpracht stand kreuz und quer zu Berge. Und sie lächelte mich an, was nach dem Undercoverkuss keine Selbstverständlichkeit war. Ich war erleichtert, musste ich gestehen. Die Taxiprucknerin zu vergrätzen, hätte mir nicht nur persönlich leidgetan, sondern wäre auch strategisch eher unklug gewesen.

»Supermärkte haben leider eine strikte No-dog-Policy. Und so wichtig oder berühmt bin ich noch nicht, dass man für mich eine Ausnahme machen würde«, antwortete ich.

»Kommt schon noch«, antwortete sie. »Nach deiner Kusseinlage am Montagabend hast du es zumindest in Rust zu einem gewissen Maß an Berühmtheit gebracht.« Hmm. Hatte sie das etwa bei der Bürgerservicestelle im Rathaus in den Schaukasten gehängt, oder woher wusste der ganze Ort Bescheid? »Du wurdest auf frischer Tat beobachtet«, beantwortete sie meine unausgesprochene Frage.

»Von wem?«, fragte ich verblüfft.

»Von der Nicole«, antwortete die Taxiprucknerin, so, als

ob es das Normalste der Welt wäre, von einer Frau namens Nicole beobachtet zu werden.

»Wer ist Nicole?«, fragte ich total unnormal.

»Was machst denn mit den ganzen Äpfeln?«, negierte sie meine Frage.

»Apfelnockerln.«

Die Taxiprucknerin schien meine Antwort für einen schlechten Scherz zu halten. Anders konnte ich das Gelächter jedenfalls nicht deuten, in das sie als Reaktion ausgebrochen war.

»Was ist daran denn so lustig?«

»Verzeih, ich wollte dich nicht in deiner männlichen Ehre kränken. Es ist nur so, dass ...«

»Ja?«

»... dass du nicht so wirkst, als ob du sehr viel Zeit in der Küche verbringen würdest. Außer vielleicht, um dir ein Bier zu holen. Aber du kannst mich natürlich gerne vom Gegenteil überzeugen. Desiree ist heute Nachmittag bei einer Schulfreundin in Eisenstadt. Ich habe also nichts vor. Und du hättest da eh noch was gutzumachen, finde ich.«

»Ach so? Findest du?«

Daniela nickte, und damit war es besiegelt.

»Ich hatte nicht mit Besuch gerechnet«, entschuldigte ich die Unordnung in und rund um das Bahnhofsheiserl.

»Das sagt Desiree auch immer, wenn ich sie auf das Chaos in ihrem Zimmer hinweise.«

»Kluges Mädchen, deine Desiree«, antwortete ich. »Sollte man bei *dem* Vater gar nicht annehmen.«

Es gibt Momente, in denen man seine Einfälle besser für sich behält. Dies war ein solcher Moment, aber die Erkenntnis kam mir erst, nachdem ich meine Vermutung schon geäußert hatte. Sie kam immer erst im Nachhinein, diese verdammte Erkenntnis.

»Er ist nicht die hellste Kerze auf der Torte, stimmt schon«, sagte die Taxiprucknerin und ließ ihren Blick durch die kleine Küche und den langen Flur in Richtung Wohnzimmer schweifen. »Schon ewig her, dass ich mal hier war. Da war ich wohl noch ein verdammt junges Madl«, erzählte sie. »Du solltest die Milch mal in den Kühlschrank stellen, die scheint schon länger da zu stehen«, erklärte sie, nachdem sie eine Temperaturkontrolle an der auf dem Küchentisch stehenden Flasche vorgenommen hatte.

»Wart ihr lange zusammen?«, fragte ich, während ich die Äpfel in die Abwasch leerte und kaltes Wasser darüberlaufen ließ.

»Der Stefan und ich? Wir waren gar nicht zusammen. Also zumindest nicht so richtig.«

»Also ein One-Night-Stand?«

»Klassisches Ruster Novemberbaby«, antwortete sie.

»Kommt der Nachwuchs hier immer im November auf die Welt?«, fragte ich.

Während ich den ersten Apfel aus der Abwasch nahm, um ihn zu schälen, rechnete ich neun Monate zurück. Vielleicht pflegten die Paare in dieser Gegend den Nachwuchs bevorzugt im Februar, bevor die Arbeit in der Landwirtschaft richtig losging, auf den Weg zu schicken. Aber das machte eigentlich keinen Sinn, denn dann würde zur Erntezeit eine wichtige Arbeitskraft aufgrund ihres runden Bauchumfangs ausfallen. Wie wohl Luise ausgesehen hätte mit einem dicken Babybauch?

»Jedes Jahr im November finden die Weinfeste statt«, antwortete die Taxiprucknerin, und ich war ihr dankbar, dass sie dafür sorgte, mich aus den Gedanken rund um Luise zu befreien. »Bei uns ist's die ›Ruster Herbst Zeitlos‹, in den anderen Orten wird das Martiniloben genannt. Manche haben nicht nur am Tag danach einen Kater, sondern ein paar Monate später noch ein anderes Souvenir. Es war aber schnell klar, dass das eine einmalige G'schicht war.« Sie machte eine kurze Pause. »Also für mich war das sehr schnell klar. Ich mein, ich hab den Stefan ja schon zuvor gekannt, er war in der Schule im Jahrgang über mir. Heut frage ich mich natürlich, wie das damals passieren konnte. Aber du weißt ja wohl selbst ganz gut, welche Wirkung Alkohol entfalten kann.« Sie grinste mich an. »Wobei ich schon gedacht hätte, dass du dich nach zwei Bier noch im Griff hättest und nicht gleich die erstbeste Frau küsst.«

»Was heißt ›die erstbeste‹?« Ich legte einen weiteren geschälten Apfel in die Glasschüssel neben der Abwasch. »Du warst die beste. Und bevor ich Castle oder den Rudolf Schumich küsse …«

»Na, sehr nett, danke«, erwiderte die Taxiprucknerin.

Ich hielt ihr einen Apfel entgegen. Zu zweit waren wir rasch fertig mit dem Schälen, während Bella in der Nachmittagssonne im Hof lag und sich die wärmenden Strahlen auf den Pelz scheinen ließ. Man hätte es mittlerweile fast für einen Frühlingstag halten können. Während wir nach Rust zurückgeradelt waren, war endlich mal die Sonne hervorgekommen, und ein sanfter Südwind hatte für eine angenehme Wärme im Gesicht gesorgt. Sogar der eine oder andere Vogel beehrte uns mit einer kleinen Gesangseinlage.

»Wer ist denn jetzt diese Nicole?«, unternahm ich einen erneuten Versuch, während ich den kleinen Küchentisch von all den Dingen befreite, die sich in den letzten Tagen darauf angesammelt hatten. Und das waren hauptsächlich leere Bierflaschen und Kronkorken.

»Die Karners wohnen im gelben Eckhaus gegenüber vom Spritzenhaus. Ist dir vielleicht schon mal aufgefallen, an der Fassade ist ein Fresko vom Neusiedler See.« Ah ja, ich erinnerte mich. Der Neusiedler-See-Krake. Das Haus mit dem verwaisten Storchennest auf dem Schornstein. Wobei diese Beschreibung im Winter auf ziemlich viele Häuser in Rust zutrifft. »Der Franzl ist Installateur, und kein schlechter, wennst mal was brauchst in dieser Hinsicht. Die Helga arbeitet am Schalter beim Rudolf Schumich in der Bank in Eisenstadt. Die beiden haben eine Tochter, die Nicole«, erzählte sie. Ich hörte in aller Ruhe zu, und nachdem ich Milch, Mehl, Butter, Eier und Salz zu einer Teigkugel geformt hatte, setzte ich mich mit den geschälten Äpfeln zur Taxiprucknerin an den Tisch. Der Teig musste eine halbe Stunde ruhen, erst dann durfte man darangehen, die Nockerln herauszulösen und zu kochen.

»Das sah aber wirklich so aus, als ob du das heute nicht zum ersten Mal machst«, fand die Prucknerin lobende Worte.

Es gab Köchinnen und Köche, die schnitten die Äpfel nach dem Schälen in dünne Scheiben, bevor sie sie in der Butter dünsteten. Laut Luise war das ein klassischer Anfängerfehler, wenn es um die Zubereitung von Apfelnockerln ging. Sie mussten geraspelt werden, damit sich die Apfelmasse möglichst fein mit den Nockerln und dem Zucker-Zimt-Gemisch vermengen ließ. Also saß ich nun der Prucknerin gegenüber am Tisch und raspelte.

»Und wie kommt diese Nicole nun dazu, uns dabei zu beobachten, während wir uns leidenschaftlich küssen?«, versuchte ich, das eigentliche Thema am Laufen zu halten.

»*Wir* haben uns ja wohl nicht geküsst. *Du* hast *mich* geküsst, und das noch nicht mal wirklich leidenschaftlich«, erklärte sie mit gespielter Empörung.

»Wir waren gerade bei Nicole«, erklärte ich, sehr zum Unmut von Daniela.

»Nicole ist das, was man wohl einen weiblichen Nerd nennen würde. Sie ist ein bisserl älter als Desiree, ich glaube, neun Jahre alt. Und eine ziemliche Einzelgängerin, sie hat nicht viele Freunde. Solche Kinder entwickeln dann ja gerne mal seltsame Ticks.«

Mir kam spontan Jennie in den Kopf. Die war in ihrer Kindheit wohl auch so was wie ein Nerd gewesen. Wenn sie es in ihrer auffälligen Aufmachung nicht auch heute noch war.

»Jetzt red doch nicht so um den heißen Brei herum«, spornte ich sie dazu an, ein bisschen schneller zum Thema zu kommen.

»Nicole sitzt den ganzen Tag am Fenster ihres Kinderzimmers im zweiten Stock und beobachtet das Treiben auf der Straße. Und manchmal eben nicht nur tagsüber, sondern auch abends oder nachts. Sitzt die ganze Zeit hinter einem Vorhang und starrt auf die Straße. Da hat sie halt auch uns gesehen, als wir am Montag vor dem Spritzenhaus gestanden sind und es plötzlich über dich kam.«

»Hast du eigentlich deinem Bruder von mir erzählt?«, fragte ich sie, als ich mit dem Raspeln fertig war und mich nun der Förderung der Nockerln aus meinem Teigbergwerk widmete. Zuvor brachte ich noch reichlich Wasser, gesalzen, in einem Topf zum Kochen.

»Kann sein«, antwortete sie. »Aber nicht all deine Geheimnisse, keine Sorge«, versuchte sie, eine gewisse Verunsicherung zu überspielen. »Hast ihn leicht 'troffen?«

»Ja, heute im Steinbruch. Er war ganz nett, auch wenn er anfangs nur sehr schwer zu verstehen war. Dafür hat er Bella und mir sogar eine Extraführung gegeben.«

»Jaja, so ist er, der Johannes, sehr zuvorkommend, und wenn er den Touristenführer spielt, streut er gerne ein paar hianzische Mundartbegriffe ein. Es spricht hier zwar eigentlich niemand Hianzisch, aber er hat da so einen Sprachtick. Er will die Mundart bewahren und interessiert sich generell ziemlich für Dialekte. Und die Leute, die sich von ihm durch den Steinbruch führen lassen, finden das authentisch und lustig. Wie man bei dir siehst, scheint seine Masche zu funktionieren. Und jetzt kennst dich also aus im Steinbruch?«, fragte sie. »Und hat er dir auch erzählt, wer die Carlotta umgebracht hat? Er weiß ja sonst auch immer alles.«

Das klang jetzt irgendwie nicht nach großer Geschwisterliebe, dachte ich mir, während ich ein Nockerl nach dem anderen in das heiße Wasser fallen ließ. Nebenan, auf der größeren Herdplatte, verlief bereits die warme Butter in der Pfanne, woraufhin ich Zucker und ein bisschen Wasser hinzufügte. Dann kam die Apfelmasse dran. Ein herrlicher Geruch erfüllte die wohl schon ewig nicht mehr auf diese Art verwöhnte Küche.

»Nein, über den Mord wollte er nicht recht reden, kam mir vor«, antwortete ich.

Die Prucknerin machte ein gleichzeitig viel- wie nichtssagendes »Mhmm«.

Ich begann damit, die einzelnen Nockerln mit der Zucker-Apfel-Mischung zu vermengen. »Kannte er die Carlotta?«

»Wir alle kannten die Carlotta«, sagte die Prucknerin. »Ich gehe schon mal draußen den Tisch decken. Es ist so schön da bei dir im Hof. Und vergiss nicht die Rumrosinen!«

»Rumrosinen?« Ich sah sie verstört an. Mein Blick resultierte zwar eher aus meiner latenten Überforderung, schließlich machte ich gerade drei Sachen gleichzeitig und unterhielt mich dazu noch nebenbei. Aber das hatte die Prucknerin in dieser Situation wohl nicht realisiert.

»War ja nur ein Vorschlag«, sagte sie unter Einsatz einer entschuldigenden Geste.

»Sogar die Teller mit Goldrand«, zeigte sich die Prucknerin beeindruckt.

»Für die besten Gäste nur das beste Service«, antwortete ich und meinte damit mindestens genauso sehr Bella wie Daniela Pruckner. Die Hundedame bekam ebenfalls eine zucker- wie apfellose Portion, damit sich auch für sie der anstrengende Ausflug nach Eisenstadt und zum Steinbruch ausgezahlt hatte.

»Das mit den Rosinen war vorhin nicht bös gemeint«, erklärte ich. »Aber laut Luise gehören in Apfelnockerln ganz sicher keine Rosinen. Sie war da sehr korrekt und streng.«

»Schon gut«, antwortete die Prucknerin, während sie sich aus der Schüssel mit den Apfelnockerln bediente. »Es beruhigt mich auf jeden Fall sehr, dass da kein geheimer Rosinen-Psycho in dir schlummert, der dich zum Massenmörder werden lässt, sobald man das Wort ›Rosinen‹ in den Mund nimmt.«

»Zum Massenmörder werde ich nur, wenn man die Apfelnockerln in Vanillesoße ersäuft«, erklärte ich.

»Gibt es hier eigentlich irgendwelche besonderen Sehenswürdigkeiten, die auch im November etwas hergeben? Etwas, das jeder kennt? Mal abgesehen vom See«, fragte ich, nachdem wir uns ein Verdauungsschnapserl genehmigt hatten.

»Solltest du nicht besser schauen, dass du den Mörder von der Carlotta findest, anstatt einen auf Urlauber zu machen?«, fragte die Taxiprucknerin.

»Warum nicht das eine mit dem anderen verbinden?« Ich brauchte einen Ort, zu dem ich Daniel Sonnleitner locken konnte, damit ich mich noch mal ganz unauffällig in seinem Gartenhäuschen umschauen konnte. Aber das musste ich ihr ja nicht auf die Nase binden.

»Zum Beispiel der Leuchtturm in Podersdorf. Da wurden auch schon Folgen vom ›Weinkaiser‹ gedreht. Oder die Cselley Mühle in Oslip.«

»Podersdorf ist zu weit weg. Was ist das für eine Mühle?«

»Ein Kulturzentrum, in dem immer wieder Ausstellungen und Konzerte stattfinden.« Bella lag neben meiner Fremdenführerin und ließ sich von ihr den Bauch kraulen. Was für ein verdammtes Glück Hunde doch haben. Ob sie es auch zu schätzen wissen?

»Das passt dann auch nicht wirklich. Da ist wahrscheinlich zu viel los.«

»Dann nimm halt das Papstkreuz in Trausdorf, da ist sicher nichts los. Und soweit ich weiß, wurde dort auch noch nie eine Folge vom ›Weinkaiser‹ gedreht. Das ist gleich beim Trausdorf International.«

»Trausdorf International?«, wiederholte ich und sprach die Worte dabei ebenso englisch aus wie die Taxiprucknerin es zuvor auch gemacht hatte.

»Wirst du verstehen, wenn du dort bist«, antwortete sie.

21. August 1989

So einen Spaß hamma miteinander g'habt, alle miteinand. Die Babsi hat sich noch über ihn lustig g'macht, weil er am Abend unbedingt in die neue Cadillac Bar im »James Dean« in Eisenstadt gehen hat wollen. G'lacht hamma, weil die ungarischen Grenzwachen extra ein neues Schloss für die Öffnung des Grenztores g'sucht haben, ganz hektisch sind s' g'worden. Das alte Schloss war schon so hin, das hätt keinen Flüchtling aus der DDR mehr aufg'halten. Für die Fernsehkameras haben s' aber ein schönes Schloss 'braucht, das sie dann offiziell aufsperren konnten. So a Hetz ist das g'wesen! Und dann erst die Leut, die da so unterwegs waren. Ein Mann mit orangefarbenem Hemd und Cowboyhut kam auf einem weißen Schimmel ang'ritten.

Und dann, als es langsam dunkel g'worden ist, hat er g'meint, dass er mit mir noch was reden mag, wegen Papa. Mit mir ganz allein. Und dass die anderen schon mal vorgehen sollen. Wir treffen uns dann eh alle beisammen in der Cadillac, hat er g'sagt. Wir sind ein bisserl abseits 'gangen. Und dann hat er es 'tan. Im Wald, gleich neben der Landstraße. Wenn ich doch nur hätt schreien oder mich wehren können. Stattdessen bin ich wie ein Hascherl dag'legen. Während ein paar Meter weiter die Freudentränen all dieser armen Menschen aus der DDR g'flossen sind, rannen mir die Tränen aus ganz anderem, gar fürchterlichem Grund übers G'sicht. Abg'lassen hat er erst von mir, als plötzlich ein Mann daherkam. Er ist dann ganz hastig aufg'standen und zu dem Mann 'gangen, hat mit ihm g'redet, und gemeinsam sind sie fort.

Was soll ich nur machen? Ich kann ja wohl schlecht zum Krammer Franz auf die Polizei gehen. Mitm Hermann hab ich mich ganz arg g'stritten. Er merkt, dass etwas passiert ist. Dass etwas anders ist. Dass ich anders bin. Aber ich kann ihm das doch nicht sagen! Ich kann ihm doch nicht erzählen, was dieser schlimme Mensch am Samstag 'tan hat!

Mittwoch

Männliche Intuition

Es war ein fast schon spätsommerlicher Mittwochmorgen. In aller Frühe hatten Bella und ich uns auf den Weg zum Franz-Josef-Platz in Downtown Rust gemacht. Meine Begleiterin saß auf dem Asphalt und verfolgte genauso wie ich den Verkehr, der auf der Nebenfahrbahn, in der sich auch die Bushaltestelle befand, über die Straße kroch. Nach sieben Minuten bretterte ein Mann in einem Traubenvollernter vorbei. Das war der zweite oder bereits dritte Traktor dieser Sorte, der mir hier in Rust über den Weg gefahren war. Ich hatte nach wie vor Hochachtung vor diesen Teilen, die so aussahen, als ob sie über meinen aufrecht stehenden Körper hinwegfahren könnten, ohne mir dabei ein Kopfhaar zu krümmen. Einige Minuten später folgte ein Herr auf einem Fahrrad, in dessen Korb ein kleines Hündchen saß. Bella sah sich das interessiert an und wusste unser Lastenfahrrad wohl nun ein bisschen mehr zu schätzen. So also sah die Rushhour in diesem verkehrsberuhigten Teil des Franz-Josef-Platzes aus, während hinter uns, auf der anderen Seite, ein Auto nach dem anderen entweder in Richtung Mörbisch oder nach St. Margarethen fuhr. Die wenigsten suchten den Weg in die Altstadt oder gar in die vierte mögliche Richtung, nach Oggau.

Die Mitarbeiter des Straßendienstes waren damit beschäftigt, die orange-schwarzen Schneestangen neben der Fahrbahn anzubringen.

»Kommt er bald, der Schnee?«, fragte ein älterer Herr im Vorbeigehen.

»Jaja, in zwei Monaten vielleicht«, antwortete der orange gekleidete Straßenwächter und schnappte sich eine weitere Stange von der Ladefläche.

Aus der Entfernung war das Klappern von Störchen zu hören, und es würde nicht lange dauern, bis die Kirchtürme der Stadt die volle Stunde einläuten würden. Eine typisch Ruster Geräuschkulisse also.

Wie ich erst jetzt feststellte, befand sich die aus einem Wartehäuschen bestehende Busstation direkt neben der Pruckner'schen Taxizentrale. Das gelb-weiße Werbeplakat pries Fahrten aller Art an, darunter auch Patiententransporte, Hochzeitsshuttles und Ausflugsfahrten. Da hatte sie sich ja einiges vorgenommen. Ich nahm eine geduckte Haltung ein, den Kragen meiner Jeansjacke hochgestellt, um zur Not vor Limousinen mit deutschem Kennzeichen in Deckung zu gehen. Das schwarze Kapperl mit dem weißen B sorgte dafür, dass die von meinem Kopf produzierte Wärme nicht zu hundert Prozent an die Umgebung abgegeben wurde. Gleichzeitig bot es auch einen gewissen Schutz vor allzu neugierigen Blicken. Bella dagegen zeigte sich in ihrer vollen Pracht. Sie hatte ja auch keinen Grund, sich zu verstecken. Und ich ja eigentlich auch nicht. Es erschien nach wie vor sehr unwahrscheinlich, dass mich der Violino-Clan nach nur wenigen Tagen hier am Rande des Landes aufgespürt hatte und seine Abgesandten just in jenem Moment auf der Ruster B 52 entlangfuhren, in dem ich mit der Taxiprucknerin aus dem Spritzenhaus gekommen war. Das war so realistisch wie eine Champions-League-Teilnahme vom ASK Elektra innerhalb der kommenden hundert, ach was, tausend Jahre.

Dass Nicole in eine Volksschule in Eisenstadt ging, hatte die Prucknerin gestern en passant fallen lassen. Ebenso die Tatsache, dass sie als eines von sehr wenigen Kindern mit dem Bus in die Landeshauptstadt fahren musste, auch weil die berufstätigen Eltern sie auf diese Weise zur Selbstständigkeit erziehen wollten. Sorgen um die Sicherheit eines kleinen Kindes, das alleine nach Eisenstadt fährt, schien sich hier niemand zu machen.

Wenn sich in den vergangenen fünfunddreißig Jahren nichts

Wesentliches in der Organisation einer Volksschule getan hatte, so begann der Schultag auch heutzutage um acht Uhr in der Früh. Ein Blick auf die Website vom Verkehrsverbund Ost hatte mir am Vorabend genügt, um herauszufinden, dass es zwei Busverbindungen von Rust nach Eisenstadt gab, die für ein Schulkind am meisten Sinn machten. Mit dem 285er auf direktem Weg über St. Margarethen nach Eisenstadt, Planabfahrt sieben Uhr zwei. Oder mit dem 286er, der drei Minuten später fuhr und Eisenstadt über Schützen ansteuerte. Nachteil der zweiten Variante: Wollte Nicole in der Landeshauptstadt einen längeren Fußmarsch bis zu ihrer Volksschule vermeiden, musste sie noch mal in einen anderen Bus einsteigen. Also spekulierte ich darauf, dass sie den 285er nahm.

Es war acht vor sieben, als sich ein kleines Mädchen zu uns gesellte. Von der Körpergröße her konnte es sich dabei durchaus um die neunjährige Nicole handeln. Sie hatte dunkle Haare, die planlos auf ihrem Kopf herumwucherten, trug ein grünes Kleidchen und darüber eine – ich traute meinen Augen kaum – blaue Jeansjacke. Das machte uns zu Jeansjackenbuddies, war ich doch quasi schon mit Jeansjacke zur Welt gekommen. Es gibt nicht wenige Fotos aus der Zeit meiner Kindheit, auf denen ich als kleiner Bub durch unseren Vorgarten tobe und dabei eine Minijeansjacke trage. Nicole Karner war mir grundsympathisch.

Als ich aus der Ferne ein busähnliches Geräusch zu vernehmen glaubte, erhob ich mich und befahl Bella selbiges. Neben uns und dem Mädchen, das ich für Nicole hielt, hatte sich noch eine Reihe von Jugendlichen an der Busstation eingefunden. Allesamt im Teenageralter und somit sehr unwahrscheinlich, dass eines von den Mädels Nicole Karner war. Ich blickte öfter zu dem Mädchen hinüber, doch es hatte seinen Kopf starr vor sich auf den Boden gerichtet. Mit seinen Schuhen rollte es immer wieder mal über die kleinen Splittsteinchen, die durch den Verkehr von der Straße auf den Gehweg befördert worden waren. Außer mir schien kein Erwachsener Interesse an diesem morgendlichen Angebot zu haben, klimaschonend in die Landeshauptstadt zu gelangen. Ländliche Regionen waren offenbar nach wie vor voll und ganz in der Hand der Automobilindustrie, daran hatten auch temporäre Bikelanes in Wien und Radhighways in Kopenhagen nichts ändern können. Ich war ja nie so der Autofetischist, auch wenn man im Polizeidienst natürlich ein Auto brauchte, möglichst schnell und robust, sonst war man bei einer nächtlichen Verfolgungsjagd über die Südosttangente hoffnungslos dem Untergang und der Schadenfreude der Verbrecher geweiht. Aber ansonsten, im berufsfernen Alltag, war es mir nie wichtig gewesen, unbedingt mit einem Auto von A nach B zu fahren.

Der Bus hielt an. Laut Pickerl auf der hinteren Tür war der Einstieg ausnahmslos vorne beim Fahrer gestattet. Nicole hatte also goldrichtig gestanden. Sie musste sich keinen Zentimeter nach links oder rechts bewegen, sondern marschierte schnurstracks in den Bus hinein. »Hallo, Nicole«, sagte der Fahrer. Sie musste weder Fahrkarte noch Ausweis vorweisen. Man kannte sich. Hinter ihr folgte das Grüppchen mit den lärmenden Halbstarken. Dann betrat ich den Bus und suchte mein Geldbörsel, das sich in einer der Innentaschen meiner schwarzen Jeansjacke versteckt hatte.

»So geht's aber nicht«, erklärte mir plötzlich der Busfahrer, der zur Hebung seiner Autorität eine hübsche dunkelblaue Busfahreruniform trug.

»Was geht nicht?«, fragte ich.

Mit stummer Miene zeigte er auf ein Hinweisschild, das an der unteren Trennwand zwischen seiner Kabine und dem Einstieg prangte.

»Keine Ausnahme?«, fragte ich und warf einen Blick in den hinteren Teil des Busses, wo sich Nicole auf einen Zweiersitz ans Fenster gesetzt hatte und regungslos die Rückseite des Supermarktes am Franz-Josef-Platz anstarrte.

Kurz darauf fuhr der Bus los. Bella und ich sahen ihm hinterher.

Ich hatte natürlich keine Ahnung, wann Nicole an diesem Tag das Gebäude der Volksschule in Eisenstadt verlassen würde. Vor zwei Uhr würde das aber wohl nicht der Fall sein, weswegen Bella und ich uns nicht hatten stressen müssen. Nach einem ausgedehnten Spaziergang und einem Besuch im Ruster Lagerhaus unten am Seekanal, das glücklicherweise eine kleine Auswahl an Heimtierwaren im Angebot hatte, hatten wir jenen 285er genommen, der um elf Uhr von Rust in Richtung Eisenstadt aufbrach. Es war derselbe Busfahrer, der uns zuvor den Zutritt zum Bus verwehrt hatte. Bei unserem zweiten Versuch quittierte er Bellas unwürdigen Beißkorb sowie ihre Leine mit einem »Na schauen S', tut doch gar net weh« und ließ uns einsteigen.

Da wir noch reichlich Zeit bis Schulschluss hatten, hatte ich für Bella und mich in Eisenstadt eine Einkehrmöglichkeit aufgetan. Das Café Mikschi in der Hauptstraße verfügte über einen Schanigarten in der Fußgängerzone und bot somit die besten Voraussetzungen für meine Begleiterin und mich. Ich warf einen Blick in die neueste Ausgabe des Eisenstädter Express. Ein komisches Format für eine Zeitung, nicht mal annähernd für eine unauffällige Observierung geeignet, weil viel zu klein. Das Ding erinnerte eher an ein etwas zu breites Magazin anstatt an eine Zeitung. Die Titelseite trug einen schwarzen Trauerrand, in der Mitte war eine schwarz-weiße Version jenes Fotos von Carlotta Woods abgebildet, das ich auch schon bei Alfred Dachs auf der Kommode gesehen hatte. Bella lag unter dem Tisch und beobachtete durch die Fußgängerzone flanierende Menschen. Aus der Entfernung war irgendwo der Motor eines Kleinlasters oder eines ähnlichen Gefährts zu hören. Es war ein herrlicher Tag zum Draußensitzen. Vom Nebel, der den See einhüllte, war hier weit und breit nichts zu sehen.

Auf die Titelseite folgte ein ausufernder Nachruf, in dem Carlotta Woods von Chefredakteur Christian Braunschmidt in den höchsten Tönen gelobt wurde. Ein Star am Eisenstädter Journalistenhimmel war da vom Himmel gefallen, anders konnte man all die Lobhudeleien nicht nennen. Auf den vom Chefredakteur bereits angekündigten Leitartikel, in dem dieser verstärkte Bemühungen der Polizei und des Verfassungsschutzes zur Aufklärung des Verbrechens forderte, folgte eine Doppelseite, von der mich zahlreiche fröhliche Gesichter anblickten. Das wirkte wie ein Mannschaftsfoto aus einem Panini-Fußball-Sammelalbum. Weil niemand Zeit hatte für einen Gruppenfototermin, waren die Mitglieder der Mannschaft in einzelnen Porträtfotos zusammengefasst worden. Da waren viele lokale Promis vertreten: der Chefredakteur, der Vorsitzende des Ruster Storchenvereins, die Ruster Bürgermeisterin, der Chef der örtlichen Post, der Organisator des örtlichen Männerkochvereins, der Trainer einer Fußballmannschaft und natürlich etliche Weinbauern. Dazu mit Bankchef Rudolf Schumich auch ein mir bekanntes Gesicht. Sie alle durften in jeweils einem Satz einen letzten Gruß an Carlotta Woods richten, inklusive Erinnerungen und Wünschen für das ewige Leben im Paradies. Im Anschluss an diese Doppelseite folgte ein ganzseitiger Bericht über einen Bauskandal, bei dem mehrere Prominente ihr Investment verloren hatten, und dann erschien auch schon die Bedienung des Café Mikschi. Zum Glück.

»Einmal das Landfrühstück und eine Extraportion Schinken. Und dazu noch ein«, ich sah zur Sicherheit noch mal in die Karte, »Kugerlwasser mit Zitrone.«

»Sehr gerne, aber …«, sagte die Kellnerin.

»Ach ja, könnte ich vielleicht anstelle des weichen Eis ein hart gekochtes haben?«, fragte ich noch schnell, bevor sie zurück ins Lokal gehen würde.

»Haben Sie mir nicht zugehört?«, fragte die Dame, etwas mürrisch.

»Oh, habe ich das etwa vorhin schon g'sagt? Das tut mir leid«, antwortete ich.

Es konnte schon mal vorkommen, dass ich Dinge vergaß,

die ich kurz zuvor erst gesagt oder getan hatte. Man kennt das ja. Man erhebt sich vom Esstisch, und noch bevor man vollumfänglich in der Senkrechten ist, hat man schon keinen Schimmer mehr, warum man eigentlich aufgestanden ist.

»Nein«, antwortete die resche Person. »Aber ich wollte Ihnen gerade sagen, dass der Schanigarten nicht geöffnet ist. Wir haben die Tische und Sessel bei dem schönen Wetter nur heute noch mal herausg'stellt, damit wir sie g'scheit reinigen können. Die Schanigartensaison ist seit Ende Oktober aus, und wir bekommen Probleme mit der Stadtverwaltung, wenn wir jetzt noch jemanden hier bedienen.«

»Ach, so ist das«, sagte ich enttäuscht und blickte zu Bella. Die war natürlich ebenso enttäuscht. »Keine Ausnahme?«

Sie schüttelte den Kopf.

»Da schau her«, redete mich plötzlich eine mir bekannte Stimme von der Seite an. »Wen hamma denn da?«

Unweigerlich huschte der ehemalige Chefredakteur vom deutschen Nachrichtenmagazin durch mein Hirn, und mir war, als ob jemand auf der anderen Straßenseite »Fakten!« rufen würde. Christian Braunschmidt lächelte mich an. Die »Fakten« von der anderen Straßenseite entpuppten sich als Begriff aus der englischen Gossensprache, den ein Fußgänger dem Fahrer des Kastenwagens hinterhergerufen hatte, nachdem dieser – erfolglos – versucht hatte, ihn in der Fußgängerzone zu überfahren.

»Mach doch mal eine Ausnahme, Ariane«, sagte er zur Kellnerin und lächelte sie dabei charmant an.

»Na gut«, erklärte diese. »Aber nur dieses eine Mal, und Sie brauchen sich das beim nächsten Mal gar nicht erst wieder einbilden«, erklärte sie in meine Richtung. »Das ist jetzt nur für den Herrn Chefredakteur. Für alle anderen beginnt die Schanigartensaison erst wieder am 1. April.«

»Nur für den Herrn Chefredakteur, selbstverständlich«, antwortete ich pflichtschuldigst.

Braunschmidt nahm Platz, ohne dass ich ihn darum gebeten hätte. Aber er hatte sich seinen Sitzplatz in der sonnigen Fußgängerzone redlich verdient. Allein Bella war nicht so auf Dankbarkeit gepolt, musste sie jetzt doch die Aussicht auf die Fußgängerzone gegen die Ansicht Braunschmidts massiver schwarzer Schuhe eintauschen. Sie erinnerten mich an orthopädische Wanderschuhe, in einer extrabreiten Ausführung, um dem missgebildeten Fuß auch im Hochgebirge die nötige Stabilität zu geben. Kurz darauf erschien Kellnerin Ariane und servierte mein Frühstück und Bellas Schinken.

»Wir haben uns wirklich alle Mühe gegeben, dem Andenken an Carlotta gerecht zu werden«, erklärte Braunschmidt, als er die Ausgabe des Eisenstädter Express auf dem Sessel neben mir bemerkte. »Haben Sie schon etwas herausgefunden? Auf die Polizei ist ja kein Verlass in dieser Hinsicht.«

»Es ist kompliziert«, erklärte ich und legte so viel Ernsthaftigkeit in meinen Blick, wie nur irgend möglich. Was sich nach Facebook-Statusmeldung anhörte, war tatsächlich so: kompliziert und unübersichtlich. Weder Alfred Dachs noch die Ruster Runde im Spritzenhaus noch sonst irgendjemand hatte mir bisher weiterhelfen können. Alles, was ich hatte, war ein in dieser Sache nicht gerne auskunftgebender Johannes Pruckner sowie Daniel Sonnleitner, der mir die Tatwaffe untergejubelt hatte und mich hochgehen lassen wollte. Er war mein einzig richtiger Verdächtiger, doch es war viel zu früh, das an die große Glocke zu hängen, zumal ich auch noch keine Beweise für meinen Verdacht hatte. Für die Polizei war wohl nach wie vor ich der perfekte Verdächtige. Das wollte ich aber nicht auf der Titelseite der nächsten Ausgabe von Braunschmidts Zeitung lesen. Also verdeutlichte ich noch mal den Stand der Dinge: »Sehr kompliziert.«

»Ich seh schon, da geht nix weiter«, sagte er unzufrieden und schnappte sich eine Scheibe Vollkornbrot, auf der eigentlich mein Name eingraviert worden war. Schien ihn aber nicht zu stören. »Reichen Sie mir mal den Schinken«, sagte er. »Dabei hätten Sie doch eigentlich die allerbesten Voraussetzungen, um hier mal ordentlich aufzuräumen. Und das, sage ich Ihnen, wäre dringend notwendig. Nichts als Korruption und Filz. Und jetzt haben wir auch noch unsere beste Aufdeckerjournalistin verloren. Ein Jammer, wirklich ein Jammer.« Er biss vergnügt in mein Brot, das er kurz zuvor mit Bellas Schinken belegt hatte. »Aber«, fuhr er fort und legte eine bedeutungsschwangere Pause ein, »so was in die Richtung hatte ich schon befürchtet.«

Ah so?

»Ich habe mir noch ein bisserl Gedanken gemacht. Habe überlegt, ob mir etwas einfallen würde, das Ihre Ermittlungen voranbringen würde. Ob die Carlotta irgendwie anders war in letzter Zeit, ob sie etwas erzählt hat, dessen Bedeutung damals vielleicht noch gar nicht so ersichtlich war.«

Pause.

»Und, zu welchem Schluss sind Sie gekommen?« Bella wurde langsam unruhig. Kein Schinken und keine Aussicht auf die Straße.

»Ich glaube, dass die Carlotta von jemandem verfolgt wurde. Oder zumindest hatte sie das Gefühl, dass sie verfolgt wurde.«

»Hat sie mal etwas in dieser Art erwähnt?«

Braunschmidt beließ es bei einem sanften Kopfschütteln, was besser so war, denn kurz zuvor hatte er sich den letzten Bissen des Brotes in den Mund geschoben. Und es war kein kleiner Bissen gewesen, bei Gott nicht.

»Haben Sie denn mal jemanden gesehen, der Carlotta beschattet oder belästigt hat?«

Kopfschütteln und Kauen.

»Wie kommen Sie dann auf die Idee?«

Da half jetzt keine mimische Aktivität, da brauchte es Worte. Deswegen dauerte es noch eine Weile mit der Antwort.

»Es war mehr so ein G'fühl. Männliche Intuition, verstehen Sie?«

Verstand ich nicht, denn ich besaß etwas in dieser Art nicht. »Aber an irgendwas müssen Sie das doch festmachen?«

»Es ging weniger darum, was Carlotta 'tan hat, sondern was

sie nicht getan hat«, philosophierte er, um sich anschließend mit meiner Serviette die Schinkenreste aus den Mundwinkeln zu fischen.

»Wie darf ich das verstehen?«

»Früher hat sich die Carlotta nix g'schissen. Die hat sich in jede Recherche g'stürzt, ohne nachzudenken, ob das vielleicht gefährlich werden könnte. Sie ist nachts raus'gangen, ganz allein, ohne sich auch nur eine Sekunde lang Gedanken zu machen, ob das klug ist oder nicht.«

»In einer Stadt wie Eisenstadt hätte ja wohl auch nachts nicht viel passieren können«, stellte ich nüchtern fest.

»Das ist doch ganz wurscht, ob tatsächlich etwas hätte passieren können oder nicht. Wichtig war, dass die Carlotta in den vergangenen Wochen offensichtlich dachte, dass ihr etwas passieren könnte. Und deshalb gewisse Dinge nicht mehr gemacht hat.«

»Wie zum Beispiel nachts alleine aus dem Haus gehen?«

»Ganz genau«, stellte er zufrieden fest, dass ich es endlich kapiert hatte.

»Aber wer oder was sie bedroht haben könnte, können Sie nicht sagen?«

»Nein, wirklich nicht«, antwortete er. »Ich muss jetzt leider auch los, hab einen wichtigen Termin bei der Bank«, sagte er und deutete mit dem Zeigefinger auf das Gebäude schräg gegenüber.

Er erhob sich ohne ein Wort des Dankes. Und versuchte auch erst gar nicht, alibihalber in seine Taschen zu greifen, um dort festzustellen, dass er leider kein Geld dabeihatte, um mich für meine in seinem Bauch befindliche Brotscheibe zu entschädigen. All das stieß offensichtlich auch Bella ungut auf. Sie begann, sich unter dem Tisch zu erleichtern, und ein nicht unwesentlicher Teil der sich über den Boden ergießenden gelben Flüssigkeit umspülte den massiven Schuh von Braunschmidt.

»A geh na, so eine Sauerei!«, entfuhr es ihm.

Er sprang einen Schritt zur Seite.

»Hat Ihre männliche Intuition wohl nicht vorhergesehen?«, stellte ich fest.

Er beließ es dabei, reinigte seine Sohle mit einigen Schritten über eine angrenzende Rasenfläche und rief uns ein semifreundliches »Halten Sie mich auf dem Laufenden!« zu.

Ich sah Bella dankbar an und orderte noch eine weitere Portion Schinken.

Komplett irre!

Nach einem kleinen Schaufensterbummel in der Fußgängerzone fanden Bella und ich uns in der Bahnstraße ein. Der Fußmarsch hatte keine fünf Minuten gedauert, und so überkam mich das Gefühl, dass es in Eisenstadt generell wenige innerstädtische Fußmärsche gab, die mehr als fünf Minuten in Anspruch nahmen. Eine Stadt der kurzen Wege. Das wäre vielleicht auch ein ganz passender Spruch für die lokale Tourismuswerbung.

Der helle Gebäudekomplex, in dem sich die Volksschule befand, beherbergte offenbar auch eine Musikschule. Beide Trakte waren über einen etwas schmaleren Gebäudeteil miteinander verbunden, der zur Straße hin Raum für einen kleinen Vorplatz bot. Dieser wurde von Radständern, dem Schild einer Busstation, einem kahlen Bäumchen sowie einer Telefonzelle in Anspruch genommen, sodass Bella und ich ausreichend Platz vorfanden, um uns ebenfalls hier niederzulassen. Und so standen wir da eine Weile herum und behielten den Schuleingang im Blick. Aber wir waren offenbar jemandem aufgefallen.

»Was treibst du denn da?«, fragte mich der Poidl eine halbe Stunde nach unserer Ankunft, nachdem er seinen Streifenwagen gegenüber abgestellt hatte. Zum Glück war er es und nicht Daniel Sonnleitner.

»Das könnte ich dich genauso fragen«, antwortete ich, um ein bisschen Zeit zu gewinnen. »Ich dachte, dein Rayon wäre in Rust.«

»Ach, hin und wieder helfe ich auch in Eisenstadt ein bisserl aus«, antwortete er. Das war seltsam. Soweit ich wusste, hielt Rust große Stücke darauf, sich selbst verwalten zu können, und das galt auch für die Exekutivorgane. Angeblich waren die zehn in Rust stationierten Bundespolizisten nur für Rust und Mörbisch zuständig. »Und du?«

»Ist doch ein gemütliches Plätzchen«, erklärte ich. »Bella braucht eine kleine Verschnaufpause.«

Kaum hatte sie ihren Namen gehört, erhob sie sich und sprang begeistert an Poidl herum. Nicht gerade unterstützend in Hinblick auf meine Theorie mit der Verschnaufpause.

»Hier? Direkt an der Schule? Da gibt's doch wohl feinere Platzerln«, erklärte Poidl.

»Wie laufen die Ermittlungen im Mordfall Woods?«, wechselte ich das Thema.

Aus dem Gebäude drang Geschrei. Ich sah auf die Uhr meines Handys, kurz vor dreiviertel zwei.

»Ist die Frage, ob sie überhaupt laufen«, antwortete Poidl, während sich direkt hinter ihm ein Kleinlaster die schmale Gasse entlangquetschte. Das schien den Polizisten jedoch nicht aus der Ruhe zu bringen. »Wir haben ja noch nicht mal die Tatwaffe und treten ziemlich auf der Stelle. Da geht gerade nix weiter, was den Herrn Chefinspektor vom Landeskriminalamt natürlich etwas unrund macht. Und uns natürlich auch.«

Wo die Tatwaffe abgeblieben war, wusste ich. Das behielt ich aber lieber noch für mich. Männliche Intuition.

»Den Sonnleitner wohl auch?«, fragte ich.

»Schon, ja«, lautete die Antwort. »Ich hab das Gefühl, dass ihn die Sache mit der Carlotta sehr mitnimmt. Er ist ziemlich unentspannt, so kenne ich ihn gar nicht.«

»Vielleicht war da ja was zwischen den beiden?«

Poidl lachte.

»Das kann ich mir nun wirklich nicht vorstellen. Die Carlotta war blitzg'scheit und hat wirklich was draufg'habt. Außerdem war sie mit dem Alfred verheiratet, und da hat alles 'passt zwischen den beiden. Zumindest soweit ich das einschätzen kann. Wenn sie sich mit jemandem was ang'fangen hätt, dann wohl eher mit einem Mann, der ihr wirklich was zu bieten hat. Ich war einmal beim Daniel daheim, da schaut's aus, sag ich dir. Wenn bei dem nicht hin und wieder seine Mutter zum Aufräumen und Putzen vorbeikommen würd, würd der auf einer Müllhalde leben.« Ah ja, dann war es wohl Sonnleitners Frau Mama, die ich von seinem Schupfen aus beobachtet hatte. »Wenn eine Frau das zu sehen bekommt, nimmt die sofort Reißaus, garantiert.«

»Vielleicht hast du ja recht, und Carlotta Woods hat seinen Annäherungsversuchen widerstanden. Er hat sich in seinem männlichen Ego gekränkt gefühlt, und zack, hat er sie im Steinbruch umgebracht«, servierte ich ihm einen Täter auf dem Silbertablett.

»Ach was«, schickte er das Tablett umgehend retour in die Küche. »Der Daniel hat immer nur eine große Goschn, aber er würd es nie übers Herz bringen, jemandem Gewalt anzutun. Während eines Einsatzes bin ich fast drauf'gangen, weil er es nicht g'schafft hat, auf einen der Angreifer zu schießen. Wennst mich fragst, ist der Daniel eine komplette Fehlbesetzung bei der Polizei.«

»Aber im Affekt ist man doch bekanntlich zu Dingen fähig, die man sonst nicht schaffen würde.«

»Nicht der Daniel«, erklärte der Poidl noch mal mit Nachdruck. Na gut.

»Und der Braunschmidt?«, jagte ich die nächste Sau durchs Dorf. »Mit dem bin ich vorhin zusammengesessen. Kann es sein, dass der mit der Sache was zu tun hat?«

»Nein, noch weniger als der Daniel. Mit der Carlotta hat er seine beste Journalistin verloren. Die Spatzen pfeifen es schon länger von den Dächern, dass die Eisenstädter Redaktion aufgelassen werden könnte. Wäre Carlotta nicht hier gewesen, wäre das wohl schon längst passiert. Mit Lokaljournalismus verdient man ja nix mehr heutzutage.«

»Kann man sich gar nicht vorstellen, so viel, wie der Max Plünder und sein Unternehmen an Inseraten schalten.« In der Ausgabe, die ich im Café Mikschi durchgeblättert hatte, fanden sich mindestens drei großflächige Inserate von Plünders Firmen. Das musste dem Eisenstädter Express eine ganze Stange Geld einbringen.

»Ich habe da ja auch keinen wirklichen Einblick. Aber was man so hört, steht der Braunschmidt mitsamt der Eisenstädter Redaktion ziemlich im Eck. Würde den Verlag wohl viel billiger kommen, das Eisenstädter Geschehen von Wien aus mitbetreuen zu lassen. Aber was weiß ich schon, ich bin ja nur ein kleiner Stadtpolizist.«

Und während der kleine Stadtpolizist das so sagte, näherte sich aus Richtung des für Eisenstädter Verhältnisse riesigen Hochhauses eine olivgrüne Limousine mit getönten Scheiben. Mercedes. Poidl sagte noch irgendwelche andere Dinge, doch so recht bekam ich diese nicht mehr mit. Meine volle Aufmerksamkeit gehörte dem Mercedes mit dem deutschen Kennzeichen. Einem Kennzeichen aus Essen. Hinter dem massiven Körper des Poidl hatte ich einigermaßen gute Deckung, endlich mal ein Vorteil davon, dass ich nicht sehr groß geraten war. Aufgrund der abgedunkelten Scheiben war es ein Ding der Unmöglichkeit zu erkennen, wer in dem Auto saß. Wie viele Personen es waren. Ob sie in meine Richtung sahen oder nicht. Ob sie eine mit einem Schalldämpfer ausgerüstete Waffe in meine Richtung hielten. Der Mercedes fuhr in gemächlichem Tempo an uns vorüber und machte auch im weiteren Straßenverlauf keine Anstalten, stehen zu bleiben oder umzudrehen. Bei der Kreuzung am Ende der Gasse fuhren sie geradeaus, und dann war der Wagen irgendwann verschwunden.

»Hörst du mir eigentlich zu?«, holte mich der Poidl zurück in die Eisenstädter Realität.

»Mhmm«, machte ich. »Habt ihr hier viele deutsche Touristen?«

»Deutsche Touristen? Na, die verirren sich im November eher selten hierher. Wenn, dann kommen Ungarn und Slowaken.«

»Mhmm.«

»Sagst mir jetzt, was du hier treibst?«, fragte er. In dem Moment öffneten sich zwei der drei Eingangstüren der Volksschule.

»Ich hole nur jemanden ab«, sagte ich und setzte mich mit Bella in Bewegung. »Wir sehen uns!«

Es dauerte einige Zeit, bis Nicole Karner aus dem Schulgebäude kam. Oder schlich. Das kleine Mädel schien keinen Stress zu haben. Vor ihm waren bereits viele Kinder unter teilweise lautem Geschrei aus dem Schulgebäude gestürmt. Mütter und Väter hatten sie in Empfang genommen, oder sie waren in Gruppen ihres Weges gegangen. Auf Nicole schien niemand gewartet zu haben. Außer Bella und mir.

Wir folgten ihr die Straße entlang in jene Richtung, in die kurz zuvor auch der Mercedes verschwunden war. Mir war zwar nicht ganz wohl bei dem Gedanken, ein minderjähriges Mädchen zu verfolgen, aber wenn ich nicht einfach nur wie ein Häschen in der Grube sitzen und darauf warten wollte, dass die Schlange mich erwischte, musste ich proaktiv werden. Und Nicole Karner konnte mir dabei vielleicht behilflich sein.

Das Mädchen hatte einen voluminösen Schulranzen auf dem Rücken, in der Hand trug sie ein Stofftier spazieren. Mit ihren Schuhen schlurfte sie über den Asphalt des Gehweges. Wir waren immer weiter in Richtung Stadtzentrum gegangen und hatten soeben die zum Domplatz führende Pfarrgasse überquert, als Bella und ich von drei etwas älteren Jugendlichen überholt wurden, die sich in schnellem Tempo nun auch Nicole näherten. Als sie sie erreicht hatten, riss einer von ihnen das Stofftier aus Nicoles Händen. Das Mädchen blieb stehen, die drei anderen stellten sich im Kreis um sie auf. Ich verstand nicht genau, was sie zu ihr sagten, Bella und ich waren auf der anderen Seite der Pfarrgasse auf Abstand geblieben. Aber es waren keine schönen Worte. Der eine tat so, als ob das Kuscheltier reden könnte, und hielt es Nicole vor die Nase. Diese versuchte, danach zu greifen, doch immer wenn sie die Hand erhob, zog der Junge es wieder weg. Bis ihm das Spiel offensichtlich zu langweilig wurde und er es in einem hohen Bogen auf die Pfarrgasse warf. Nicole wollte hinterher, doch sie hielten sie fest, schubsten sie im Kreis zwischen sich hin und her. Nicole begann zu weinen. Sie verlor das Gleichgewicht, fiel hin. Sie lachten sie aus.

»Ey, ihr Wichser!«, rief ich rüber.

Die Hübsche neben mir bellte.

Ein Fahrzeug näherte sich. Ich lief los und schnappte mir das Stofftier. Gemeinsam mit Bella war ich bei Nicole und den Burschen angelangt, bevor der Kombi das Stofftier oder uns überrollen konnte. Das Tempo verringern, weil ein Mensch auf der Fahrbahn ist, war in Eisenstadt wohl nicht angesagt. Stattdessen ertönte ein Hupen.

»Fakten!«, rief ich dem Auto hinterher. Dann widmete ich mich wieder den Jugendlichen, die Nicole Karner in ihren Fängen hatten.

»Bekommt die kleine Bettnässerin etwa Hilfe von ihrem Papi?«, fragte der Bengel, der das Stofftier auf die Straße geworfen hatte. »Damit du deinen kleinen Schnuffi heute Nacht zum Einschlafen hast?«

»Du entschuldigst dich jetzt gefälligst bei der jungen Dame!«, sagte ich dem Nachwuchsrambo.

»Oh wie süß, *die junge Dame*«, wurde nun plötzlich ich verspottet. »Wird der große Mann sonst böse oder wie? Was willst denn machen, wenn wir uns nicht entschuldigen, ha?«

Gute Frage eigentlich. Das war eine jener Situationen, die schon als Polizist nicht so ganz easy in der Handhabung waren. Junge Kids, Teenager, die genau wussten, dass man ihnen nicht mit dem Gesetz kommen konnte. Man hatte also nur wenige Argumente in der Hand, um sie von ihrem Treiben abzuhalten. Mit Worten war man da oft nicht weit gekommen. Ich erinnere mich mit keinen guten Gefühlen an einen Einsatz vor dem Gasthaus Quell in Rudolfsheim-Fünfhaus, bei dem … ach, lassen wir das lieber.

»Früher, als Polizist, habe ich solchen kleinen Schissern wie dir nichts anhaben können. Da war ich an Gesetze gebunden«, erklärte ich und versuchte, dabei so grimmig wie möglich zu klingen. Ich machte einen Schritt auf ihn zu. Bella folgte mir, und man konnte ihr anmerken, dass auch sie die drei Nachwuchsrambos nicht gerade ins Herz geschlossen hatte. »Jetzt dagegen kann ich mit dir machen, was ich will«, sagte ich und grinste ihm in seine Visage.

»Los, Justin, lass uns abhauen. Der Typ ist doch ang'rennt«, sagte einer der beiden anderen Krawallmacher.

Die drei waren vielleicht fünfzehn oder sechzehn Jahre alt. Kamen sich ziemlich toll vor in ihren teuren Markenklamotten. Ich tippte auf Schnöselnachwuchs von Eltern, die aufgrund ihrer wirtschaftlichen und gesellschaftlichen Verpflichtungen zu wenig Zeit hatten, um sich adäquat um ihre Stammhalter zu kümmern.

»Da hat er schon recht, dein Kollege, ich bin ziemlich ang'rennt«, erklärte ich. »Also los, entschuldige dich bei Nicole!« Uns trennten vielleicht noch zwei Meter, bald wäre ich direkt vor ihm angekommen. Nicole betrachtete das seltsame Schauspiel aus einer gewissen Schockstarre heraus. Erst die Burschen, die sie hänselten, und jetzt noch dieser komische Irre, der sich plötzlich in ihrem Namen mit den Randalierern anlegte. Sie hätte sich wohl am liebsten aus dem Staub gemacht, doch ich hielt nach wie vor ihren labberigen Stoffhund in Händen.

»Du kannst mir gar nix!«, erwiderte der Anführer der Gang. »Und bei der kleinen Bettnässerin werden wir uns sicher nicht entschuldigen, oder, Burschen?«

Doch den Plural hätte er sich sparen können. Seine Kumpels

wirkten nicht so, als ob sie ihm noch großartig Schützenhilfe leisten würden.

»Lass uns abhauen, Justin!«, rief einer der beiden erneut.

Justin überlegte. Doch sein von Teenagerhormonen aufgepushtes Ego schien ihn davon abzuhalten, klein beizugeben oder sich aus dem Staub zu machen. Also musste ich mir was einfallen lassen. Verwirren, töten oder abhauen? Rohe Gewalt war nicht mein Fall. Abhauen wäre ziemlich jämmerlich gewesen, auch mit Blick auf die arme Nicole. Also entschied ich mich für die Variante mit dem verwirrten Irren. Ich riss die Hand mit Nicoles Stoffhund in die Höhe und hielt sie dem Kerl vors Gesicht, dazu schrie ich ihm laute »Wau wau«-Geräusche ins Gesicht. Ich war so überzeugt von meiner Rolle, dass ich meine Lefzen zu spüren glaubte, wie sie während meines Bellens hin- und herschleuderten. Keine Ahnung, was mich da geritten hatte.

Justin versuchte, einen Schritt zurückzumachen, kam dabei jedoch ins Stolpern und fiel hintenüber auf den Gehweg. Auf allen vieren wich er weiter zurück, während ich mit dem Stoffhund in meiner Hand weiter »Wau wau!«-Schritte auf ihn zumachte, was Bella dazu brachte, ebenfalls zu bellen. Die beiden anderen Gangmitglieder waren da schon längst über alle Berge. Nicole wusste weiterhin nicht, wie ihr geschah, und sah sich die ganze unwirkliche Szenerie staunend an.

»Wird's jetzt bald mit der Entschuldigung?«, schrie ich Justin an.

»'tschuldigung!«, kam es ihm über die Lippen.

»Reicht dir das?«, drehte ich mich zu Nicole um.

Sie nickte.

»Dann schau, dass du Land g'winnst!«, sagte ich zu Justin, was der sich nun nicht zweimal sagen lassen wollte.

»Du bist doch komplett irre!«, rief er noch.

Ja eh. Erzähl mir was Neues.

»Das ist ein Wauzi, oder?«, sagte ich, als uns der Bus in Rust am Franz-Josef-Platz abgesetzt hatte.

Ich befreite Bella von Beißkorb und Leine. Sie würdigte dies in Form eines dankbaren Blickes. Nicole hielt den Stoffhund dicht an ihren Körper. Der Schreck durch den Angriff der drei Halbstarken saß ihr immer noch in den Knochen. Die ganze Busfahrt über hatte sie kaum ein Wort gesprochen.

»Ich kenne diese Stoffhunde aus meiner Jugend«, fuhr ich fort. »Da hat fast jedes Kind so einen gehabt.«

Ich erinnerte mich noch mit Schaudern an die schreckliche Fernsehwerbung, die in den 1980ern im Fernsehen rauf- und runtergelaufen war. Darin waren Wauzi-Stofftiere zu sehen, die in einem imaginären Tiergefängnis eingesperrt und darüber natürlich sehr unglücklich waren. Die potenziellen Käufer waren in dem Werbespot aufgefordert worden, die Wauzis aus dem Tierheim zu befreien. Es gab wohl keine Fernsehwerbung, die Eltern zu dieser Zeit mehr gehasst haben. Meine Mutter war heilfroh gewesen, dass meine Interessen damals anders gelagert waren.

»Ja«, sagte Nicole.

»Ärgern die dich öfter?«, fragte ich sie.

Sie nickte.

»Wer sind denn Sie?«

Ich sah in die Augen einer Frau, die wie aus dem Nichts aus einem Quelle-Katalog aufgetaucht zu sein schien. Sie trug einen langen dunkelblauen Rock und eine helle Bluse, darüber ein graues Jackerl. Ihre Frisur erinnerte mich an Frauen, die ich in meiner Kindheit und Jugend in Versandhauskatalogen bei uns daheim gesehen habe. Wie eigentlich auch ihr restliches Outfit, inklusive der Filzpantoffeln.

»Nikolaus Lauda, ich wohne hinten im Bahnhofsheiserl«, sagte ich.

Nachdem die Frau nicht gerade den Eindruck machte, als ob sie von Vito Violino geschickt worden war, sah ich keinen Grund, rund um meine Identität einen Geheimnistanz aufzuführen.

»Ah, Sie sind das also«, antwortete sie. »Und was wollen

Sie von meinem Madl? Nicole, komm, komm her da!« Die Aufforderung an ihre Tochter wirkte so, als ob sie panische Angst hätte, ihrem Kind könnte etwas zustoßen.

»Wir sind im Bus nebeneinandergesessen und haben uns nur ein bisschen unterhalten«, erklärte ich, was schlichtweg gelogen war. Nicole hatte kein einziges Wort gesagt, sich dafür aber wesentlich mehr für Bella begeistern können, die sie pausenlos gestreichelt hatte.

»Ah ja, na, dann wünsch ma Ihnen noch einen schönen Tag«, sagte die Frau.

»Der Mann ist mein Freund«, sagte Nicole plötzlich.

Damit hätte ich nun nicht gerechnet. Und ihre Mutter offensichtlich auch nicht.

»Wollen S' noch einen Kaffee?«, fragte Helga Karner, nachdem ich in der Stube des Hauses bereits zwei Tassen Kaffee und zwei Stücke eines herrlichen Nusskuchens verspeist hatte. Auch Bella war bestens versorgt worden, allerdings auf der Terrasse hinter dem Haus. Nicoles Vater, der Installateur, litt unter einer ausgewachsenen Hundeallergie, deswegen waren Vierbeiner im Hause Karner streng verboten. Das schien generell in Rust ein Thema zu sein, dachte ich in Hinblick auf die Allergie der Tochter der Taxiprucknerin. Einzige Ausnahme bei den Karners war Nicoles Wauzi.

»Nein, danke«, sagte ich.

»Also, wie war das jetzt mit den Burschen in Eisenstadt?«, fragte Mutter Karner in die Runde.

Nachdem Nicole darüber den Mantel des Schweigens ausbreiten wollte, erzählte ich ihr, großteils wahrheitsgemäß, wie sich die Dinge zugetragen hatten. »Ihre Tochter hat versucht, sich zu wehren, aber gegen drei Größere war sie natürlich chancenlos«, erklärte ich, weswegen ich ihr zu Hilfe gekommen sei.

»Was hast überhaupt in der Pfarrgasse wollen?«, fragte die Mutter ihre Tochter. »Der Bus fährt doch direkt vor der Schule.«

»Ich wollte noch in die Hauptstraße zum Nentwich, Bücher schauen«, sagte das Mädchen leise.

»Hat sie mit den Burschen hier im Dorf auch Probleme?«, fragte ich, um das Verhör von dem Mädchen zu beenden. »Zum Beispiel mit dem Sohn vom Gerald Moser, dem Walter?«

Helga Karner schüttelte den Kopf. »Nein, die Burschen hier im Ort sind total nett zur Nicole. Im Gegenteil, ich habe das Gefühl, dass sie sogar extra auf sie schauen, weil sie wissen, dass sie es nicht so leicht hat. Aber den Jugendlichen in Eisenstadt ist das natürlich ganz egal. Jedenfalls danke noch mal«, sagte ihre Mutter, die nun sichtlich verlegen war. Normalerweise könne Nicole ja bei einer Freundin in Eisenstadt bleiben, bis Helga Karner in der Bank fertig ist, doch ausgerechnet heute sei das nicht möglich gewesen. Und der Vater komme meist erst später am Abend nach Hause, da müsse die Tochter halt mitunter schon früh alleine zurechtkommen, rechtfertigte sie sich. »Magst draußen noch ein bisserl mit dem Hund spielen?«, fragte sie Nicole und kniff ihr dabei leicht in die Wange, genau so, wie alle Kinder auf der Welt es wirklich lieben. Noch dazu vor Fremden. In die Wange gekniffen zu werden, rangiert gleich nach dem mit Speichel befeuchteten Taschentuch, mit dem eine Mutter ihrem Kind den Mund abwischt.

»Darf ich denn?«, fragte Nicole nun mich.

»Du darfst«, antwortete ich. »Aber ich hätte vorher noch eine Bitte an dich. Du könntest mir bei einer schwierigen Sache behilflich sein. Nur du kannst mir dabei helfen.«

Nicole strahlte mich an. Und noch bevor sie wusste, worum es überhaupt ging, schien sie vor Stolz zu platzen.

»Du hast doch neulich Abend gesehen, wie die Daniela Pruckner und ich ... nun ja, wie wir aus dem Spritzenhaus gekommen sind und auf der Straße gestanden sind.«

Nicole nickte.

»Und die Frau Pruckner hat mir erzählt, dass du generell ein Auge darauf hast, was hier so im Dorf passiert und wer auf der Straße unterwegs ist.«

»Na ja, wie das klingt. So kann man das aber nicht …«, versuchte Helga Karner, ihre Tochter nicht wie ein Nachwuchstalent der DDR-Staatssicherheit dastehen zu lassen.

Doch Nicole nickte erneut.

»Ich finde das ja auch gar nicht schlimm, es kann nicht schaden, wenn es jemanden gibt, der darauf achtet, dass in Rust alles seine Ordnung hat«, erklärte ich, um keinen falschen Eindruck zu erwecken. Wie oft war ich in meinem Ermittlerleben auf zufällige Beobachtungen angewiesen gewesen. Wenn es nach mir ginge, sollten die Leute viel mehr an den Fenstern stehen und darauf schauen, was in ihrer Nachbarschaft so passiert. Außer natürlich an jenen Fenstern, von denen aus man meine Wohnung in Augenschein nehmen konnte. »Wie oft sitzt du denn so an deinem Fenster und schaust raus?«

»Oft«, sagte Nicole und strahlte mich an. Zwischen ihren Schneidezähnen kam eine ausgewachsene Zahnlücke zum Vorschein.

»Und gibt es bestimmte Zeiten, zu denen du das machst?«

»Eigentlich immer dann, wenn ich nichts zu tun habe.«

»Auch häufiger mal abends?«, fragte ich und leerte meine Kaffeetasse.

»Vielleicht doch noch ein Schluckerl?«, trat sofort die Herrin über die Kaffeemaschine auf den Plan. Ich dankte und verneinte.

Nicole nickte.

»Und machst du dir dann auch Notizen, wenn du etwas beobachtest?«

»Ja«, sagte Nicole.

»Wäre es für Sie in Ordnung, wenn ich mir die Notizen Ihrer Tochter mal anschaue?«, fragte ich Helga Karner. »Es geht um die Carlotta Woods, ihr Bruder hat mich gebeten, einige Nachforschungen anzustellen.« Ich versuchte, möglichst harmlose Worte für meine Schilderung zu wählen, immerhin saß da eine Neunjährige mit uns am Tisch.

»Suchen Sie den Mann, der die Carlotta getötet hat?«, fragte Nicole neugierig.

157

Ich hätte mir die bedachte Wortwahl wohl sparen können.
»Das ist eigentlich Angelegenheit vom Poidl Rainprecht
und der Polizei«, antwortete ich. »Ich unterstütze sie nur ein
bisschen dabei.«

Gemeinsam mit Helga Karner gingen wir in das Zimmer
von Nicole. An den Wänden hingen Poster von Captain Mar-
vel. Neben dem Fenster stand auf einer Kommode ein Hun-
dekörbchen, das wohl für ihren Wauzi reserviert war. Von
Puppenhäuschen, Prinzessin Elsa oder rosa Tapete mit Glitzer
war weit und breit nichts zu sehen. Nicole zeigte mir stolz
ihre Aufzeichnungen, die sie in einem karierten A5-College-
block festgehalten hatte. Nach Datum und Uhrzeit geordnet.
Autos, die auf der Hauptstraße gefahren waren, Menschen, die
vorbeigingen, und sonstige Begebenheiten, die sich vor ihrem
Fenster abspielten, fanden sich alle fein säuberlich in diesem
Collegeblock.

Dank dieser Aufzeichnungen wusste ich wenig später nicht
nur, dass in der Nacht, in der Carlotta Woods ermordet worden war, kurz nach ihr zwei mir bekannte Personen durch
Rust gefahren waren, sondern auch, dass der Kuss mit der
Taxiprucknerin wirklich notwendig gewesen war. Denn gleich
unterhalb der Zeile, in der Nicole unseren Kuss notiert hatte,
fand sich der Vermerk über eine olivgrüne Mercedes-Limousine mit Essener Kennzeichen.

Aus die Maus

Das Papstkreuz in Trausdorf, burgenlandkroatisch Trajštof,
ist ein gutes Beispiel dafür, wie seltsam der Mensch manchmal
tickt. Denn das Kreuz stand inmitten von Wiesen und Feldern. Es war in Erinnerung an den Besuch von Papst Johannes
Paul II. im Jahr 1988 aufgestellt worden. Vor über hundert-
tausend Menschen hatte der Papst hier eine Messe gehalten.

Das alles fand ich bei meiner Onlinerecherche heraus, nachdem die Taxiprucknerin mir während des Apfelnockerlessens im Hof des Bahnhofsheiserls ihre Favourites unter den regionalen November-Sehenswürdigkeiten genannt hatte. Auch der Podersdorfer Leuchtturm hätte sich gut für mein Vorhaben geeignet, doch war dieser zu weit weg.

Zwei längliche Streben in der Senkrechten kreuzten sich in Erinnerung an den Papstbesuch nach zwei Dritteln mit zwei waagrechten Streben. An den Seiten sekundierten jeweils zwei Bäumchen, eine Hecke sowie ein paar Holzbankerln das Kreuz. Ansonsten war hier auf dieser Wiese weit und breit nichts zu sehen außer in der Ferne der Tower von Trausdorf International, einem einst florierenden und von der High Society genutzten Flugplatz, dessen Infrastruktur sich die Natur seit Jahren zurückeroberte.

Die im November schon recht früh einsetzende Dämmerung kam mir zugute, denn so konnte ich hier zur Tat schreiten, ohne dass mich Besuchermassen bei meinem Vorhaben beobachten konnten. Natürlich war keine Menschenseele weit und breit zu sehen, aber trotzdem, man wusste ja nie. Als ich mit meiner künstlerischen Intervention fertig war, dokumentierte ich das Ganze mit meinem Smartphone und schickte ein paar visuelle Eindrücke an die Redaktionsadresse des Eisenstädter Express. Anschließend machte ich mich auf den Weg in die Neusiedler Straße in Eisenstadt.

Der anonyme Anruf beim dortigen Stadtpolizeikommando war schnell getätigt, mittlerweile hatte ich da ja schon einiges an Erfahrung. In wenigen Minuten würde sich Daniel Sonnleitner auf den Weg zum Papstkreuz machen, wodurch ich mich ungestört in Sonnleitners Wohnung und, dort vor allem, in seinem Luxusschupfen würde umschauen können.

Ich hatte den Kragen meiner Jeansjacke hochgestellt und mein neues schwarzes Kapperl tief ins Gesicht gezogen, bevor ich mich daranmachte, Daniel Sonnleitners Türschloss ein zweites Mal zu knacken. Es stellte auch an diesem Abend keine sonderliche Herausforderung für mich dar. Die Tür öffnete sich mit einem Krächzen, und ich schlüpfte in den dunklen Flur. Wohnzimmer, Schlafzimmer und Co ließ ich an diesem Abend rechts liegen, stattdessen trat ich sofort durch die Hintertür hinaus ins Freie. Doch da erfolgte die erste Überraschung des noch jungen Abends: Sofort wurde ich in gleißendes Scheinwerferlicht getaucht. Da hatte wohl jemand einen Bewegungsmelder und ein paar hochleistungsfähige Strahler installiert. Und jemand anderer, nämlich ich, hatte bei der Objektaufklärung geschlafen. Konnte ich bei der Essener Sondereinheit dafür meinem Kollegen Ralf die Ohren lang ziehen, musste ich mir in diesem Fall an die eigene Nase fassen. Ich suchte sofort Schutz in der Dunkelheit und rannte hinüber zum Schupfen. Von dort aus scannte ich den Garten nach möglichen Überwachungskameras ab, die eventuell mit dem Bewegungsmelder und dem Scheinwerfer gekoppelt wären. Meine Suche blieb erfolglos, und so hoffte ich, dass es keine Erinnerungsfotos oder gar Bewegtbilder von meinem unfreiwilligen Scheinwerferauftritt geben würde, die man zu einem lustigen TikTok-Video hätte zusammenschneiden können.

Das Vorhängeschloss des Schupfens war im Vergleich zur Haustür ein anderes Kaliber, doch dank meines Spezialwerkzeuges stellte auch dies mich nicht vor sonderlich große Herausforderungen. Ich schloss die Tür hinter mir und stand in einem fünf bis sechs Quadratmeter großen Raum, den ich mit meiner Taschenlampe ausleuchtete. Ich hätte mit so manchem gerechnet, doch auf diese sehr spezielle Innendekoration war ich nicht vorbereitet gewesen.

Daniel Sonnleitner schien ein sehr gläubiger Mensch zu sein, denn auf einem kleinen Tischchen stehend befand sich in einer Ecke des Schupfens ein kleiner Altar. Die aus schwarzem Holz angefertigte Heiligenstätte wurde von einem batteriebetriebenen Grablicht in flackerndes rotes Licht getaucht. Im unteren Fach des Altars lagen im jeweils gleichmäßigen Abstand zueinander ein Ring, eine Brosche und ein Kugelschreiber, auf dem das Logo des Eisenstädter Express zu sehen war. Beim Ring handelte es sich um ein schnörkelloses Modell aus Weißgold. Es fand sich keine Gravur in der Innenseite, sodass ich ihn erst mal wieder an seinen Platz legte. Die Brosche bestand aus einem blauen Löwen mit goldener Krone und erinnerte in seiner Form stark an ein Wappen. »In Würdigung Ihrer Treue« war auf der Rückseite in verschnörkelter Schrift eingraviert. Mit dem Materialwert der ersten beiden Fundstücke konnte der Kugelschreiber natürlich nicht mithalten, doch verriet das auf diesem abgebildete Logo mehr über seinen potenziellen Vorbesitzer. Oder besser gesagt über seine Vorbesitzerin. Angesichts des Fotos, das im oberen Fach des Altars vom Grablicht erleuchtet wurde, war klar, dass es sich nur um einen Kugelschreiber von Carlotta Woods handeln konnte. Auch wenn der Poidl es sich nicht hatte vorstellen können, als ich ihn vor der Volksschule darauf angesprochen hatte, aber Daniel Sonnleitners Beziehung zu Carlotta Woods dürfte doch intimeren Charakter gehabt haben, als es nach außen hin den Anschein gehabt haben mag. Auf dem in Schwarz-Weiß gehaltenen Bild räkelte sich das Objekt seiner Begierde in schwarzer Unterwäsche lasziv auf einem Bett. Das Foto hatte er wohl kaum aus einem ihrer Artikel im Eisenstädter Express ausgeschnitten.

Doch es war nicht das einzige Foto von Carlotta, das sich in diesem Schupfen befand. Alle Wände und sogar die Innenseite der Tür, durch die ich den kleinen, etwas feuchten Raum betreten hatte, zierten Fotos seiner Angebeteten. Mal mehr und mal weniger offizieller Natur, großteils Schnappschüsse, wie sie jeder von uns im Alltag von sich machen lassen würde. Ich nahm auf dem drehbaren Bürosessel Platz, der vor dem kleinen Schreibtisch stand, und begann, die Unterlagen und Papiere zu durchforsten. Und je länger ich mir den ganzen Blattsalat durchsah, desto mehr Einblicke bekam ich in das Leben von Carlotta Woods. Von einer Kopie ihres Bausparvertrages bei der Pannonia Bank, dessen marginaler Zinsertrag einen wirklich zu Tode betrüben konnte, über Einladungskarten für ihr fünfjähriges Jubiläum beim Eisenstädter Express bis hin zu einem Strafzettel, weil sie ihr Auto zu lange in einer Ladezone am Domplatz geparkt hatte. Und dann war da noch dieser kleine Laptop. Ich befürchtete, dass ein Polizist wie Daniel Sonnleitner es einem Eindringling nicht so leicht machen würde, die Daten seines Netbooks auszulesen. Noch bevor ich mich an das Knacken des Passwortes machte, klebte ich mit einem Post-it das Loch der Webcam ab – sicher war sicher.

Der erste Passwortversuch war der naheliegendste: »Carlotta«. Doch das System zeigte mir ein weißes Kreuz auf rotem Hintergrund, und somit musste ein zweiter Versuch her. »CarlottaundDaniel«. Wieder falsch. »IloveCarlotta«. Falsch. »Carlottaforever«. Wieder erschien das rot-weiße Symbol als Hinweis für eine falsche Passworteingabe, verbunden mit der Information, dass ich nur noch einen Versuch für eine erfolgreiche Eingabe hätte. Also versuchte ich es mit dem Klassiker schlechthin, eine bessere Idee fiel mir jetzt nicht mehr ein. Ich tippte die Ziffernfolge ein und sah mich in Gedanken schon mit Steffen, dem Passwortspezialisten der Essener Kripo, telefonieren. Doch siehe da, »123456« ließ mich eintreten in das digitale Reich des Daniel Sonnleitner. Das ging dann doch einfacher als gedacht.

»Endlich bist du wieder da, Daniel. Ich habe dich vermisst«, sagte eine metallene weibliche Stimme. Dazu erschien auf dem Display Carlotta Woods, deren bewegte Lippen offensichtlich von einem anderen Gesicht stammten. Lippen, die genau diese Begrüßung von sich gaben, sodass der Eindruck entstand, dass Carlotta Woods höchstpersönlich den Computeruser empfing. Es irritierte mich nur für kurze Zeit, dass der in das Bild gephotoshoppte Mund Anzeichen eines Oberlippenbartes zeigte, wie ihn auch Daniel Sonnleitner in seinem Gesicht spazieren führte. Ich hatte im Laufe meiner Karriere einfach zu vielen kranken Scheiß gesehen, als dass mich das jetzt wirklich vom Hocker hauen konnte.

Ich wühlte mich durch die Ordnerstrukturen des Computers, die viele weitere Fotos und Videos sowie unzählige Dokumente enthielten. Bei diesem Gerät handelte es sich offenbar um eine digitale Kopie des Lebens von Carlotta Woods. Hätte sie davon gewusst, sie hätte sich keine Sorgen mehr machen müssen für den Fall, dass sie mal einen Ausweis oder ein anderes wichtiges Dokument verloren hätte. Daniel Sonnleitner hätte ihr im Handumdrehen eine Kopie ausstellen können. Ich öffnete eine Datei namens »Fahrtenbuch« mit einem Doppelklick, und vor mir erschien eine detaillierte Aufzeichnung von Fahrten, die Carlotta Woods mit ihrem Auto unternommen hatte, zurückdatiert bis zum Sommer des vergangenen Jahres. Das konnte Daniel Sonnleitner unmöglich alles selbst recherchiert haben, der Kerl hatte ja schließlich in real life auch noch einen normalen Job. Ob er einen GPS-Sender am Wagen der Woods angebracht hatte? Immerhin schienen neben den Zielorten ihrer Fahrten auch die GPS-Koordinaten auf. Der neueste Eintrag interessierte mich naturgemäß am meisten, und ausgerechnet bei diesem war kein Zielort eingetragen worden. Doch die GPS-Daten waren vorhanden: 47°48'12.1"N 16°37'58.5"E. Ich gab sie in die Suchfunktion meines Smartphones ein und hatte nun Gewissheit zu Carlotta Woods' nächtlicher Fahrt, auf die ich in Nicole Karners Collegeblock gestoßen war. Die Karten-App zeigte mir den Steinbruch in St. Margarethen an. Dass Nicole kurz darauf unter anderem das Kennzeichen von Daniel Sonnleitner in ihrer Liste notiert hatte, ließ nur einen Schluss zu. Carlotta Woods war in dieser Nacht von ihrem Haus in Rust zum Steinbruch gefahren. Daniel Sonnleitner war ihr gefolgt und hatte dort auch die Tatwaffe an sich genommen, die er anschließend mir unterjubeln wollte.

»Hey!«, schrie auf einmal jemand. Der Schupfen und der gesamte Garten wurden wieder in gleißendes Licht getaucht.

Es war taghell. »Aus die Maus, kumm aussa!«, rief Daniel Sonnleitner.

Verdammt. Sollte der nicht gerade auf dem Papstkreuz herumturnen? Ich klappte intuitiv das Notebook zu, auch wenn mir das jetzt auf die Schnelle gar nichts brachte. Ich ging die Optionen durch, die mir zur Verfügung standen. In diesem Fall musste ich die bewährte Verwirren-töten-abhauen-Methode wohl ein bisschen an die aktuelle Situation anpassen. Option eins: mich tot stellen und hoffen, dass Sonnleitner mich nicht wirklich gesehen hatte.

»Heast, hörst du schlecht, du g'schissenes Wiener Gfrast, g'schissenes!«

Okay, Option eins konnten wir schon mal abhaken. Option zwei sah das Schwenken der weißen Fahne vor. Vielleicht ließ er ja mit sich reden.

»Wennst jetzt net sofort rauskommst, reiß ich dir den Oasch auf, von da bis Nebraska!«

Hmm. Klang jetzt auch nicht wirklich verlockend, diese Variante. Ich versuchte, durch das Fenster zum Hauseingang zu sehen, um abzuchecken, ob und wie er bewaffnet war. Ob er alleine war oder ob er noch jemanden dabeihatte. Um zu sehen, ob er wirklich so aggressiv war oder ob es sich dabei lediglich um rhetorische Kraftmeiereien handelte. Doch die Scheinwerfer blendeten zu sehr, ich konnte kaum etwas erkennen.

Option drei bestand aus einem geordneten Rückzug durch das Loch im Zaun, verbunden mit der Hoffnung, dass Sonnleitner unbewaffnet war oder dass die Waffen, die er zur Verfügung hatte, zumindest in ihrer Reichweite begrenzt waren.

»Wird's bald!«

Ich bewegte mich so behutsam wie möglich in Richtung Tür des Schupfens und streckte meinen Kopf mit aller gebotenen Vorsicht um die Ecke. Doch noch bevor meine Augen etwas Hilfreiches entdecken konnten, hörte ich einen Schuss. Instinktiv wartete ich zwei Sekunden, nahm meine Beine in die Hand und rannte hinüber zu jener Stelle im Zaun, die mir dank des dort befindlichen Loches auch tags zuvor wertvolle Dienste geleistet hatte. Ich hörte gerade den zweiten Schuss, als ich recht unsanft auf der anderen Seite landete. Meine aus dem Stunt resultierenden Wunden und Abschürfungen ignorierend, rannte ich um mein Leben.

War es also doch die langweilige Abhauen-Variante geworden.

22. August 1989

Der Hermann ist tot! Ein Unfall bei der Arbeit im Steinbruch. Ausgerechnet im Steinbruch! Was ist denn nur los mit dieser Welt?????? Vor ein paar Wochen war alles noch rosarot, ich war im siebenten Himmel. Hermann hatte mir den Antrag auf der Kaiser-Franz-Joseph-Warte g'macht, wir haben Pläne g'schmiedet. Uns die Zukunft ausg'malt. Unsere GEMEIN- SAME Zukunft. Und jetzt? Alles ist aus. Es ist alles aus und vorbei.

Donnerstag

Trallala

Die Gedanken in meinem Kopf kamen sich vor wie im Rutschenparadies im Klosterneuburger Happyland. Dabei drehten sie sich im Kern um immer dieselbe Frage: Wie konnte ich es fertigbringen, Daniel Sonnleitner zu überführen, ohne selbst zu sehr mit in die Sache reingezogen zu werden? Irgendwie musste ich rausfinden, warum Sonnleitner in der Tatnacht im Steinbruch gewesen war und wie er es geschafft hatte, sich die Tatwaffe unter den Nagel zu reißen. Da er mir das wohl nicht freimütig erzählen würde, gab es nur eine realistische Option: Ich musste mit dem Poidl sprechen, dem einzig normalen Kerl bei der hiesigen Polizei. Wenn ich einen Beamten ins Vertrauen ziehen könnte, dann den Ruster Stadtpolizisten. Und bis dahin musste ich Daniel Sonnleitner aus dem Weg gehen.

Ich kochte Kaffee und setzte mich zu Bella in den Hof. Es war nicht mehr so schön wie am Tag zuvor, aber doch warm genug, dass man ohne Schal und Haube auf dem weißen Plastiksessel hocken konnte, ohne dabei Erfrierungen ersten Grades an den Gliedmaßen zu erleiden. Ein Lkw fuhr vorbei, vielleicht einer von Plünders Flotte. Ein Specht hämmerte seinen Schnabel in eine Wand oder einen Baum, ich hoffte, dass es nicht das Bahnhofsheiserl war. Während meines Kurzzeitaufenthaltes wollte ich nicht noch für Instandhaltungsarbeiten aufkommen müssen. Wobei sich ohnehin die Frage stellte, wem das Anwesen hier eigentlich gehörte. Ich war Luises Alleinerbe, sie hatte keine Geschwister, denen ebenfalls Anteile am Haus hätten gehören können. Josef, die Bürgermeisterin, wusste mit Sicherheit, ob es noch andere Familienangehörige irgendwo gab, die einen Anspruch auf das Haus hätten stellen können.

Frühschoppen im Spritzenhaus?
Die Kurznachricht der Taxiprucknerin riss mich aus meinen Gedanken rund um das Bahnhofsheiserl.
Wann?, fragte ich.
Jetzt.
»Kommst mit?«, fragte ich Bella, als ich den Kaffee ausgetrunken hatte. Eine Frage, die ich mir hätte sparen können. Wir ließen den Specht in Ruhe seine Arbeit erledigen und machten uns auf den Weg zur ehemaligen Feuerwehrstation.

Frühschoppen im Spritzenhaus war ein wesentlich weniger elitärer Kreis als jene abendliche Runde, zu der ich einige Tage zuvor eingeladen worden war. Die halbe Stadt war versammelt, aus den Lautsprechern dröhnte in angenehmer Lautstärke unangenehme Volksmusik. Kurzum, es herrschte Volksfeststimmung, mitten an einem Donnerstagvormittag. Die Taxiprucknerin winkte mich herbei. Bella zog es vor, sich zur Telefonzelle beim Plätzchen zwischen Spritzenhaus und Trafik zu legen und den auf der B 52 vorbeifahrenden Autos zuzuschauen.

»Wie schaust du denn aus? Hab ich dich mit meiner Nachricht leicht aufg'weckt?«, fragte sie zur Begrüßung.

»Nein, ich hab den ganzen Morgen Trauben im Weingarten gepflückt«, antwortete ich. »Passt also gut, sich jetzt hier ein bisschen auszuruhen.«

»Wennst nicht gerade für den Ruster Ausbruch geerntet hast, warst aber spät dran mit der Ernte, wennst damit erst Mitte November beginnst«, kommentierte Castle Moser meine Ausführungen. »Haben extra Biernachschub für dich organisiert«, sagte er und zeigte in Richtung Kühlschrank im Barbereich. »Walter!«, rief er seinen Sohn herbei. »Schau, das ist der Nikolaus. Sei so gut, bringst ihm ein Bier aus dem Kühlschrank? Eines von den Spezialbieren bitte!«

Spezialbier? Ich war gespannt.

»Wir kennen uns schon«, sagte ich, bevor Walter bei meinem Anblick vor lauter Verlegenheit zu platzen drohte.

»Woher kennts ihr euch denn?«, fragte Castle, nachdem der Bub zum Kühlschrank losgerannt war.

»Haben ein bisschen mit seiner Drohne gespielt.«

»Hoffentlich net wieder im Steinbruch, das hab ich ihm schon zigmal verboten.«

»Nein, nein, alles gut«, antwortete ich.

Zeitgleich mit meinem Spezialbier kamen auch Bankchef Rudolf Schumich mit Gattin sowie der Poidl. Schumichs Frau absentierte sich sogleich, sodass wenig später nur ihr Mann und der gemütliche Polizist als Neuzugänge bei uns am Tisch Platz nahmen. Es war interessant und merkwürdig zugleich, dass die Taxiprucknerin stets die einzige Frau in dieser Stammtischrunde zu sein schien. Mal abgesehen von Josef, die jedoch gerade damit beschäftigt war, von Tisch zu Tisch zu gehen. Die Gemeinderatswahlen waren erst im Oktober geschlagen worden, da konnte ein kleines Gesichtsbad mit ausführlichem Händeschütteln nicht schaden. Schließlich wollten die Wählerinnen und Wähler nicht nur unmittelbar vor einer Wahl gepflegt und gehegt werden.

Ich besah mir mein Spezialbier. »Golser Kästensud«, stand auf dem orangefarbenen Etikett. Unter dem geschwungenen Schriftzug waren Kastanien abgebildet. Wir prosteten uns zu, ich öffnete die Flasche und ließ das braune Gold in meine Kehle rinnen. Dann überlegte ich, ob es irgendeine sinnvolle Möglichkeit gäbe, im Frühschoppen-Setting mit dem Poidl über seinen Kollegen zu reden. Ihm von dessen Carlotta-Woods-Stalkingaktionen zu erzählen und von der sehr großen Wahrscheinlichkeit, dass Daniel Sonnleitner zur Tatzeit am Tatort gewesen war. Vielleicht nach ein oder zwei Bier, dann wäre Poidl in einer entspannteren Stimmung. Ein Plan, der so jedoch nicht aufgehen würde, denn der Polizist beließ es bei einem Glas Wasser. Da war wohl jemand im Dienst.

Wenig später gesellte sich schließlich auch noch Alfred Dachs zu unserer Runde. Er stellte einen kleinen violetten Kristallschädel vor sich auf den Tisch.

»Wie geht's dir denn?«, fragte die Taxiprucknerin.

»Es fällt schwer, die Verabschiedung zu akzeptieren.« Er griff nach dem Kristallschädel und hielt ihn in der linken Hand, so fest, als ob er eine Faust machen würde. Die Farbe seiner Finger verfärbte sich in ein leichtes Rot. »Carlotta fehlt mir einfach sehr. Und ich habe noch keine Verbindung zu ihr herstellen können. Ich habe es erst gestern wieder im Schädelkreis versucht. Ich habe sogar Balu dazugenommen, der gibt mir immer ganz viel Kraft. Doch es war zwecklos.«

Die ganze Runde nickte einfühlsam vor sich hin. Der Banker, der jeden Tag mit Zahlen jonglierte, der Weinbauer, der tagein und tagaus bodenständig mit der Natur lebte – sie alle, die der Geisterbeschwörung unverdächtig schienen, nahmen Dachs und seine Kristallgeschichten ernst. Dachs öffnete seine Hand, und der darin befindliche violette Minischädel sah genau in meine Richtung. War da ein missbilligender Blick in seiner hässlichen Fratze zu erkennen? Ich beschloss, mich lieber mit meinem Bier zu beschäftigen, und als ich das nächste Mal so unauffällig, wie ein langjähriger Polizist das halt hinbekommt, wieder zum Schädel sah, schaute er zum Glück in eine andere Richtung.

»Weiß man schon, wann die Beerdigung von Carlotta Woods stattfinden wird?«, fragte ich, um mich vom Schädel abzulenken.

»Fix nicht vor nächster Woche«, sagte der Poidl. »Ihre Leiche liegt noch in der Gerichtsmedizin, und vor dem Wochenende wird sich daran auch nichts mehr ändern.«

Gut so. Also konnte die potenzielle Mordwaffe noch ein Zeiterl in ihrem Versteck auf dem Friedhof verbleiben.

»Wie geht's denn jetzt mit dem Steinbruch, dem Hotelprojekt in Ungarn und der Bürgerinitiative weiter?«, fragte schließlich Rudolf Schumich.

»Die Unterschriftenaktion läuft gut, es gibt Solidaritätsbekundungen aus vielen anderen burgenländischen Gemeinden. Auch in St. Margarethen hat sich mittlerweile eine Ortsgruppe gebildet. Die Energie dieser Menschen zu spüren, ihr ganzes Engagement und ihren Tatendrang für die gemeinsame Sache, das tut mir richtig gut. Aber es kann natürlich sein, dass das alles zu spät ist. Sobald sich der Wirbel um den Tod von der Carlotta gelegt haben wird, wird der Plünder wohl ernst machen. Die Genehmigungen haben die Ungarn ja alle beisammen.«

»Brauchts ihr den Steinbruch noch für eure Ermittlungen?«, fragte die Taxiprucknerin.

»Na, eigentlich nimma«, antwortete der Poidl. »Von unserer Seite aus sind die Untersuchungen vor Ort abg'schlossen. Aber vielleicht will der Plünder noch ein bisserl warten, bis Gras über die Sache g'wachsen ist.«

»Gibt es denn endlich eine Spur?«, fragte Castle.

»Nachdem der Daniel ein bisserl von unserem Zuagrasten abg'lassen hat, net wirklich«, antwortete Poidl und ließ dabei seinen Blick zu mir wandern.

»Wer der Nicole gegen die depperten Buben aus der Stadt hilft, ist kein Mörder«, erklärte Schumich.

Hier sprachen sich die Dinge also wirklich schnell herum, egal wie wichtig oder nebensächlich sie waren.

»Was war leicht?«, fragte Josef, die nun bei unserem Tisch angekommen war und sich neben Alfred Dachs setzte.

Eine weitere Trallalakapelle setzte via Lautsprecher zu einem neuen volkstümlichen Lied an. Rudolf Schumich erzählte die Geschichte, die sich gestern Nachmittag auf Nicoles Nachhauseweg abgespielt hatte. Die bei ihm am Schalter arbeitende Mutter der Kleinen hatte in ihrer Schilderung kein Detail ausgelassen.

»Ah, deswegen bist gestern in der Bahnstraße in Eisenstadt herumg'standen«, schlussfolgerte der Poidl.

»Ich hatte da so eine Ahnung«, erklärte ich.

»Der Justin und seine beiden Volldeppenfreunde haben es immer wieder auf die Nicole abg'sehen«, erzählte Poidl. »Aber der Justin scheint gestern generell einen lustigen Tag gehabt zu haben. Am Abend haben wir nämlich Graffitischmierereien von ihm beim Papstkreuz g'funden.«

»Beim Papstkreuz? In Trausdorf?«, fragte die Taxiprucknerin verwundert.

Poidl nickte. »Der Depp war sich nicht zu dämlich, seinen Namen unter das Geschmiere zu schreiben. Und wissts ihr, was das Allerbeste war?« Die ganze Runde starrte ihn gebannt an. Natürlich hatte keiner eine Ahnung, was nun kommen würde. Außer mir. Aber ich entschied, dass es keinen schlanken Fuß machen würde, jetzt mit der Antwort auf seine Frage zu prahlen. »Er hat neben der Abkürzung ›ACAB‹ auch noch ›Fuck you Sonnleitner‹ auf die Holzbänke neben dem Kreuz gesprayt. Die Kollegen haben dann gleich den Daniel alarmiert. Der war fassungslos, als er das gesehen hat. Also auch, wenn wir den Justin nicht wegen dem Hänseln von der Nicole dranbekommen werden, für die Schmieraktion wird er auf jeden Fall von uns hören.«

»G'schieht ihm recht, dem Trottel«, sekundierte der Schumich.

Ich überlegte, ob es eine gute Gelegenheit gewesen wäre, den Poidl nun zur Seite zu nehmen. Doch meine Gedanken wurden von einer bekannten Melodie aus der Rocky Horror Picture Show unterbrochen. Poidls Klingelton. Recht eigenwillig für einen Hüter von Recht und Ordnung. Keine Ahnung, wie der Song hieß. Aber im dazugehörigen Musikvideo tanzen alle in ganz seltsamen Kostümen herum. Wobei diese Beschreibung wahrscheinlich auf jedes Lied in diesem Musical zutraf.

»Inspektor Rainprecht«, meldete sich der Poidl, nachdem er den Anruf entgegengenommen hatte.

Sobald er mit dem Gespräch fertig war, wollte ich ihn mir schnappen.

»Gibt es eigentlich eine Möglichkeit, herauszufinden, wer sich aktuell in einem Hotel oder in einer Pension in der Gegend eingemietet hat?«, fragte ich Josef, während Poidl immer noch telefonierte. Wobei, in Wirklichkeit hörte der Polizist nur zu, während des gesamten weiteren Gesprächs sagte er kein Wort mehr. Da schien es spannende Neuigkeiten zu geben.

»Sicherlich. Aber wozu willst das denn wissen?«, fragte sie mit strengem Blick.

»Ich bin doch dabei, für den Bruder von der Carlotta ein paar Nachforschungen zu ihrem Tod anzustellen. Da wäre es ganz hilfreich zu wissen, ob sich in den vergangenen Tagen jemand von auswärts hier herumgetrieben hat.«

Das klang ziemlich schlüssig. Und verriet nichts darüber, dass ich eigentlich nur abchecken wollte, ob Vitos Leute sich hier in der Gegend irgendwo einquartiert hatten.

Josef überlegte einige Sekunden und schien abzuwägen, ob ich vertrauenswürdig genug war, um den lokalen Datenschutz auszuhebeln. Zum Glück hatte Rudolf Schumich kurz zuvor meine Nicole'sche Heldentat vom Vortag erwähnt, sodass ihre Prüfung offensichtlich positiv ausgefallen war.

»Ich kenne da jemanden, der ist mir eh noch einen Gefallen schuldig«, sagte Josef und kündigte an, sich diesbezüglich bei mir zu melden. Auf die Frage, ob ich ihr meine Telefonnummer geben sollte, erklärte sie nur kurz und knapp: »Die hab ich doch schon.« Wahrscheinlich besaß der ganze Ort bereits meine Kontaktdaten.

Endlich hatte der Poidl sein Telefonat beendet. Ich stand schon mal auf, um ihn unter einem Vorwand in den Barbereich oder zu einer der unter der Kastanie stehenden Bierbänke zu locken, als er uns wissen ließ, worum es in dem Telefonat gegangen war.

»Der Daniel ist gestern Abend erschossen worden«, sagte er mit glasigen Augen.

Der Kontrast zwischen der Stimmung am Stammtisch und jener im übrigen Spritzenhaus konnte plötzlich nicht größer sein.

Ich setzte mich erst mal wieder hin.

»Seit Sie aufgetaucht sind, sterben hier die Leut wie die Fliegen«, empfing mich eine nicht unbekannte Stimme, als ich aus dem Spritzenhaus kam. Auf dem kleinen Platzerl zwischen dem Spritzenhaus und der Trafik stand Jennie, meine Friedhofsbekanntschaft. Sie kraulte Bella den Nacken, was sich diese natürlich nur zu gerne gefallen ließ.

»Sie hätte ich hier nicht erwartet«, erklärte ich.

»Ich treib mich ja nicht nur auf dem Friedhof herum«, antwortete sie und sah hinüber zu jenem Haus, in dem die kleine Nicole Karner wohnte. Auf ihrer mir zugewandten Gesichtshälfte kam nun wieder das Spinnennetz zum Vorschein. Das achtbeinige Insekt hockte wie gehabt am Hals herum und wartete auf Beute. »Und Sie ja offensichtlich auch nicht«, fuhr sie fort. Heute trug sie eine teuer wirkende Jogginghose, dazu Doc Martens und ein weißes Hemd in Überlänge. Ihre langen schwarzen Haare waren zu zwei Zöpfen geflochten, die ihr im Schulmädchenstyle über die Schultern hingen.

»Nicht täglich, nein«, antwortete ich. »Was haben Sie neulich überhaupt am Friedhof gemacht?«

»Ich kümmere mich um die Gräber von jenen Menschen, um die sich sonst keiner kümmern würde.«

»Einfach so?«

»Einfach so. Oder würden Sie es nicht zu schätzen wissen, wenn jemand auf Ihr Grab schaut, wenn Sie eines Tages unter der Erde liegen?«

So genau hatte ich mir darüber noch keine Gedanken gemacht.

»Und was machen Sie sonst so? Wenn Sie nicht gerade auf dem Friedhof die gute Fee spielen oder hier rumhängen?«

»Sie meinen beruflich?«

»Zum Beispiel.«

»Was wird das? Ein Jobinterview? Für die Stelle als Ihre Assistentin, die Ihnen aus der Bredouille hilft?«

»Die Stelle ist bereits vergeben«, erklärte ich und sah zu Bella.

Jennie lächelte. Erst jetzt erkannte ich, dass sie an einer Kette einen Anhänger um den Hals trug, an dem sie gerade herumspielte. Es sah wie ein von einer silbernen Spirale eingefasster schwarzer Stein aus. Hatte sie den Anhänger schon bei unserem ersten Zusammentreffen auf dem Friedhof getragen?

»Ich arbeite in Wien«, sagte sie.

»Und was genau?«

»Jetzt komme ich mir aber tatsächlich vor wie bei einem Vorstellungsgespräch«, sagte sie und drehte den Anhänger ein bisschen schneller zwischen Zeigefinger und Daumen. »Braucht der neue Oppa vom ›Weinkaiser‹ vielleicht doch eine Assistentin?«

»Wer weiß, vielleicht wird mal eine Stelle frei. Dann wäre es doch gut, jemanden in petto zu haben.«

»In petto«, wiederholte sie. Fast kam es mir vor, als ob sie sich über mich lustig machte. »Das hätte jetzt auch mein Großvater sagen können.« Okay, sie machte sich über mich lustig.

»Sagt ausgerechnet die Person, die Wörter wie ›Bredouille‹ verwendet«, entgegnete ich. Ihr Blick verriet mir, dass mein Konter ganz gut angekommen war. »Das ist ja fast Oppa-Style.«

Nun begann sie zu lachen. Mich auszulachen.

»Schlagen Sie das Wort ›Oppa‹ mal im Oxford Dictionary nach«, sagte sie, als sie sich wieder eingekriegt hatte. »Und was Ihre Frage betrifft, ich gehe in Wien betteln.«

»Wie jetzt? Arbeiten Sie in Wien, oder betteln Sie in Wien?«

»Ist für mich dasselbe.«

Die belesene Jennie schnorrte sich in Wien ihren Lebensunterhalt zusammen. Konnte man glauben oder auch nicht.

»Und das machen Sie am Stephansplatz oder wie?«

»Naa, in Zügen. Ich steig ein und sag den Leuten, gleich nachdem die Türen geschlossen sind, mein freundliches Sprücherl auf. In g'scheitem Deutsch, sehr höflich, klare Aussprache. Sie glauben nicht, wie dankbar die Leute sind, auf hohem

Niveau angebettelt zu werden. Die öffnen alle ihre Geldbörserln. Wirklich alle machen das.«

»Aha«, sagte ich, nicht ohne Anerkennung.

»Und was treibt Sie hierher zum Frühschoppen?«

»Wenn man nicht gerade mit den coolen Weinburschen und Weinmädels rumhängen will, bietet Rust nicht so wahnsinnig viele Alternativen zum Zeitvertreib. Eigentlich war ich auf dem Weg zum See«, sagte sie und deutete mit dem Kopf in Richtung evangelische Kirche und Conradplatz.

»Tut sich beim See denn mehr?«

»Nein, zum Glück nicht.«

»Warum zieht es Sie dann dorthin?«

»Die Germanen glaubten, dass unsere Seelen vor der Geburt und nach unserem Tod in Seen leben. Der See ist für mich ein Kraftort. Vor allem jetzt im Winter, wo nicht so viel los ist. Im Sommer ist's nicht zum Aushalten.«

»Dann wäre die Seele von Carlotta Woods also jetzt im Neusiedler See unterwegs?«

»Und jene vom Daniel Sonnleitner, ja, vielleicht.«

»Neuigkeiten sprechen sich schnell herum«, stellte ich fest.

»Rust ist zwar offiziell eine Stadt. Was jedoch den Flurfunk betrifft, sind wir eher ein Dorf«, sagte Jennie.

Der aufkommende Wind bemühte sich, die letzten goldbraunen Blätter der Kastanie zu Fall zu bringen. Doch diese erwiesen sich als widerstandsfähiger, als der Wind sich das gedacht hatte. Aus der Ferne war das Klappern eines Storchs zu hören. Gegenüber war der Postler mit seinem Auto unterwegs. Anhalten, Post einwerfen, einsteigen, weiterfahren, anhalten, Post einwerfen und immer so weiter. Dabei dröhnte laute Heavy-Metal-Musik aus seinem Autoradio, was zur auffälligen Optik des Postlers zu passen schien.

»Haben Sie Daniel Sonnleitner gekannt?«

»Nicht mehr als die meisten hier. Man ist sich mal über den Weg gelaufen, mehr aber auch nicht. Und Sie? Haben Sie ihn gekannt?«

»Man ist sich mal über den Weg gelaufen, ja«, antwortete ich.

»Und haben Sie ihn auf dem Gewissen?«

Da redete jemand nicht lang um den heißen Brei herum.

»Nein«, antwortete ich. »Sie?«

Sie schüttelte sanft den Kopf, und für einen kurzen Moment machte es den Anschein, dass durch die Bewegung auch die am tätowierten Faden hängende Spinne mitschwingen würde.

»Petra, denkst bitte dran, deiner Mama nachher mit dem Einkauf zu helfen«, rief auf einmal jemand hinter uns.

Ich drehte mich um und erkannte Rudolf Schumich, der mit Josef das Spritzenhaus verließ. Der nachträgliche Wahlkampfauftritt schien vorbei zu sein. Die Nachricht vom Tod Daniel Sonnleitners hatte dem Frühschoppen ein vorzeitiges Ende bereitet.

»Rudolf Schumich ist Ihr Vater?«, fragte ich, nachdem sie den an sie gerichteten Auftrag nickend bestätigt hatte.

»Glaubt er zumindest, ja«, antwortete sie. »Ich muss los«, fuhr sie fort und ging in Richtung See.

Ich stellte mir einen runden Geburtstag des honorigen Eisenstädter Bankdirektors inmitten seiner Geschäftsleute vor, bei dem dann natürlich auch die liebe Familie inklusive seiner K-Pop-Tochter dabei wäre. Keine unamüsante Vorstellung.

So ein Günter ist schon praktisch

Josef, die Ortsvorsteherin, hatte sich nicht lumpen lassen. Um Punkt dreizehn Uhr war ihr Anruf gekommen, dass ich mich in Mörbisch bei einem gewissen Günter Netzer einfinden sollte. Er würde mir Einblicke in das Belegungssystem der örtlichen Hotellerie geben. Interessanterweise handelte es sich bei der Adresse nicht um ein Amtsgebäude oder den Unternehmenssitz eines IT-Dienstleisters, sondern um eine

Privatadresse am Setzweg. Ich entschied, keine Nachfragen zu stellen, und war mir sicher, dass Josef mir unausgesprochen dafür dankte.

Die Zeit nach dem Frühschoppen bis zu meinem nachmittäglichen Ausflug nach Mörbisch hatte ich mit Bella bei einem ausführlichen Spaziergang entlang der Storchenwiese verbracht. Nachdenken war dringend angesagt gewesen. Der Poidl war sofort nach Beendigung des Telefonats und nach der spärlichen Beantwortung der dringlichsten Fragen, die die Runde im Spritzenhaus an ihn gehabt hatte, abgezischt. Mein Angebot, ihn zu begleiten und zu unterstützen, hatte er natürlich abgeschmettert. Aber immerhin hatte er sich dafür bedankt. Wenigstens etwas.

Der Tod Daniel Sonnleitners stellte alles auf den Kopf. Wirklich alles. Waren meine Gedanken am Morgen nach dem Aufstehen noch Wasserrutsche durchs Happyland in Klosterneuburg gefahren, waren sie nun auf einem halsbrecherischen Trip mit dem Götterblitz in doppelter Geschwindigkeit unterwegs. Zumindest stellte ich mir eine Runde mit diesem Fahrgeschäft im St. Margarethener Familypark ungefähr so vor. Auf der Website des Vergnügungsparks kam das Ding ziemlich rasant daher. Für mich und meinen nervösen Magen also ein absolutes No-Go.

Wer könnte ein Interesse daran gehabt haben, Daniel Sonnleitner umzubringen? Mein erster Gedanke ging in Richtung Thomas Forstner, den Bruder der ermordeten Carlotta Woods, der mich mit Nachforschungen zum Tod seiner Schwester beauftragt hatte. Ich hatte ihn regelmäßig über den Stand meiner Ermittlungen auf dem Laufenden gehalten, die neuesten Informationen über meinen Verdacht gegenüber Sonnleitner hatte ich ihm aber noch nicht weitergegeben. Nicht nur, dass mir bisher die Muße für einen Anruf gefehlt hatte, ich wollte erst Poidl zu Schritten gegen Sonnleitner motivieren, bevor ich andere einweihte. Der war zwar nun involviert, aber irgendwie anders, als ich mir das vorgestellt hatte. Thomas Forstner schied für mich also aus. Ein handelsüblicher Wohnungseinbruch, bei dem Daniel Sonnleitner im Weg gestanden hatte, war auch eher auszuschließen. Wer bricht in ein Haus ein, während der Hausbesitzer gerade einen Eindringling in seinem Garten in die Enge treibt? Blieb noch die Möglichkeit, dass Sonnleitner vielleicht durch sein Treiben im Dienste Maximilian Plünders in Dinge verwickelt war, die ihm nun den Garaus gemacht hatten. Und, nicht zu vergessen: Der Mörder oder die Mörderin von Carlotta konnte Sonnleitner genauso auf die Schliche gekommen sein wie ich und mit seinem Tod einen lästigen Zeugen für die Tat aus dem Weg geräumt haben. Falls nicht doch Sonnleitner selbst der Mörder von Carlotta gewesen war. Ich entschied, dass mir das alles ein bisschen zu unübersichtlich war.

In Bezug auf Sonnleitners Tod gab es für mich nicht viel mehr zu tun, als zu warten, was die Ermittlungen der Polizei ergeben würden. Sie würden sich schon bei mir melden, wenn es etwas gäbe, bei dem ich ihnen behilflich sein könnte. Und ich fürchtete, dass dies eher früher als später der Fall sein würde. Denn Krammer würde bei der Frage nach dem Täter wohl oder übel eins und eins zusammenzählen und sich bei mir nach einem Alibi erkundigen. Darauf musste ich vorbereitet sein. Doch jetzt stand erst mal ein Besuch bei Günter auf dem Programm.

Ich war mit meinen Gedanken immer noch bei den Vorfällen rund um Daniel Sonnleitner, als Bella und ich mit dem Fahrrad auf dem Neusiedler-See-Radwanderweg in Richtung Mörbisch unterwegs waren. Linker Hand wäre der See gewesen, der sich aufgrund einer dicken Bodennebelschicht jedoch erneut vor mir versteckte, rechts die Weingärten, die sich lieblich an den Hang schmiegten. Wäre nicht die leichte Steigung sowie der total unangenehme Gegenwind gewesen, man hätte den Ausflug fast genießen können. Bella kuschelte sich so gut es ging in die Holzkiste, die auf dem Lastenradgestell montiert war, während ich überlegte, welcher Körperteil mir wohl als Erstes abfallen würde. Erst kurz vor Mörbisch erleichterte das abfallende Terrain unsere Radtour.

In Mörbisch begrüßten uns ein paar protzige Villen inklusive ihrer voluminösen Gartenanlagen. Danach schlängelten wir uns durch den Ort, bis wir zu einem großen Parkplatz kamen, an dem sich der Radweg teilte. Zum Seerundweg inklusive Fahrradfähre nach Illmitz ging es links, rechts führte die Radroute über ungarisches Gebiet in Richtung Klingenbach. Google Maps befahl mir, beide Optionen zu negieren und an der Trafik vorbei die Hauerstraße geradeaus zu fahren. Zwei Kreuzungen später kamen wir zur Neustiftgasse. Während ihre Wiener Namenscousine im siebenten Bezirk von vier- bis fünfstöckigen Zinshäusern aus der Gründerzeit gesäumt war, duckten sich hier die ortsüblichen einstöckigen Gebäude ins Terrain. An der Fassade des Eckhofes hing ein Büschel Zweige, der sogenannte Buschen. Er signalisierte, dass man sich hier nach einer ausgedehnten Tour mit einem Tropfen Wein belohnen konnte. Ich ließ die Tropfen Tropfen sein und bog mit Bella in die Neustiftgasse, die eine ziemliche Steigung aufwies. Meine Freude über dieses zusätzliche Intervalltraining hielt sich in argen Grenzen, da wäre mir eine Fahrt mit dem durch die Wiener Neustiftgasse brausenden 48A schon wesentlich lieber gewesen. Ich strampelte los. Und dass ich nach gut hundert Metern ziemlich aus dem Tritt geriet, hatte nichts mit der Steigung, Bellas Gebelle oder den anfeuernden Zurufen von zwei Fußgängern zu tun, sondern mit einem gelben Haus auf der rechten Seite, dessen Fassadenfarbe entweder nicht stark genug aufgetragen worden oder im Lauf der Zeit ausgeblichen war. Ich hielt an, stieg vom Sattel. Ich hatte keine Idee, wie ich mir dieses Gebäude hätte vorstellen sollen. Vier Jahre zuvor war ich mit Luise bei einem Konzert der Band Kettcar gewesen. Sie war ein großer Fan der Band gewesen. Die Texte und der Hamburg-Landungsbrücken-Sound öffneten ihr das Tor in die große weite Welt. Und dann schrieb ausgerechnet ihre Lieblingsband einen Song über die Geschehnisse, die sich im Sommer 1989 in ihrer Heimat abspielten. »Sommer '89«. Das Lied war der fünfte Song auf der Playlist des Konzerts in der

Essener Weststadthalle, und Luise bekam eine Gänsehaut, als ganz zu Beginn das Schlagzeug einsetzte. Mit Luise im Arm hatte ich mir den Song und das ganze Konzert angehört. Als mein Leben noch in Ordnung war und ich eine Zukunft vor mir hatte. Eine Zukunft namens Luise. Vier Jahre später stand ich mit einem Lastenfahrrad und einem Hund vor der Pension Peterhof, die Kettcar damals in der Weststadthalle besungen hatte. Es gab sie also wirklich. Doch Luise war fort.

Nach einem Moment der Besinnung nahmen Bella und ich das letzte Teilstück in Angriff, noch ein paar Meter bergaufwärts und dann links in den Setzweg, einem blauen Schild in Richtung »Haus Martin« folgend. Direkt gegenüber von Haus Martin, das mich eher an eine mittelamerikanische Finca als an ein Haus am Neusiedler See erinnerte, befand sich Haus Günter. Das eierschalenfarbene Häuschen konnte nicht mit dem stattlichen Anwesen gegenüber mithalten. Es verfügte über ein einzelnes Fenster in der zweiten Etage. Links und rechts davon schwang das Dach in einem gekonnten Bogen hinunter zum ersten Stock. Als ob Günter bereits direkt hinter der Tür auf mein Kommen gewartet hätte, wurde jene geöffnet, noch bevor Bella und ich angeklopft hatten.

Ein breites Gesicht mit stolzer Nase, das auf einem durchtrainierten Körper thronte, sagte freundlich »Guten Tag« und ließ mich ein. Günters Haare fielen ihm elegant bis hinab zu den Schultern. Er erinnerte mich an eine jüngere Version von Gérard Depardieu.

»Sie sind also auf der Suche nach Gästen, die unsere schöne Gegend in den vergangenen Tagen besucht haben …«

Es war keine Frage, eher eine Feststellung. Und er hielt sich auch nicht groß mit Freundlichkeiten oder dem Anbieten einer Tasse Kaffee oder eines Wassernapfes für Bella auf. Er kam gleich zur Sache. Grundsympathischer Mann, dieser Günter.

»Ja, konkret Personen, die seit dem Freitag der Vorwoche hier sind«, antwortete ich.

»Na, wollen wir mal sehen«, sagte er, nachdem wir uns auf

die Couch gesetzt und er sich seinen Laptop auf den Schoß gelegt und diesen aufgeklappt hatte. Unglaublich, wie schmal diese Dinger mittlerweile sein konnten. Viel mehr als ein paar Millimeter kamen da sicher nicht zusammen.

»Es würde die Suche natürlich sehr erleichtern, wenn Sie einen Namen hätten, nach dem ich Ausschau halten könnte«, sagte er.

Ein Name. Natürlich. Vito und seine Jungs würden sicher nicht unter ihrem echten Namen hier absteigen. »Irgendwas Italienisches vielleicht?«, orakelte ich also.

»Die Wörtchen ›irgendwas‹ und ›vielleicht‹ tragen nicht gerade zu einer fokussierteren Suche bei«, erklärte er, während er seine Finger über die Tasten gleiten ließ.

Da hatte er natürlich recht, der gute Günter. Änderte aber auch nichts daran, dass ich ihm nicht mehr anbieten konnte.

»Also italienische Staatsbürger finde ich hier nicht«, sagte er nach wenigen Klicks. »Wobei wir ohnehin wenige italienische Gäste haben.«

»Die Suche dauerte aber nicht lange«, erklärte ich verwundert. Was Bella als Startschuss für einen baldigen Aufbruch wertete, sorgte bei mir naturgemäß für Ernüchterung.

»Die Region zählt einige hundert Beherbergungsbetriebe, allein in Mörbisch gibt es Dutzende. Vom Campingplatz bis zum Fünf-Sterne-Hotel ist da alles dabei. Aber Sie haben Glück, die beiden Wochen zwischen Martiniloben und der Adventszeit sind nicht gerade die stärkste Zeit für die Hotels«, lieferte Günter sogleich nachvollziehbare Argumente für die schnell beendete Suche.

Ich dachte an die Ruster und ihre Leopoldsnacht, die ihnen dabei half, die ruhigere Zeit vor dem Advent mit Leben zu füllen.

»Haben Sie vielleicht noch andere Anhaltspunkte? Außer *irgendwas* Italienisches *vielleicht*?«

Er brauchte auf diesen Wörtern gar nicht so rumzureiten. Ich hatte nun mal leider nicht viel mehr in der Hand, da musste er gar nicht so deppert herumtun. Aber meine Meinung zählte gerade nicht viel, schließlich wollte *ich* ja etwas von *ihm*. Und nicht umgekehrt. Also machte ich gute Miene zum wenig informativen Spiel und lächelte freundlich.

»Sehen Sie in Ihrer Datenbank auch die Details zur Zimmerbelegung? Also zum Beispiel, wie viele und welche Personen konkret für ein Zimmer gebucht wurden?«

»Natürlich«, erklärte Günter.

»Dann könnten Sie vielleicht nach zwei Männern in einem Doppelzimmer Ausschau halten.«

Vitos Jungs waren immer, wirklich ausnahmslos, zu zweit unterwegs. Doppelte Absicherung lautete Vitos Motto in dieser Hinsicht. Auch um das Risiko minimieren zu können, dass sich einer seiner Leute es doch noch anders überlegte oder Scheiße baute.

»Zwei Männer also, *vielleicht*«, sagte Günter vor sich hin und widmete sich wieder dem Display seines Thinbooks.

»Und die beiden sind sicher in einer Unterkunft mit guter Verkehrsanbindung abgestiegen. Ein Hotel, vielleicht außerhalb des Ortszentrums oder verkehrsgünstig an einer Bundesstraße«, fügte ich hinzu.

»Alle Hotels in unserer Region bieten eine ausgezeichnete Anbindung an das Straßen- und höherrangige Verkehrswegenetz«, stellte Günter tadelnd in bestem Touristikersprech fest.

Ich hätte Günter jetzt gerne damit konfrontiert, dass man in seiner Region als Autofahrer zwar überall hinkäme, mit öffentlichen Verkehrsmitteln aber schnell mal aufgeschmissen wäre. Stattdessen schenkte ich ihm ein »Mhmm« und ließ ihn auf seinen Tasten herumtippen, während Bella stoisch neben mir saß und etwas suchte, mit dem sie sich beschäftigen konnte. Aber da war nichts in dieser recht eintönigen Wohnzimmerlandschaft. Das Aufregendste war ein Poster an der Wand, das Günter zeigte, wie er lässig auf dem Frontscheinwerfer eines italienischen Sportflitzers saß. Ich tippte auf einen Ferrari Dino, heutzutage ein Oldtimer. Aber das war natürlich für

Bella total uninteressant. Nicht einmal die Füße der Couch oder des dazugehörigen Glastisches ließen sich anknabbern, denn diese bestanden aus kaltem und zahngefährdendem Metall.

»Oben bei Donnerskirchen gibt es jemanden, der in Ihr Beuteschema passen könnte«, sagte Günter schließlich nach einer weiteren Minute. Er sah vom Bildschirm auf und drehte seinen Kopf in meine Richtung, was seine flotten Haare dazu brachte, kunstvoll durch die Luft zu schwingen. Hätte man in einer Fernsehwerbung für mehr Haarvolumen nicht besser hinbekommen. »Da gibt es, wenn Sie aus Rust kommen, hinter dem Kreisverkehr und noch vor dem Ortseingang, ein Hotel direkt an der Bundesstraße. Und eines der Doppelzimmer wird von zwei Herren belegt.«

»Sehen Sie, wann die beiden dort eingecheckt haben?«

»Sonntagabend.«

»Und können Sie auch sehen, bis wann die beiden das Zimmer gebucht haben?«

Günter ließ seine Augen über das Display wandern. »Bis Sonntag.«

Insgesamt eine Woche. Konnte sich also auch um Vertreter, Außendienstmitarbeiter oder ein schwules Pärchen halten.

»Sie hatten ursprünglich nur bis Mittwoch gebucht, gestern dann aber bis Sonntag verlängert.«

Also ein schwules Pärchen, das sich so sehr in die Region verliebt hatte, dass es spontan noch ein paar Tage drangehängt hatte. Oder Vertreter, die hier gerade das Geschäft ihres Lebens machten und deshalb noch ein bisschen länger blieben. Oder Außendienstmitarbeiter von Vito Violino, die das Objekt ihrer Begierde noch nicht aufgetrieben hatten.

»Finden Sie in Ihren Unterlagen auch einen Hinweis auf das Auto der beiden Männer? Oft muss man ja sein Kennzeichen angeben, wenn man bei einem Hotel eincheckt. Damit das Hotel weiß, welche Fahrzeuge auf dem hoteleigenen Parkplatz stehen dürfen und welche nicht.«

»Nein, leider«, erklärte Günter.

Na ja, man kann nicht alles haben.

»Wie komme ich zu dem Hotel?«, fragte ich und schob ein kleinlautes »Mit dem Fahrrad« hinterher.

»Der Festivalradweg führt Sie über Oggau direkt nach Donnerskirchen.«

So ein Günter war schon praktisch. Was der alles wusste.

»Sie haben übrigens einen interessanten Namen«, stellte ich schnell noch fest.

»Das höre ich öfter«, antwortete Günter Netzer. »Meine Vorfahren haben sich auf die Reparatur von Fischernetzen spezialisiert. Könnte sein, dass der Nachname daher rührt.«

Ich bedankte mich für die Infos, und Bella und ich sattelten auf. Dass unsere Fahrt dann nicht nach Donnerskirchen führte, sondern in die Landeshauptstadt, dafür konnte Günter nichts.

Da gibt's keine Kommissare

Wie hatte ich diesen wunderschönen Ausblick auf den Eisenstädter Großsupermarkt vermisst! Fünf Tage waren ins Land gegangen, seit ich zum letzten Mal in diesem Output eines feuchten Traums eines uninspirierten Behördeninnenarchitekten gesessen hatte. Fünf Tage und einen Mord später saß ich zum zweiten Mal hier, nachdem Chefinspektor Stefan Krammer mich herzitieren hatte lassen. Während Poidl auf dem Parkplatz neben dem Stadtpolizeikommando Bella bespaßte, saß ich also Krammer gegenüber. Auch an diesem Tag war er wieder wie aus dem Ei gepellt, der Tod seines Kollegen Daniel Sonnleitner hatte seinem Styling nichts anhaben können. Das Haar saß perfekt, der schicke Anzug ebenso.

»Wo waren Sie gestern Abend?« Er stellte seine riesigen Segelohren auf Empfang.

»Zu Hause«, erklärte ich. Und als ich das aussprach, wurde

mir bewusst, dass ich vom Bahnhofsheiserl als meinem Zuhause gesprochen hatte. Dabei war das doch gar nicht mein Zuhause. »Im Bahnhofsheiserl«, fügte ich deshalb noch hinzu. Als Information für Krammer und als Beruhigung für mich. Ich wusste zwar nicht wirklich, wo meine Heimat war. Und mein Zuhause hatte ich erst gefunden, als ich Luise kennengelernt hatte. Nun war Luise schon seit zwei Jahren tot. Wo mein Zuhause momentan lag, wusste ich also nicht genau. Aber nach sechs Tagen konnte man noch nicht von einem neuen Zuhause sprechen, egal, wo man sich gerade befand. Oder etwa doch?

»Dafür gibt es sicher Zeugen?«, hakte der Nachwuchsprofiler nach.

»Selbstverständlich«, erklärte ich. »Fragen Sie Bella, sie hat den ganzen Abend mit mir verbracht. Wir haben erst ein bisserl im Hof gespielt, und dann habe ich für uns gekocht und ihr vorgelesen. Sie mag diese Goofy-Geschichten in den Lustigen Taschenbüchern so gern. Und dann sind wir früh ins Bett.«

»Okay, andersrum: Gibt es echte Zeugen, die das bestätigen können, was Sie mir hier verkaufen wollen?«

Ich überlegte einen Moment, ob ich ihm den hämmernden Specht als Zeugen andrehen konnte, entschied dann aber anders. Ich sollte es nicht übertreiben, schließlich konnte ich es mir nicht leisten, von einem aufgebrachten Stefan Krammer in eine Zelle gesteckt zu werden.

»Ich denke nicht, nein«, antwortete ich dementsprechend wahrheitsgemäß.

»In welchem Zeitraum wollen Sie sich im Bahnhofsheiserl befunden haben?«

Ich überlegte, welche Angaben an dieser Stelle am meisten Sinn machen würden. Nach meinem Besuch bei den Karners war ich alleine mit dem Fahrrad zum Papstkreuz in Trausdorf und von dort direkt zu Sonnleitner gefahren. Beim Kreuz bin ich gegen siebzehn Uhr aufgebrochen, also machte dieser Zeitpunkt am meisten Sinn als Ankerpunkt für mein Alibi.

»Ich war wohl gegen halb sechs daheim und hab das Haus erst heute Morgen verlassen, als mich Daniela Pruckner zum Frühschoppen im Spritzenhaus eingeladen hat.«

Auch wenn das meine Situation nicht wesentlich verbesserte, fand ich es in diesem Moment ganz gut, dass ich ihm die Einladung seiner Ex unter die Nase reiben konnte. Doch Krammer blieb die Coolheit in Person. Entweder war es ihm nach all den Jahren egal, was jene Frau so trieb, mit der er ein echt originales Ruster Novemberbaby gezeugt hatte, oder er konnte seine Emotionen gut überspielen.

»Wo waren Sie, bevor Sie gestern Abend nach Hause gekommen sind?«

»Ich habe mir ein bisschen die Umgebung angeschaut. Ich habe Ihnen ja schon bei unserem ersten Gespräch gesagt, dass ich hier vor allem zur Erholung bin. Und es gibt tatsächlich einige nette Platzerln in der Umgebung von Rust, an denen man es sich gut gehen lassen kann.«

»Ich verstehe unter Erholung etwas anderes, als als Amateurdetektiv einen Mord aufklären zu wollen.«

»So sind die Geschmäcker halt verschieden«, erklärte ich.

»Also, noch mal, wo waren Sie gestern, bevor Sie dann ab angeblich halb sechs Uhr im Bahnhofsheiserl waren?«

»Zuletzt war ich …« Ich legte eine kunstvolle Nachdenkpause ein, in der ich darauf achtete, ob von draußen Hundegeräusche zu hören waren, aber Bella und Poidl verhielten sich gerade still. »Meine letzte Station war dieses große Kreuz auf der Wiese.«

»Geht's ein bisschen genauer? Welches Kreuz? Welche Wiese?«

»So viele Kreuze werden Sie hier in der Umgebung ja wohl nicht auf der Wiese stehen haben?«, entgegnete ich. Vielleicht war das ja eine ganz gute Gelegenheit, von Krammer noch ein paar Ausflugstipps zu bekommen.

»Welches Kreuz? Welche Wiese?« Krammers Finger trommelten auf den Tisch.

Okay, dann halt nicht. Ihm war angesichts des Todes eines Kollegen nicht zu Späßen zumute, und zumindest in diesem Punkt konnte ich ihn gut verstehen.

»Dieses große Kreuz auf der Wiese in Trausdorf. Zwei waagrechte Bretter, zwei senkrechte Bretter, treffen sich im oberen Drittel der senkrechten Bretter und bilden ein Kreuz.«

»Das Papstkreuz also«, kombinierte Krammer.

Ich nickte.

»Sie waren mit dem Fahrrad unterwegs? Auf welchem Weg sind Sie vom Papstkreuz zurück nach Rust geradelt?«

Puuh, jetzt waren meine nicht vorhandenen Ortskenntnisse gefragt. Dass ich auf direktem Wege vom Papstkreuz in die Neusiedler Straße nach Eisenstadt zum Haus vom Daniel Sonnleitner gefahren war, konnte ich schlecht sagen. Also musste ich es irgendwie hinbekommen, glaubwürdig zu vermitteln, dass ich einen anderen Weg genommen hatte. Mir fiel meine Weltreise zur Demo im Steinbruch ein, die kurz nach meiner Ankunft stattgefunden hatte. Auf dem Weg zwischen Rust und St. Margarethen hatte ich alle nur erdenklichen Umwege durch die Weingärten unternommen.

»So gut kenne ich mich hier ja nicht aus, aber da war ein großer Sendemast. Und ein Holzschild, auf dem ›Glück‹ stand.«

»Glück also!«, rief Stefan Krammer aus. »Na, da haben Sie ja einen schönen Umweg hingelegt. Und einen kurzen Schlenker über Eisenstadt haben Sie nicht gemacht?«, hakte er nach.

»Nein, das wäre ja wirklich ein ziemlicher Umweg gewesen«, erwiderte ich und fügte noch ein gespielt verunsichertes »Oder?« hinzu.

»Ist Ihnen irgendwas aufgefallen?«

»Wo? Wann?«

»Beim Papstkreuz? Oder auf Ihrem Weg nach Rust? Sind Sie vielleicht Daniel Sonnleitner begegnet?«

»Wenn Sie so fragen …«, dramatische Pause, »… ja, beim Kreuz, da war was.«

»Und was?«, fragte Krammer. Seine Augen funkelten. Kam

er jetzt endlich weiter mit mir? Mit der Mordermittlung? Mit seiner Karriere? Ich musste und wollte ihn enttäuschen.

»Da waren drei Burschen, die mit Spraydosen herumhantierten«, erklärte ich mit der Stimmlage eines empörten Vaters, der seine Söhne bei einem Bubenstreich ertappt hatte.

»Ach, dann waren *Sie* das?«

»Was war ich?«

»Der anonyme Anruf, wegen dem erst die Streife aus St. Margarethen und später der Kollege Sonnleitner zum Papstkreuz gefahren ist.«

»Nein, angerufen habe ich nicht. Aber da war noch jemand. Ein Mann, der dann irgendwas zum Diskutieren angefangen hat mit den Burschen. Das habe ich noch mitbekommen, kurz bevor ich mich auf den Weg nach Rust gemacht habe.«

»Über Glück.«

»Über Glück, ganz genau«, bestätigte ich.

»Gut, sparen wir uns dieses ganze Drumrumgerede. Ich frage Sie jetzt ganz geradeaus: Haben Sie gestern Abend den Daniel getötet?«

»Nein, natürlich nicht«, erklärte ich. Und überlegte, ob dies die erste wirklich wahrheitsgemäße Antwort meinerseits in diesem Gespräch gewesen war. Ich war mir nicht sicher. »Warum hätte ich das tun sollen?«

»Vielleicht, weil der Kollege Sonnleitner Ihnen auf die Schliche gekommen ist. Dass er herausgefunden hat, dass doch Sie es waren, der die Carlotta Woods auf dem Gewissen hat.«

»Ich bitt Sie, wenn ich die Carlotta umgebracht hätte, hätten doch Sie das schon längst herausgefunden.« Da war er sich jetzt nicht sicher, ob ich ihn verarsche oder nicht. »Außerdem hätte mich Carlotta Woods' Bruder wohl nicht damit beauftragt, Sie bei der Aufklärung des Mordes zu unterstützen, wenn er mich für ihren Mörder gehalten hätte.«

»Menschen können sich irren, Herr Lauda, das wissen Sie genauso gut wie ich. Apropos, haben Sie den Bruder von Carlotta Woods regelmäßig auf dem Laufenden gehalten hinsichtlich Ihrer Ermittlungen?« Ich nickte. »Und, haben Sie einen Verdacht bezüglich des möglichen Täters?«

»Nicht wirklich«, antwortete ich. Alles, was ich über Daniel Sonnleitners Verstrickung zusammengetragen hatte, wusste die Polizei angesichts der Funde in seinem Schupfen im Garten in der Zwischenzeit hoffentlich auch schon. Es gab also keinen Grund, mich stärker in die Geschichte zu verstricken als unbedingt notwendig. Im Nachhinein war es ein Segen gewesen, dass Poidl beim Frühschoppen im Spritzenhaus über den Tod Sonnleitners informiert worden war, bevor ich ihm meine Gedanken dazu anvertrauen konnte.

Mit dem Tod von Daniel Sonnleitner blieb laut Nicole Karners Aufzeichnungen jetzt nur noch eine weitere mir bekannte Person übrig, die ebenfalls in jener Nacht auf der Hauptstraße in Richtung Steinbruch unterwegs gewesen war, in der Carlotta Woods zu Tode gekommen war. Doch diese Information behielt ich erst mal noch für mich. Krammer hatte mich bisher nicht gerade davon überzeugen können, dass er seinen Job kompetent und unvoreingenommen erledigte. Und zudem ging es ja auch darum, von Thomas Forstner für meine erfolgreiche Arbeit bezahlt zu werden. Klärte dagegen wider Erwarten die Polizei den Fall auf, würde ich lediglich den mir zugesagten wöchentlichen Basisbetrag bekommen.

Krammer sah mich noch eine Weile an, ohne ein Wort zu sagen. Er spielte dieses Wer-kann-dem-Blick-länger-standhalten-Spiel. Nachdem er eine Runde gegen mich verloren hatte, sah er wieder zur Decke. Im Anschluss ging es von vorne los. Das Schauspiel dauerte mindestens fünf Minuten, ohne dass einer von uns ein Wort sagte. Es gab verschiedene Vernehmungstechniken, die man während der Ausbildung zum gehobenen Polizeidienst mit auf den Weg bekam. Diese unterschieden sich im Burgenland wahrscheinlich nicht großartig von jenen, die in Wien zum Einsatz kamen. Da gab es die Methode, Sympathie vorzuheucheln, es gab das Good-Cop-Bad-Cop-Spielchen, das Krammer mangels Partner nicht spielen konnte. Und es gab auch Techniken, die vorsahen, die Kommunikation so weit wie möglich runterzufahren, um das Gegenüber in Verlegenheit zu bringen. Halten sich mindestens zwei Menschen in einem Raum auf, wird Stille oftmals als unangenehm empfunden. Oft beginnt dann einer damit, irgendwas zu sagen, einfach, damit es nicht mehr so ruhig ist. Und hin und wieder konnte es tatsächlich vorkommen, dass dann ein Verdächtiger etwas sagte, das er besser für sich behalten hätte. Krammers Problem war allerdings, dass ich diese Methoden in- und auswendig kannte. Ich hatte all das zigmal erlebt, mit Verdächtigen, die wohl den zwei- oder dreifachen Intelligenzquotienten im Vergleich zum Herrn Krammer aufwiesen. Also ließ ich ihn warten. Bis er die Lust verlor und mich entließ.

»Sie verlassen aber nicht die Region, haben wir uns verstanden?«

»Sie wiederholen sich«, antwortete ich und wünschte ihm einen guten Start ins Wochenende.

»Ist doch erst Donnerstag«, antwortete Krammer verdutzt.

»Eben«, sagte ich.

Bringen wa halt irgendeinen Ösi um

Ich ging davon aus, dass der Gründer des Hotels, vor dem ich nun stand, entweder früher selbst bei der Feuerwehr gewesen war oder zumindest ein ausgesprochenes Faible für alles rund ums Thema Feuerwehr hatte. Anders konnte ich mir den wortspieligen Namen des zweistöckigen Gebäudes im Autobahnmotelstil nicht erklären.

Das Hotel Leithawagen war nicht zu verfehlen gewesen. Bella und ich hatten nach unserer Rückkehr nach Rust sowie dortiger Einkehr, den Anweisungen von Günter folgend, den Festivalradweg über Oggau für unsere Fahrt auserkoren. Die

letzten Meter verlief er parallel zur Bundesstraße, beim Lauf-
haus Hasenstall ging es rechts. Wir fuhren durch eine Gegend,
die sich nicht entscheiden konnte, ob sie nun Gewerbegebiet
oder Natur sein wollte, in Richtung See, vollführten an der
Stelle, an der die Natur den Zweikampf finally für sich entschieden hatte, eine Neunzig-Grad-Kurve nach links. Weiter
ging es durch die spätherbstliche Botanik, und nach einer erneuten Abzweigung nach links näherten wir uns schließlich
auf einem asphaltierten Sträßchen, umgeben von Äckern und
Feldern, dem Hotel Leithawagen von der Seeseite aus. Zwecks
Objektaufklärung umkurvten wir den Komplex und betrachteten ihn in all seiner architektonischen Tristesse von vorne. In
großen Buchstaben prangte über dem Eingang in roten Buchstaben das Wörtchen »Hotel«, wobei die einzelnen Linien aller
Buchstaben aus Leitern bestanden. Da hatte sich ein Grafiker
wohl dumm und dämlich verdient mit dieser Weltklasseidee.

Die Höhle, in der sich Vitos Burschen verkrochen haben
konnten, war also gefunden. Wie aber konnte ich nun eruieren,
ob es sich wirklich um eine Abordnung aus dem Kalabrien
Deutschlands, dem Ruhrgebiet, handelte, die sich meinen Skalp
als Ziel auserkoren hatte? Schritt eins war es, herauszufinden,
in welchem Zimmer die beiden untergeschlüpft waren. Dafür
brauchte es die Möglichkeit, sich ungestört – und hoffentlich
von den Kerlen unbemerkt – in der Rezeption umschauen zu
können. Und dafür war eine kleine schauspielerische Einlage
notwendig. Ich blickte zu Bella. Sie sah ebenso unbeteiligt auf
den Boden wie ein Mitarbeiter, der sich beim Jour fixe vor den
Aufträgen des Chefs drücken wollte.

»Kann mir jemand helfen?«, rief ich aufgeregt, nachdem
ich schließlich die Rezeption betreten hatte.

Die Inneneinrichtung nahm sich ein Beispiel an der Gestaltung der Fassade des Hotels und kam reichlich unspektakulär
daher. Lenkte dadurch aber auch nicht ab vom Wesentlichen
und war somit total okay für mich. Und das Wesentliche war
es, den jungen Mann mit der Brille und dem Drei-Tage-Flaum

von seinem Posten zu verscheuchen. Auf dem kleinen goldenen Schildchen auf seinem gelben Gilet stand in schwarzen Buchstaben sein Name eingraviert: »James«.

»Oh mein Gott, was ist passiert?«, rief er elektrisiert. Die Hoffnung auf eine ruhige Schicht hatte ich ihm soeben zunichtegemacht. Jetzt musste er zeigen, was er draufhatte.

»Draußen vor der Tür liegt ein Hund, der winselt und weint so jämmerlich, dass es so wirkt, als ob er jeden Moment speiben könnt.«

»Ach so«, sagte der Portier, und schon war sein ganzer Alarmismus verflogen. »Ich darf hier von meinem Platz nicht weg, aber ich schicke mal die Putzfrau raus.« Hmm. Das lief hier gerade nicht nach Plan. »Haben Sie reserviert?«

»Äh, ja«, stammelte ich vor mich hin. »Ich parke draußen, passt das, eh?«, fragte ich, um ein bisschen Zeit zu gewinnen.

»Natürlich«, erklärte James jovial.

»Gut, ich habe mich gleich gegenüber von dem g'schmeidigen weinroten Maserati gestellt, auf dessen Felgen der arme Hund wohl jeden Augenblick kotzen wird. Brauchen Sie mein …«

Ich wollte ihn ja eigentlich fragen, ob er mein Kennzeichen braucht, aber so weit kam ich erst gar nicht, weil der gute Mann die Beine in die Hand genommen hatte und seinen ach so wichtigen Posten aufgegeben hatte.

Jetzt galt es, die Chance zu nutzen und zu hoffen, dass Bella ihn mit ihrem theatralischen Gewürge und Gejammere möglichst lange in ihren Bann ziehen würde. Glücklicherweise hatte er in der Hektik vergessen, am Rezeptionscomputer die Bildschirmsperre zu aktivieren. Dadurch lag das Reservierungsprogramm wie auf einem Silbertablett für mich bereit. Ein paar Klicks mit der Maus hier, ein bisserl Tastengeklimper dort, und schon wusste ich, dass die Herren Fantasino in Zimmer vier eingecheckt hatten. Der angegebene Name ließ auf wenig Phantasie in der Wahl ihrer Geheimidentität schließen. Aber so waren sie, die Burschen von Vito Violino. Kreativität besaßen sie lediglich, wenn es darum ging, ihre Geschäftsinteressen so brutal wie möglich durchzusetzen sowie sich unliebsame Verfolger vom Hals zu schaffen.

Der Portier schien langsam zurückzukommen, weshalb ich mich eiligst wieder auf die für mich vorgesehene Seite der Rezeption platzierte. Gerade als ich eine meiner unauffälligsten Posen eingenommen hatte, kam er durch die Tür geschneit.

»Alles gut, dem Maserati ist nichts passiert«, erklärte James. Ein echter Tierfreund, dieser junge Mann. »Also, wo waren wir stehen geblieben? Ah ja, auf welchen Namen haben Sie denn reserviert?«

»Last«, erklärte ich im Brustton der Überzeugung.

»Last?«, fragte er mich. »Soll das der Nachname sein?«

»Ja, Last, so wie in ›Last Christmas‹.«

Seine Augen musterten mich irritiert. »Jemanden mit dem Namen Last habe ich hier leider nicht vermerkt«, erklärte James.

»Das ist ja seltsam«, wunderte ich mich. »Dabei habe ich doch vor zwei Tagen extra noch angerufen, um die Reservierung bestätigen zu lassen. Zwei Tage all-inclusive mit Rundumservice.« Während James ein weiteres Mal den Herrn Last verzweifelt in seinem Computersystem suchte, blickte ich mich um. Nicht, dass mich die beiden Fantasinos hier beim Herumkaspern mit James erwischen würden. Ich sollte mich wohl langsam verabschieden. »Oder ist das hier etwa nicht das Hotel Hasenstall?«

James lief in einem Rotton an, der nicht ganz zum gelben Gilet passte, sich aber wohl hervorragend hinterm Steuer des weinroten von Bella verschonten Maseratis gemacht hätte.

»Nein«, stammelte er, »das Etablissement Hasenstall ist einige Meter weiter in Richtung Schützen.«

»Ahhh«, machte ich und griff mir an die Stirn. »Tut mir leid, mein Fehler.« Ohne weitere Fragen gestellt zu bekommen, wurde ich entlassen und verließ die Rezeption durch den Haupteingang in Richtung Bella.

Nachdem ich meine Hündin für ihre oscarreife Darstellung ausgiebig gewürdigt und bewundert hatte, schlenderten wir im Schutz der einsetzenden Dunkelheit auf die Rückseite des Hotels. Ein Mann ging mit seinem Hund Gassi, was gab es Unauffälligeres? Da konnte man sich auch schon mal hierher verirren. Auf dem Parkplatz standen neben dem Maserati lediglich zwei Autos, beide mit Wiener Kennzeichen und weit entfernt davon, taugliche Fortbewegungsmittel eines europäisch agierenden Mafiaclans zu sein. Die Vögel waren also im besten Fall ausgeflogen. Im schlechtesten Fall hatten sie ihre Mercedes-Limousine mit Essener Kennzeichen an einem unauffälligeren Ort geparkt.

Eine Feuertreppe führte an der Außenwand des Hotels hinauf in den ersten Stock. An der Rückseite des Gebäudes befanden sich einstöckige Garagen und Lagerräume, von deren Dächern rankten Rosenstöcke hinauf bis zu den Zimmern der Fenster im zweiten Stock. Offenbar gab es auf dieser Seite des Hotels keine Zimmer im Erdgeschoss. Die Fenster lagen im Dunkeln, was mich in meinem Plan bekräftigte, in einem ganz bestimmten Zimmer Nachschau zu halten.

»Du passt auf«, sagte ich zu Bella. »Wenn du ein Auto hörst, bellst du zweimal laut, okay?« Bella zeigte mir mit keiner Regung, dass sie auch nur ein Wort verstanden hatte. Das war aber total okay für mich, kannte ich von Ralf bei der Essener Sondereinheit auch nicht anders. »Gute Hündin«, sagte ich, drehte mich zur Tür und versuchte mein Glück über die Feuertreppe des Hotels Leithawagen. Drei Sekunden später war ich im Hausflur der ersten Etage. Das Schloss der Glastür am oberen Ende der Feuertreppe war eine Beschämung für jede Kreditkarte dieser Welt.

Im Gang angekommen, fand ich schnell das Zimmer mit der Nummer vier und lauschte an der Tür. Als ich längere Zeit keine Geräusche vernehmen konnte, öffnete ich auch diese Tür mit Hilfe meines professionellen Werkzeugs. Und nun stand ich im Zimmer der Herren Fantasino. Hübsch hatten sie es.

Das Bett sah aus wie Sau, aber falls es sich bei den beiden tatsächlich um Vitos Burschen handelte, war ein übertriebener Drang zur Ordnung oder Häuslichkeit nicht unbedingt zu erwarten gewesen.

Sie hatten sich für ein Zimmer mit Doppelbett entschieden, alles Marke gediegenes Landhaus. »Träume nicht dein Leben, lebe deinen Traum« stand über dem Bett an der Wand gepinselt. Es wäre spannend gewesen, von den Fantasinos zu erfahren, auf welcher Ebene dieser Spruch sie berührt hatte. Überlegten sie vielleicht, ihren Brotjob an den Nagel zu hängen und stattdessen das zu tun, wovon sie schon immer geträumt hatten? Vielleicht Viehzüchter im fernen Kasachstan? Sozialarbeiter in Duisburg-Marxloh? Führer auf der Alpakafarm in Frauenkirchen? Meinen Segen hätten sie jedenfalls gehabt.

Auf dem Boden des Zimmers waren Landkarten und Essensreste verstreut. Die beiden großformatigen Karten zeigten West- und Ostufer des Neusiedler Sees in seiner vollen Pracht. Besonderes Augenmerk hatten die beiden Außendienstmitarbeiter auf Eisenstadt und Umgebung gelegt. Das Stadtgebiet war mit einem fetten roten Edding umkreist worden, auch mehrere Orte in der Umgebung trugen eine solche Einkreisung. Großhöflein zum Beispiel, Mörbisch, Weiden, Illmitz und … Rust. Einige der roten Kreise waren mit einem ebenso fetten roten Kreuz gekennzeichnet. Illmitz und Mörbisch gehörten dazu, Rust nicht. Da hatte wohl jemand auf der Karte vermerkt, welche Ortschaften schon abgehakt werden konnten. Auf dem kleinen Tisch, auf dem auch ein uralter Röhrenfernseher stand, lagen mehrere Fotos verteilt. Und die meisten Bilder zeigten nur eine Person, jeweils aus unterschiedlichster Perspektive: mich und meine auf Fotos nicht sehr vorteilhafte Nase. Es gab einfach keine Schokoladenseite von meinem Profil, daran war noch jeder Fotograf gescheitert. Die Bilder von mir waren allesamt älteren Ursprungs, das war deutlich zu erkennen. So gut hatte ich mich nun wirklich nicht gehalten in den vergangenen Jahren. Die Gebäude dagegen sahen mehr nach österreichischer Prärie anstatt deutscher Großstadt aus. Und die fotografierten Autos trugen großteils österreichische Kennzeichen. Klare Sache also, da suchte jemand nach mir. In Eisenstadt und Umgebung. Und ich ging jede Wette ein, dass es sich dabei nicht um ein homosexuelles Pärchen auf der Suche nach einem Bettgefährten handelte.

Ich war mir nicht sicher, ob es ein Bellen war, das ich kurz darauf gehört hatte. Doch egal ob Bellen oder nicht, es wäre ohnehin viel zu spät gewesen, denn nun folgte das typische Geräusch eines Schlüssels, der zum Zwecke des Aufsperrens einer Zimmertür in ein Schloss geschoben worden war. Die Fantasinos waren retour. Und ich musste dringend weg.

Für ein Doppelzimmer war das Bad sehr eng und spärlich ausgefallen, zwei Personen konnten sich auf der Fläche zwischen Waschbecken und Dusche niemals unfallfrei aneinander vorbeibewegen. Für mich alleine, der am Boden mit einem Ohr an der Tür zum Wohnzimmer kauerte, reichte es gerade noch so. Während ich versuchte, die Unterhaltung der beiden mitzuhören, scannte ich das Badezimmer ab. Über dem kleinen Kästchen, das zwischen Dusche und Waschbecken als Ablage für Föhn und Co diente, befand sich ein in zwei Flügel geteiltes Fenster. Leider war einer der beiden Fensterflügel mit einem Gitter gesichert. In guten Zeiten hätte ich wohl durch das halbe Fenster durchgepasst. Ich blickte an mir hinunter. Ich war nicht wirklich dick, also nicht in dem Sinn, dass ich mir Sorgen um meinen Body-Mass-Index hätte machen müssen. Aber das schmale Fenster war als Fluchtweg eine andere, eine viel engere Hausnummer.

»Ey, Digga, was machen wir, wenn wir den Typ hier nich finden? Wir können doch nich einfach so zurückfahren«, hörte ich den einen Kerl sagen. Diesen abgeranzten Ruhrgebietssprech hatte ich in den vergangenen Tagen seit meiner Ankunft in Österreich nicht gerade vermisst.

»Weiß nich. Ich besorch mir auf jeden Fall gleich mal 'nen Döner, und dann warten wir auf die Nacht.«

»Aber was machen wa, wenn wir den Lauda nich finden, hab ich gefracht?«

»Bringen wa halt irgendeinen Ösi um und sagen, das war der Lauda.« Nun, die Chancen standen gut, dass sie das sogar schaffen würden, nachdem es hier nur so vor Österreichern wimmelte. Aber ich fürchtete, Vito war nicht einfach auf irgendeinen Österreicher aus, sondern auf einen ganz speziellen. »Zwei Tage haben wa ja noch. Und Samstach ist doch diese Feierlichkeit in dem Storchennest.«

Der andere lachte lauthals los. Mir war dagegen irgendwie nicht nach Lachen zumute, denn ich konnte mir schon ausmalen, welches Fest und welches Nest sie meinten.

»Warum sind die in dem Storchennest eigentlich nicht auf einen anderen Namen gekommen? Ich mein, Rust gibt es doch schon mal in Deutschland. Kennt doch auch jeder wegen dem Europapark«, fragte einer der beiden.

Die Stimmen kamen mir nicht bekannt vor, es war also wenig wahrscheinlich, dass wir schon mal miteinander direkt zu tun hatten. Hätte es ein Schlüsselloch gegeben, hätte ich wenigstens einschätzen können, wie die beiden aussahen und ob sie physisch – auf der intellektuellen Ebene war das wohl eher auszuschließen – ernst zu nehmen waren. Doch in dieser Hinsicht herrschte ein Ungleichgewicht. Sie wussten, wie ich ausschaue. Umgekehrt hatte ich jedoch keine Ahnung.

»Weiß nich, was fragste mich, Alter? Sind halt alles Nachmacher, haben keine eigenen Ideen, diese Ösis«, erklärte der andere. »Hätten sich ja auch mal 'ne andere Sprache ausdenken können. Aber nein, mussten se auch uns nachmachen.«

Es folgte erneut Gelächter. Ich wünschte mir ein handliches Set Lautsprecher, um dieses Gespräch auf jeden Marktplatz des Landes übertragen zu können. Dieses arrogante Piefkegehabe wäre ein Fest für jeden Durchschnittsösterreicher gewesen.

»Du bist voll schlau«, sparte Fantasino Nummer eins nicht mit Anerkennung.

Ich hab's ja gesagt, die Stärke von Vitos Leuten lag auf anderen Gebieten.

»Alter, ich muss pissen. Sonst mache ich mir noch inne Buxe«, sagte schließlich der eine.

»Mach dat«, bestärkte ihn der andere.

Ich hörte Schritte näher kommen und blickte mich zur Sicherheit noch mal panisch um. Und in der Tat, die Hotelarchitekten hatten in diesem Minibadezimmer auch noch eine Toilette untergebracht. Die war mir in der Dunkelheit gar nicht aufgefallen. Mir fiel nichts Besseres ein, als in Windeseile und mit möglichst wenig Geräuschoutput den Schließknopf der Tür zu betätigen. Die Umdrehung des Knopfes war vollendet, rund eine Millisekunde, bevor der Kerl den Türgriff nach unten drückte.

»Alter, hassu die Tür abgeschlossen?«

»Nee, hab ich nich.«

Ich räumte so leise wie irgend möglich den Föhn und die anderen Dinge vom kleinen Kasten und öffnete die darüber befindliche unvergitterte Fensterhälfte. Irgendwo dort unten musste Bella Wache halten. Oder ein Nickerchen machen, je nachdem. Wären die beiden Kerle im Wohnzimmer Raketenforscher gewesen, sie hätten einfach jenen Schlitzmechanismus genutzt, mit dem sich alle Badezimmertüren auch von außen entriegeln lassen. Dafür reichen in der Regel ein simpler Schraubenzieher, eine Münze oder ein x-beliebiger Schlüssel. Um die Spannung an dieser Stelle nicht unnötig aufrechtzuhalten, sei gesagt, dass es sich bei den beiden Einfaltspinseln nicht um Raketenforscher handelte. Denn alles, was dem Fantasino mit der Blasenproblematik einfiel, war, wie wild auf der Türklinke herumzudrücken. Als ich gerade das erste Bein durch das Fenster hinaus ins Freie gestreckt hatte, setzte er schon mit Nachdruck seinen Körper ein, um die bemitleidenswerte Tür öffnen zu können. Es folgte mein zweites Bein, und schließlich schaffte ich es irgendwie, auch noch meinen Oberkörper inklusive des kleinen, mühsam antrainierten Bierbaucherls hindurchzuzwängen. Nun stützte ich mich mit Oberarmen und Schulter auf dem Fenstersims ab, die Beine hingen in der Luft.

Bella bellte. Ich wusste nicht, wo sie saß, aber ich hörte sie. Toll. Eine wirklich gute Hündin. Ob vor Freude, meinen in der Luft baumelnden Hintern zu sehen, oder als Warnung, dass die beiden Fantasinos gleich die Stiege raufkommen würden, ich wusste es nicht. Man hätte wohl einen dieser Hundeflüsterer aus dem Fernsehen befragen müssen.

Ich glaubte, mit meinen Schuhen das Rosengitter spüren zu können, das ich zuvor bei der Objektaufklärung an der Fassade entdeckt hatte. Blöderweise hatte ich mal wieder nicht die Details beachtet. In diesem konkreten Fall, ob tatsächlich stachelige Rosengewächse an dem Gitter herumrankten oder ob es sich um totes Geäst handelte. Mangels Wahlmöglichkeit entschied ich mich trotzdem für den Abstieg über die Rosengitterroute, und gerade als ich meinen Kopf durch das Fenster gezogen hatte, hörte ich ein lautes Krachen. Die Badezimmertür schien es hinter sich gebracht zu haben und nun im ewigen Frieden zu ruhen, während der Mafioso irgendwelche unverständlichen Laute von sich gab.

Ich weiß nicht, ob die Rosengitterroute jemals zuvor von einem Bergsteiger so schnell absolviert worden war. Ich hatte jedenfalls das Gefühl, diese in einer rekordverdächtigen Zeit geschafft zu haben. Unten wurde ich von Bellas Murmelaugen in Empfang genommen. Dann machten wir uns aus dem Staub.

Rund zwölf Kilometer beträgt die Distanz zwischen Donnerskirchen und Rust. Fünfunddreißig Minuten dauert die Fahrt auf dem direkten Wege mit dem Rad, laut Google Maps, normalerweise. Mit Bella in der Kiste des Lastenrades und dank Rosendornen und blutigen Händen brauchten Bella und ich an diesem Abend wesentlich länger.

28. Oktober 1989

Ich bin schwanger. Wenn es von Hermann ist, ist es ein Ge-
schenk des Himmels. Wenn es von ihm ist, ist es ein Kind des
Teufels. Ich habe ihn vorgestern am Fußballplatz g'troffen.
Babsi hat mich überredet mitzukommen, die Uns'rigen haben
gegen St. Georgen g'spielt. Gerade als der Balogh Thomas das
Siegtor g'schossen hat, bin ich ihm und einem seiner Freunde in
die Arme g'laufen. Hat so 'tan, als ob nichts wäre. Bussi links,
Bussi rechts. Mir ist fast das Speib'n gekommen. Die Babsi hat
gleich g'merkt, dass was net passt. Aber ich hab ihr dann g'sagt,
dass mir nicht wohl war.

Freitag

Schau mir in die Augen, Kleines

Bella ahnte, wohin wir unterwegs waren. Vielleicht hatten Hunde und Kristallschädel eine besondere Verbindung zueinander. Jedenfalls dackelte sie ein Stück weit nervöser und aufmerksamer als sonst neben mir her, als wir über den Friedhof marschierten. Ich warf einen kurzen Blick in das Grab der Familie Forstner und stellte zufrieden fest, dass der Stabanker nach wie vor an Ort und Stelle zu sein schien. Wenn man ganz genau in die Grube sah, konnte man die Umrisse unter der dünnen Erdschicht erkennen. Ich schob zur Sicherheit und so unauffällig wie möglich mit meinem Schuh einiges an Erdmaterial nach unten. Und dann gingen wir weiter.

Einige Möwen zogen über uns ihre Runden, und in der Ferne war das Klappern eines Storches zu hören, der zu faul für den Flug in südlichere Gefilde gewesen war. Mit Luise war ich oft an den Ruhrauen oder am Baldeneysee spazieren gewesen. Dort hatten wir uns auch kennengelernt, als sie mich in Werden, kurz hinter dem Stauwehr, mit ihren Inlineskates über den Haufen gefahren hatte. Sie hatte versucht, es mit einer Essenseinladung in der Casa Pedro wiedergutzumachen. Doch nicht die Pechuga de pollo war es gewesen, die mich mit dem unfreiwilligen Zusammenstoß versöhnt hatte, sondern Luises herzerwärmendes Lächeln und ihre unkomplizierte und vor allem lustige Art.

Ich mochte also die Natur. Das war nicht immer so. Als kleiner Bub in Wien hatte es mir vollkommen gereicht, auf dem betonierten Karmeliterplatz meinen Fußball gegen die Wand der Kirche zu dreschen, was den zuständigen Pfarrer stets dazu verleitet hatte, nicht sehr fromme Redewendungen in meine Richtung zu schleudern, die jenen eines Teufelsaustreibers glichen. Meine Eltern hatten sich nicht gerade darum bemüht, mir die schönen Seiten des Wienerwaldes oder des Praters zu zeigen. Doch Luise hatte mir die Vorzüge der Natur nähergebracht, und davon hatte es selbst im Ruhrgebiet nicht wenige gegeben. Abschalten, den ganzen Dreck für einen kurzen Augenblick vergessen, der einem im Arbeitsalltag bei der Essener Sondereinheit begegnete. Hand in Hand mit Luise. Natur gab es hier am Neusiedler See auch in Hülle und Fülle. Aber keine Luise.

Als wir kurze Zeit später bei Alfred Dachs' Eigenheim ankamen und ich Bella im Innenhof spielen schickte, waren keine Kristallschädel mehr zu sehen. Meine vierpfotige Begleiterin war gleich viel entspannter.

»Ich komme nicht so recht weiter«, sagte ich zu Alfred.

»Das hab ich mir schon gedacht.«

Warum wunderte mich das nicht?

Die Kristallschädel, die auf dem Couchtisch, in Regalen und überall sonst verteilt standen, waren in einer anderen Reihenfolge aufgestellt worden als bei meinem letzten Besuch. Ich hatte keine Chance zu sagen, welcher Schädel sich wie verändert hatte. Ob der Einhornschädel mit dem gelben Schädel den Platz gewechselt hatte oder ob nicht dieses riesige transparente Ding mit den Metallzähnen bei meinem letzten Besuch dort gestanden hatte, wo an diesem Tag jenes braune Ungetüm platziert worden war, in dessen Großhirnbereich violette Kristalle funkelten. Aber sie standen anders, da war ich mir sicher. Was sie nicht weniger angsteinflößend machte.

»Diese Trauer, die du mit dir herumträgst. Die musst du rauslassen.«

»Ähm, das meinte ich eigentlich nicht. Es geht um den Mord an deiner …«

»Ich weiß schon, warum du gekommen bist. Aber wenn du die Trauer über den Verlust von der Luise nicht rauslässt, kannst du dich nicht auf andere Ziele fokussieren. Die Trauer will sehen, dass du sie ernst nimmst. Nur dann kann sie sich lösen. Du musst sie akzeptieren, denn sie hat ihre Berechtigung, sie ist ein Teil von dir.«

Woher wusste der Kerl, dass Luise nicht mehr am Leben war? Oder dachte er, dass wir uns getrennt hatten?

»Ich habe meine, ähm, Trauer schon ganz gut im Griff«, antwortete ich.

Alfred lächelte milde.

»Es geht darum, deine Emotionen zu spüren, sie zu akzeptieren und ihnen Raum zu geben. Und dann aber auch den richtigen Moment zu spüren, wann es Zeit ist, einen Schritt weiterzugehen. Und dein Leben wieder selbstbestimmt anzugehen. Nicht mehr davonzurennen.«

Jetzt lächelte *ich* milde. Ob Vito oder seine Burschen sich davon beeindrucken ließen, wenn ich ihnen erklären würde, dass sie mit meiner Ermordung noch ein bisschen warten sollten, bis ich meiner Trauer über Luise ausreichend Raum gegeben hatte?

»Alfred, jetzt ist schon ein bisserl Zeit vergangen. Ist dir irgendwas in den Sinn gekommen, das bei der Aufklärung der Tat helfen könnte?« Ich wechselte das Thema, auch, damit die Kristallschädel nicht mitbekamen, dass ich Alfreds Geschwafel nicht für ganz voll nahm. »Irgendeine kleine Nebensächlichkeit, die so nebensächlich ist, dass du es nicht für nötig befunden hast, davon der Polizei zu erzählen? Eine Erinnerung an etwas, das sie mal nebenbei erwähnt hatte. Irgendwas?«

»Du machst es schon wieder«, sagte Alfred.

»Was mache ich schon wieder?«

»Du flüchtest vor deinen eigenen Emotionen. In die Suche nach dem Mörder von Carlotta.«

Jetzt reichte es dann aber bald mal. Ich war hier nicht zur Therapiesitzung geladen, sondern ich sollte, beauftragt von Thomas Forstner, den Mörder von dessen Schwester finden.

»Und du flüchtest vor deinen eigenen Emotionen«, entgegnete ich. »Und willst lieber im Kopf von anderen Leuten herumdoktern, anstatt den Mörder deiner Frau zu finden.«

Er sah mich etwas konsterniert an. Mit seinen eigenen Waffen geschlagen zu werden, schien ihm nicht sehr häufig zu passieren.

»Hast ja recht«, sagte er. »Aber nimm dir vielleicht trotzdem ein bisserl zu Herzen, was ich dir zu deiner Trauer über den Verlust von der Luise gesagt habe.«

»Mach ich, versprochen«, log ich ihn an und hoffte, dass auch das an den Kristallschädeln vorbeiging.

»Zu deiner Frage … nein, mir ist da nichts eingefallen. Aber vielleicht magst du dir ihre Stadtwohnung in Eisenstadt anschauen? Vielleicht fällt dir dort ja etwas auf? Die Wahrscheinlichkeit ist nach dem Einbruch und der Durchsuchung durch die Polizei sicherlich gering, ich weiß, aber wer weiß, wozu es gut ist?«

»Ja, kann ich machen.« Besser als rumsitzen und in die Luft schauen war es allemal. Vielleicht fiel mir dort ja tatsächlich etwas auf, das bisher unentdeckt geblieben war.

»Hatte Carlotta denn all ihre Unterlagen und Dokumente in der Stadtwohnung?«, fragte ich.

Alfred nahm einen Schluck Tee aus seiner grünen Kristallschädeltasse. »Großteils waren ihre Sachen dort, ja«, antwortete er.

»›Großteils‹ bedeutet aber, dass nicht alles dort war?«

»Nein, ein bisserl was hat sie auch hier im Haus, unten im Keller, g'habt. Da hat sie sich ein kleines Büro eingerichtet, das sie aber praktisch nie benutzt hat. Da stehen nur ein leerer Schreibtisch, ein Bürosessel und Kisten mit Kram.«

»Hat sich der Krammer die Sachen angesehen?«

»Nein«, antwortete Alfred. »Die Polizei hat sich auf die Stadtwohnung konzentriert.«

Aha.

»Dürfte ich mir das anschauen?«, fragte ich.

Alfred wechselte einen Blick mit Gobo, seinem Lebensschädel. Dieser willigte offensichtlich ein.

»Kannst du, natürlich.«

Wir wechselten die Etage und fanden uns kurz danach im Keller des Hauses wieder. Hier unten war es ein ordentliches Stück kühler als oben im gemütlich beheizten Wohnzimmer. Es roch leicht muffig, so als wenn irgendwo Schimmel wäre. In dem Raum standen, wie zuvor von Alfred Dachs beschrieben, ein Schreibtisch, ein Sessel und zwei Umzugskisten. Der Schreibtisch sah tatsächlich so aus, als ob er in diesem Jahrtausend noch nicht zum Arbeiten benutzt worden wäre. Ein ziemlich großer Kristallschädel war darauf als Dekoelement platziert worden.

»Das ist Mokey, Carlottas Lebensschädel«, erklärte Alfred, als er meinen Blick registriert hatte.

Carlotta Woods' Lebensschädel schien keinen sehr prominenten Platz in ihrem Leben eingenommen zu haben, wenn sie ihn hier im Keller vermodern ließ. Ich machte mich daran, den Inhalt der beiden braunen Kartons in Augenschein zu nehmen. In der oberen Kiste befand sich ein Haufen mit Aktenordnern und Dokumentenmappen. Alles Material aus ihrer Zeit als Journalistin in Wien, so schien es zumindest beim ersten oberflächlichen Durchsehen. Anschließend widmete ich mich der unteren Kiste. Semesterarbeiten, Vorlesungsverzeichnisse und Skripten, alles gut zehn Jahre alt. Das war dann wohl ihr persönliches Archiv aus der Zeit ihres Studiums.

»Kein Erfolg?«, fragte Alfred, als ich auch diese Kiste wieder geschlossen hatte.

»Kein Erfolg«, sagte ich. Wäre aber auch zu schön gewesen, wenn sich hier ein Hinweis auf den Täter gefunden hätte. Hier, in einem Kellerraum, den sie nicht sehr häufig benutzt zu haben schien.

Ich setzte mich auf den Bürosessel und sah zu ihm.

»Irgendeine andere Möglichkeit? Bankschließfach? Geheimer Safe?«

Er schüttelte den Kopf.

»Es würde uns viel helfen, wenn wir Mokey befragen könnten«, erklärte er allen Ernstes. »Aber es ist *ihr* Lebensschädel.

Zu diesem kann nur sie eine Verbindung herstellen. Sie oder niemand.«

»Mhmm.«

Mokeys Kristallschädelfratze machte einen freundlichen Eindruck. Er grinste mich an. Vielleicht wusste er ja tatsächlich etwas und lachte Alfred Dachs und mich gerade aus, weil er uns etwas voraushatte. Es war ein ziemlich voluminöses Teil, in dieser typisch violetten Farbe, wie sie auch viele Amethysten aufweisen.

»Darf man ihn anfassen, auch wenn er einem nicht gehört?«, fragte ich Alfred.

»Selbstverständlich.«

Ich nahm ihn in die Hand. Ganz schön schwer, das Teil. Bei der Größe aber auch kein Wunder. Von oben bis unten maß der Schädel sicherlich mindestens zwanzig Zentimeter. Statt einer Nase wies er eine vertikale ovale Einkerbung auf. Die beiden Kiefer waren leicht geöffnet, sodass man ins Innere schauen konnte. Die weißen Zähne waren in großer Detailverliebt-heit ausgearbeitet worden. Eigentlich ein perfektes Versteck. Ich ließ Ring- und Zeigefinger hineingleiten, doch wäre es zu schön gewesen, wenn sich da jetzt etwas gefunden hätte.

»Schau mir in die Augen, Kleines«, sagte ich zu Mokey, als ich seine obere Schädelpartie unter die Lupe nahm. Und ähnlich wie Humphrey Bogart in »Casablanca« erfüllte mich, kurz nach-dem ich diesen Satz ausgesprochen hatte, ein wohliges Gefühl. Ich bekam zwar keinen reizenden Augenaufschlag von Ingrid Bergman zu sehen, aber in der linken Augenhöhle entdeckte ich etwas für mich in diesem Moment sehr viel Wertvolleres.

»Was ist das denn?«, fragte Alfred, als ich das kleine recht-eckige Ding mit meinen Fingern herausgepult hatte.

Ich hielt es zwischen Daumen und Zeigefinger und be-trachtete es ein bisschen näher.

»Sieht aus wie ein USB-Stick«, erklärte ich.

Und es sah nicht nur so aus. Es war auch einer.

22. Dezember 1989

Irgendwo in Asien ist ein Passagierflugzeug abgestürzt. In den Nachrichten heißt es, dass es ein Anschlag war. Mama ist verzweifelt. »Wie soll denn alles werden?«, fragt sie die ganze Zeit. Ein alleinstehendes Madl mit einem Kind. Aber woher soll ich denn wissen, was werden soll? Wenigstens hat sie g'sagt, dass sie mir hilft damit. Aber wie soll denn wirklich alles werden? Ohne Geld? Ohne Beruf? Ohne Mann? Dabei kann das arme Zwutschkerl in meinem Bauch gar nix dafür. Man sieht schon richtig was. Beim Konsum an der Kassa haben mich die Leut gestern ganz mitleidig ang'schaut, wie sie mich mit meinem Baucherl g'sehn haben. Ich vermiss den Hermann so!
Ich wünschte, ich wäre an Bord des Flugzeugs gewesen.

Samstag

Sie waren so schweigsam

Wo war die Taxiprucknerin, wenn man sie mal brauchte? Mit ihrer Familienkutsche unterwegs, um eine Pensionistin vom Pflegeheim zu irgendeiner Therapie zu fahren, dort dann die Zeit zu vertrödeln, bis das alte Muttchen fertig war, um sie dann wieder im schräg gegenüber vom Friedhof – man mag sich ob dieser geografischen Positionierung seinen Teil denken – gelegenen Pflegezentrum abzuladen.

»In der Zwischenzeit kannst du mich doch schnell nach Parndorf bringen«, hatte ich ihr am Telefon gesagt.

»Nein, kann ich nicht. Die Dame verlässt sich darauf, dass ich vor Ort bin, wenn sie fertig ist.«

»Bist du doch. Nach Parndorf sind es nur fünfzehn Minuten, das geht sich locker aus.« Das war gelogen, und wir beide wussten das. Aber irgendwie musste ich nun mal nach Parndorf kommen.

»Und was ist, wenn wir zwischendurch aufgehalten werden? Oder es passiert irgendwas?«

»Was soll denn passieren?«, hatte ich gefragt.

»Du könntest zum Beispiel wieder auf die Idee kommen, mich unbedingt küssen zu wollen.«

Dagegen hatte ich kein Argument parat gehabt. Also hatte sie mir die Nummer ihres Kollegen Herbert gegeben, der mich genauso zuverlässig nach Parndorf würde bringen können. Wäre ich an diesem Freitagvormittag nicht so im Stress gewesen, wäre ich ja ohnehin lieber gemütlich mit dem Fahrrad und Bella gen Nordosten gegondelt.

»Was hast du denn schon groß für einen Stress?«, hatte die Taxiprucknerin am Telefon gemeint und laut gelacht.

»Hätte ich dir erzählt, wenn du mich nach Parndorf gefahren hättest«, erklärte ich so trotzig, wie ein Kindergartenkind es nicht besser hinbekommen hätte, und legte auf.

Pünktlich um zehn Uhr stand Herbert in seinem olivgrünen Geländewagen, Marke Forsthaus Falkenau, vorm Bahnhofsheiserl. Hätte es nicht wenigstens einer dieser Super-Pick-ups sein können, ein RAM oder ein Modell der Ford-F-Reihe, die ich hier die ganze Zeit durch die Gegend fahren gesehen hatte? Er hupte, ich vertröstete Bella und stieg ein. Wir brausten los.

»Ich bin der Limbeck Herbert. Wo geht's denn hin?«

Der Limbeck Herbert war einige Semester älter als die Taxiprucknerin. Im Gegensatz zu ihr versuchte er nicht mal den Anschein zu erwecken, als ob er ein echter Taxifahrer wäre, denn es fehlte das entsprechende Schild auf dem Dach. Und auch sonst wies nichts in seinem Auto darauf hin, dass es sich um ein Taxi handelte. Kein Taxameter, kein vergilbtes altes Porträtfoto, das neben einem längst abgelaufenen Taxiausweis hing. Gar nichts. Ich überlegte, ob es sich bei dem Herrn mit den grau melierten Haaren und dem Ring im rechten Ohr tatsächlich um Herbert handelte oder ob das einer der beiden Fantasinos sein konnte. Vielleicht hatten sie mein Handy angezapft und nur auf eine gute Gelegenheit gewartet, mich zu entführen.

»Nach Parndorf, zum Hochhaus«, antwortete ich.

Der Mann, den ich für Herbert hielt, fuhr los. Und soweit ich das beurteilen konnte, stimmte die Richtung. Also hätte ich allen Grund gehabt, mich zu entspannen. Wenn da nur nicht dieses rosenkranzartige Ketterl in seiner linken Hand gewesen wäre, das ihn davon abzuhalten schien, beide Hände am Lenkrad anzulegen. Stattdessen ließ er das Ding zwischen seinen Fingern hin- und herkreisen, als ob er für die österreichischen Staatsmeisterschaften im Rosenkranzkreisen trainieren würde.

»Wollen Sie sich nicht lieber auf die Straße und auf das Fahren konzentrieren?«, fragte ich.

»Ich kenn die Strecke in- und auswendig, machen Sie sich keine Sorgen«, antwortete Herbert. Na dann. »Sie haben

Glück, dass ich heut überhaupt Zeit hab für Sie.« Das musste sich erst noch herausstellen, ob man da wirklich von Glück sprechen konnte. »Der Storchenverein hat heuer eine neue Station bekommen, und da gab es einiges zum Ausbessern, weil der Sturm heut Nacht so heftig war.« Ich hatte gar nicht mitbekommen, dass ein Sturm über Rust gezogen war. Wenn er doch nur endlich beide Hände ans Lenkrad angelegt hätte.

»Sie engagieren sich also im Storchenverein?«, heuchelte ich Interesse. Konnte ja nicht schaden.

»Sind die Störche da, geht es Rust gut. Den Weinreben, dem See, den Pflanzen und den Rustern. So einfach ist das.«

So ähnlich hatte ich das doch auch schon von Alfred Dachs gehört.

»Aber kommt es häufig vor, dass die Störche im Winter hier bleiben? Ich dachte, die fliegen im August nach Afrika.«

»Die schwächeren und verletzten Störche bleiben da, ja«, antwortete Herbert. »Es werden ja immer wieder Störche von Autos angefahren. Es hat zwar in Rust seit sieben Jahren keinen Verkehrstoten mehr gegeben, aber unsere Störche werden leider regelmäßig z'sammg'führt. Denen stellt auch niemand ein weißes Gedenkkreuz auf, wie es der ARBÖ jedes Jahr für die burgenländischen Verkehrstoten in einem Eisenstädter Kreisverkehr macht. Die sterben einfach, und den meisten ist das wurscht. Da hilft uns ein bisserl der Klimawandel. Früher wäre ein Überwintern in Rust aufgrund der tiefen Temperaturen undenkbar gewesen. Und dann gibt es vier Störche, die von Haus aus dableiben. Die sind hier zu spät im Sommer auf die Welt gekommen. Der Zug nach Afrika kam zu früh für sie. Also sind sie geblieben. Die waren nie in Afrika übern Winter. Denen fehlt der Reisetrieb.«

»Und der Storchenverein kümmert sich um sie?«

»Jawohl«, sagte Herbert, nicht ohne Stolz in der Stimme. »Wir legen Futter auf der Storchenwiese aus und schauen ein bisserl auf sie.«

Wir waren gerade mal auf Höhe der Tankstelle in der

Oggauerstraße, und schon kannte ich mich bestens über das Storchenwesen in Rust aus. Und damit war mein Wissenshunger auch gestillt. Doch leider hatte sich Herbert gerade erst warmgeredet.

»Wissen Sie, dass Parndorf bei den Krowodn Pandrof heißt? Wissen die wenigsten, interessiert sich ja keiner mehr für Allgemeinwissen und für die Geschichte und Tradition unseres Bundeslandes«, sagte er, kurz nachdem wir das kleine Stadterweiterungsgebiet von Rust hinter uns gelassen hatten. Dreimal das Wort »Wissen« innerhalb von zwei Sätzen. Christian Braunschmidt und alle anderen Zeitungsredakteure dieser Welt hätten ihre Freude mit derlei Wortwiederholungen gehabt.

Ich machte »Mhmm«.

»Haben S' g'wusst, dass die Wehrmacht im Zweiten Weltkrieg einen gar net kleinen Schieß- und Bombenabwurfplatz in Oggau g'habt hat?«, fragte er, als nach ein paar Minuten Fahrtzeit eine stattliche weiße Kirche sowie das Ortsschild von Oggau in Sichtweite kamen. »Unten, beim alten Tumpersee. Noch vor ein paar Jahren hat ein Bauer Granaten aus der Zeit auf seinem Feld gefunden. Nicht ungefährlich, sag ich Ihnen!«

Ich hatte keinen Schimmer, wo hier irgendjemand Bomben abgeworfen oder Granaten gefunden hatte. Meine einzige Sorge war, dass mich eine Bombe der Fantasinos treffen könnte.

»Mhmm«, machte ich wieder, während Herbert in aller Seelenruhe hinter einem Segelboot hertuckerte, das auf einem Anhänger vor uns wohl gerade in sein Winterquartier chauffiert wurde.

»Da oben ist das Himmelreich«, erzählte er kurz darauf, als wir hinter Donnerskirchen in the middle of nowhere waren. Rechts Felder und kein See, links die Hänge des Leithagebirges. Herbert zeigte nach links. In meinem Dafürhalten war das Himmelreich überall über uns. Aber wenn Herbert meinte, es dort drüben an den Hängen entdeckt zu haben, war es nicht an mir, das in Frage zu stellen. »Das Donnerskirchner Weinquartett lädt dort jeden August zum Weinpicknick, da kommen schon mal fünfzehntausend Euro für ›Licht ins Dunkel‹ zusammen. Klasse Sache ist das, sag ich Ihnen.«

»Mhmm.« Was mir der Limbeck Herbert so alles zu sagen hatte, ein Wahnsinn.

»Was der Bayer, der Sommer und der Liegenfeld da regelmäßig auf die Beine stellen, das ist schon aller Ehren wert. Und einen Wein machen die alle miteinand, herrlich. Zum Beispiel der Grüne Veltliner vom Liegenfeld, herrlich süffig, zum Niederknien! Und eine Photovoltaikanlage haben s' jetzt auch, sind wir gerade dran vorbeigekommen. Die erste Photovoltaikanlage in einem Weingarten in ganz Österreich, das müssen Sie sich mal vorstellen. Pioniere sind das!«

Sollte ich ihm offenbaren, dass er mit seinem Weinlatein bei mir an der falschen Stelle war? Wir ließen die weiteren Orte auf derselben Strecke, auf der die Taxiprucknerin und ich am Montag Daniel Sonnleitner hinterhergefahren waren, hinter uns. Herbert schien sich nun ein bisschen mehr aufs Fahren zu konzentrieren. Das war mir nicht unrecht. Es wäre mir auch nicht unrecht gewesen, wenn Herbert endlich mal aufgehört hätte, mit seinem kleinen Perlenketterl zu spielen. Das Fahrzeug steuerte er nach wie vor lediglich mit der rechten Hand, während er um die Finger der linken Hand das schwarz-weiß-grüne Ketterl kreisen ließ. Beides machte er nicht unelegant, ein gewisses Talent konnte man ihm da echt nicht absprechen. Und trotzdem wäre es mir lieber gewesen, wenn er sich aufs Autofahren konzentriert hätte. Ich sehnte mich nach jener Routine, die die Taxiprucknerin an den Tag gelegt hatte, als wir vor ein paar Tagen Daniel Sonnleitner auf dieser Strecke gefolgt waren.

Wir hatten die Orte am westlichen Ufer des Neusiedler Sees passiert und fuhren auf die Brücke zu, die uns sicher über die Ostautobahn bringen würde. Ich hatte immer wieder mal in den Rückspiegel geschaut, aber es war uns keine in die Jahre gekommene Mercedes-Limousine mit deutschem Kennzeichen gefolgt. Die Firmenzentrale von Maximilian Plünder schraubte sich am Horizont bereits in die Höhe. Da machte der Limbeck Herbert plötzlich »Uups«.

Er wandte sich während der Fahrt vom Geschehen auf der Straße ab und dem Fußbodenbereich des Autos zu. Er schien irgendwas zu suchen.

»Ich bin's gleich«, versuchte er, mich zu beruhigen, »mir ist nur meine Autokette runtergefallen.«

Na, wenn es mehr nicht war als das. Sollte er doch während der Fahrt auf dem Boden rumkramen, irgendein Lkw auf der Gegenfahrbahn würde uns schon beim Anhalten behilflich sein. Hatte der Limbeck Herbert eigentlich noch alle Tassen im Schrank?

»Schauen Sie gefälligst auf die Straße!«, schrie ich ihn an, während wir über die Brücke fuhren. Die Autos, die unter uns in Richtung Budapest oder Wien rasten, wussten noch nichts von ihrem Glück, dass ihnen jederzeit ein Forsthaus-Falkenau-Jeep aufs Dach fallen konnte.

»Haben Sie sich doch nicht so, entspannen Sie sich. Das passiert mir ja nicht zum ersten Mal«, erklärte er in einer beruhigenden Tonlage, die wohl auch Psychologen anwendeten, wenn ihr Klient mal wieder einen Auszucker hatte.

»Vorsicht!«, schrie ich erneut, als unser Gefährt einen leichten Linksdrall entwickelte und tatsächlich schnurstracks auf den fröhlich vor sich hin fahrenden Gegenverkehr draufhielt.

»Was ist los?«, rief Herbert verärgert. Aber immerhin nahm er meinen Hilferuf zum Anlass, einen kurzen Blick auf die vor uns liegende Todesgefahr zu werfen. »Uups«, machte er erneut und riss – nun immerhin mit beiden Händen – das Steuer nach rechts. Direkt auf die Autobahnauffahrt in Richtung Wien.

»Gut ist's 'gangen, nix is g'schehn«, erklärte er, als er ein paar Kilometer später bei der nächsten Abfahrt wieder von der Autobahn abfuhr. Die Ausfahrt hieß überraschenderweise Parndorf, insofern schien tatsächlich nicht viel geschehen zu sein. Außer zwei unentdeckten Herzinfarkten meinerseits.

Der eine erwischte mich kurz vor unserem Tod auf der Brücke, der zweite suchte mich heim, als Herbert in Windeseile auf Tempo hundertvierzig beschleunigte, um dann gemütlich während der Fahrt wieder sein deppertes Ketterl zu suchen – und glücklicherweise auch zu finden. Keine drei Kilometer später musste er sich schon wieder kräftig einbremsen, um die Ausfahrt nach Parndorf nicht zu verpassen.

Nach einer kurzen Strecke durch freie Wildbahn kamen wir nach Parndorf, hielten uns am Kreisverkehr, wo ich der örtlichen Polizeiinspektion in Gedanken zuwinkte, rechts und querten kurz darauf die Bahnstrecke. Anschließend fuhr Herbert zu meiner Überraschung nicht geradeaus, wo schon Plünders majestätischer Bau zu sehen war, sondern er bog nach links.

»Ähm, warum biegen wir hier ab?«, fragte ich irritiert.

»Wollen Sie mir jetzt sagen, wo und wie ich hier zu fahren habe? Sind Sie von da und kennen sich vielleicht besser aus als ich?« Nun ja. »Sehen Sie, also genießen Sie weiterhin die Fahrt und entspannen Sie sich«, sagte er. Und ich brauche wohl nicht zu erwähnen, dass er dies – ganz zu meinem Genuss – erneut mit nur einer Hand am Steuer tat.

Kurz darauf verringerte Herbert das Tempo. Ich wurde etwas unruhig. Denn nichts an diesem Ort kam mir von meinem ersten Besuch bei Plünders Zentrale bekannt vor. Zumal ich wusste, dass sein Protzbau eigentlich im Fünfundneunzig-Grad-Winkel hinter uns lag.

»Bitte sehr, macht sechzig Euro«, sagte er und hielt mir seine Hand entgegen.

»Wo sind wir denn?«, fragte ich erstaunt.

»Beim Parndorfer Hochhaus. Sechzig Euro, bitte.«

Mal abgesehen davon, dass es sich hierbei ganz eindeutig nicht um jenen Ort handelte, zu dem ich wollte und zu dem mich am Montag die Taxiprucknerin chauffiert hatte, konnte die halsbrecherische Autofahrt unmöglich sechzig Euro kosten. Ich sah aus dem Fenster. Wir waren inmitten eines Gewerbegebietes, dessen vertikaler Abschluss von einem großen Lagerhaus gebildet wurde. Das konnte man durchaus auch als Hochhaus bezeichnen, schon klar.

»Aber das ist doch nicht das Hochhaus«, sagte ich. »Zumindest nicht das Hochhaus, das ich gemeint habe. Das ist ein Lagerhaus oder ein Silo oder sonst was.«

»Sie haben g'sagt, dass Sie zum Hochhaus nach Parndorf wollen«, sagte Herbert, gefolgt von: »Und da sind wir jetzt. Das macht sechzig Euro.«

Seine Hand hielt er die gesamte Zeit in meine Richtung, und jedes Mal, wenn er »sechzig Euro« sagte, vollführte er mit ihr eine ruckartige Bewegung, so als ob jemand ein schweres Gewicht auf seine Handfläche hätte plumpsen lassen. Ich war zusehends genervt, zumal ich an diesem Tag etwas in Zeitnot war.

»Aber das ist ganz eindeutig nicht das Hochhaus mit der Unternehmenszentrale vom Maximilian Plünder«, erklärte ich mit zunehmend bissigem Unterton.

»Ah so, *das* Hochhaus meinen S'«, sagte Herbert und fuhr seine Hand wieder ein.

»Bingo«, sagte ich. »Wenn es hier zwei Gebäude gibt, die man als ›Hochhaus Parndorf‹ bezeichnet, warum haben Sie nicht gefragt, welches ich meine?«

»Sie waren so schweigsam«, erklärte Herbert, nun leicht zerknirscht. Wohlgemerkt setzten wir uns noch immer nicht in Bewegung, sondern hielten auf einer Straße, umrahmt von einer eingleisigen Bahntrasse und klassischer Gewerbeimmobilienarchitektur. Vor uns stand dick und fett das Lagerhaus herum. »Haben ja nix g'antwortet auf die Dinge, die ich Ihnen erzählt habe.«

»Was hätte ich denn darauf auch antworten sollen«, sagte ich, »ich kenne weder Ihr Weinquartett, noch hab ich eine Ahnung von irgendwelchen Truppenübungsplätzen der Wehrmacht.«

»Aber hätten S' doch g'fragt. Hätt ich Ihnen alles erklären

können.« Er schien erleichtert und deutete meine Worte als Aufforderung, wieder mehr Touristeninfos von sich zu geben.

»Danke«, sagte ich, so freundlich es nur irgendwie ging. »Können wir dann bitte zum anderen Hochhaus fahren?«

Er lächelte mich an, startete den anfangs stotternden Dieselmotor, und wir fuhren los. Finally.

Natürlich nicht, ohne mir weitere Touristeninfos zukommen zu lassen, inklusive einer detailgetreuen Historie des riesigen Outletcenters, das sich vor den Toren von Plünders Hochhaus in die Landschaft ergoss. »In dem Shoppingtempel hat natürlich auch der Plünder seine Finger mit drin«, erklärte er, nun etwas weniger euphorisch. »Und seinen Firmensitz hat er damals ursprünglich fast dreißig Meter höher bauen lassen wollen. Aber das haben ihm die Naturschützer zum Glück ab'dreht.« Da schwang jetzt ein bisschen Schadenfreude in seiner Stimme mit.

»Siebzig Euro bitte«, sagte Herbert und hielt mir erneut seine Hand unter die Nase. Zehn Euro mehr für vier Minuten Fahrtzeit. Doch ich war spät dran. Und somit siebzig Euro ärmer.

Sie Wicht!

»Nein, ich habe keinen Termin.«

Es wirkte wie eine Sicherheitszone, die rund um den Tower vom Plünder eingezogen worden war. Ehe man sich dem Gebäude und dessen gläsernem Eingang nähern konnte, musste man durch eine Sicherheitsschleuse. Der Securityheinzi an besagter Schleuse sah mich an, als ob ich ein Alien wäre. Ohne Termin zum Chef? Das sei ja ganz und gar ausgeschlossen. Da könne ja jeder kommen. Was für eine Schnapsidee!

»Ja, eh«, sagte ich.

»So geht das nicht, junger Mann«, erklärte er mir nochmals.

Kraft seiner Phantasieuniform, seines fortgeschrittenen Alters und seines weißhaarigen buschigen Schnäuzers fühlte er sich anscheinend mit ausreichend Autorität ausgestattet, um mir den Einlass nachhaltig zu verwehren.

Ich sah auf die Uhr. Schon kurz vor elf. Um dreizehn Uhr musste ich in Eisenstadt sein. Da blieb nicht viel Zeit für Diskussionen.

»Ich bin mir ziemlich sicher, dass der Herr Plünder mich empfangen will«, machte ich noch mal meinen Standpunkt deutlich.

»Grüß Sie, gehen Sie ruhig weiter«, ging der Securitymensch nicht weiter auf mich ein und winkte stattdessen ein älteres Pärchen durch.

»Wie jetzt«, sagte ich entrüstet, »und die dürfen einfach so durch?«

»Selbstverständlich«, erklärte er, »heute hält der Generaldirektor Audienz für die Bewohner von Parndorf und Umgebung.«

»Das passt doch perfekt«, antwortete ich, »ich bin quasi Umgebung.«

»Ach ja? Und wo wohnen Sie, wenn ich fragen darf?«

»In Rust.«

»Aha. Und das können Sie sicherlich nachweisen?«

Konnte ich natürlich nicht.

»Selbstverständlich«, stammelte ich. »Ich wohne seit letztem Wochenende im Bahnhofsheiserl, bin aber noch nicht dazu gekommen, mich anzumelden. Aber Josef kann das bestätigen.«

»Welcher Josef?«

Verdammt. Wie hieß die Bürgermeisterin noch gleich?

»Die Bürgermeisterin von Rust. Die kennen Sie doch sicher.«

»Ja, natürlich kenne ich die Dame. Sie aber offensichtlich nicht, wenn Sie nicht mal ihren richtigen Namen erinnerlich haben.«

Er nickte einem Mann freundlich zu, der sich zwischen uns und den geschlossenen Schranken hindurch zur gläsernen Schiebetür am Fuße des Plünder'schen Towers schlängelte.

»Sagen Sie dem Herrn Generaldirektor, dass es um den Mord an Daniel Sonnleitner geht«, unternahm ich einen letzten Versuch.

Der Weißbart überlegte einen Moment, ging zurück in sein kleines Pförtnerhäuschen und bemühte sein antiquiertes Festnetzgerät, um mit jemandem zu telefonieren. Er gestikulierte während des kurzen Gesprächs immer wieder, sah zwischendurch prüfend zu mir hinaus und nahm schließlich einen Stift zur Hand, um etwas aufzuschreiben. Danach beendete er das Gespräch und kam, Autorität inklusive, zurück zu mir nach draußen.

»Das ist Ihr Passierschein. Folgen Sie dem Herrn, der gerade hier vorbeigegangen ist. Ich habe Sie beim Empfang angemeldet, verlieren Sie also bitte keine Zeit auf dem Weg.«

Ich war wohl der Letzte, der Zeit vertrödeln wollte. Aber ich konnte mir schon ausrechnen, was er mir mit dieser Bemerkung signalisieren wollte. Also tat ich wie mir geheißen und marschierte schön brav und artig hinter besagtem Mann her, der bereits einen ziemlichen Vorsprung rausgeholt hatte. Ich nahm die Beine in die Hand und schlüpfte kurz nach ihm durch die Schiebetür, deren Türblätter sich sanft hinter mir schlossen.

»Herr Lauda?«

Ich blickte in die Augen eines typischen Sekretärs. Oder wohl eher Juniorsekretärs, denn sehr lange konnte der Bub diesen Job noch nicht ausgeführt haben, das war ihm deutlich anzusehen. Viel mehr als die Grundausbildung beim Bundesheer und die erste Enttäuschung in Sachen Liebe hatte er in seinem jungen Erwachsenenleben wohl noch nicht erlebt.

»Meldet sich zum Dienst!«, erklärte ich und ging auf ihn zu.

Offensichtlich wollte da jemand auf Nummer sicher gehen,

dass ich auch wirklich den Weg finden und nicht zwischendurch verloren gehen würde. Ich folgte ihm zu einer Aufzuganlage, die aus vier Liften bestand. Der Sekretär hielt eine wichtig aussehende Chipkarte vor ein Lesegerät, und sofort sprang die Tür des ganz rechten Aufzugs auf. Drinnen musste er nichts weiter bedienen, denn dieser Aufzug schien lediglich ein Ziel zu kennen: Das Lämpchen mit der »15« leuchtete auf, und unser Gefährt setzte sich in Bewegung.

»Wo ist denn die Dreizehn?«, fragte ich den Sekretär.

»Der Herr Generaldirektor ist sehr abergläubisch«, antwortete mein Begleiter.

Ich schenkte ihm dafür ein zufriedenes »Mhmm«.

»Warten Sie bitte hier, Sie werden aufgerufen«, wurde mir vom schneidigen Sekretär erklärt, nachdem uns der Aufzug im fünfzehnten Stock ausgespuckt hatte, direkt in einen vollverglasten großzügigen Raum, von dem aus man eine nicht unspannende Fernsicht auf die Umgebung hatte. Wäre das Gebäude ein Hotel, hier oben würde sich wahrscheinlich die Tower Lounge oder etwas ähnlich fancy Benanntes befinden. Der Sekretär verschwand im Aufzug, dessen Türen sich schlossen. Nun stand ich hier oben, etwas verloren, aber nicht alleine. Denn rund zwanzig weitere Personen genossen die Aussicht, unterhielten sich oder starrten auf ihr Handy. Offensichtlich warteten sie alle darauf, zur Audienz vorgelassen zu werden.

Im nächsten Moment öffnete sich in der weißen Wand eine Tür, die ich zuvor beim besten Willen nicht als solche hätte erkennen können.

»Herr Maier, bitte«, sagte ein weiterer Sekretär.

Der Mann, den ich für Herrn Maier hielt, machte sich auf den Weg und verschwand nach einem freundlichen beiderseitigen »Grüß Gott« in der Tür. Dann geschah lange: nichts. Was auch immer der werte Herr Maier mit dem Generaldirektor zu besprechen hatte, es brauchte offensichtlich viel Zeit. Ich trat zur schrägen Fensterfront und ließ den grandiosen Blick auf Windräder, Strommasten, eine riesige Parkplatzwüste sowie das dazugehörige Outletcenter auf mich wirken. Leider war auch von hier kein See zu sehen, dafür war die Fernsicht nicht gut genug. Der Horizont verschwand im Dunst, Nebel oder Schilf. So genau konnte ich das nicht erkennen. An guten Tagen konnte man sicher bis zur Pension Peterhof in Mörbisch oder zum Ruster Berg sehen.

Erst nach einer halben Stunde wiederholte sich das Schauspiel bei der Geheimtür. Tür geht auf, Mann wird aufgerufen, freundliches »Grüß Gott«, Tür geht zu. Wenn das in diesem Tempo weiterging, würde ich hier wohl noch am nächsten Tag stehen. Ein Blick auf die Uhr. Der dicke Zeiger bewegte sich in unaufhaltsamen Schritten auf die Zwölf zu. Es musste was passieren.

»Ach, Sie sind's, Schneider! Mit Ihnen hätte ich ja nicht gerechnet!«, rief ich viel zu laut ins Mikrofon meines Handys, nachdem ich mittels Alarmfunktion einen Anruf vorgetäuscht hatte. Was als Exitstrategie bei missglückten Dates funktioniert, konnte vielleicht auch als Entrystrategie für das Büro von Maximilian Plünder klappen. Die Leute schauten mir genervt beim Telefonieren zu. Es gab in der gesellschaftlichen Etikette nur wenig Geächteteres als einen telefonierenden Menschen, der seine gesamte Umgebung an seinem Gespräch teilhaben ließ. »Nein, ich kann gerade eigentlich nicht telefonieren, ich bin beim Generaldirektor. Aber wenn es wirklich wichtig … was sagen Sie, es ist wirklich wichtig? Ja, was ist denn passiert, um Gottes willen?« Die genervte Aufmerksamkeit meiner Umgebung entwickelte sich in Richtung interessierte Aufmerksamkeit. »Was sagen Sie? In Oggau sind mehrere Weltkriegsgranaten aus einem alten Depot der Wehrmacht explodiert? Der Ort steht in Flammen?« Ich entschied mich dafür, nur noch einzelne Wortfetzen an meine Umgebung weiterzugeben, um der ganzen Situation noch ein bisschen mehr Dramatik zu verleihen. »Schlimmere Zerstörungen als damals, als die Russen kamen!« Ich hatte keinen Schimmer, ob jemand der Anwesenden aus Oggau war. Wahrscheinlich nicht.

Aber ich hoffte darauf, dass der auf dem Land sehr ausgeprägte Solidaritätsfaktor ins Spiel kommen würde. Hier waren doch sicherlich auch viele Leute Mitglied bei Hilfsvereinen oder der Freiwilligen Feuerwehr. Auf dem Land, da half man sich noch gegenseitig, wenn Katastrophen ins Haus standen. Leider funktionierte mein Plan weniger gut als gedacht. Lediglich vier Leute hatten mit eiligen Schritten den Raum verlassen. So viel also zur Hilfsbereitschaft auf dem Land. Vier Menschen weniger auf der Warteliste vor mir war ganz okay, aber noch nicht genug. Also musste ein weiteres dramatisches Gespräch her. Wieder aktivierte ich den Alarm, wieder hatte ich die ungeteilte Aufmerksamkeit des wartenden Dutzends. »Ja, Maria, grüß dich, das ist ja eine Überraschung! Womit hab ich denn einen Anruf mit deiner liebreizenden Stimme verdient?« Ich baute eine dramatische Pause ein, um den Spannungsbogen für die Anwesenden in Schwung zu bringen. »Was du nicht sagst, vierzig Prozent? Wirklich vierzig volle Prozent?« Ein Kerl in einem affigen blauen Anzug, der sich gerade in seiner Aussicht auf die Parkplätze gestört fühlte, zischelte mir zu, dass ich doch gefälligst leiser sein sollte. Ich strafte ihn mit all meiner zur Verfügung stehenden Ignoranz. Und davon hatte ich reichlich im Angebot, wenn man mich blöd von der Seite anzischelte. Außer dem Blaumann schienen aber doch einige Menschen hier in der Lounge an den Inhalten meines Gesprächs interessiert zu sein. Und die wollte ich natürlich nicht enttäuschen. »In allen Geschäften? Wirklich? Bist du sicher?« Nun tuschelten manche schon untereinander und zeigten in meine Richtung. Und so langsam begann mir das Spielchen Spaß zu machen. Doch leider war ich ja hier, um ein klärendes Gespräch zu führen. Und das möglichst bald. Also musste ich die Katze aus dem Sack lassen. »Also Maria, ich kann nicht glauben, was du da sagst, deshalb wiederhole ich es jetzt noch mal. Korrigiere mich bitte, falls ich etwas falsch verstanden habe. Du bist gerade im Outletcenter in Parndorf, und alle Geschäfte, also wirklich jedes einzelne Geschäft, geben nur heute zusätzlich zu den bereits ausgelobten Rabatten nochmals vierzig Prozent Nachlass auf die komplette Ware?«

So schnell konnte man gar nicht schauen, wie die Leute sich um die besten Plätze vor der Lifttür rauften. Da konnten noch so viele Weltkriegsgranaten durch die Gegend fliegen, erst ein paar g'hörige Sonderangebote konnten die Menschheit aus der Reserve locken.

Und schon waren wir nur noch zu zweit.

Würde der Halbstundenrhythmus beibehalten werden, sollte es nicht mehr lange dauern, bis der nächste Leibeigene zum Generaldirektor hereingebeten werden würde. Rechnete ich die sture Oma vor mir in die Zeitplanung mit ein, wäre ich hier nicht vor dreizehn Uhr fertig. Zu dieser Zeit sollte ich aber eigentlich schon in Eisenstadt sein.

»Da hab i scho Spannenderes miterlebt«, versuchte das Ömchen, mich zu beruhigen.

Das konnte ich mir angesichts ihres biblischen Alters durchaus vorstellen. Half mir jetzt aber trotzdem nicht.

»Meinen Sie, Sie könnten mich vielleicht vorlassen? Ausnahmsweise? Die Angelegenheit ist wirklich dringlich«, erklärte ich daher mit Nachdruck.

»Ach, das bisserl Warten hat noch niemandem g'schadet. Und Aktionen und Rabatte werden S' morgen auch noch bekommen«, blickte sie mich mild lächelnd an, ausgestattet mit zweihundert Jahren Lebenserfahrung.

Die Alte erinnerte mich an Queen Elizabeth. Ihre betagte Wirbelsäule sorgte dafür, dass sie etwas gebückt dastand. Ihr Handtäschchen hielt sie mit festem Griff in einer Hand. Die war sicher mit allen Wassern gewaschen, da musste ich die ganz harten Bandagen auspacken.

»Sie sind öfters hier, oder?«, fragte ich sie.

»Hin und wieder, wenn man mal was braucht. Der Generaldirektor hat ja immer ein offenes Ohr für uns.«

»Ja, und speziell für Sie«, fügte ich hinzu.

»Wie meinen S' jetzt das?«, fragte sie irritiert.

»Er hat mir von Ihnen erzählt.«

»Er? Ihnen? Von mir? Wieso?«

Nun hatte ich auch ihre ungeteilte Aufmerksamkeit.

»Sie sind ihm aufgefallen«, antwortete ich. »Und ehrlich gesagt war das mit den Granaten in Oggau und den Sonderangeboten im Outletcenter nur eine erfundene Geschichte. Das hatte ich zuvor mit dem Generaldirektor vereinbart.«

»Na, Sie sind mir ja einer!«, sagte sie und lachte. »Und was soll die Scharad?«

»Wir beide, der Generaldirektor und ich, wollten mit Ihnen ungestört sein.«

Ich rückte ein bisschen näher an sie heran und berührte sie sanft mit meiner rechten Hand an ihrem von blauem Stoff ummantelten Oberarm.

»Mit mir? Wieso denn?«, fragte sie, nun schon etwas verunsicherter.

Sie setzte mit ihren Omaschuhen einen Halbschritt zurück.

»Soll ich es Ihnen wirklich jetzt schon verraten?«, fragte ich sie. »Oder wollen Sie sich nicht lieber überraschen lassen?«

Mir ekelte vor mir selbst, weil natürlich jetzt schon in meinem Kopfkino unfreiwillig ein Film zu laufen begann, den ich nicht mal meinem ärgsten Feind vorgeführt hätte.

»Was wollen S' denn, Jössas na!«

Empörung wie Verunsicherung steigerten sich wie erhofft.

»Ich flüstere es Ihnen ins Ohr«, sagte ich. Und dann war klar, dass ich Taten folgen lassen musste. Für weitere Bluffs war keine Zeit mehr, jetzt hieß es Top oder Flop. Ich beugte mich hinunter und begann, ihr Dinge ins Ohr zu flüstern, die mich mindestens genauso erschaudern ließen, wie es hoffentlich bei ihr der Fall war.

»Sie Wicht!«, rief sie aus und verpasste mir eine Ohrfeige, die sich gewaschen hatte. »Solch Schweinkram lassen wir uns seit MeToo nicht mehr bieten, das werd ich gleich heut Abend in unserer Frauengruppe zur Sprache bringen! Sie krankes Schwein, Sie krankes!« Und noch eine Ohrfeige. Und ein Tritt mit ihren klobigen Schuhen gegen mein Schienbein. »Und jetzt hol ich den Sicherheitsdienst!«

Sprach's und verschwand.

»Herr Lauda!«, hieß es – leicht irritiert – wenige Sekunden, nachdem der Hall der Omaschuhe verstummt war, aus der Geheimtür. Da schien sich jemand über den plötzlichen Besucherschwund zu wundern.

Ich schickte der Taxiprucknerin noch schnell eine Kurznachricht und folgte dem Aufruf zum Eintreten mit leicht schmerzverzerrtem Gesicht.

Jeder hat seinen Preis

War die Lounge schon ein viel zu groß geratener Warteraum, handelte es sich bei Plünders Arbeitsraum um eine Bürohalle, gut viermal so groß wie jener Saal, in dem ich zuvor die ältere Dame vergrault hatte. Auch hier war eine Front komplett verglast, die den Blick auf eine Ebene freigab, die von sanften Geländeerhebungen und einer riesigen Flotte von Windrädern gekennzeichnet war.

Der Sekretär pflanzte sich hinter einen kleinen Schreibtisch, der direkt neben der Innenseite der Geheimtür stand. Er sah aus wie all diese jungen Schnösel, Wirtschafts- oder Jurastudierende oder auch schon -absolventen, die sich in ihren vom Kapitalismus entworfenen Uniformen so besonders vorkamen, am Ende des Tages aber doch alle nur austauschbare Diener eines brutalen Systems waren, das keine Rücksicht auf Einzelschicksale nahm. Wenn sie Glück hatten, stiegen sie in der Hierarchie eines Maximilian Plünder weit genug nach oben, um eines Tages weich zu fallen. Wenn sie Pech hatten, landeten sie als Chefinspektor im Stadtpolizeikommando Eisenstadt. Aber das war eine andere Geschichte.

Plünder hockte hinter einem riesigen Schreibtisch aus Beton, der in jeweils abgerundeten Kanten gen Boden mäanderte. Das Ding war gute fünf Meter breit und zwei Meter tief. Man hätte da auch bequem Tischtennis spielen können, wäre nicht auch eine aus vier einzelnen Monitoren bestehende Bildschirmleinwand darauf montiert worden. Von Plünder war nichts zu sehen, die Monitore nahmen einem die Sicht. Vor dem Schreibtisch standen zwei schmale Thonetsessel aus Holz. Erst, als der Sekretär nochmals meinen Namen verlautbart und ich einige Schritte in Richtung des Schreibtisches unternommen hatte, fuhren die Bildschirme zu zwei gleichen Teilen auseinander. Dazwischen kam die Silhouette von Maximilian Plünder zum Vorschein.

Es gibt da diese psychologische These, genannt Napoleonkomplex. Mit Sicherheit von irgendeinem großen Wiener Psychologen ins Leben gerufen, weil doch alle großen psychologischen Theorien irgendwie aus Wien stammen. Gemäß besagter These entwickeln Männer, die über eine nur unterdurchschnittliche Körpergröße verfügen, besonders großen Ehrgeiz in jedem Bereich ihres Lebens. Wenn es besonders blöd für die Weltgeschichte läuft, zetteln diese Zwerge Weltkriege an. In glimpflicheren Fällen ziehen sich die Minis hohe Schuhe an und werden zu Weltstars, wie zum Beispiel der Sänger und Musiker Prince.

Maximilian Plünder gehörte zu jener Sorte, die die mangelnde Körpergröße offenbar mit beruflichem Ehrgeiz und strengen Ritualen zu kompensieren versuchte. Die Dramaturgie von seinen Audienzen sah vor, dass man als Bittsteller vor dem riesigen Schreibtisch-Ufo auf einem der beiden Miniaturholzsessel Platz nehmen musste. Egal wie groß man selbst war, der Größenunterschied wurde durch die sitzende Position ausgeglichen. Doch ich hatte keine Lust auf ein vorgeschriebenes Skript. Meine Stärke lag in der Improvisation. Und so bog ich auf halbem Wege zu seinem Schreibtisch auf dem weißen Marmorboden links ab und begab mich zur an der Wand befindlichen Fotogalerie, die bedeutende Treffen

Plünders mit offensichtlich bedeutenden Persönlichkeiten zeigte. Als ich vom vorgeschriebenen Pfad abkam, hörte ich vom Sekretär hinter mir einsetzende Schnappatmung.

»Schauen Sie es sich ruhig an!«, rief mir Plünder zu. »Sie sehen ausgewählte Treffen mit dem Who's who der österreichischen Elite aus Wirtschaft und Politik.«

Die niederösterreichische Landeshauptfrau, der schneidige Innenminister, der glatzerte Nationalratspräsident. Sie alle hatten sich für ein Handshake oder gar eine Umarmung mit Plünder ablichten lassen. Ich schenkte Plünder ein anerkennendes »Mhmm«.

Anhand der Schritte hinter mir merkte ich, dass Plünder sich erhoben hatte und unterwegs war. Kurz danach hatte er neben mir Aufstellung genommen. Ich drehte mich zu ihm und glaubte, tatsächlich einen Charakter aus dem Buch der Schurken vor mir zu haben. Sah der Plünder auf den Fotos wie ein junger Mann mit weißen Haaren aus, stand nun neben mir ein etwas älterer Mann mit weißgelben Haaren. Seine Augenbrauen waren ebenfalls in einem gelblichen Weißton gehalten, und auch sein Anzug war offensichtlich auf die Farbe des Haupthaares abgestimmt worden. Dazu trug er ein edel wirkendes weinrotes Hemd und ebensolche Schuhe. Heidi Klum wäre vielleicht beeindruckt gewesen. Auf der mir zugeneigten linken Wange prangte eine Narbe. Ich scannte die Fotowand nach Bildern ab, auf denen Plünder bei einem Fechtturnier gewesen war. Ich fand keine.

»Das ist der frühere Innenminister«, sagte er mit glückseliger Stimme und wies auf ein Foto, auf dem er neben einem bebrillten Kerl stand, der noch kleiner als er selbst war, dafür aber auf einem Pferd saß.

»Ich finde gar kein Foto von Ihnen und Daniel Sonnleitner«, stellte ich nüchtern fest.

»Auf diesen Fotos finden Sie keine rangniedrigen Mitarbeiter.«

»Und tote wohl auch nicht«, vervollständigte ich.

»Bedauerlich«, sagte er, »sehr bedauerlich«, während er seinen Blick weiterhin über seine Fotowand schweifen ließ, wie ein Fan von Tokio Hotel, der sich Fotos von unvergesslichen Konzerterlebnissen sowie unzähligen Meet and Greets mit der Band ansah. »Aber so ist halt das Leben, fressen und gefressen werden.«

»Was für ein Mitarbeiter war denn der gefressene Daniel Sonnleitner?«

»Ein guter, ein sehr verlässlicher. Man hat ihn manchmal ein bisserl bremsen müssen, aber aus ihm hätt was werden können. Er hatte das Zeug dazu, Chef meines Sicherheitsdienstes zu werden.«

Plünder-Security.

»Man hätte ihn vielleicht auch ein bisschen in seinem Drang bremsen müssen, Carlotta Woods zu stalken. Mit Technik, die er sich offenbar von Ihrer Sicherheitsfirma ausgeborgt hatte.« Ich erinnerte mich an Kameras und andere Geräte in Sonnleitners Schupfen, die einen Aufdruck von Plünders Sicherheitsfirma trugen.

»Herr Lauda, ich bitt Sie. Wir haben doch alle unsere menschlichen Schwächen. Die einen verlieben sich hoffnungslos in eine unerreichbare Person, die anderen flüchten vor Personen, die schon längst tot sind.«

»Da hab ich ja Glück, dass ich zu jenen gehöre, die noch lebende Mörder suchen. Ist der viel angenehmere Job«, antwortete ich. »Haben Sie ihn beauftragt, den Mord an Carlotta mir in die Schuhe zu schieben?«

»›Beauftragt‹ ist so ein hartes Wort«, antwortete Plünder. »Auf die Idee ist er selbst gekommen. Aber ja, mir war sehr daran gelegen, dass schnell ein Schuldiger gefunden und Ruhe einkehren würde. Sie wissen ja, dass wir mit dem Steinbruch in St. Margarethen einiges vorhaben. Jeder Tag, an dem wir uns mit Protesten oder schlechter Presse herumschlagen müssen, kostet uns Geld. Nehmen Sie es nicht persönlich, es hätt auch jeden anderen treffen können.«

»Ich weiß Ihre Offenheit zu schätzen, aber Sie werden verstehen, dass sich mein Verständnis in engen Grenzen hält.«

»Aber ja doch, nichts für ungut, Herr Lauda.«

»Wie ist der Daniel Sonnleitner an die Mordwaffe gekommen? Und hat er Ihnen etwas über die Nacht im Steinbruch, in der Carlotta Woods getötet wurde, erzählt? Hat er vielleicht den Mörder gesehen?«

»Er war im Besitz der Mordwaffe? Pardon, davon weiß ich nichts«, erklärte mein Gegenüber. Das konnte ich ihm glauben oder auch nicht. »Übrigens ein Jammer, das mit der Luise«, wechselte Plünder das Thema, und er gefiel sich in der Rolle dessen, der über mich alles zu wissen schien. Es war Zeit, in dieser Hinsicht für ausgeglichene Verhältnisse zu sorgen.

»Ein Jammer mit den Asbestbehältern, die Sie in den Neunzigern im Steinbruch in St. Margarethen entsorgt haben.«

Nun wandte er erstmals seinen Blick von der Fotowand und sah mich an. Ich grinste. Die Fotos und Dokumente, die Carlotta Woods auf dem im Kristallschädel deponierten USB-Stick abgespeichert hatte, boten eine detaillierte Übersicht darüber, wie viele Behälter im Boden des Margarethener Steinbruchs schlummerten und wo genau sich diese befanden. Ich ging jede Wette ein, dass jene Stellen im Steinbruch, die so üppig überwuchert waren und um die die schweren Maschinen einen großen Bogen machten, ident waren mit jenen, die von Carlotta Woods als Lagerstätte der Fässer identifiziert worden waren.

Wie viel der junge Maximilian Plünder damals wohl daran verdient hatte, die Behälter nicht ordnungsgemäß – und dementsprechend kostenintensiv – zu entsorgen, sondern unter Tage zu verscharren? So wie sich der fertig recherchierte Artikel las, den Carlotta Woods ebenfalls auf dem USB-Stick abgespeichert, aber niemals veröffentlicht hatte, basierte ein guter Teil jenes Startkapitals, das Plünder für den Aufbau seiner heute weitverzweigten Unternehmensgruppe benötigt hatte, auf Machenschaften rund um die illegale Entsorgung von Asbest. »Was wohl die Fürstenfamilie dazu sagt, die nebenan im Steinbruch Sommer für Sommer Musicals und Opern aufführen lässt?«

»Die Schweinereien der Vergangenheit holen uns mitunter ein, da haben Sie recht. Sie wissen ja selbst ganz gut, wovon Sie sprechen.«

»Hatte Carlotta Woods Sie mit den Fotos der Aktion von damals und den Lageplänen der Fässer erpresst? Oder wollte sie den bereits fertigen Artikel veröffentlichen? Musste sie deswegen sterben? Hatten Sie vielleicht gar Daniel Sonnleitner diesen Auftrag gegeben?«

Plünder lachte. Ich sah auf die Uhr. Kurz nach halb eins.

»Hunde, die bellen, beißen nicht«, sagte er. »Sonnleitner konnte, wenn es hart auf hart ging, keiner Fliege etwas zuleide tun. Mit einem Auftragsmord habe ich nichts zu tun, tut mir leid. Und ich selbst bin zu ungeschickt, ich habe zwei linke Hände«, erklärte er freimütig. Er hätte auch sagen können, dass ein Mord, egal, ob Auftrag oder nicht, unmoralisch oder ungesetzlich war. Nein, er erklärte es mit seinen mangelnden handwerklichen Fähigkeiten. »Aber das wäre in diesem Fall auch gar nicht nötig gewesen«, erklärte er.

»Inwiefern nicht nötig?«

»Carlotta war wegen der Fässer hier bei mir. Sie hat mir die Unterlagen von damals unter die Nase gerieben, ja. Sie haben recht.«

Klang so, als ob gleich noch ein Aber folgen würde.

»Jedoch irren Sie sich, wenn Sie glauben, dass ich jemanden deshalb umbringen lasse.« Dann halt ein Jedoch, auch okay für mich. »Carlotta Woods wusste sehr genau, welchen Preis gewisse Informationen haben. Und dass es Menschen gibt, die bereit sind, genau diesen Preis zu bezahlen.«

»Aber Carlotta Woods war eine renommierte Journalistin, die die Geschichte aufdecken wollte. Auch für ihren Mann, Alfred Dachs von der Bürgerinitiative.«

»Ach, Lauda, jetzt hören S' aber wirklich mal auf mit Ihren naiven G'schichten. Ich hab Sie für klüger g'halten. Natürlich beschweren sich ein paar Hansl'n über mich. Aber die Leut wissen ganz genau, wer ihnen im Fall des Falles Brot und Lohn gibt.«

Er sah mich mit seinen für seine Körpergröße überdurchschnittlich großen Augen an und schien darauf zu warten, dass ich ihm seine rhetorische Frage beantwortete.

»Der Plünder, wer sonst?«, antwortete er, nachdem ich ihm den Gefallen nicht getan hatte. Wie ein Lehrer, der bei einer mündlichen Prüfung die Doofheit seines Schülers nicht fassen konnte. »Der Plünder gibt den Leuten Arbeit. Und ich werde das auch dann noch tun, wenn diese unnötigen Störche längst an der Vogelgrippe verreckt sind. Und das wissen sie, die Leut! Außerdem: Wir sind in Österreich, das ist ein kleines Land. Es geht den Leuten doch nicht darum, irgendwelche Skandale aufzudecken, ich bitt Sie!«

»Worum geht's denn dann?«

»Um Macht. Um Einfluss. Um persönliche Vorteile. Das wird den Leuten hierzulande von manchen Repräsentanten der hohen Politik vorgelebt, das saugen sie mit der Muttermilch auf. Das war bei Carlotta Woods auch nicht anders.«

»Und was war der Preis im Fall von Carlotta Woods?«

»Sie hatte sich ein neues Medienprojekt in den Kopf gesetzt. Dafür brauchte Carlotta nicht nur finanzielle Unterstützung, sondern vor allem auch Kontakte.«

»Was für ein Medienprojekt?«

»Es ist leider nicht mehr dazu gekommen, dass sie mir vor ihrem Tod Details dazu verraten konnte.«

Carlotta Woods hatte laut Plünder also die Sache der Bürgerinitiative, den Kampf gegen die Errichtung des Hotels am ungarischen Ufer, verraten, nur um des eigenen beruflichen Erfolges willen. Um was für ein Medienprojekt sollte es da gegangen sein? Vielleicht sollte ich doch mal einen Blick in ihre Stadtwohnung werfen. Jetzt, wo es eine Stoßrichtung für weitere Ermittlungen gab, würde das vielleicht Sinn machen. Vielleicht hatte ja Alfred Dachs Wind von ihren Vertuschungsplänen bekommen? War es deshalb zum Streit gekommen? Was hatte Christian Braunschmidt davon gehalten, dass sein bestes journalistisches Pferd den Eisenstädter Express verlassen wollte, um ein eigenes Medienprojekt auf die Beine zu stellen? Und was hatte Maximilian Plünder davon, dass er mir all das hier brühwarm unter die Nase rieb?

»Dann würde ich vorschlagen, dass Sie dieses Gespräch zum Anlass nehmen, um den Hotelbau in Ungarn zu stoppen und gleichzeitig für eine geordnete Entsorgung der Asbestfässer zu sorgen.«

Plünder brach in schallendes Gelächter aus. Er kam aus dem Lachen gar nicht mehr heraus, der lustige weißhaarige Kerl.

»Ich wusste nicht, dass Wiener so komisch sein können«, presste er zwischen seinen Lachern hervor. Und dann wurde es wirklich spooky, denn Plünder hörte von der einen Sekunde auf die nächste zu lachen auf und sah mich mit einem hasserfüllten Blick an, den ich nicht mal bei Vito Violino gesehen hätte, nachdem ich dessen Bruder mit der mittlerweile berühmten Gartenkralle drangsaliert hatte.

»Sie erkennen den Ernst der Lage, das ist gut«, flüchtete ich mich in eine Floskel.

»Jeder hat seinen Preis«, sagte Plünder, »auch Sie.«

»Mag sein. Aber ich bin nicht an Ihrem Geld interessiert. Macht und Geld und Einfluss und all dieser ganze Schas, das interessiert mich nicht. Ich will nur mein Tagwerk erledigen und gut is.«

»Nichts ist gut. Schmieren Sie sich Ihre Forderungen in Ihre fettigen Haare, und nehmen Sie mal wieder eine Dusche.« Es wurde persönlich. Also war ich auf dem richtigen Weg. »Sehen Sie sich all das hier an! Glauben Sie im Ernst, dass so ein kleines Licht wie Sie hier einfach reinschneien und Forderungen aufstellen kann? Huber, der Herr Lauda wünscht zu gehen!«, schrie er seinem Sekretär zu.

»Jawohl, Herr Generaldirektor!«, echote es vom Türempfang. Der Diener schritt zur Tür und öffnete diese.

»Da bin ich mir ziemlich sicher, ja«, antwortete ich.

In dem Moment, in dem der Sekretär die Tür geöffnet hatte, wurde diese von der alten Oma, die ich zuvor im fancy Wartesaal übelst belästigt hatte, durchschritten. Im Schlepptau hatte sie den Anzugträger, der mich eine Stunde zuvor im Aufzug in den fünfzehnten Stock eskortiert hatte. Für einen kurzen Moment standen die beiden Anzugträger nebeneinander, und man hätte sie optisch wirklich für Zwillinge halten können.

»Zumal ich der Einzige bin, der Ihnen Ihren feinen hochtrabenden Arsch vor dem Violino-Clan retten kann«, flüsterte ich Plünder zu. »Ein Vorauskommando ist bereits in der Gegend unterwegs, um Ihre Anlagen auszuspähen.«

»Das ist der Wicht, der mir den Schweinekram ins Ohr g'flüstert hat!«, rief die alte Oma und zeigte aufgeregt mit ihrer Hand auf mich.

»Raus!«, schrie Plünder in ihre Richtung. »Alle raus!«

Seine Gesichtsfarbe näherte sich dem Rotton seines Hemdes und seiner Schuhe. Erst jetzt handelte es sich um ein wirklich perfekt abgestimmtes Ensemble. Heidi Klum wäre nicht umhingekommen, ihm ein Foto als Eintrittskarte für die nächste Show zu überreichen. Der Sekretär, der mit der Oma hereingestürmt gekommen war, zog ebenjene wieder hinaus.

»Alle, hab ich g'sagt!«, rief Plünder in Richtung seines persönlichen Sekretärs. »Sie nicht, Lauda, Sie bleiben gefälligst da.«

So wie es aussah, hatte ich Plünder soeben einen akzeptablen Preis genannt.

Ich war das wirklich nicht!

Die Taxiprucknerin war mit irgendwelchen Vorbereitungen für die Leopoldsnacht am Samstag beschäftigt gewesen, sodass sie mir auch am Nachmittag ihren Kollegen Herbert nach

Parndorf geschickt hatte. Abgesehen davon, dass mich dieser im Vergleich zur Prucknerin wieder eine Unsumme gekostet hatte, war es mir eigentlich ganz recht gewesen, dass Herbert mit seinem Geländewagen vor dem Tower gestanden war. Denn so hatte ich der Prucknerin keine Rechenschaft darüber ablegen müssen, warum ich dem Plünder einen Besuch abgestattet hatte.

Für schlanke sechzig Euro hatte Herbert mich also von Parndorf nach Eisenstadt chauffiert und direkt vor dem Stadtpolizeikommando abgesetzt. Im Gegenzug für die stolze Summe kutschierte er mich nicht nur entlang des Leithagebirges in die Landeshauptstadt, sondern versorgte mich auch mit weiteren Infos aus dem Storchenverein. Er hatte die Aktivitäten des Vereins offensichtlich als Thema ausgemacht, mit dem er mich in ein Gespräch verwickeln konnte. Der Storch sei ja sehr partner- und nesttreu, hatte er berichtet. »Wenn da ein Storch sich in das falsche Nest setzt und der eigentliche Hausherr das mitbekommt, fliegen schon mal die Federn. Das schaut dann aus wie bei einer Kissenschlacht. Aber wir greifen da nicht ein, das ist die Natur.«

Und dann landeten wir wieder beim Thema Wein. Der Storchenwein, »ein Welschriesling zum Niederlegen«, verkaufe sich ausgezeichnet, vor allem seit der Gatte von Bürgermeisterin Josef, ein stadtbekannter Künstler, die Etiketten für den edlen Tropfen gestaltet habe. Ich hatte begeistert genickt, was Herbert dazu verleitet hatte, weiter ins Detail zu gehen. Also wusste ich nun nicht nur bestens über den Storchenwein Bescheid, sondern auch, dass die Reben von Rotweinen für den Nestbau nicht zu verwenden sind, weil sie zu schnell brechen. Wie gut, dass der Welschriesling auch dafür die Sorte der Wahl ist. Herbert hatte mich dann vor dem Stadtpolizeikommando nicht aussteigen lassen, bevor ich ein Mitgliedsformular für den Storchenverein unterschrieben hatte. Machte noch mal fünfzehn Euro. Die aber wenigstens für einen guten Zweck.

Es war bereits fünf nach eins, als ich – um fünfundsiebzig

Euro ärmer – die Glastür öffnete, doch ich hoffte darauf, dass Stefan Krammer noch keine Großfahndung nach mir ausgelöst hatte. Unten beim Empfang hatte Poidl auf mich gewartet. Er sah gar nicht gut aus und wirkte recht kränklich.

»Wo warst denn?«, fragte er nervös. »Hab schon ʼdacht, du kommst gar nimma daher.«

»Ich hab nur noch was erledigen müssen«, sagte ich, während wir hinauf in den ersten Stock gingen.

Zu meiner Überraschung ging es nicht schnurstracks ins Vernehmungszimmer mit der prächtigen Aussicht auf den Supermarkt, sondern in einen anderen Raum, in dem bereits ein Kollege von Poidl wartete. Und nicht nur der. Über den länglichen Raum verteilt, standen Alfred Dachs, Thomas Forstner und ein mir unbekannter weiterer Mann. An einer der beiden Wände hing ein breiter, halbdurchlässiger Spiegel, und ich konnte mir ausrechnen, dass auf der anderen Seite des Spiegels unter anderem Stefan Krammer Aufstellung genommen hatte. Offensichtlich war ich zu einer Gegenüberstellung geladen worden, ohne dass man mir zuvor die Möglichkeit gegeben hatte, mir die Einserpanier anzuziehen.

»Suchen Sie sich eine aus«, sagte der uniformierte Polizist und hielt mir vier weiße Papptafeln entgegen, die jeweils eine schwarze Ziffer trugen.

»Da fehlt ja die Drei«, sagte ich.

»Ist verloren gegangen«, antwortete der Polizist. »Nehmen Sie sich jetzt bitte eine Zahl.«

Ich entschied mich für die Eins und stellte mich schon mal ganz an den Anfang der Reihe. Erfahrungsgemäß entschieden sich Zeugen, die sich ihrer Sache nicht zu hundert Prozent sicher waren, bei einer Gegenüberstellung für eine in der Mitte stehende Person. Zumindest bildete ich mir ein, mal eine Statistik von der Uni Duisburg-Essen zu diesem Thema gelesen zu haben. Ich hatte keine Ahnung, wen Krammer als Zeugen aufgetrieben hatte und was besagter Zeuge wann und wo gesehen haben wollte. Aber ich wollte zumindest meinen

Teil dazu beitragen, hier gleich als freier Mann wieder raus-spazieren zu können. »Wissen Sie, was das Theater soll?«, fragte mich Thomas Forstner, der sich für die Zwei entschieden hatte. Anfängerfehler. Wobei die gewählte Zahl in seinem Fall wohl egal war. Hatte der Zeuge eine Person gesehen, die nur annähernd über eine Hansi-Hinterseer-Frisur verfügte, war Forstner geliefert, egal, ob schuldig oder nicht.

»Ich weiß genauso viel wie Sie«, sagte ich meinem Auftrag-geber. »Aber ich könnte mir vorstellen, dass es um den Mord an Daniel Sonnleitner geht.«

»Aber das war ich nicht«, sagte Forstner entrüstet.

»Zeigen Sie mir einen Mörder, der das nicht von sich be-haupten würde«, entgegnete ich.

»Aber ich war das wirklich nicht!«

»Ich weiß«, beruhigte ich ihn. »Aber Ihr Ziel sollte es sein, dass die dahinten«, ich zeigte in Richtung des Spiegels, »das auch glauben. Also seien Sie ganz entspannt. Wird schon alles gut werden.«

Ich stellte mich an den Beginn der Reihe, Thomas Forstner neben mir. Dann der mir unbekannte Mann, und am anderen Ende schloss Kristallschädelhüter Alfred Dachs die Reihe ab. Der Bruder der getöteten Carlotta Woods, der Witwer, ein Statist und ich als Für-eh-alles-Verdächtiger standen versam-melt, um für den Mord am vermeintlichen Mörder Carlotta Woods', Daniel Sonnleitner, geradezustehen.

Und so lümmelten wir da eine ganze Weile herum. Aus eigener Erfahrung wusste ich, dass sich Polizei und Zeugen erst mal auf eine solche Situation eingrooven mussten. Die Ermittler mussten deutlich klarmachen, dass man nur dann auf eine Person zeigen sollte, wenn man sich wirklich sicher war. Je nach Alter und Verfassheit konnte es schon mal ein bisschen dauern, bis da etwas weiterging.

Wir präsentierten unsere Frontansicht für einige Minuten, hielten dabei unsere Tafeln mit den Ziffern in die Höhe. Der Statist hatte die Vier und Dachs die Fünf. Dabei versuchten wir alle, so unverdächtig wie möglich dreinzuschauen, was natürlich ausnahmslos dazu führte, dass wir besonders zwielichtig wirkten. Nichts war auffälliger als ein Mensch, der bewusst unverdächtig wirken wollte. Und klar, ich hätte jetzt hier auch einen auf Oberchecker machen können. Ich war oft genug auf der anderen Seite dieser Spiegel gestanden, wusste, wie das ablief. Aber ich hatte ein entscheidendes Problem: Ich war tatsächlich am Tatort gewesen, als Daniel Sonnleitner erschossen worden war. Was mich betraf, lief ich hier also definitiv Gefahr, identifiziert zu werden. Dann würde Krammer kurzen Prozess mit mir machen, und es wäre vollkommen egal, was ich heute mit Maximilian Plünder vereinbart hatte. Dann würde ich erst mal hinter Gittern hocken. Und Plünder hätte eine Sorge weniger.

»Drehen Sie sich bitte einmal nach rechts«, schallte es aus einem blechernen Lautsprecher.

Die Viererbande gehorchte, und so starrte ich jetzt auf eine weiße Wand, während ich in meinem Nacken den warmen Atem von Thomas Forstner spürte.

Was, wenn das hier ein abgekartetes Spiel zwischen Krammer und Plünder war? Der weißhaarige Baulöwe hatte Daniel Sonnleitner auf seiner Payroll gehabt, und es bestand kein Grund, daran zu zweifeln, dass auch Krammer und Plünder einander kannten und schätzten. Man brauchte nur an die Verbrüderung Krammers mit den Anzugträgern während der Demonstration der Bürgerinitiative im Steinbruch zu denken. Das hätte bedeutet, dass die beiden diesen Plan schon ausgeheckt hatten, noch bevor ich Plünder in seinem Tower auf die Füße gestiegen war, denn die Vorladung zu dem Termin im Stadtpolizeikommando hatte ich bereits in der Früh von einem Ruster Bundespolizisten erhalten. Das machte es wiederum eher unwahrscheinlich, dass sich die beiden gegen mich verbündet hatten. Zumal ich Plünder in Form der schwachsinnigen Geschichte mit dem geplanten Markteintritt von Vito Violinos Bande ins burgenländische Baugeschäft einen Köder vor die Nase gehalten hatte, der mir einen gewissen Schutz bieten sollte. Im Nachhinein fand sogar ich meine Geschichte total glaubwürdig.

»Und jetzt bitte einmal nach links!«

Ein österreichischer Ex-Polizist aus Deutschland, der undercover und in Absprache mit dem österreichischen Bundeskriminalamt nach Österreich kommt, um geschäftliche Vorbereitungen des deutschen Mafiaclans im Auge zu behalten. Und um nicht weiter aufzufallen, denkt man sich eine Geschichte mit seiner vom Mafiaclan erschossenen Frau aus, die zufälligerweise aus genau jenem Ort stammte, in dem die Mafiosi aufgetaucht waren. »Zufälle gibt's«, hatte ich zu Plünder gesagt. Und wer, wenn nicht er, wusste es am allerbesten, dass es hin und wieder tatsächlich diese eine ganz besondere Art des Zufalls gab.

»Und wieder nach vorne!«

Beim erneuten Wendeprozess sah ich, wie sich auf der Stirn von Thomas Forstner Schweißperlen gebildet hatten. Der Mann schien echt nervös zu sein. Hatte er mich vielleicht auch mit diesem vermeintlichen Auftrag nur benutzt, um selbst ungestört den Tod seiner Schwester zu rächen? Hatten ihm die wenigen Informationsbrocken, unter denen sich eigentlich kaum Hinweise auf Daniel Sonnleitner befanden, vielleicht doch gereicht, um den Eindruck zu bekommen, dass Sonnleitner seine Schwester ermordet hatte? Eine Waffe war in einer Metropole wie Wien sicherlich schnell organisiert. Er brauchte nur irgendwie die Adresse des Polizisten herauszubekommen, was im Internetzeitalter nicht die große Herausforderung sein sollte.

»Nummer fünf bitte vortreten!«

Alfred Dachs trat einen Schritt nach vorne. Der Witwer der Toten, der sich durch ihr Dahinscheiden nicht davon hatte abbringen lassen, sich weiterhin mit voller Energie für die Bürgerinitiative einzusetzen. Der vielleicht tatsächlich dahintergekommen war, dass seine Frau schon längst zur Gegenseite übergelaufen war. Der sicherlich genau wusste, wo Sonnleitner wohnte. Man kannte sich schließlich, hier auf dem Land. Und in einer ländlichen Umgebung stellte ich es mir genauso einfach vor, sich eine Schusswaffe zu organisieren. Es gab hier sicher einen Haufen Jäger.

»Danke, Nummer fünf kann zurücktreten. Meine Herrschaften, Sie können den Raum verlassen«, tönte die Stimme. Erleichterung machte sich breit. »Nur Nummer eins bleibt bitte da.«

Hmm.

Thomas Forstner sah mich erleichtert an. »Viel Glück«, sagte er und verließ mit den anderen beiden das Zimmer. Ich versuchte, im Spiegel irgendeine kleine Art der Regung zu erkennen. Doch da war nichts. Genauso wenig wie in meinem Hirn, denn ich hatte nicht den Hauch einer Ahnung, was jetzt auf mich zukommen würde.

»Der Herr Lauda aus Wien«, begrüßte mich Krammer, nachdem auch er in den mir schon bekannten Vernehmungsraum eingetreten war.

»Der Herr Krammer aus Eisenstadt«, antwortete ich.

»Eigentlich bin ich auch ein Wiener«, antwortete Krammer, fast schon im Flüsterton. »Ich bin in Meidling aufg'wachsen, hab aber auch viel Zeit im Waldviertel verbracht in meiner Kindheit.«

»Ist nicht wahr«, sagte ich. »Bei welchem Vergehen will mich Ihr Zeuge denn beobachtet haben? Bin ich mit dem Rad falsch abgebogen? Habe ich den Blinker nicht gesetzt?«

»Immer einen Scherz auf den Lippen, das mag ich so an Ihnen«, sagte Krammer und lachte. Er wirkte entspannt und gut gelaunt. Das musste kein gutes Zeichen für mich sein. »Machen Sie sich keine Sorgen, die Zeugin hat Sie nicht wiedererkannt«, erklärte er.

Mir fiel tatsächlich ein Stein vom Herzen, auch wenn ich noch immer nicht wusste, worum es hier eigentlich ging.

»Um was geht es denn eigentlich?«, fragte ich dementsprechend.

»Eine Nachbarin hat an dem Abend, an dem Daniel Sonnleitner in seinem Hausflur erschossen worden ist, eine männliche Person dabei beobachtet, wie diese Sonnleitners Haus betreten hatte.« Hmm. »Die Dame wohnt im ersten Stock im Haus gegenüber. Aber sie konnte keinen der vier Männer zweifelsfrei identifizieren. Also haben wir alle wieder gehen lassen.«

»Aber bei einer Person war sich die Dame wohl nicht ganz sicher?«

»Da haben Sie vollkommen recht«, antwortete Krammer freimütig.

Der Hinweis auf die Dame, die eine Person erkannt hatte, sich aber nicht absolut sicher war. Der Hinweis, wo diese Dame wohnte. Der Hinweis, was diese Dame gesehen hatte. Das wirkte wie eine Aufforderung an den vermeintlichen Täter, der Dame einen Besuch abzustatten und dafür zu sorgen, dass sie zu einem späteren Zeitpunkt nicht doch noch eine Aussage vor Gericht machen konnte. Wenn dann der vermeintliche Täter, in Krammers Augen wahrscheinlich ich, vor der Tür der Dame auftauchen würde, würde der strahlende Retter in Person von Stefan Krammer im Rampenlicht erscheinen und den Täter, also mich, verhaften.

Bis kurz zuvor hatte Krammer noch meine ungeteilte Aufmerksamkeit. Jetzt dagegen begann ich mich zu langweilen.

Da haben wa ja die Sau!

Man fand sich wirklich sehr schnell zurecht in dieser recht übersichtlichen Landeshauptstadt. Die Fußgängerzone mit der Redaktion des Eisenstädter Express, die Volksschule von Nicole Karner, das Stadtpolizeikommando, das Haus von Daniel

Sonnleitner: All diese Adressen lagen, war man Entfernungen und Wege einer Großstadt wie Wien oder gar eines Ballungsraumes wie des Ruhrgebietes gewohnt, quasi ums Eck.

»In der Renner-Straße, einfach zwischen Leinnerhaus und Art House Project hindurch und schon bist du da«, hatte die Beschreibung Alfred Dachs' gelautet. Die Dr.-Karl-Renner-Straße, wie sie ausgeschrieben hieß, so unscheinbar sie auf Google Maps auch daherkam, hatte einiges zu bieten. Von hier aus hatte man einen feinen Blick auf das imposante, für Eisenstädter Verhältnisse etwas zu groß geratene Stadtschloss des Fürsten. An der Weggabelung zwischen Rusterstraße und Dr.-Karl-Renner-Straße befand sich mit dem Leinnerhaus ein breiter Prachtbau, auf dessen Kupferdach eine kleine Kuppel thronte. Eine Sternwarte oder etwas Ähnliches, vermutete ich. Mit Luise hatte ich mal einen Wochenendtrip an die Ostsee unternommen. Dieser Bau mit der Kuppel hätte sich ohne Probleme zwischen die Bäderarchitektur-Villen der Perlenkette in Heiligendamm schmuggeln können, und es wäre, bis auf den fehlenden zweiten Stock, wohl niemandem aufgefallen. Gleich gegenüber stand ein buntes Einfamilienhäuschen, das von Dachs angekündigte Art House Project. Die Fassade war vollständig mit bunten Mustern, Tieren und Figuren bemalt worden, und wenn es im Inneren so lebendig und kreativ aussah, wie die Fassade es suggerierte, schien mir das ein für Eisenstädter Verhältnisse ziemlich unkonventionelles Projekt zu sein. Direkt angrenzend, an der Ecke zur Hans-Siebenhirter-Gasse, befand sich das Gebäude mit der Hausnummer 2a. So spannend die anderen beiden Häuser zuvor ausgefallen waren, so unspektakulär war der Bau, in dem Carlotta Woods ihre Stadtwohnung bezogen hatte.

Nachdem ich von Alfred Dachs den Schlüssel bekommen hatte, konnte ich auch gleich die Post aus dem überquellenden Briefkasten im Erdgeschoss mitnehmen. Die Wohnung lag im ersten Stock und war vor wohl nicht allzu langer Zeit renoviert worden. Modernes Ambiente, fast so ein bisschen wie in diesen

Appartements, in die sich Geschäftsreisende für eine begrenzte Zeit einmieten konnten, wenn sie geschäftlich in einer Stadt zu tun hatten. Auffallend war, dass kein Siegel der lokalen Polizei den Eingang kennzeichnete. Anscheinend rechnete man nicht damit, dass sich noch jemand für die Wohnung interessieren könnte, nachdem ohnehin schon unmittelbar nach dem Mord eingebrochen worden war. Die Polizei schien es jedenfalls nicht für nötig befunden zu haben, die Wohnung im Anschluss in einem geordneten Zustand zu verlassen. Wo war sie nur geblieben, die Rücksicht auf die Nächsten?

Der Wohnraum bestand aus einem Esstisch mit Glasplatte sowie vier dazugehörigen Stühlen, einer kleinen Couchgruppe und einem etwas schief hängenden vertikalen Spiegel. Saß man auf der Couch, hatte man dank des Spiegels den Flur und den Eingangsbereich der Wohnung im Blick. Auf dem Beistelltisch lag eine umgestürzte Glasvase, die mit Sand und einer breiten weißen Kerze gefüllt gewesen war. Der Sand war über den halben Tisch verteilt. Der Docht der Kerze war unschuldig weiß. Ein Arbeitsplatz oder Schreibtisch fehlte. Die Journalistin von heute bevorzugte es offensichtlich, auf dem Sofa oder am Esstisch zu arbeiten. Auf der Couch lagen Bücher und Dokumente, einzelne Kissen der weinroten Sitzgruppe waren aufgeschlitzt worden. Zwei Bilder mit Stadtansichten, ich tippte auf Eisenstadt, lehnten auf dem Boden stehend an der Wand. Jeweils darüber waren jene hellen Stellen deutlich zu sehen, an denen die Bilder bis zu den Geschehnissen der vergangenen Tage gehangen hatten. Im Schlafzimmer ein ähnliches Bild. Aufgeschlitztes Bettzeug, die Daunen oder Federn oder womit auch immer Decke und Kissen gefüllt waren, lagen im ganzen Zimmer verstreut. Auch hier ein Bild auf dem Boden stehend. Die Schubladen waren aus dem Kleiderschrank, der Lampenschirm von der Decke gerissen worden. Wer oder was auch immer hier gesucht worden war, es war nicht mehr da. Da war ich mir ziemlich sicher. In der Küche sah es auch nicht viel besser aus. Der einzige Raum, dem man nicht angesehen hatte, dass ein Tornado hindurchgefegt war, war die Toilette. Hier verriet lediglich der leicht angehobene Deckel des Spülkastens, dass auch dort Nachschau gehalten worden war.

Ich setzte mich auf eines der aufgeschlitzten Couchkissen und ließ meinen Blick durch die Wohnung wandern. Diesen Ausflug hätte ich mir wohl tatsächlich sparen können. Aber hin und wieder musste man auch mal leere Kilometer machen, um zu wissen, dass eine Spur oder ein bestimmter Ort für die weiteren Ermittlungen nicht von Interesse war. Auch das war Teil der Polizei- oder in meinem Fall der Detektivarbeit. »Detektiv«. Das hörte sich reichlich deppert an. War es auch.

Das Einzige, das mir blieb, war die Post. Also nahm ich mir den Haufen vor, den ich zuvor aus dem Briefkasten mit nach oben getragen hatte. Der Großteil bestand aus billigem Papier, das mit Werbung für Supermärkte, Möbelhäuser und Fitnesscenter bedruckt worden war. Ich sortierte die Werbung aus und hielt noch drei Briefe in der Hand, deren Inhalt mehr Gehalt versprach. Zwei Umschläge im klassischen Briefformat enthielten eine Strom- und Warmwasser-Rechnung sowie die Erinnerung, dass das Fitnessstudioabo im kommenden Monat auslaufe und man sich sehr freuen würde, Carlotta Woods auch in Zukunft zu den treuen Kundinnen zählen zu dürfen. Ein Hinweis auf den bald drohenden Weihnachtsspeck durfte natürlich nicht fehlen. Der Klassiker der Fitnesscenterwerbung.

Es blieb ein brauner Umschlag im A4-Format übrig, dessen Absender eine Diurna Holding war. Nachdem ich den Umschlag geöffnet hatte, zog ich einige mit Klammern aneinandergetackerte Blätter heraus. Und der Inhalt dieser Papiere ergänzte praktischerweise jene Informationen, die ich zu Mittag von Maximilian Plünder erhalten hatte.

Ich faltete die Blätter einmal in der Mitte und steckte sie in die Innentasche meiner schwarzen Jeansjacke. Das war ein großer Vorteil dieser alten Jacken aus den Neunzigern. Die boten einfach richtig viel Stauraum. Je nachdem, was man da so alles unterbrachte, sah man dann zwar aus wie ein Michelinmanderl, aber man hatte zumindest immer alles dabei. Ich erhob mich und wollte gerade das Wohnzimmer verlassen, als ich einen Blick in den schief stehenden vertikalen Spiegel warf. Hatte ich die Wohnungstür hinter mir nicht zugemacht? Offensichtlich nicht, denn jetzt stand sie offen. Ich dachte mir nichts dabei, schließlich war ich mittlerweile auch in einem Alter, wo man hier und da mal etwas vergessen durfte. Das war mein erster Fehler.

»Da haben wa ja die Sau!«, sagte ein ungepflegter Kerl, der im nächsten Moment das Wohnzimmer betrat.

Die Stimme kam mir bekannt vor. Das war einer der beiden, vor denen ich mich im Hotel in Donnerskirchen ins Badezimmer geflüchtet hatte. Verwechslung ausgeschlossen.

»Säue sind reinliche Tiere«, entgegnete ich.

Das war mein zweiter Fehler. Denn es wäre besser gewesen, mich anstelle eines blöden Spruchs im Schlafzimmer zu verbarrikadieren. Oder aus dem Fenster zu springen oder sonst irgendwas zu tun, das mir einen Ausweg eröffnet hätte.

Der erste der beiden Fantasinos stürzte sich auf mich, warf mich auf die Couch und setzte sich mit dem Gewicht seines gesamten Körpers auf mich drauf. Und da war wirklich viel Gewicht zum Draufsetzen, bist du deppert. Ich hatte große Probleme, meine Atmung in zumindest halbwegs regelmäßigen Abständen zu gewährleisten, und ächzte und krächzte. Mehr bekam ich nicht raus. Auch keinen blöden Spruch mehr. Der andere Kerl stellte sich breitbeinig vor uns hin. Er zog eine schwarze Pistole aus der Innentasche seiner Jacke, und ich hätte gewettet, dass er nur diese eine besaß, schließlich trug er lediglich eine schmierige Leder- und keine Jeansjacke. Doch ich bekam keinen Ton heraus, der dickere der beiden Fantasinos saß nach wie vor auf mir drauf. Also wettete ich mit mir alleine.

Langsam und genüsslich schraubte der andere Fantasino

einen Schalldämpfer auf den Lauf der Pistole. Keine Ahnung, wo er den nun plötzlich herhatte.

Was machten die beiden in der Wohnung von Carlotta Woods? Wie hatten sie mich gefunden? Hatten sie mich zufällig auf der Straße entdeckt, vielleicht während ich einen zu langen kurzen Moment vor dem Leinnerhaus gestanden war? Doch es war egal, auf welche Weise sie mich gefunden hatten oder wie sie in diese Wohnung gekommen waren. Fakt war, sie hatten mich. Und sie würden kurzen Prozess mit mir machen.

Verwirren, töten oder abhauen. Mir erschien in diesem Moment keine der drei Optionen realistisch, die mir mein Ausbildner ans Herz gelegt hatte. Warum fiel mir ausgerechnet jetzt ein, dass er wenige Wochen nach dem Ende meiner Ausbildung im Rahmen einer verdeckten Operation ums Leben gekommen war?

Ich versuchte, irgendwelche Töne rauszubekommen, doch hatte ich mit dem Zweitonner auf meinem Brustkorb keinerlei Chance.

»Ey, warte mal. Ich glaub, der will was sagen«, sagte der Ungepflegte mit der Pistole und dem Schalldämpfer.

»Echt, meinste?«, fragte der andere und sah zu mir hinunter.

»Reduzier mal bisschen Gewicht«, sagte der Stehende, und es klang wie eine Werbung aus dem zuvor aussortierten Werbeblattl.

Der Dicke verlagerte ein Minimum seines Gewichts auf seine Beine, sodass unglaublich frischer und wertvoller Eisenstädter Sauerstoff in meine Lungen strömen konnte.

»Ich will meiner Trauer Akzeptanz geben«, sagte ich, nachdem ich dreimal kräftig durchgeatmet hatte.

Die beiden sahen sich an, als ob ich Spanisch gesprochen hätte.

»Lass den ma hinsetzen«, sagte wieder der Stehende.

Der Sitzende gehorchte, erhob sich und positionierte sich hinter mir, seinen Arm fest um meinen Hals gelegt. Der Schweiß aus seinen Tausenden schwitzenden Poren strömte mir direkt in die Nase. Ich wünschte mich zurück unter seinen massiven Körper. Hatte Plünder mir meine Ausdünstungen vorgehalten, was würde er dann erst diesem Stinktier sagen?

»Ich bin traurig«, fuhr ich fort, als ich wieder aufrecht saß, nach wie vor im Schwitzkasten des Dicken hängend.

»Ey, was laberst du hier für 'nen Scheiß. Ich dachte, du hast noch 'ne letzte Botschaft für Vito oder so!« Er war außer sich und richtete wieder seine Waffe auf mich.

»Die versuch ich dir ja gerade mitzuteilen«, sagte ich und holte dafür noch mal mein Röcheln von vorhin hervor. Er sollte mich schlecht verstehen.

»Ich verstehe dich schlecht, red deutlich, Mann, und beeil dich, du hast nämlich nicht mehr viel Zeit.«

Ich bedeutete ihm, dass er näher kommen solle. Immerhin ging es hier um die letzten Worte meines Lebens, die sollte er schon korrekt mitbekommen. Er beugte sich tatsächlich ein bisschen zu mir herab. Ich wiederum lehnte mich mit meinem Oberkörper in die Armschlinge des Dicken, damit ich auch meinerseits den Abstand ein bisschen reduzieren konnte. Als ich diesen für ausreichend gering einstufte, fuhr ich mit der Hand über den Couchtisch, sammelte dabei so viel Sand wie möglich ein und warf ihn dem Stehenden ins Gesicht. Der Heini ließ zwar leider nicht wie erhofft die Waffe fallen, war aber trotzdem erst mal außer Gefecht gesetzt. Der Dicke, der hinter mir saß und mich eigentlich im Schwitzkasten hatte, war von der Wendung der Ereignisse dermaßen überrascht, dass er den Schwitzkasten für einen kurzen Moment etwas lockerer gestaltete. Katzenartig befreite ich mich und sprang auf. Und noch bevor der Dicke seinen massiven Körper in die Vertikale gewuchtet hatte und der Stehende wieder zum Sehenden wurde, war ich aus Carlotta Woods' Stadtwohnung gerannt.

Ich hab da so eine Vermutung

Bella zickte rum.

Und sie hatte allen Grund dazu. Ich war den ganzen Tag unterwegs gewesen. Erst beim Plünder in seiner Trutzburg, später im Stadtpolizeikommando in Eisenstadt und dann noch die unfreiwillige Begegnung mit den beiden Fantasinos. Natürlich hatte ich darauf geachtet, dass es ihr in der Zwischenzeit an nichts mangelte. Drei Schüsseln mit Wasser und zwei Schüsseln mit Futter, in einer davon ihr geliebtes Dosenfutter, standen im Garten verteilt. Die zweite Futterschüssel hatte ich im Garten unter den großen Apfelbaum gestellt, dessen einen Hauptast irgendjemand mit einer Holzstütze abgesichert hatte, damit er nicht runterkrachte. Aber entweder überschätzte ich Bellas Spürsinn, oder sie hatte was an der Nase. Denn als ich gegen sechzehn Uhr von Herbert in Rust abgesetzt worden war, standen Napf und Futter unberührt vor dem Apfelbaum. Wobei »unberührt« in diesem Kontext nicht stimmte, denn mehrere Ameisenvölker hatten sich über das Futter hergemacht und trugen es in elendig langen Kolonnen quer durch den gesamten Garten. Wir standen vor dem Schüsselchen, und Bella sah mich vorwurfsvoll an.

»Hättest dich ja auch mal ein bisschen bemühen können«, sagte ich.

Sie bellte. Ich wertete dies als Schuldeingeständnis. Wir ließen die Ameisen ihren Festschmaus genießen, und Bella bekam eine frische Schüssel mit Essen. Dazu ließ sie sich ausgiebig den Bauch und die Hoden kraulen. Hoden? Moment mal. Ich war weit entfernt davon gewesen, ein Tierarztdiplom in Händen zu halten, auch wenn mir meine Mutter ein veterinärmedizinisches Studium zeit ihres Lebens händeringend ans Herz gelegt hatte. Das sei was Bodenständiges, krisensicher, und man lerne dabei sicherlich auch nette Frauen kennen. Das war Mitte der achtziger Jahre gewesen, als meine Schulkarriere mit Ach und Krach ihren Anfang und die Fernsehserie »Der Doktor und das liebe Vieh« ihr Ende genommen hatte. Dass ich mich für eine Karriere bei der Polizei entschieden hatte, hatte mir meine Mutter lange übel genommen. Jedenfalls nahm ich mir Bella nun mit meinen nicht vorhandenen veterinärmedizinischen Skills noch mal genauer unter die Lupe, und siehe da: Neben den Hoden kam auch noch ein ausgewachsener Penis zum Vorschein, der, je länger ich den Bauch gekrault hatte, immer mehr in seiner vollen Pracht zu erkennen war.

»Du bist ja ein Hund«, sagte ich zu Bella, weniger in Erkenntnis des männlichen Geschlechts, sondern in der Art, wie man das Wörtchen »Hund« als Bezeichnung für einen gewieften Kerl verwendete. »Machst hier die ganze Zeit einen auf Frau und hockerlst dich beim Pinkeln hin wie ein Mädchen, hast aber ein Trompeterl zwischen den Beinen.«

Aber was soll's? Heutzutage war es ja eigentlich auch egal, welchem Geschlecht sich jemand zugehörig fühlte, das sollte für Hunde genauso gelten wie für Menschen.

Damit Bella nicht auch noch den Abend alleine daheim verbringen musste, nahm ich sie mit zum Spritzenhaus. Die Taxiprucknerin hatte mich daran erinnert, dass am heutigen Abend wieder ein Treffen auf dem Programm stand. Es wäre sowieso ganz gut, wenn ich vorbeischauen würde, denn sie müsste da noch was mit mir besprechen, hatte sie gemeint. Aha. Passte mir aber eh ganz gut ins Konzept, weil … na ja, nach dem unfreiwilligen Aufeinandertreffen mit den beiden Fantasinos musste etwas passieren. Tauchten die schießwütigen Kerle erst mal hier in Rust auf, war nicht nur mein Leben in Gefahr, sondern auch jenes von Menschen, die absolut nichts für meinen Schlamassel konnten. Und dass die beiden Mafiosi wiederkommen würden, war keine Frage des Ob, sondern ausschließlich des Wann. Und dann fand ja heute auch noch die Leopoldsnacht statt. Mit ein bisschen Pech würden die beiden Einfaltspinsel die Gelegenheit dafür nutzen, um sich unters Ruster Partyvolk zu mischen.

»Wo ist denn der Poidl?«, fragte ich.

Die ganze Mannschaft war am Stammtisch versammelt, einzig der Polizist fehlte.

»Fühlt sich nicht so gut«, sagte Josef. »Komm, setz dich her zu uns«, fuhr sie fort und lud mich mit einer raumgreifenden Handbewegung ein, mich gleich neben sie zu setzen. Bella schickte ich nach draußen zum Spielen. Es waren nicht allein die Stammgäste, die sich an diesem Abend beim Spritzenhaus zu einem Glas Weißwein eingefunden hatten. Es herrschte ähnlicher Trubel wie am Donnerstag beim Frühschoppen. Mit dem Unterschied, dass nun, am Samstagabend, deutlich mehr Alkohol konsumiert wurde. Es würden noch wesentlich mehr Menschen an diesem Abend nach Rust kommen, wie ich anschließend erfuhr. Die Leopoldsnacht hatte sich innerhalb ihres dreijährigen Bestehens zu einem Fest mit regionalem Attraktivitätscharakter entwickelt, bei dem sich auch gerne Prominenz aus der Umgebung einstellte.

»Wir müssen reden«, sagte Josef, als ich mich hingepflanzt hatte und ein junges Mädel, das an diesem Abend offensichtlich als Servicekraft fungierte, mir eine Flasche Golser vor die Nase gestellt hatte. Ich blickte in eine Reihe ernster Gesichter, die im harten Kontrast zur übrigen Stimmung im Spritzenhaus standen. Kinder liefen kreuz und quer zwischen den drinnen wie draußen aufgestellten Bierbänken und Tischen umher. Immer wieder zog eine Gruppe von fünf Kindern in altertümlichen Kostümen durch das Spritzenhaus. Sie schlugen dabei mit den Schlägeln auf ihre Trommeln und riefen: »Groß und Klein, seid aufgewacht, bald schon ist die Leopoldsnacht!« Wenn die mal nicht zu der kleinen Trommlergruppe gehörten, die ich auch neulich schon auf dem Rathausplatz gesehen hatte.

»Mhmm«, machte ich. »Das befürchte ich auch.«

»Daniela, fängst du an?«, hatte die Bürgermeisterin offensichtlich die Gesprächsorganisation inne.

»Gerne«, sagte die Taxiprucknerin.

»Nachdem ich die Frau Müller heute Vormittag bei der

Physio abg'setzt hab, hab ich ja ein bisserl Standzeit in Eisenstadt g'habt. Ich bin bei der Busstation am Domplatz g'standen und hab mir vorher beim Wagner in der Hauptstraße einen Kaffee g'holt. Und da wurde ich auf einmal von einem Mann angesprochen. Und weißt was? Der hat mich nach dir g'fragt, Nikolaus.«

Ich konnte mir schon ausrechnen, wer das war. Fragte aber trotzdem: »Woher weißt du, dass er ausgerechnet etwas von mir wollte?«

»Der Mann hat sich in der Bäckerei nach jemandem erkundigt, der kürzlich aus Deutschland in die Gegend gekommen ist.«

»Das trifft ja wahrscheinlich nicht nur auf mich zu«, entgegnete ich.

»Er hat mir ein Foto von dir gezeigt«, entkräftete Daniela meine Argumentation. »Das warst du. Ganz eindeutig.«

»Hat er gesagt, warum er nach mir sucht?«

»Ja, aber das war eher eine Räuberpistole. Klang wie so ein E-Mail, das man im Spam-Ordner findet. Sein Onkel sei gestorben, und dieser habe dir einen Großteil seines Vermögens vermacht. Es wisse aber niemand, wo du dich aufhältst, und niemand habe dich erreichen können. Deswegen suche er dich nun, damit du das Erbe antreten könnest.«

Wirklich nicht sehr einfallsreich. Aber was wollte man schon von Dick und Doof erwarten? Deren Qualitäten lagen eindeutig in anderen Bereichen.

»Warum suchen die dich?«, fragte Castle, der Weinbauer. »Hast was ang'stellt?«

Es war wohl Zeit für eine Partie mit offenen Karten.

»Ihr erinnert euch daran, dass ich euch hier am Montag erzählt habe, dass ich hergekommen bin, um mich aus der Schusslinie zu nehmen?«

Allgemeines Nicken, während im Hintergrund wieder die Trommelbande herumlärmte.

»Nun ja, das war durchaus wortwörtlich gemeint. Die

beiden Männer, die nach mir suchen, gehören zu demselben Mafiaclan, der Luise umgebracht hat.«

Damit hatten sie nicht gerechnet. Und ich konnte es ihnen nicht verdenken.

»Die Mafia? Hier bei uns in Rust?«, fragte Castle.

»Und was sagst du da, die Luise ist tot?«, schloss die Taxiprucknerin mit einer Frage an.

Ich erzählte von meinem Job bei der Essener Sondereinheit für organisierte Kriminalität. Von Vito Violino und seinem Mafiaclan, der nicht nur Essen unter sich aufgeteilt hatte, sondern das halbe Ruhrgebiet. Von Prostitution, Schutzgelderpressung und Mord – Vito spielte in der Liga der ganz Großen und verstand keinen Spaß. In diesem Spiel wollte er sich natürlich auch nicht von der Polizei mit einer roten Karte vom Platz stellen lassen. »Ich war nicht der erste Polizist, der versucht hatte, Vito das Handwerk zu legen. Und ich war nicht der erste Polizist, der von ihm und seinen Leuten bedroht wurde«, berichtete ich. »Aber ich war der erste Polizist, dessen unmittelbarste Umgebung die Dreckschweine tatsächlich angegriffen haben.« Und dann erzählte ich von jenem Tag, an dem sie Luise töteten. »Es war ein Samstag im März vor zwei Jahren. Es war der erste richtig schöne und warme Tag des Jahres, es sollten über zwanzig Grad werden. Die Sonne schien. Es war perfekt. Luise und ich hatten vor, am Nachmittag auf dem Ruhrtalradweg zur Burgruine nach Wetter zu fahren. Abends im Hülsmannshof auf der Margaretenhöhe ein Bier trinken und gut essen.« Doch so weit sollte es nicht kommen. »Wir hatten keine Semmeln zum Frühstück, also ist sie los zum Bäcker ums Eck. Ich hab derweil Kaffee gemacht und schon mal die Milch aus dem Kühlschrank geholt und auf unseren Esstisch gestellt. Sie mochte es nicht, wenn die Milch für den Kaffee direkt aus dem Kühlschrank kam.« Ich erzählte, wie ich schnell duschte und dann auf sie wartete. Und wartete. Und schließlich begann, mir Sorgen zu machen, weil sie nicht zurückkam. Ihr Handy hatte sie damals auf dem

Tisch liegen lassen, es waren ja nur ein paar Meter zum Bäcker, und sie wusste, was ich am liebsten hatte. »Doch sie kam nicht. Sollte nie wieder kommen. Nach einer halben Stunde machte ich mich auf den Weg, um sie zu suchen.«

Aus den ernsten Gesichtern am Stammtisch waren besorgte Gesichter geworden. Den ganzen Trubel um mich herum, die Vorbereitungen für die Leopoldsnacht, ich nahm das nun alles überhaupt nicht mehr wahr. »Ich sah die Einsatzfahrzeuge der Kollegen, jede Menge Krankenwagen und Menschen, die aufgelöst oder neugierig durch die Gegend liefern. Das Ganze hatte sich nicht mal zwei Straßen weiter abgespielt, und ich hatte nichts davon mitbekommen, weil wir jeden Samstag in der Früh ganz laut unsere Weekendplaylist hörten. Je näher ich kam, desto größer wurde das Bewusstsein dafür, dass das, was dort passiert war, ganz unmittelbar mit mir zu tun hatte. Dass dieses Blaulichtgewitter wie ein Blitz in mein Leben einschlagen würde. Dass ab diesem Tag nichts mehr so sein würde wie zuvor. Auf dem Gehweg vor dem Bäcker waren weiße Leintücher über vier leblose Körper ausgebreitet worden.«

Ich hatte die Absperrbänder durchbrochen, mich auch von den uniformierten Polizisten nicht abhalten lassen. Dabei hätte ich ihnen nur meinen Namen und meine Zugehörigkeit zur Essener Sondereinheit mitteilen müssen, doch zu einer besonnenen Vorgehensweise war ich nicht fähig. Ein Leichentuch nach dem anderen hatte ich hochgehoben. Ein Mann mit einem Kleinkind, nicht mal zehn Jahre alt. Eine Frau. Und ein Jugendlicher. Keine Luise. »Da lag ein totes Kind mit seinem Vater, direkt vor mir. Und trotzdem konnte ich mein Glück in diesem Moment kaum fassen. Luise hatte diese ganze Szenerie vielleicht nur beobachtet, vielleicht Erste Hilfe geleistet, musste eine Aussage bei den Kollegen machen, war deshalb nicht zurückgekommen, hatte gar nicht zurückkommen können. Erst ein paar Minuten später, als ich wieder zu mir gekommen und auf einen Kollegen gestoßen war, den ich kannte, wies dieser mich darauf hin, dass im Eingangsbereich der Bäckerei ein weiteres Opfer lag. Abgedeckt mit einem Leichentuch. Luise.«

Während ich mich an der Bierflasche festhielt, legte Josef ihre Hand auf meine. Ich unterdrückte die Tränen, so gut es eben ging, und bildete mir ein, dabei recht erfolgreich zu sein. Erst jetzt bemerkte ich, dass Bella zwischenzeitlich zurückgekommen war und sich unter die Holzbank zwischen meine Beine gelegt hatte.

»Die Kollegen gingen von einem Anschlag aus. Ganz Europa lebte seit Jahren in Angst vor terroristischer Gewalt. Doch ich wusste schon damals, dass es sich nicht um ein Attentat gehandelt hatte. Zumindest nicht um einen Anschlag, wie ihn zum Beispiel Berlin im Dezember 2016 erlebt hatte. Und ich fand die Bestätigung wenige Tage später in meiner Post. Ein Umschlag, ohne Adresse, ohne Absender. Darin war ein Foto von Luise, das Vitos Leute vor dem Bäcker von ihr gemacht hatten. Ich weiß bis heute nicht, ob es von dem Tag stammte, an dem sie Luise getötet haben, oder ob sie unsere Gewohnheiten schon längere Zeit ausgekundschaftet hatten. Sie hatten keine Nachricht dazugeschrieben. Das war aber auch nicht nötig gewesen. Normalerweise schickten sie ein solches Foto als Warnung, bevor sie jemanden umbringen. Doch mich wollten sie nicht warnen. Sie wollten mich töten und wählten dafür die effektivste Art, die es gab. Nämlich jenen Menschen umzubringen, der für mich alles bedeutete auf der Welt.«

Bella legte ihren Kopf auf meinen linken Schuh. Josef hatte immer noch ihre Hand auf der meinen. In diesem Moment, als ich die Geschehnisse aus der Bäckerei erzählt hatte, wurde mir bewusst, dass ich seit meiner Ankunft in Rust nicht mehr von diesen Alpträumen heimgesucht worden war. Der Traum im Zug, aus dem mich der Zugbegleiter gerissen hatte, war der letzte seiner Art gewesen.

»In einer halben Stunde geht's los!«, schrie plötzlich eine

aufgeregte männliche Stimme. Sie holte mich zurück ins Hier und Jetzt.

»Diese Schweine«, sagte Rudolf Schumich.

»Und das sind die Leute, die jetzt hier sind und nach dir suchen?«, fragte die Taxiprucknerin. »Aber warum denn? Du ermittelst doch offensichtlich nicht mehr gegen diese Mafiabande. Warum lassen sie dich nicht in Ruhe?«

»Ganz einfach. Weil ich sie auch nicht in Ruhe gelassen habe. Nachdem ich einige Wochen später aus meiner Schockstarre ausgebrochen war, startete ich einen persönlichen Rachefeldzug. So wie sie mich getroffen hatten, wollte ich auch sie treffen. Und ich wusste, dass das nicht mit den Mitteln des Rechtsstaates möglich war. Ich musste Vito auf einer Ebene treffen, die er verstand. Und das war sein Bruder.«

»Du hast seinen Bruder umgebracht?«, fragte Schumich. Das Mitleid in seinem Gesicht verwandelte sich in Erschrecken. Josef zog ihre Hand wieder weg. »Ich hab's versucht, aber ich bin gescheitert«, sagte ich entschuldigend. Die Entschuldigung galt meinem Scheitern, nicht dem Umstand, dass ich wenige Tage vor meiner Flucht nach Rust versucht hatte, einen Menschen zu töten.

»Wenn das mit Luise schon vor zwei Jahren passiert ist, warum hast du das mit dem Bruder erst jetzt gemacht?«, fragte Josef.

Die Zeit verändert uns, sie stumpft uns ab. Sie heilt aber nicht, schon gar nicht alle Wunden. Das dazugehörige Sprichwort ist Schwachsinn. Aber sie verändert unseren Blick und unsere Herangehensweise an jene Dinge, die uns in unserem Leben zu schaffen machen.

»Vor zwei Jahren hätte ich wohl, wenn ich dazu in der Lage gewesen wäre, aus jedem Einzelnen aus Vitos Clan Kleinholz gemacht«, antwortete ich. Die Wahrheit war, dass man nicht mal eben den Bruder vom Mafiapaten des Ruhrgebiets umbrachte, schon gar nicht, wenn man ein in der Szene so bekanntes Gesicht hatte wie ich. Das erfordert langfristige Planung und Unsichtbarkeit. Ich hatte mich von der Sondereinheit versetzen lassen, um von Vitos Radar zu verschwinden. Um ihn in die trügerische Sicherheit zu versetzen, dass er mich tatsächlich losgeworden war und sein Ziel erreicht hatte. »Ich hatte alles perfekt arrangiert, doch wie es der Zufall wollte, stand mir Vitos Bruder plötzlich wenige Tage vor dem Tag X in einem Gartencenter gegenüber. Es gab Gerüchte, dass das Geschäft zu jenen Betrieben der Mafia gehörte, die diese zum Waschen ihres Geldes nutzte. Aber in diesem Moment war Tonio mit seiner Freundin, oder Frau, was weiß ich, dort einkaufen, wie ein ganz unbescholtener Bürger. Er brauchte gar nichts zu sagen, er hatte mich sofort erkannt. Und er grinste mich an. Mir sind die Sicherungen durchgeknallt, ich griff nach dem erstbesten Gegenstand. Das war eine Gartenkralle. Er ging in Deckung, ich erwischte ihn nur an der Hand. Daran wäre er im Normalfall nicht gestorben. Doch die Wunde wurde offensichtlich nicht gut genug versorgt. Ein paar Tage später war er tot. Blutvergiftung. Dafür will sich Vito nun rächen.«

»Warum gehst damit nicht zum Krammer?«, fragte Schumich.

»Was soll ich ihm denn sagen? Dass ich in Deutschland jemanden umbringen wollte und jetzt selbst getötet werden soll? Und selbst wenn er mich nicht gleich einsperren sollte, ihr glaubt ja wohl nicht im Ernst, dass so ein Blender wie Stefan Krammer in der Lage ist, jemanden vor der Mafia zu beschützen.«

Das schien allen Beteiligten einzuleuchten.

»Und der Poidl?«, fragte Josef. »Das ist doch einer von den Guten.«

»Ja«, sagte ich. »Aber auch einer von den Guten schafft es nicht immer, sich gegen die bösen Buben durchzusetzen. Außerdem scheint es ihm nicht gut zu gehen. So wie er heute Nachmittag in Eisenstadt ausgesehen hat, machte das auf mich nicht den Eindruck, als ob er es aktuell mit der Mafia aufnehmen könnte.«

»Ich glaub, er macht sich wegen dem Tod vom Daniel ziemliche Vorwürfe«, erklärte die Taxiprucknerin. »Wären sie Mittwochabend beim Papstkreuz nicht so schnell fertig gewesen, wäre der Daniel in seinem Haus vielleicht nicht seinem Mörder begegnet.«

»Warum macht er sich deshalb Vorwürfe?«, fragte ich.

»Die Graffitis ließen ja auf diesen Justin als Urheber schließen. Daniel wollte das Gelände rund um das Papstkreuz nach ihm absuchen. Der Poidl hielt das aber für eine Schnapsidee, weil ja eh mehr oder weniger klar war, dass der Justin dahintersteckte. Also sind sie wieder gefahren. Und als sie auf dem Weg zum Polizeikommando durch die Neusiedler Straße gefahren sind, hat der Daniel zufällig den Lichtschein einer Taschenlampe durch eines der Fenster seines Hauses bemerkt.«

Für einige Sekunden verstummte das Gespräch. Jede und jeder von uns starrte regungslos vor sich auf den Tisch oder an die Wand. Meine Finger hielten sich krampfhaft an der Golser-Flasche fest. Es muss seltsam ausgesehen haben. Im ganzen Spritzenhaus herrschte ausgelassene Stimmung. Nur unser Tisch bildete eine Insel der Schweigsamen.

»Was hast du jetzt vor?«, fragte Josef.

»Ich muss mir etwas einfallen lassen«, antwortete ich kryptisch. »Zumal ja auch noch der Mörder von der Carlotta zu entlarven wäre.«

»Weißt du etwa, wer die Carlotta umgebracht hat?«, fragte Alfred und blickte mich aufgeregt an.

»Ich hab da so eine Vermutung«, antwortete ich.

»Dann sag!«

»Nein, sicher nicht. Ich stelle hier niemanden an den Pranger, wenn ich mir nicht wirklich sicher bin.«

»Bitte, Niki, du musst mir des sagen!«

So emotional hatte ich Alfred seit meiner Ankunft noch nicht erlebt.

»Lass ihn in Ruh, der weiß schon, was er macht«, versuchte

Castle, ihn zu beruhigen. »Außerdem heißt er Niko, mit dem Rennfahrer Lauda will er nix zum Tun haben!«

Ich wusste nicht, womit ich mir dieses Vertrauen verdient hatte. Aber ich war dankbar dafür.

»Warum nicht zwei Fliegen mit einer Klappe schlagen?«, warf die Taxiprucknerin in den Raum.

Ich blickte zu ihr. In ihre braunen Augen, die mich so entschlossen ansahen, als hätte Daniela noch eine Rechnung offen mit Vito und seinem Clan. Und je nachdem, wie eng Daniela früher mit Luise gewesen war, hatte sie das ja vielleicht auch. Warum also nicht zwei Fliegen mit einer Klappe schlagen?

»Wir können es nicht mit der Mafia aufnehmen. Aber wenn es etwas gibt, bei dem wir dich unterstützen können, zögere keine Sekunde damit, uns zu fragen«, erklärte Josef in staatsmännischem Ton. »Auch wenn die Luise schon vor langer Zeit von da weggezogen ist. Aber sie war eine von uns. Wir Ruster halten zusammen. Und ich glaube, ich spreche da nicht nur für mich, sondern für die ganze königlich ungarische Freistadt.«

Ich blickte in die Runde. Von Alfred Dachs über die Taxiprucknerin, Rudolf Schumich und Gerald »Castle« Moser war nichts anderes zu sehen als kompromisslose Zustimmung in ihren Gesichtern.

Heiliger Leopold, schau oba!

»In Erinnerung an König Leopold I. begehen wir also diesen Abend, und ich erkläre hiermit feierlich die vierte Leopoldsnacht für eröffnet!«

Die Eröffnung der Olympischen Spiele durch den Präsidenten des Internationalen Olympischen Komitees fällt nicht feierlicher aus als die Eröffnung der Leopoldsnacht durch die salbungsvollen Worte der evangelischen Pfarrerin. Ich war gespannt, ob sie am Ende der Veranstaltung auch von der besten Leopoldsnacht sprechen würde, die jemals abgehalten worden sei.

Der Schauplatz der Zeremonie wechselte von Jahr zu Jahr. Heuer fand sie vor dem Haus in der Hauptstraße 15 statt. Dass es ausgerechnet dieses Haus war, war natürlich kein Zufall. Denn nicht nur König Leopold I. spielte eine bedeutende Rolle bei der Stadtwerdung Rusts im 17. Jahrhundert. Auch ein gewisser Leopold Natl, seines Zeichens Marktrichter im Jahre Schnee, war wohl sehr darum bemüht gewesen, Rust zum Status einer Stadt zu verhelfen. Besagter Leopold Natl hatte in der – bingo! – Hauptstraße 15 gehaust, einem mit einer reich verzierten rötlich weißen Fassade ausgestatteten Bürgerhaus, über dessen Eingang noch heute das goldene Familienwappen prangte.

Ich hatte zweiundvierzig Jahre alt werden müssen, um dieses historische Detailwissen über die Ruster Stadtgeschichte zu erlangen. Buchhändler Johannes Pruckner hatte sich kurz vor Beginn der Zeremonie zu mir und seiner Schwester gesellt. Natürlich hatte er auch zur Leopoldsnacht ein breites Fachwissen angehäuft, und er sparte nicht damit, die Umstehenden daran teilhaben zu lassen. Er berichtete, dass die heute katholische Kirche eigentlich von den Evangelischen errichtet worden war. Dass die sich dann irgendwann doch wieder eine eigene Kirche bauen durften, dafür jedoch einen unscheinbaren Bauplatz außerhalb des Rathausplatzes wählen und auf einen Kirchturm verzichten mussten. Als dann eines Tages ein mächtiger Sturm den Turm der benachbarten Fischerkirche, einer kleinen Wehrkirche aus dem 12. Jahrhundert, umblies, hätten die Protestanten das in ihren Pfarrgarten gestürzte Baumaterial dafür genutzt, sich doch noch einen Kirchturm hinzustellen. Eine frühe Form des Recyclings also.

»Noch heute gibt es einen – für österreichische Verhältnisse – hohen protestantischen Bevölkerungsanteil in Rust. Früher mal war sogar die große Mehrheit evangelisch gewesen«, dozierte Pruckner, während im Hintergrund eine Blasmusikkapelle ihre große Gelegenheit gekommen sah. »Deshalb achten der katholische Pfarrer und die evangelische Pfarrerin in Rust auf ein gutes Einvernehmen. Die Eröffnung der Leopoldsnacht findet im kommenden Jahr dann wieder am Rathausplatz statt. Dann wird der Pfarrer der katholischen Dreifaltigkeitskirche die Eröffnungsworte sprechen.«

»Aha«, sagte ich.

»Haben Sie eigentlich schon mehr über den Mörder von Carlotta herausgefunden?«, fragte er mich, als er mit seinem Referat fertig war.

»Woher wissen Sie, dass es keine Mörderin war?«, fragte ich zurück und blickte zur Prucknerin.

»Ich war es jedenfalls nicht«, beeilte sie sich zu sagen.

Die ganze Stadt und viele Besucherinnen und Besucher aus der Umgebung waren auf der Hauptstraße zusammengekommen und, so wie es mir zuvor im Spritzenhaus angekündigt worden war, war auch zahlreiche Prominenz aus der Region aufgetaucht. Von den Kommandanten der umliegenden Freiwilligen Feuerwehren über bekannte Weinbauern, Ortsvorsteher, den Geschäftsführer der Neusiedler-See-Schifffahrt und Journalisten im Range eines Christian Braunschmidt war nach Rust gekommen, was Rang und Namen hatte. Und wenn ich diese Aufzählung in der ausschließlich männlichen Form vornehme, dann hatte das seinen guten Grund. Denn bis auf Josef und die spärlich bekleidete Miss-Neusiedler-See waren alle Ehrengäste, die von der Pfarrerin namentlich und mit Titel begrüßt worden waren, männlich gewesen. Dazu hatte sich auch so manch bekanntes Gesicht eingefunden, das zwar nicht prominent war, aber das immerhin ich kannte. Stefan Krammer gehörte ebenso dazu wie die Kellnerin aus dem Café Mikschi und der Securityheinzi von Maximilian Plünders Firmenzentrale. Wer zum Glück noch nicht aufgetaucht war, war das Ömchen, dem ich die Schweinereien ins Ohr geflüstert hatte, um schneller zu Maximilian Plünder vorgelassen zu werden.

Und auch von den beiden Fantasinos war Gott sei Dank keine Spur.

Sie alle waren an diesem bitterkalten Novemberabend nach Rust gekommen, um bei Fackelschein die Leopoldsnacht mitzuerleben oder sich an dieser zu beteiligen. Die Spielregeln waren zuvor von Josef erklärt worden. Es war denkbar einfach: Alle Gegenstände, die sich nicht auf einem Privatgrundstück befanden, transportfähig waren und über keine Räder verfügten, sollten, durften und mussten zum Rathausplatz gebracht und dort auf einem Haufen abgelegt werden. Laut Johannes Pruckner hatten sich die Initiatoren an der in manchen Salzburger Gegenden praktizierten Philippinacht orientiert und diesen Brauch um einen in Zeiten von Klimastreiks und Fridays for Future modernen Nachhaltigkeitsfaktor ergänzt.

Das war natürlich vor allem für Jugendliche ein großer Spaß, die während ihrer Erkundungstouren durch die Kleinstadt das eine oder andere alkoholhaltige Getränk mit sich führten. Zu meiner Freude handelte es sich dabei sehr oft um Bier. Ich war also nicht der einzige Revoluzzer am Ufer des Neusiedler Sees, der dem Gerstensaft den Vorzug gab. Alle Gegenstände, die bis Mitternacht eingesammelt worden waren, sollten im Anschluss an ihre Besitzer rückerstattet werden, verbunden mit der nicht ganz ernst gemeinten Anweisung, künftig besser auf die eigenen Siebensachen aufzupassen. Im Vorjahr war es vermehrt vorgekommen, so hatte es mir ebenfalls Johannes Pruckner erzählt, dass Bewohner die Leopoldsnacht für eine kostengünstige Entrümpelung ihres Hausrates zweckentfremdeten. Deshalb war man in diesem Jahr dazu übergegangen, herren- und frauenlose Gegenstände am folgenden Tag für einen wohltätigen Zweck zu versteigern.

»Heiliger Leopold, schau oba!«, sagte Josef am Ende ihrer Rede und blickte bedeutungsschwanger in den Himmel. Das war der offizielle Startschuss. Denn zahlreiche Kleingruppen von Jugendlichen machten sich nun auf den Weg, um über die

Hauptstraße, den Rathausplatz und die Seeuferstraße in alle Teile der Stadt auszuschwärmen.

Während die Jugend belustigt durch die Stadt marschierte, machten es sich die Erwachsenen an einem der aufgebauten Stände lustig. Die Vereine aus Rust und Umgebung nutzten die Gelegenheit, über den Verkauf von Speisen und Getränken etwas für ihre mitunter klammen Vereinsbudgets zu tun. Der Männerkochverein mit seinem stimmgewaltigen Organisator ließ sich diese Möglichkeit genauso wenig entgehen wie die Jugend der Freiwilligen Feuerwehr, der Storchenverein oder der Musikverein. Die Taxiprucknerin führte mich herum und machte mich mit Leuten bekannt, von denen sie glaubte, dass ich sie mal kennenlernen sollte. Da war zum Beispiel die Mitarbeiterin einer evangelischen Pfarre einer Nachbargemeinde. Sie hatte es zu regionaler Berühmtheit gebracht, weil sie sich einige Jahre zuvor – erfolglos – gegen die Abschiebung einer afghanischen Familie eingesetzt hatte, die gut integriert und von allen akzeptiert in ihrem Ort gelebt hatte. Der Vater hatte eine Anstellung bei einem Weinbauern gefunden, einer der beiden Söhne, acht Jahre alt, hatte sich zum Wunderstürmer im lokalen Fußballverein geschossen. »Keine zwei Stunden nach ihrer Ankunft in Kabul hat eine Magnetbombe das Auto der Familie zerfetzt«, erzählt die Taxiprucknerin, nachdem wir uns von der Pfarrmitarbeiterin verabschiedet hatten.

Ich lernte Josip, den sogenannten Drei-Länder-Mann, kennen. Er wurde so genannt, weil er qua seiner Anwesenheit den Zusammenbruch dreier Länder auf dem Gewissen hatte. Da konnte sich ja sogar Vito noch eine Scheibe abschneiden, dachte ich mir. Josips Geschichte ging so: In den Achtzigern des vergangenen Jahrhunderts war er zum Studieren nach Ostberlin gegangen. Als sich die DDR in Auflösung befand und sein Stipendium nicht mehr verlängert worden war, kehrte er 1990 in seine Heimat Jugoslawien zurück. Kurz darauf zerbrach auch dieses Staatskonstrukt, und seine Heimatstadt hatte sich in die Hauptstadt des neuen Staates Kroatien verwandelt.

An der lokalen Universität, wo er sein Studium fortgesetzt hatte, lernte er seine spätere Frau kennen. Mit ihr ging er an ein Sanatorium in Prag, um wenige Monate später mitzuerleben, wie sich die Tschechoslowakei auflöste. »Drei Länderleichen in vier Jahren, das macht mir so schnell keiner nach«, sagte der Pathologe und lachte mich mit seinem Zahnlückenlächeln an. Später kamen sie ins Burgenland, sie war in einem Krankenhaus in Eisenstadt tätig, er werkelte in der Pathologie in der Landeshauptstadt. Warum sie sich in Österreich niederließen? »Weil ich mir sicher war, dass in diesem Land keine Revolution ausbrechen würde.« Wie recht er doch hatte.

All diese Menschen und noch viele mehr lernte ich an diesem Abend kennen, und sie alle ließen es sich gut gehen und halfen fröhlich dabei mit, die Kassen in den Ständen der Vereine klingen zu lassen. Und das war ja auch gut und richtig so. Ich dagegen benötigte an diesem Abend einen klaren Kopf und war nach dem Bier im Spritzenhaus nüchtern geblieben.

Der Haufen auf dem Rathausplatz wuchs stetig an, immer mehr ausrangierte Gerätschaften, alte Autoreifen und sogar Kleinmöbel wurden herangetragen. Die ganze Aufräumaktion wirkte wie ein riesiger Frühjahrsputz mitten im November. Auf der Bühne hatte zwischenzeitlich die Band Alpha Romeo und die Sommerreifen die musikalische Regie übernommen, in den Lyrics ihres Songs huldigte sie dem Risiko. Das stieß musikalisch nicht nur auf das Wohlwollen in meinen Ohren, sondern schien auch irgendwie zu meiner aktuellen Situation zu passen.

Um Punkt Mitternacht nahm Josef einen großen Schlegel in die Hand und ließ diesen auf einen goldenen Gong niedergehen. Damit war das Ende der Sammelaktion eingeläutet worden. Was nun folgte, war die öffentliche Begutachtung der herbeigeschafften Werke. Zu diesem Zweck marschierten Pfarrer, Josef und Miss-Neusiedler-See, die sich mittlerweile etwas übergezogen hatte, auf die kleine Holztribüne am Rathausplatz. Nach der Reihe wurden nun alle gesammelten Gegenstände in die Höhe gehalten oder zumindest vorgeführt. Die Taxiprucknerin hatte mich zu sich gewunken, doch ich wollte meine strategisch günstige Position beibehalten, von der aus ich sowohl die Bühne als auch den Großteil des Publikums überblicken konnte.

Es war wirklich viel Kramuri zusammengekommen, das meiste davon aber eher einzig für die Müllhalde verwertbar. Anders verhielt es sich dagegen bei Gegenständen, die von ihren Besitzern bewusst für die Leopoldsnacht gespendet worden waren. Ein Bildhauer meldete sich, als eine seiner Statuen von der Miss-Neusiedler-See in die Höhe gehalten worden war. Alfred Dachs zeigte auf, als einer seiner Kristallschädel an der Reihe war, und Castle Moser bekannte sich dazu, dass seine Frau eine Kiste mit sechs Flaschen Ruster Ausbruch, Jahrgang 2018, zur Verfügung gestellt hatte. Es setzte jeweils Applaus ein, die Kapelle spielte einen Tusch, und aus den hinteren Reihen kam auch Gejohle, denn dort hatten sich die mittlerweile recht bedienten Jugendlichen versammelt, die all das zusammengetragen hatten. Sie wurden als Dank für ihr Engagement an den Ständen kostenlos mit Essen und Getränken versorgt, was sich sichtlich auf die Stimmung auszuwirken schien.

Natürlich hatte auch ich als Teilzeit-Ruster, der hier sehr freundlich aufgenommen worden war, einen Beitrag für die Leopoldsnacht leisten wollen. Und so wartete ich nun gebannt darauf, dass jener Gegenstand, den ich zuvor am Rande des Friedhofs deponiert hatte, in die Höhe gehalten werden würde. Keine fünf Minuten später war es schließlich so weit. Natürlich hätte es meinen Plan ad absurdum geführt, wenn ich mich als Besitzer geoutet hätte, zumal ich das ja eigentlich gar nicht war. Daniel Sonnleitner hatte mir den Stabanker untergejubelt, und ich hatte mich beeilt, diesen möglichst schnell wieder loszuwerden. Bis zu diesem Abend war er seither unentdeckt im Familiengrab der Familie Forstner gelegen. Und es war wohl ausgeschlossen, dass jene Person, die Carlotta Woods im Steinbruch mit dem Stabanker erschlagen hatte, sich freiwillig melden würde. Doch ganz und gar nicht ausgeschlossen war, dass sich besagte Person sehr wundern würde, wenn die Tatwaffe plötzlich auf dem Ruster Rathausplatz der Allgemeinheit präsentiert werden würde. So gut schauspielern konnte niemand und hoffentlich auch nicht jener Mensch, dessen Reaktion ich ganz besonders unter die Lupe nehmen würde. Die Pfarrerin reichte die Eisenstange an Miss-Neusiedler-See weiter, die beide Hände brauchte, um das nach wie vor in einer Plastikplane eingewickelte Ding in die Höhe zu halten.

»Na, wer ist es denn gewesen?«, fragte die Pfarrerin in ihr Mikrofon.

Es meldete sich niemand. Und da so ein Stabanker ein nicht gerade sehr außergewöhnlicher Gegenstand war, hielten sich die Reaktionen generell ziemlich in Grenzen. Nicht jedoch bei jener Person, die ich ganz besonders im Blick hatte.

»Lass uns nach Hause gehen«, sagte ich zu Bella, die all die Zeit neben mir ausgeharrt hatte. »Ich hab genug gesehen.«

16. April 1990

Gestern ist die Luise zur Welt 'kommen. So ein liabs Madl ist's.
Erst einen Tag ist sie bei mir, und schon mag ich sie nimma her-
geben. Mama macht sich natürlich immer noch große Sorgen,
was aus mir und ihr und uns allen werden soll. So ganz ohne
Mann im Haus. Aber der Moser Gerald und auch die Ehren-
reich Susanne haben schon g'sagt, dass sie uns unterstützen
werden. Irgendwie wird schon alles werden. Und falls net,
weiß ich schon, wie ich das regeln werd. Für die Luise und mich.

Sonntag

Ich wollte das nicht!

Wenn Sie nicht wollen, dass ich zur Polizei gehe, kommen Sie heute um 18 Uhr zum ausrangierten VW-Bus im Steinbruch. Diese Nachricht sollte hoffentlich ausreichend Motivation bieten, damit der Empfänger tatsächlich um achtzehn Uhr im Steinbruch auftauchen würde. Den Gottesdienst und die aus der Leopoldsnacht resultierende Versteigerung in der Früh hatte ich ausgelassen, ich war mit den Vorbereitungen für das Spektakel an diesem Abend beschäftigt gewesen. Josef hatte auf meine Bitte hin noch vor Beginn der Versteigerung den Stabanker aus dem Sortiment entfernt und zur Seite gelegt. Sicher war sicher.

Es war halb sechs, und ich überlegte krampfhaft, ob es irgendwas gäbe, das ich in der Organisation für den heutigen Einsatz vergessen haben könnte. Ich war es ja nicht gewohnt, eine solche Aktivität alleine zu planen. Bei der Sondereinheit in Essen und auch beim Landeskriminalamt in Wien gab es eigene Abteilungen, die sich mit nichts anderem als der Vorbereitung solcher Einsätze beschäftigten. Hier dagegen hatte ich mich auf meine Intuition verlassen müssen, die mich schon oft im Stich gelassen hatte. Im Gegenzug hatte ich in Rust ein breites Angebot an Unterstützung vorgefunden. Doch den Einsatz selbst musste und wollte ich alleine absolvieren. Schließlich konnte ich unmöglich jemand anderen in Gefahr bringen.

Der Steinbruch lag an einem normalen Novemberabend komplett im Dunkeln. Nicht so an diesem Abend, denn neben dem zu groß geratenen VW-Bus, der seit der Aufführung von Donizettis »Liebestrank« hier auf seine weitere Bestimmung wartete, hatten wir zusätzlich eine mobile Straßenlaterne positioniert, die den Bus und dessen Umgebung in kaltes Licht hüllte. Nicht zu hell, aber gerade beleuchtet genug, sodass ich von meiner erhöhten Position aus das Geschehen gut einsehen konnte.

Ich hatte mich mit einem iPad direkt an der Eisenbahnschlucht positioniert. Neben mir begann die Brücke, die über die Schlucht führte. Wer mit dem Auto in den Steinbruch wollte, musste direkt unter mir durchfahren. Von hier oben hatte ich also sowohl eine gute Sicht auf Fahrzeuge, die sich dem VW-Bus näherten, als auch auf das an diesem Abend ausgeleuchtete Objekt selbst.

Es war nun schon seit über einer Stunde dunkel und die Temperaturen dementsprechend. Ich dachte an Bella, die ich im Hof des Bahnhofsheiserls zurückgelassen hatte, und trank einen Schluck von dem heißen Früchtetee, den mir die Taxiprucknerin für den heutigen Abend in einer Thermoskanne mitgegeben hatte. Es tat gut, dem heißen Tee in meinem Körper nachzuspüren. Wahrzunehmen, wie sich die warme Flüssigkeit ausbreitete und wie sie ihre wärmende Kraft von innen entfaltete. Zu hören war hier oben lediglich das ein oder andere Auto, das auf der B 52 zwischen Rust und St. Margarethen unterwegs war, und, je nachdem, aus welcher Richtung der Wind kam, ein leises Surren.

Wollte man mit dem Auto in den Steinbruch fahren, gab es nur zwei Arten, auf die man zur Eisenbahnschlucht gelangen konnte. Über die B 52 und über einen kleinen Feldweg, der an einem Gartenhäuschen im Schuhschachteldesign vorbeiführte, das sich der Architekt Roland Rainer hier in die Landschaft gepflanzt hatte, sowie am Bildhauerhaus, das seit den 1960ern den Künstlerinnen und Künstlern des St. Margarethener Bildhauersymposions als Stützpunkt diente. Zu Fuß gab es einen Rad- und einen Rundweg, die beide an der Oberkante des Steinbruchs entlangführten und auf denen man einige der hier entstandenen Freiluftkunstwerke bewundern konnte. Aber so, wie ich die Gäste des heutigen Abends einschätzte, waren diese nicht sehr an Kunst interessiert und obendrein zu faul, um den beschwerlichen Weg hierher zu Fuß zu unternehmen. An dieser Stelle kam mein kleines digitales Helferlein ins Spiel, das ich mir freundlicherweise von Castles Sohn Walter ausborgen hatte dürfen und das in diesem Moment hoch oben über dem Steinbruch im Nachthimmel surrte. Dank der Kamerafunktion der Drohne konnte ich über das iPad sofort erkennen, wenn sich Scheinwerfer aus einer der beiden Richtungen der Eisenbahnschlucht näherten. Was um kurz vor sechs Uhr schließlich tatsächlich der Fall war. Der Fisch hatte angebissen und näherte sich in hoher Geschwindigkeit aus Richtung der Bundesstraße über die nicht asphaltierte Zufahrtsstraße dem Steinbruch. Rückschlüsse auf Marke oder Modell des Autos waren via iPad nicht möglich, solche Details gab die nicht gerade hochauflösende und nicht für Nachtaufnahmen gemachte Kamera, die der Vater von Nicole Karner an der Drohne befestigt hatte, nicht her. Anhand der Sicherheit, mit der sich das Auto auf dem kleinen Sträßchen bewegte, konnte man jedoch annehmen, dass hier jemand unterwegs war, die oder der sich auf dem Terrain auskannte.

Begleitet von einer Staubwolke, die das Auto schließlich für einen kurzen Moment gänzlich einnebelte, kam der Wagen vor dem VW-Bulli zu stehen, dessen grüner Anstrich und riesiger grauer Aufbau im Lauf der vergangenen Sommer reichlich ausgebleicht war. Das war jetzt, als der Bus von den Scheinwerfern des Autos in gleißendes Licht getaucht wurde, fast noch deutlicher zu erkennen als bei Tageslicht. Durch die Staubschwaden hindurch sah ich, dass auf der Fahrerseite eine Person ausgestiegen war. Eine nähere Identifizierung war nicht möglich, dafür war es noch zu staubig. Die Drohne tiefer fliegen zu lassen, hätte aufgrund der von ihr ausgehenden surrenden Motorgeräusche bedeutet, ihr Vorhandensein preiszugeben. Diesen strategischen Vorteil wollte ich jedoch nicht aufgeben. Noch nicht. Die Person steuerte auf den ausrangierten Requisitenbus zu, was für mich gleichbedeutend damit war, mich aus meiner geschützten Position an der Abbruchkante nach unten zu bewegen. Vorsichtig und geräuschlos, aber doch rasch genug, damit mein Plan aufgehen konnte. Ein wahnwitziges Vorhaben, denn natürlich verursachten die von mir losgetretenen Steine und Bruchstücke den Lärm und das Aufsehen einer kleinen Steinlawine, die vom Berg hinab ins Tal raste. Doch zu meinem Glück war der Lenker, und dass es sich dabei um einen Mann handelte, dessen war ich mir aufgrund seiner Statur nun sicher, auf dem Weg ins Innere des Busses. Er hatte soeben die kleine Metallstiege erklommen, im Inneren des Busses den Lichtschalter betätigt und war eingetreten. Jetzt ging es ums Ganze. Ich musste an der Tür des Busses angekommen sein, bevor der Mann wieder herausträte. Andernfalls wäre der Plan bereits an diesem frühen Zeitpunkt zum Scheitern verurteilt gewesen. Und das Blöde war: Es gab weder Plan B noch Plan C. In diesem Punkt glich ich einem Politiker, der alles auf eine Karte setzt, ohne sich rechtzeitig ein Exitszenario zurechtzulegen. Sollte ja vorkommen, so was.

Als ich die Rutschpartie endlich hinter mich gebracht und meine in die Jahre gekommenen Turnschuhe vollends ruiniert hatte, nahm ich die Beine in die Hand und spurtete die fünfzig, vielleicht waren es auch sechzig Meter zum VW-Bus. Aus dessen Innerem war nicht zu erahnen, was der Mann da gerade tat. Die auf der Karosserie des Busses vorhandenen Fenster waren nichts als aufgemalte fensterliche Simulation.

Es mochten noch zehn Meter zwischen mir und dem Bus gewesen sein, als sich etwas im Inneren tat. Und leider auch im Äußeren. Denn der Mann stand plötzlich in der Tür, vom Licht aus dem Businneren angestrahlt und somit für mich nach wie vor nicht identifizierbar. Was mich zudem irritierte, war der Umstand, dass die Person sich in aller Ruhe anzusehen schien, was ich gerade trieb.

»Ja sapperlout, was machen denn Sie da?«, fragte er schließlich.

Ich bremste mich ein und wurde nun selbst von einer Wolke eingestaubt, so wie kurz zuvor das Auto, mit dem der Mann gekommen war. Seine seltsame Aussprache des Wörtchens »sapperlout« hätte ich jetzt nicht mehr gebraucht, um zu realisieren, wer hier die Bühne des Steinbruchs betreten hatte. Johannes Pruckner. An den war die Botschaft eigentlich nicht gerichtet gewesen.

»Haben Sie die Carlotta umgebracht?«, fiel mir in meiner Verwirrung keine bessere Reaktion ein.

»Ich?«

»Sie!«

»Wie kommen Sie auf so eine Idee?«

»Beantworten Sie mir bitte einfach meine Frage.«

»Nein, natürlich nicht. Warum hätt ich das machen sollen?«

»Sie haben so komisch reagiert, als ich Sie bei unserem zufälligen Aufeinandertreffen hier im Steinbruch am Dienstag auf die Carlotta angesprochen habe. Und Ihre Schwester wollte auch nicht wirklich mit der Sprache rausrücken, als ich sie darauf angesprochen habe.«

»Die Carlotta und ich hatten was miteinander. Lange her. Sehr lange. Dann ist sie schwanger geworden, hat jedoch leider das Kind verloren. Aber deswegen bringe ich sie doch nicht um.«

Deswegen bringt man niemanden um. Da konnte ich nicht widersprechen. Hatten allerdings trotzdem schon viele gemacht. »Nicht schießen«, rief ich in die Nacht, so laut ich konnte, und wedelte mit den Armen. Johannes Pruckner verstand überhaupt nichts mehr.

»Was soll dieses Spiel?«

In diesem Moment bemerkte ich langsam näher kommende Motorengeräusche. Ich sah mich um, versuchte zu entdecken, ob irgendwo auch schon die Lichtkegel von Scheinwerfern zu sehen wären. Dann sprang ich die drei Stufen zur Eingangstür des Busses hoch und schaltete das Licht in dessen Innerem aus. Zog Johannes Pruckner hinter mir den Abhang hinauf, den ich drei Minuten zuvor nach unten gerutscht war. Was auch gar nicht mehr so anstrengend war, als er nach einer

Schrecksekunde aufgehört hatte, sich gegen unsere Flucht zu wehren.

Wir waren gerade oben in unserem Storchennest angekommen, als das Motorengeräusch plötzlich verstummte. Ein Blick auf den Bildschirm des iPads gab mir die Gewissheit, dass ein Fahrzeug unmittelbar vor der Eisenbahnschlucht angehalten hatte. Es schien so, als ob der Fahrer des Fahrzeugs noch mal innehielte und überlegte, ob es wirklich ratsam wäre, sich an diesem Abend auf die von mir inszenierte Aufführung einzulassen. Kurze Zeit später fuhr der Wagen weiter, und nun konnte ich von meinem Beobachtungsposten aus sehen, wie die Kegel der Scheinwerfer durch den Kessel des Steinbruchs wanderten. Das iPad ließ ich die gesamte Zeit über nicht aus den Augen, um zu kontrollieren, ob die Kamera der Drohne irgendwo weitere Scheinwerferkegel ausgemacht hatte.

Das Auto hielt in unmittelbarer Nähe des VW-Busses. Das Schauspiel wiederholte sich, das ich kurz zuvor erlebt hatte. Ein Mann stieg aus und rief ein paar Worte, deren Bedeutung ich von hier oben nicht verstehen konnte. Sein blauer Jaguar war nun deutlicher zu erkennen als jenes Fahrzeug, das kurz zuvor von Johannes Pruckner in den Steinbruch gefahren worden war und das nun dem Jaguar Gesellschaft leistete.

»Wer ist das?«, fragte Johannes Pruckner, der sich neben mich geduckt hatte.

»Erkläre ich Ihnen später«, antwortete ich.

Der Mann unten im Steinbruch hielt inne und schien auf eine Reaktion aus dem Inneren der ehemaligen Bühnenrequisite zu warten. Er ging einige Schritte auf den Bus und dessen nur angelehnte Tür zu, was für mich das Zeichen zum Aufbruch bedeutete.

»Sie bleiben hier und rühren sich nicht vom Fleck«, zischelte ich Pruckner zu.

Im Schutz der Dunkelheit kroch ich zum zweiten Mal an diesem Abend so vorsichtig wie möglich die Abbruchkante hinab, den Mann im Steinbruch dabei nie aus den Augen lassend. Als ich dreißig Meter vom Bus entfernt war, betrat er die erste Stufe der Stahltreppe, die zur Tür des Busses hinaufführte. Ich lief so leise wie möglich. Seine Schritte waren nun gut zu hören. Ich wartete, bis er die oberste Stufe erreicht hatte und einen Blick ins Innere des Busses warf, sprang hinter ihm die drei Stufen hoch, schlug die Tür zu und befestigte das vorbereitete Vorhängeschloss an der Tür. Ich schloss nicht ab, es reichte, dass der Bügel des Schlosses die Metallschlaufen der Tür miteinander verband, sodass die Tür nicht von innen geöffnet werden konnte.

Nun war der richtige Fisch im Netz, und es hieß, auf die dazugehörige Angelpartie zu warten.

Es rappelte und polterte im Karton, Geschrei war zu hören. Doch es war kein Entkommen aus dem Bus. Keine geheime Tür im Boden, kein Fenster, rein gar nichts, das eine Fluchtmöglichkeit eröffnet hätte. Jetzt lief nach dem kurzen Intermezzo mit Johannes Pruckner wieder alles nach Plan.

Ich kehrte zurück in unser Storchennest, von wo aus Pruckner, erste Reihe fußfrei, die Darbietung verfolgte. Ich behielt weiterhin Bus und iPad im Blick und dachte zurück an eine Observation, die wir vor einigen Jahren gegen den Violino-Clan durchgeführt hatte. Wir wollten damals herausfinden, ob die Violinos auch in kriminelle Aktivitäten im Bereich Menschenschmuggel involviert waren, der in großem Stil im ganzen Ruhrgebiet aufgezogen worden war. Junge Frauen aus Osteuropa oder Afrika waren immer wieder unter menschenunwürdigen Zuständen nach Nordrhein-Westfalen verschleppt und in der Folge dazu genötigt worden, für den Clan in Bars oder auf der Straße anzuschaffen. Stets war damit gedroht worden, der in den Heimatländern zurückgebliebenen Familie Leid anzutun, wenn die Frauen nicht täten, worum man sie sehr unhöflich gebeten hatte. Eine der Frauen hatte sich uns wider Erwarten anvertraut und angeboten, den für diesen Geschäftszweig im Hause Violino zuständigen Roberto, ein

Cousin Vitos, zu überführen. Alles war bestens vorbereitet und präpariert worden, Kameras und Mikrofone eingerichtet, alle Mann auf Position. Und dann war Roberto einfach nicht aufgetaucht. Unser Lockvogel hatte umsonst gewartet. Zwei Tage später hatten Kollegen in Gelsenkirchen ihren leblosen Körper ziemlich übel zugerichtet aus dem Rhein-Herne-Kanal gefischt.

Doch an diesem Sonntagabend in St. Margarethen sollte ich nicht umsonst warten. Die an der Drohne befestigte Kamera übertrug das Bild eines Fahrzeuges auf mein iPad, das soeben von der B 52 abgebogen und auf dem Weg in Richtung Eisenbahnschlucht war. Kurz darauf sah ich die ersten Lichter durch den Steinbruch huschen. Das Dieselgeräusch der Limousine wurde lauter, und ein Blick durch das Fernglas auf das Kennzeichen des Autos gab mir Gewissheit, dass mein Plan bis hierhin aufgegangen war.

»Und wer ist jetzt das?«

»Erkläre ich Ihnen auch später«, sagte ich zu meinem unfreiwilligen Nachbarn.

Und im nächsten Moment merkte ich, dass es schon länger her war, dass ich federführend an einer solchen Operation teilgenommen hatte. Was hätte ich in diesem Moment für einen Schluck Bier getan! Oder meinetwegen auch Wein. Stattdessen trank ich den mittlerweile kalten Tee aus dem Becher und konzentrierte mich wieder auf das Geschehen.

Die beiden Fantasinos parkten ihren Wagen direkt neben den beiden bereits in der Grube stehenden Autos und stiegen aus. Gemächlich. In aller Ruhe. Die waren die Selbstsicherheit pur. Mich störte es nicht. Sie näherten sich vorsichtig dem VW-Bus, und das war gut so, schließlich hatte die Taxiprucknerin ihnen genau das ans Herz gelegt. »Der Mann, den Sie suchen, wohnt in einem ausrangierten Bulli im St. Margarethener Steinbruch«, hatte sie ihnen am Telefon zugeraunt. Immerhin hatten sie ihr ja extra eine Karte mit einer Telefonnummer hinterlassen, die sie anrufen sollte, wenn sie dem Glückspilz mit der Millionenerbschaft noch mal über den Weg laufen sollte. Und jetzt waren sie da. Die Gorillas von Vito Violino, bereit, um mich endlich aus dem Weg zu räumen.

»Komm raus!«, rief einer der beiden.

»Wie denn, wenn die Tür versperrt ist!«, echote es aus dem Bulli.

»Mach keine Faxen!«, rief der dickere der beiden Fantasinos.

»Ich bin eingeschlossen!«, entgegnete die Stimme.

Einer der Kerle setzte sich in Bewegung und stieg die kleine Stahltreppe empor, während der schlankere, der in Carlottas Wohnung mit der Waffe auf mich gezielt hatte, selbige im Anschlag hielt und auf den VW-Bus zielte. Der Dicke fingerte am offenen Vorhängeschloss herum, hob dieses schließlich aus der Metallschlaufe und öffnete die Tür.

Auf diesen Moment hatte Christian Braunschmidt anscheinend gewartet. Der dicke Italoruhrpottler hielt der Wucht von Braunschmidts Angriff nicht stand, und beide kullerten über die Stiege auf den staubigen Boden des Steinbruchs. Dem anderen aus dem Violino-Clan waren die Hände gebunden, er musste warten, bis sein Clanbruder die Situation entschärft hatte. Denn hätte er auf gut Glück auf den Chefredakteur des Eisenstädter Express geschossen, hätte er mit etwas Pech auch seinen Kollegen treffen können. Nach einiger Zeit hatte der dicke Mafioso aber seine gewohnte Körperhaltung eingenommen. Er saß auf dem im Staub liegenden Christian Braunschmidt.

»Was ist das für ein Vogel?«, fragte ihn der andere.

»Keine Ahnung«, antwortete dieser. »Er sieht jedenfalls nicht so aus wie der Kerl, den wir suchen.«

»Wer bist du?«, fragten sie ihn schließlich direkt.

»Ich bin ganz sicher nicht der Mann, den ihr sucht. Wer auch immer das ist.«

»Wir suchen einen Killer ...«, begann der dicke Fantasino.

»Aber ich bin kein Killer, ich wollte das nicht!«, unterbrach ihn Braunschmidt. »Das wäre alles nicht passiert, wenn die Carlotta nicht versucht hätte, mich mit Hilfe der Geldgeber und Sponsoren aus der Zeitung rauszudrängen! Und dann hat sie sich über mich lustig gemacht, und da ist es mit mir durchgegangen. Bitte, bitte, bitte, erschießen Sie mich nicht!«, flehte er, soweit es ihm das Gewicht des dicken Mafiosos gestattete.

Das reichte mir. Ich gab via Funkgerät das Kommando und hörte anschließend ein leises Ploppen. Und kurz darauf noch eines. Das Geräusch fiel nicht weiter auf, wenn man gerade damit beschäftigt war, einen Mann mit einer Pistole zu bedrohen. Oder wenn man gerade zwei Tonnen auf seinem Brustkorb sitzen hatte. Ich wusste nur zu gut, was diese Form der Belagerung für die eigene Aufnahmefähigkeit bedeutete. Aber es ging auch gar nicht um das Geräusch. Viel wichtiger war das mit dem Ploppen einhergehende Ergebnis.

»Was redest du für eine Kacke, Alter?« Der Kerl mit der Schalldämpferpistole wurde ungeduldig. »Guck noch mal auf das Foto«, befahl er dem Dicken.

»Ich weiß nicht so recht«, sagte dieser, nachdem er das Foto noch mal mit dem Gesicht des unter ihm liegenden Christian Braunschmidt verglichen hatte. Dass er da zwischen uns durchaus Ähnlichkeiten zu erkennen glaubte, war jetzt nicht unbedingt ein Kompliment für mich. Und seine Probleme, den Unterschied zwischen einem gut aussehenden Mittvierziger und einem mittelmäßig in Form befindlichen Mittfünfziger mit Doppelkinn und Dauerwelle sowie orthopädischen Schuhen zu registrieren, warf auch nicht gerade ein positives Bild auf seine Auffassungsgabe.

»Zeig mal her«, sagte der andere und ließ sich das Foto geben. »Alter, du bist voll Banane. Das ist der doch nie im Leben.«

»Aber er hat doch den Mord gerade gestanden«, gab der Dicke zu bedenken.

»Es war kein Mord!«, versuchte Braunschmidt erneut, seine Haut zu retten.

»Du bist jetzt mal extrem leise, Alter!«, schrie der Pistolero den am Boden liegenden Zeitungsmacher ziemlich laut an. »Und«, zu seinem Kollegen gerichtet, »das ist der nicht. Nie im Leben. Lass uns abhauen!«

Der Dicke wuchtete sich nach oben, und auch hier wusste ich aus eigener Erfahrung, dass diese vermeintlich entlastende Bewegung sehr schmerzhaft sein konnte. Als ob das Ventil einer Druckkammer zu schnell geöffnet wurde. Die beiden gingen zu ihrem Auto, die Pistole wurde eingesteckt, und als beide Platz genommen hatten, startete der Dünne den Motor. Das Anfahren funktionierte noch ganz gut, doch nach ein paar Metern mussten die beiden feststellen, dass einer ihrer Reifen einen Plattfuß hatte. Ich konnte im Vorfeld bei der viel zu oberflächlichen Einsatzplanung nicht wirklich abschätzen, ob man eine Mercedes-Limousine mit einem platten Reifen weiterhin vorwärtsbewegen könnte. Nun mussten Johannes Pruckner und ich mitansehen, dass das offensichtlich sehr wohl ging. Deswegen war ich froh, dass ich für diesen Fall eine Zusatzversicherung in den Plan eingebaut hatte, die in diesem Moment in Form eines riesigen roten Weinvollernters die kleine Straße durch die Eisenbahnschlucht blockierte. Ich sah Castles Silhouette vom Führerstand hinunterspringen und sich aus dem Staub machen. Somit war klar: Mit ihrem Auto konnten die beiden Mafiosi nicht türmen. Sie stoppten den Mercedes vor dem roten Ungetüm. Ich begab mich erneut auf den beschwerlichen Abstieg von meinem Storchennest. Ironischerweise musste ich mich um die beiden phantasielosen Phantasinos nicht kümmern. Sie hatten sich vor dem Vollernter eingebremst und stritten sich nun öffentlichkeitswirksam darüber, wer von beiden schuld an der ausweglosen Lage war.

Ich schlenderte also zu Christian Braunschmidt rüber, der sich, nachdem seine beiden Peiniger von ihm gelassen hatten, zu seinem Auto geschleppt hatte. Doch als er bemerkte, dass auch er einen platten Reifen hatte, gab er jegliche Gegenwehr gegen das Unvermeidliche auf und blieb reglos neben seinem Gefährt stehen.

»Gut, dass Sie da sind«, sagte er zu mir.

Im Hintergrund waren nun Sirenen von Einsatzfahrzeugen zu hören. Braunschmidt wirkte reichlich abgehetzt und außer Atem. Die gewichtige Auseinandersetzung mit den beiden Mafiosi hatte ihm arg zugesetzt. Er lehnte am Heck seines Wagens, dessen Kofferraumklappe offen stand. Braunschmidt atmete schwer. »Die beiden Wahnsinnigen«, sagte er, bevor er von einem weiteren Stoßatmer unterbrochen wurde, »wollten mich umbringen. Und ich habe keinen blanken Schimmer, warum die mich hierhergelockt haben«, sagte er mit verzweifeltem Gesicht.

»Nicht *die* haben Sie hierhergelockt«, antwortete ich, »sondern ich habe Ihnen die Nachricht von einem Wertkartenhandy zukommen lassen.«

»Sie verstehen Ihr Handwerk«, sagte er. »Aber das nützt Ihnen nichts. Sie können nichts beweisen, gar nichts!« Seine Lebensgeister schienen zurückgekehrt zu sein.

»Sie haben Carlotta Woods erschlagen, weil sie mit Hilfe der Diurna Holding den Eisenstädter Express übernehmen wollte. Dann wären Sie raus aus dem Medienbusiness gewesen. Mit Mitte fünfzig hätten Sie maximal noch einen Blog über das kunstvolle Falten von Origamimodellen ins Leben rufen können. Und weil Sie Ihre Spuren verwischen wollten, sind Sie nach der Tat in Carlottas Stadtwohnung eingebrochen und haben dort nach Unterlagen zu dem Deal mit der Diurna Holding und nach Carlottas Recherche zu den im Steinbruch von Plünders Firma verbuddelten Asbestfässern gesucht. Doch die konnten Sie nicht finden, weil Carlotta solche wichtigen Dinge lieber im Haus in Rust gebunkert hat.«

Und zwar auf einem in ihrem violetten Kristallschädel deponierten USB-Stick, hätte ich noch dazusagen können. Aber das tat hier nichts zur Sache.

»So ein Blödsinn, woher haben Sie denn diesen Schwachsinn!«, fuhr er mich an. Da war jetzt wieder richtig viel Energie in diesem Kerl. Trotzdem musste er sich nach wie vor mit beiden Händen an seinem Auto aufstützen.

»Von Maximilian Plünder weiß ich, dass Carlotta Woods mit seiner Unterstützung ein neues Medienprojekt starten wollte, weswegen sie die Geschichte über die Asbestfässer, die hier im Steinbruch gelagert sind, nicht veröffentlichen wollte. Eine Geschichte, über die Sie wahrscheinlich auch Bescheid wussten, aber aus Angst vor ausbleibenden Inseraten ebenfalls lieber den Mantel des Schweigens darüber ausbreiten wollten.«

»Blödsinn!«

»Ich habe zuerst gedacht, dass es sich beim Projekt von Carlotta Woods um ein Konkurrenzprodukt zum Express handeln würde. Erst als ich in der Post ihrer Eisenstädter Wohnung den Vertrag von der Diurna Holding gefunden habe, in dem diese Startkapital und alles Weitere für die Übernahme vom Express zusichert, habe ich eins und eins zusammengezählt.«

»Blödsinn!«, wiederholte sich Braunschmidt.

»Diese einzelnen Teile haben im Lauf der Zeit für mich ein schönes Puzzle ergeben. Doch das waren natürlich alles keine Beweise, nur Indizien. Genauso wie ich vermuten würde, dass Sie Daniel Sonnleitner erschossen haben, nachdem dieser Sie verdächtigt hatte, dass Sie die von ihm heiß verehrte Carlotta umgebracht haben. Warum hat er Sie nicht gleich verhaftet? Wurde er von Maximilian Plünder zurückgehalten, weil Sie für ihn zu wichtig waren, weil Sie im Express Stimmung für das Hotelprojekt in Ungarn und die damit zusammenhängenden Lieferungen aus diesem Steinbruch gemacht haben? Hat Daniel Sonnleitner deshalb den Verdacht auf mich lenken wollen? Oder hatten Sie etwas gegen ihn in der Hand?«

»Dieser arme Irre«, kommentierte Christian Braunschmidt schmallippig. Dabei stampfte er mit seinen orthopädischen

Schuhen wütend auf. Ich wusste nicht, wen er damit meinte. Den liebeskranken Daniel Sonnleitner oder mich.

»Wirklich sicher war ich mir dann erst gestern Abend, als die hübsche Miss-Neusiedler-See die Mordwaffe am Hauptplatz in Rust in die Höhe hielt. Da hat man Ihnen angesehen, dass Sie ganz genau wussten, um was für einen Stabanker es sich handelte. Und was mit diesem Ding in der Nacht vor acht Tagen geschehen war. Weil Sie es waren, der Carlotta Woods damit getötet hat.«

»Wissen Sie was? Ich werd Sie vernichten! Sie werden hier keinen Fuß mehr auf den Boden bringen! Sie können diesen ganzen Blödsinn nicht beweisen«, brüllte er mich an.

Ich kramte das iPad aus meiner Jeansjacke und drückte auf die Play-Taste. Zu hören war das Gejammer des Herrn Braunschmidt, das eines der rund um den VW-Bulli installierten Mikrofone wenige Minuten zuvor aufgenommen hatte, als er Vitos Burschen um Gnade angebettelt hatte. Da wurde selbst ihm klar, dass er wegen dieses »Blödsinns« für sehr lange Zeit hinter Gitter wandern würde.

»Ich mach Sie fertig«, schrie er, griff in den geöffneten Kofferraum und stand auf einmal mit einem Stabanker vor mir. Circa einen Meter lang, wahrscheinlich fünfzehn Zentimeter im Durchmesser, runde Bodenplatte als Abschluss an einem der beiden Enden und eine Öse zum Befestigen eines Weindrahtes am anderen Ende der Stange. Kam mir irgendwie bekannt vor. Braunschmidt hatte bei unserem Gespräch in der Redaktion erwähnt, dass er im Nebenerwerb ein kleines Weingut in Oggau führte. Und in einem Weingarten brauchte es hin und wieder mal einen Stabanker. Das hatte Jennie mir bei unserem konspirativen Beisammensein am Friedhof erzählt.

Stefan Krammer und seine Kollegen hatten Vitos Burschen zwar mittlerweile verschnürt und hübsch verpackt, waren aber nach wie vor bei der Eisenbahnschlucht mit ihnen beschäftigt. Sie waren also zu weit weg, um von dem, was sich nun hier

zwischen Braunschmidt und mir abspielte, etwas mitzubekommen.

»Das bringt doch nix«, erwiderte ich und machte einen
Schritt zurück. Braunschmidt wirbelte den Stabanker bedroh-
lich durch die Luft wie ein Cowboy, der sein Lasso schwang.

»Es bringt jetzt gar nichts mehr was«, erklärte er und kam
näher. »Da kann ich das auch hier gleich so zu Ende bringen.«

Ich war nie ein Freund von Schusswaffen gewesen, weder
während meiner Zeit beim Wiener Landeskriminalamt noch
bei der Sondereinheit in Deutschland. Es gab natürlich trotzdem Umstände, in denen eine Waffe nützlich war. Das hier
war eine solche Situation. Aber ich hatte in der Vergangenheit
oft genug bewiesen, dass ich mich auch ohne Pistole aus einer
solchen Lage befreien konnte. Wenn ich nur wüsste, wie mir
das dieses Mal gelingen könnte.

»Machen Sie sich keine Sorgen, Sie merken gar nix«, fuhr
Braunschmidt fort und setzte zum finalen Hieb an.

»Zollitog is ollitog, wann ma's nua dawortn mog«, hörte ich
auf einmal eine Stimme rufen. Überrascht sah ich zur Seite und
blickte in die Augen von Johannes Pruckner, der ebenfalls von
der Abbruchkante heruntergekommen war. Mit der Kapuze
sah er irgendwie unheimlich aus, zumal seine Gesichtszüge
in dem schlechten Licht nur undeutlich zu erkennen waren.
Christian Braunschmidt war ebenso überrascht gewesen, wer
sich da plötzlich zu unserem Tête-à-Tête eingefunden hatte.
Pruckner kramte etwas aus seiner Jackentasche und führte
das längliche Teil zu seinem Mund. Dann meinte ich, ganz
unscheinbar und sehr leise, einen Ton zu hören, den man von
einer Hundepfeife kennt.

»Was soll jetzt der Scheißdreck?«, war Braunschmidt als
Erster von uns beiden wieder zur Besinnung gekommen.
Nur um sie sogleich wieder zu verlieren. Denn aus Richtung
der Eisenbahnschlucht war nun plötzlich ein tausendfaches
Fiepsen zu hören, das immer näher zu kommen schien. Ich
sah Braunschmidt an, der genauso wenig zu ahnen schien,

was da gerade auf uns zukam. Einzig Johannes Pruckner war die Ruhe selbst. Und dann sahen wir es. Ein riesiger Fledermausschwarm ergoss sich aus Richtung der Eisenbahnschlucht in die Dunkelheit über dem Steinbruch. Was für ein Naturschauspiel! Abertausende kleine Flughunde wirbelten durch die Luft, für uns nur undeutlich als schwarze Punkte erkennbar. Dazu dieses Fiepsen, das ich in seiner Mächtigkeit so noch nie zuvor gehört hatte. Ich machte mir ernstlich Sorgen um die Drohne und hoffte, dass Johannes Pruckner sie zwischenzeitlich sicher gelandet hätte. Während Braunschmidt und ich ganz verdutzt in den Himmel blickten, schritt Pruckner zur Tat, riss dem Chefredakteur den Stabanker aus der Hand. Braunschmidt wusste nicht, wie ihm geschah, stolperte und knallte mit dem Kopf gegen die Kante des Kofferraums.

Der Chefredakteur war nur etwas benommen gewesen, kurze Zeit später waren die Fledermäuse in der Dunkelheit verschwunden, und er stand schon wieder auf beiden Beinen, gestützt von zwei Uniformierten. Waren die Flughunde wirklich über uns hinweggeflogen, oder hatten wir uns das nur eingebildet? Es wirkte alles so verdammt unwirklich. Braunschmidt betrachtete die ganze Szenerie wohl mit gleich zwei weinenden Augen. Es schmerzte ihn nicht nur, dass er ins Gefängnis wandern würde. Für einen Zeitungsmann wie ihn war es zusätzlich sicherlich besonders schmerzvoll, kein einziges Wort über diesen aufsehenerregenden Fall selbst schreiben zu können.

»Hat Daniel Sonnleitner Sie am Freitagabend im Steinbruch beobachtet, als Sie Carlotta Woods getötet haben? Haben Sie ihn deshalb umgebracht?«, stellte ich ihm zwei letzte Fragen.

»Der Idiot war nicht da«, antwortete Braunschmidt. »Und um'bracht hab ich ihn schon gar nicht. Aber ich Depp hab den Stabanker hier im Steinbruch vergessen. Ich war so durcheinander. Wissen Sie, ich bin kein ganz schlechter Kerl.« Nun ja, da konnte man wohl geteilter Meinung sein. »Ich war selbst so schockiert von dem, was ich gemacht habe. Bin einfach

ins Auto und davongefahren. Erst daheim habe ich das bemerkt. Aber ich konnte ja schlecht noch mal herfahren und die
Eisenstange aufklauben. Wenn mich jemand dabei beobachtet
hätte.«

Abgang Braunschmidt. Die beiden Polizisten zeigten ihm
den Weg zum Einsatzwagen.

»Wennst einen Job brauchst, kann ich jederzeit ein gutes
Wort für dich einlegen«, sagte der Poidl und klopfte mir auf die
Schulter. »Hättest mich aber ruhig in deinen Plan einweihen
können.«

»Ich wollte dich nicht in Schwierigkeiten bringen, du hast
Vorgesetzte und Befehlsketten«, antwortete ich. »Außerdem
warst du nach dem Tod vom Sonnleitner ein bisserl abgetaucht.
Zumindest kam es mir so vor.«

Der Poidl nickte. »Stimmt schon«, antwortete er. »Man
konnte vom Daniel halten, was man wollte, aber er war ein
Kollege. Und wenn ein Kollege stirbt, ist's nie leicht.«

Jetzt klopfte ich ihm auf die Schulter.

»Ich habe immer gewusst, dass Sie niemanden getötet haben«, erklärte anschließend ein staatstragender Stefan Krammer, während er mir die Hand schüttelte. »Warum sich meine
Mitarbeiter und allen voran der Daniel Sonnleitner so in die
Idee, Sie hätten Carlotta Woods umgebracht, verrannt haben,
war mir immer ein Rätsel. Ich werde mich dafür einsetzen, dass
Sie für Ihre Mithilfe bei der Aufklärung dieses Verbrechens
mit dem Verdienstkreuz des Landes Burgenland ausgezeichnet
werden. Aber Schwamm drüber, Sie werden den Kollegen
hoffentlich nicht böse sein. Und die Hauptsache ist ja, dass ich
nun den Mord an Carlotta Woods à la bonne heure aufgeklärt
habe«, sagte er. »Richie, machst gleich die Presseaussendung
fertig?«, rief er zu einem seiner Kollegen. »Fotos für Instagram
könn ma auch gleich da machen.«

»Dein Verdienstkreuz kannst dir à la bonne heure sonst
wohin stecken«, war alles, was mir dazu einfiel.

Das alte Wertkartenhandy, mit dem ich die Nachricht an diesem Morgen an Christian Braunschmidt geschickt hatte, befand sich unter jenen Gegenständen, die im Rahmen der Leopoldsnacht zusammengetragen worden waren. Der Sohn vom Drei-Länder-Mann Josip war ein ausgebildeter Blasrohrschütze. Er sorgte dafür, dass die Reifen an den Autos der Fantasinos und von Christian Braunschmidt den Geist aufgaben. Er war der Einzige, den ich während der Aktion im Steinbruch in unmittelbarer Nähe zum Geschehen zugelassen hatte, denn er war jung und kräftig, konnte schnell abhauen im Fall des Falles. Die Drohne hatte ich mir von Castles Sohn Walter ausborgen dürfen, der das Teil hier immer wieder mal illegalerweise steigen lassen hatte. Die rund um den VW-Bulli installierten Mikrofone hatte Josef gesponsert. Sie hatte nicht erzählen wollen, für welchen Zweck sie diese ursprünglich angeschafft hatte. Die Festnahme von Vitos Burschen und Christian Braunschmidt war eine feine Gemeinschaftsaktion, die sehr wohl ohne Stefan Krammer funktioniert hätte, aber niemals ohne die Hilfe der Ruster möglich gewesen wäre.

Ein kühles Blondes tat bitter not. Ich hockte mich auf die immer noch mit Plastikplanen abgedeckte Couch im Wohnzimmer des Bahnhofsheiserls. Bella pflanzte sich neben der Couch auf den Boden, und auch wenn ihr Tag wohl nicht mal annähernd so spannend gewesen war wie meiner, schlief sie sofort ein. Aber was wusste ich schon von ihrem Tag? Während ich mit Planung und Durchführung des kleinen Tête-à-Têtes im Steinbruch beschäftigt gewesen war, hätte sie den Nobelpreis der Hundeakademie in Stockholm bekommen können, und ich hätte es nicht mitbekommen. Also gönnte ich ihr den Schlaf. Und war ein kleines bisschen neidisch. Denn mir ging viel zu viel durch den Kopf, um jetzt einfach so das Gehirn abschalten zu können.

Nachdem ich das Golser geleert hatte, warf ich einen Blick in die im Wohnzimmer verteilten Kommoden und Schränke.

Ich war ziemlich überzeugt, dass ich dort bei meiner Ankunft keine Kleidung und keine Gegenstände von mir verstaut hatte, aber sicher war sicher. Wenn ich mich am folgenden Tag hier verabschiedete, wollte ich keine dreckigen Boxershorts hinterlassen. Und auch sonst nichts, was auf die Anwesenheit des Nikolaus Lauda im Bahnhofsheiserl hätte schließen lassen. Ich begann bei einem hohen und ziemlich schwer ausschauenden Holzkasten, hinter dessen zwei Flügeltüren nichts als der Staub der vergangenen Jahrzehnte lagerte. In den zwei Schubladen am unteren Ende des Kastens herrschte genauso gähnende Leere.

Als Nächstes kam die nebenan stehende Kommode dran. Die war natürlich auch aus Holz, es gab ja schließlich fast nichts im Bahnhofsheiserl, das nicht aus Holz geschnitzt worden war. Mit Ausnahme vielleicht einiger weniger Einrichtungsgegenstände in Küche und Bad. Und in der Toilette. Über der Kommode hatte in früheren Zeiten ein Bild gehangen, das war noch deutlich an dem hellen Rechteck zu erkennen, das auf der ehemals weißen Wand zu sehen war. Ich tippte auf ein Stillleben oder auf ein familiäres Gruppenfoto, auf dem alle abgebildeten Personen bitterernst dreinschauen, so wie es früher üblich gewesen war. Bloß nicht lachen. Das kam unsereinem doch irgendwie von den Fotos für den Reisepass bekannt vor.

Die oberste Schublade der Kommode war leer. Die mittlere Schublade genauso. Sie verursachte jedoch beim Reinschieben ein seltsames Plopp-Geräusch. Als ob da gerade etwas reingefallen wäre. Ich zog sie noch mal heraus, doch da war nix. Also wieder reinschieben, unterste Schublade dran und ... hoppla.

Ich nahm das hellbraune Notizbüchlein heraus, an dem noch ein Rest Klebeband hing. Offenbar war es am Unterboden der mittleren Schublade befestigt gewesen, und durch mein ruckeliges Herumgeschiebe hatte sich das Klebeband gelöst, wodurch das Notizbuch nach unten gefallen war. Wobei es sich eigentlich nicht um ein Buch im klassischen Sinn handelte, es war eher ein Heft. Ich blätterte durch die linierten

Seiten, die bis circa zur Hälfte in schönster Schreibschrift mit Buchstaben befüllt worden waren. Darunter befanden sich viele kurze Absätze, jeweils versehen mit Datum. Wer auch immer diese Notizen angefertigt hatte, war kein Freund des langatmigen Geschwafels gewesen. Sehr sympathisch.

Der letzte Eintrag war auf den 4. Juni 1990 datiert.

4. Juni 1990

Bald ist's ein Jahr her. Das Picknick an der Grenze. Und der Tod vom Hermann. Wie aus etwas so Schrecklichem etwas so Herrliches entstehen kann, das weiß nur der liebe Gott. Jeden Tag schau ich mit dem kleinen Bündel zum Friedhof gegenüber. Dort verbringen wir immer ein bisserl Zeit, je nachdem, wie das Wetter uns lässt. Erzählen dem Hermann, was wir den ganzen Tag so erleben, auch wenn er uns von oben herab ja eh sicher zuschauen kann. Aber ich will, dass die Luise möglichst viel Zeit mit ihrem Papa verbringen kann.

Für das Geldproblem hab ich eine Lösung g'funden. Hab mit ihm g'redet. Er zahlt, so viel ist fix. Da kommt er mir net aus. Also muss sich die Mama keine Sorgen mehr machen. Geld hat er ja g'nug, der Iceman.

Montag

Und du willst wirklich nicht bleiben?

Warum auch immer die Beamten des im Stadtpolizeikommando Eisenstadt einquartierten Landeskriminalamtes geglaubt hatten, dass sie in der Lage wären, eine Hausdurchsuchung ordnungsgemäß durchzuführen, sie hatten sich geirrt. Anders konnte ich mir jedenfalls nicht erklären, warum mir das Tagebuch von Luises Mutter in die Hände fallen konnte, obwohl Krammers Buben angeblich jeden Stein umgedreht hatten.

Ich hatte den ganzen Sonntagabend damit verbracht, die Einträge des Tagebuchs zu studieren. Auf diese Art hatte ich mehr über Luises Familie erfahren als in all den Jahren mit ihr. Die Umstände von Luises Geburt waren dabei nur die Spitze des Eisbergs gewesen. Das Hinterfragen der Umstände des Todes von Hermann Neubauer hatte Luises Mutter zeit ihres Lebens nicht losgelassen. Immer wieder stellte sie sich Fragen, wie es zu dem Unfall im Steinbruch hatte kommen können. Ob er zu verhindern gewesen wäre. Ob es seitens der Vorgesetzten im Steinbruch zu Pflichtverletzungen oder gar fahrlässigem Verhalten gekommen wäre. Luises Mutter hatte einen solchen Verdacht in ihrem Tagebuch nie klar ausgesprochen, doch man merkte den Einträgen deutlich an, dass sie diese Möglichkeit in Betracht gezogen hatte. Ob sie diesem Verdacht jemals auf den Grund gegangen war, war dem Tagebuch nicht zu entnehmen.

Ebenso schuldig blieb sie den ungebetenen Leserinnen und Lesern der Nachwelt den richtigen Namen ihres Vergewaltigers. Außer der Erwähnung eines Iceman fanden sich auf den eng beschriebenen Seiten keinerlei Hinweise und Andeutungen, wer sich hinter diesem Namen verbarg. Ich ging davon aus, dass sie den Namen ihres Peinigers bewusst nicht niederschreiben hatte wollen. Sie hatte sich ihrem Tagebuch anvertraut, um sich Erleichterung zu verschaffen, nicht, um ihn zur Rechenschaft zu ziehen. Ich konnte mir ausmalen, was es dreißig Jahre zuvor in einer ländlich geprägten Region bedeutet hätte, eine Vergewaltigung öffentlich zu machen. Auch in der Gegenwart, und bei Gott nicht nur auf dem Lande, gab es nach wie vor viel zu viele Frauen, die sich aus falscher Scham, Angst vor den Reaktionen der Umgebung oder mangels Vertrauen in die polizeilichen Ermittlungen nicht trauten, den Täter anzuzeigen.

Es galt an diesem Montagmorgen, an dem ich keine Milchflasche auf den Tisch zu stellen brauchte, keinen riesigen Haushalt aufzulösen. Jene persönlichen Habseligkeiten, die ich zehn Tage zuvor mit nach Rust gebracht hatte, würde ich wieder mitnehmen. Das Lastenfahrrad kam zurück in den Schuppen, und ich versetzte das Haus in jenen winterschlafigen Zustand, in dem ich es bei meiner Ankunft vorgefunden hatte. Die spärlichen Reste im Kühlschrank hatte ich bereits am Morgen beim Nachbarn abgegeben. Allein auf den noch vorhandenen Bierflaschen war ich sitzen geblieben. Ich beschloss, diese vor dem Spritzenhaus abzustellen. Das war nur fair, immerhin war ich dort stets gut mit Bier versorgt worden, ohne etwas zahlen zu müssen.

Es machte mir nichts aus, dieses Haus wieder sich selbst zu überlassen. Es verband mich keine lange Geschichte mit diesem Gemäuer. Es gab hier keine sommerliche Übernachtungsparty, bei der ich zum ersten Mal von einem Mädchen geküsst worden war. Ich habe hier nicht meinen Vater begleitet, während er im Sterben lag. Ich habe nicht dabei geholfen, dieses Haus zu errichten oder auch nur zu reparieren. Trotzdem blieb die Frage: Wenn mir der Abschied vom Bahnhofsheiserl ach so leicht fiel, warum musste ich mir das alles dann trotzdem die ganze Zeit vorbeten, so wie ein Maturant, der sich im Flüsterton vor der abschließenden Mathematikprüfung immer wieder selbst versicherte, dass er eh alles kann?

Was mir ganz offensichtlich wirklich zu schaffen machte, und das hatte sich seit mindestens neun Tagen angedeutet, war der Abschied von dem vierbeinigen Geschöpf, das im Hof saß und mit traurigen Murmelaugen das seltsame Gebaren beobachtete, das ich an diesem kühlen Morgen an den Tag legte. Ich hatte mich nicht getraut, Bella zu erzählen, dass sich unsere Wege an diesem Tage trennen würden. Das hatte ich einfach nicht übers Herz gebracht. Sie war mir in der kurzen Zeit, die ich in Rust verbracht hatte, zur guten und verlässlichen Kameradin geworden, die für mich da gewesen war und auf mich aufgepasst hatte. So jemanden ließ man eigentlich nicht alleine zurück. Ich war mir sicher, dass Bella auch ohne mein Zutun überleben würde, da gab es keinerlei Zweifel. Aber diese Vertrautheit, die sich zwischen uns innerhalb kürzester Zeit entwickelt hatte, das konnte man doch nicht einfach so aufkündigen, indem man sich klammheimlich aus dem Staub machte.

Ich hatte keine Ahnung, woher sie damals gekommen war, und auch in Rust schien niemand etwas über ihre Herkunft zu wissen. Sie schien wie ein unbekanntes Wesen, das sich für ein paar Tage zu mir gesellt hatte, um danach wieder in ihre raum- und zeitlose Heimat zurückzukehren. Auf meine Frage, ob sie sich vielleicht dem Poidl anschließen wolle, hatte ich keinerlei Regung von Bella registriert. Also hatte ich beschlossen, sie im Hof der Villa zurückzulassen. Es gab genug Löcher im Zaun und somit ausreichend Möglichkeiten, um dorthin zu gehen, wo sie hergekommen war. Für den Fall, dass sie Sehnsucht nach mir haben sollte, klebte ich eines der Fotos, mit denen Vitos Leute nach mir gesucht hatten, auf die Holzlatten des Schupfens. Das war natürlich ein sentimentaler Scheiß, und ich wusste, dass der Winter das Foto nach spätestens einer Woche hinfortgefegt haben würde. Aber so ganz ohne Sentimentalität ging es halt nicht. Vor allem, wenn man seinen Kollegen, mit dem man einst gemeinsam an denselben Baum gepinkelt hatte, einfach so stehen ließ.

»Du bist die Beste«, sagte ich zu ihm und drückte ihn ganz fest an mich. Dann beeilte ich mich, die Tür hinter mir zu schließen.

»Und du willst wirklich nicht bleiben?«

Die Taxiprucknerin schien die Beweggründe für meinen Abschied nicht so ganz nachvollziehen zu können. Das ging mir ganz ähnlich. Aber nur weil man etwas nicht verstehen konnte, hieß das ja noch lange nicht, dass man es nicht trotzdem tun musste. Mit meiner Anwesenheit hatte ich die ganze Stadt in Gefahr gebracht. Die Fantasinos waren zwar verhaftet worden. Und wenn ich Stefan Krammer gestern Abend im Steinbruch richtig verstanden hatte, ging die Polizei sogar davon aus, dass einer von ihnen Daniel Sonnleitner erschossen hatte. Krammer und seine Leute waren sich nicht sicher ob des Motivs. Wenn die Fantasinos mir schon bei meinem nächtlichen Besuch in Sonnleitners Haus auf der Spur gewesen waren und Sonnleitner in der Dunkelheit mit mir verwechselt hatten, wäre das eine plausible Erklärung gewesen. Alles andere mussten die Ermittlungen zeigen.

Aber auch wenn die Fantasinos hinter Gittern landeten, bedeutete das für mich keine Sicherheit. Dort, wo sie herkamen, gab es noch viel mehr von dieser Sorte. Und es bestand kein Zweifel daran, dass Vito nun wusste, wo ich mich versteckte. Würde er also die Lust auf Rache nicht verlieren, wäre es nur eine Frage der Zeit, bis die nächsten Gorillas von ihm hier auftauchen würden. Und die Chancen standen gut, dass die dann nicht so einfältig daherkamen wie ihre beiden Vorgänger.

»Ich kann nicht bleiben«, sagte ich und pflanzte mich auf den Beifahrersitz. »Aber vielleicht komme ich mal wieder, und dann zeigst du mir den See. Den habe ich nämlich noch immer nicht wirklich gesehen. Geschweige denn die Burgen, die dem Land seinen Namen geben.«

»Du bist seit über einer Woche am Neusiedler See und hast den See noch nicht gesehen?«, fragte sie erstaunt. »Du kannst hier nicht wegfahren, ohne ihn zumindest ein Mal gesehen zu haben«, erklärte sie forsch, fast schon ein bisschen beleidigt. Sie wendete den Wagen und fuhr die B 52 in Richtung See, vorbei am Friedhof und am Willkommensschild der »Weinkaiser«-Stadt. Mit der linken Hand tippte sie eifrig auf ihrem Handy herum, während sie den Kombi mit der rechten Hand steuerte. Das schien hier generell eine weitverbreitete Taxifahrerangewohnheit zu sein, dachte ich mit Schaudern an den Limbeck Herbert zurück.

»Wer wird denn jetzt neuer Hauptdarsteller beim ›Weinkaiser‹, weiß man das schon?«, fragte ich sie, als sie das Handy endlich weggelegt hatte und wir beim Spritzenhaus die elegante Kurve nach rechts genommen hatten und anschließend auf den Conradplatz eingebogen waren.

»Nein, aber laut den aktuellen Gerüchten wird es irgendein Österreicher werden, der in irgendeinem Örtchen in Deutschland lebt. Wupperstadt oder so. Soll auch mal beim ›Tatort‹ mitgespielt haben. Hab vergessen, wie der heißt«, erklärte die Taxiprucknerin.

Wir ließen das mondäne Seehotel rechts liegen und fanden uns kurz danach auf einer schnurgeraden Straße wieder, die rechts und links von Schilf gesäumt war. So weit das Auge reichte, nichts als Schilf. Und hin und wieder linker Hand mal flache Dächer, die über dem Schilf zu schweben schienen.

»Das ist die Romantika-Siedlung«, erklärte Daniela. »Pfahlbauten, in denen es sich im Sommer herrlich am Wasser leben lässt. Sofern du nichts gegen den Besuch von Gelsen einzuwenden hast.«

»Seehütten? Im Schilf?«

»Die Hütten sind über künstlich frei gehaltene Kanäle mit dem See verbunden, damit man mit dem Boot rausfahren kann. Die Straße, auf der wir gerade fahren, ist ja auch nichts anderes als ein asphaltierter Kanal durch den Schilfgürtel, der künstlich angelegt worden ist.«

»Und warum heißen die Romantika?«

»Weil die Seehütten in diesem Bereich jeweils so angelegt worden sind, dass der Nachbar nicht reinspechteln kann«, beantwortete sie meine Frage und grinste mich an.

Ah ja.

Am Ende des asphaltierten Kanals stellten wir das Auto ab und legten die letzten Meter zu Fuß zurück. Hier befand sich quasi der Vorposten der Freistadt Rust, bevor die endlose Weite des Neusiedler Sees begann. Neben einem recht teuer wirkenden Lokal und einem weiteren Hotel gab es draußen auch einen Campingplatz und einen ziemlich großzügigen Yachthafen. Und, was ich besonders zu schätzen wusste, einen lang gezogenen schmalen Kiesstrand samt Liegewiese, der im Sommer wohl kostenlos benutzt werden konnte. Und offenbar auch im November. Denn ein Pärchen hatte sich bis auf die Unterwäsche der Kleidung entledigt und tummelte sich, begleitet von lauten »Ahhs« und »Uhhs«, im – laut Anzeige der Wetterstation – sieben Grad kalten flachen Wasser des Neusiedler Sees. Begutachtet wurde die seltsame Szenerie von Enten, Graugänsen und Möwen, die etwas entrüstet darüber schienen, dass ihnen jetzt auch im Winter die Menschen den Kiesstrand sowie die Liegewiese streitig machten.

Am Ende des Weges, der den See von der Liegewiese trennte, befand sich der Stützpunkt einer Segelschule. Dahinter führte ein einsamer Holzsteg ein Stück weit in den See hinein. Der Wind pfiff uns hier ordentlich um die Ohren und sorgte für eine niedliche Brandung. Die Wanten schlugen an die Masten der noch im Hafen liegenden Segelboote. Es entstand dadurch eine akustische Kulisse, die ich sonst nur mit dem Meer in Verbindung gebracht hatte. Das Sturmsignal auf dem gegenüber gelegenen Steg jagte ein oranges Warnsignal nach dem anderen hinaus in Richtung See. In einiger Entfernung war der gemächliche Flügelschlag eines Schwans zu hören. Kurz darauf kam er in unser Sichtfeld. Er flog mit einer majestätischen Eleganz so knapp über dem See, wie die Wellen es gerade so noch zuließen. Erst dachte ich, er startete. Dann setzte er zur

Landung an. Doch schließlich sahen wir ihm dabei zu, wie er tiefliegermäßig über den See zog, so wie ein Kampfflugzeug, das dem feindlichen Radar ausweichen will.

»Das ist er also, der See«, sagte ich bedeutungsschwanger.

»Ja, das ist er.«

Man konnte von diesem Vorposten nicht den gesamten See überblicken, ja nicht einmal einen kleinen Teil. Denn vorgelagerte Schilfinseln nahmen uns den Fernblick. So ungefähr stellte ich es mir auch im Stockholmer Schärengarten vor. Ein Yachthafen, ein Seebad und jede Menge Hütten an den Rändern der vorgelagerten Inseln.

»Vermisst du sie?«, fragte die Taxiprucknerin, nachdem wir einige Minuten hier gestanden und die raue Seebrise in unser Gesicht hatten fegen lassen. Ich verspürte keinerlei Drang, auf die Uhr zu schauen und die Zeit auszurechnen, die uns noch blieb, bis der REX den Eisenstädter Bahnhof in Richtung Wien verlassen würde. Sie musste keinen Namen nennen. Ich wusste, wen sie meinte. Und ohne dass ich auch nur einen Ton sagen musste, schossen mir die Tränen in die Augen. Daniela sah mir nicht ins Gesicht, doch sie schien zu spüren, dass ich gerade ziemlich mit meinem männlichen Stolz zu kämpfen hatte, der mir verbot, hier in der Öffentlichkeit rumzuheulen. Instinktiv legte sie mir ihre Hand auf den Rücken.

»Sie ist dort draußen«, sagte sie stattdessen, während meine Lippen zitterten und ich mich nach wie vor zusammenreißen musste, nicht wie ein kleines Kind loszuweinen. Ich kannte dieses Phänomen. Es drohte immer dann mich zu überwältigen, wenn ich meinem depperten Hirn erlaubte, an Luise zu denken. »Und sie wird immer für dich dort draußen sein.« Wir schwiegen uns eine Weile an. »Weißt, Nikolaus«, fuhr sie schließlich fort, »du weißt ja mittlerweile, wie das bei uns in Rust mit den Störchen ist. Wir sind es gewohnt, dass sie uns im August verlassen und wieder nach Afrika fliegen. Wir nehmen Abschied von ihnen, und das ist für alle total okay. Aber die Störche, die nicht ganz fit sind, die bleiben hier. Wer über den Winter hierbleibt, um den kümmern wir Ruster uns. Und ich glaub, das ist nicht die schlechteste Option«, erklärte sie und blickte mich mit ihren braunen Augen an, während ihre langen Locken mit dem Wind zu kämpfen hatten. »Und das ist jedenfalls besser, als irgendwo unterwegs draufzugehen.«

»Mhmm«, machte ich.

Das Telefon der Prucknerin begann, einen hektischen Klingelton von sich zu geben. Da benötigte wohl jemand ein Taxi.

»Entschuldige kurz«, sagte sie, nahm das Gespräch an und entfernte sich einige Meter von mir. Dabei wäre das gar nicht nötig gewesen, zumindest nicht aus Diskretionsgründen. Denn der Wind sorgte dafür, dass man ohnehin kein Wort verstand, wenn man sich nicht direkt gegenüberstand. Ich blickte mich um. Sah zum See hinaus. Und erblickte eine Person, die auf dem Steg hinter der Segelschule stand, eigentlich vielmehr wankte. So als ob sie jeden Augenblick vom Wind in den See gepustet werden würde. Ich setzte mich in Bewegung, wich den wild herumwirbelnden Zweigen des Baumes neben der Segelschule aus und betrat schließlich den Steg. Ich hatte gerade mein lebensrettendes »Hey!« geschrien, als ich bemerkte, dass ich mir das hätte sparen können. Und im selben Augenblick realisierte ich auch, wer da auf den Zehenspitzen an der Kante des Steges herumbalancierte.

»Hallo, Oppa«, sagte sie. Ah ja, ich wollte ja eigentlich noch etwas im Oxford Dictionary nachschauen. Ganz vergessen. »Was führt Sie denn zum See?«

Jennie war, abgesehen von der kleinen Nicole, die jüngste meiner Ruster Bekanntschaften. Und doch war die Tochter von Rudolf Schumich die Einzige, die mich konsequent siezte.

»Vielleicht suche ich ja auch meine Seele«, antwortete ich.

»Dann haben Sie sich den besten Platz dafür ausgesucht. Zumindest im Winter. Im Sommer ist es hier genauso überlaufen wie an fast allen anderen Orten direkt am See.«

»Sie wissen doch aber sicher, wo man in der warmen Jahreszeit trotzdem ein fesches Platzerl am See findet.«

»Natürlich«, sagte sie. »Zeige ich Ihnen im Sommer.« Erst jetzt fiel mir auf, dass neben ihr auf dem Holzsteg eine Krähe saß, der der Sturm nicht das Geringste auszumachen schien. Sie reckte ihr kleines Köpfchen in den Wind wie ein Stormchaser sein Windmessgerät, wenn ein Tornado aufzieht. War die vorher schon da gewesen? »Das ist Josefine«, sagte Jennie, als sie meinen irritierten Blick zum schwarzgrauen Vogel bemerkt hatte.

»Ihr Haustier?«, fragte ich.

»So was in der Art.«

»Ich dachte, hier gibt's nur kitschige Wasservögel und Störche«, ließ ich den Hobbyornithologen in mir zu Wort kommen.

Sie nahm das Gesagte auf und beließ es dabei, während sie zu den Schilfhütten auf der anderen Seite des kleinen Belts blickte. Die sahen alle ziemlich verlassen aus, nur am Steg einer Hütte war ein Segelboot vertäut.

»Warum haben Sie mir eigentlich auf dem Friedhof geholfen?«, stellte ich ihr eine Frage, die ich schon seit unserer ersten Begegnung im Kopf hatte. »Sie hätten ja auch genauso gut die Polizei rufen können, anstatt mir dabei zu helfen, den Stabanker im Grab der Familie Forstner zu verscharren.«

»Hätte ich machen können«, sagte sie, den Blick nach wie vor auf das gegenüber gelegene Schilfufer gerichtet. »Aber Zuagraste sollten zusammenhalten, finden Sie nicht?«

»Zuagrast? Sie sind doch hier geboren«, stellte ich fest.

»Mein Körper wurde hier geboren, ja«, antwortete sie. »Aber meine Seele ist nicht von hier. Keine Ahnung, was ich in meinem früheren Leben ang'stellt habe, dass ich vor vierundzwanzig Jahren in Rust gelandet bin.«

Ich konnte mir ein Lächeln nicht verkneifen. Petra Schumich, die sich selbst, warum auch immer, Jennie nannte, war eine seltsame junge Frau. Unnahbar und total durchgeknallt, zumindest in den Augen eines »Oppas«.

»Warum nennen Sie mich eigentlich Oppa?«

»Wir müssen los!«, hörte ich auf einmal die Prucknerin hinter mir rufen.

»Ihr Typ wird verlangt«, sagte Jennie, die dabei nach wie vor, sekundiert von Josefine, aufs unruhige Wasser starrte.

»Passen Sie auf sich auf«, sagte ich und machte mich auf den Rückweg.

»Aus der Frau wird man nicht schlau«, sagte ich, als ich am Festland bei der Prucknerin angekommen war.

»Von wem sprichst du?«, fragte sie.

»Von der …«, begann ich zu antworten und drehte mich um. Ich sah zurück zum Steg, die Prucknerin nun ebenso. Doch da war niemand zu sehen. Keine Jennie. Keine Josefine. »Ach, nichts«, sagte ich.

Gute Reise!

Während des Fußmarsches zurück zum Auto und während der Fahrt über den Damm schwiegen wir uns an.

»Was hast eigentlich mit der Bella g'macht?«, fragte sie erst, als wir den Damm hinter uns gelassen hatten und wieder in Downtown Rust waren.

»Die ist vor mir alleine zurechtkommen, und sie wird das wohl auch in Zukunft alleine schaffen«, antwortete ich. »Das Gaspedal ist übrigens rechts«, erklärte ich. Mir war das Bella-Thema unangenehm. Und ich wollte wenigstens den REX um zehn Uhr siebenundzwanzig erwischen. Und vor allem wollte ich nicht noch mal in Verlegenheit geraten, von Daniela auf Luise angesprochen zu werden. Und überhaupt.

»Du kommst schon noch früh genug weg von uns, keine Sorge«, antwortete sie, ohne das Tempo maßgeblich zu erhöhen.

Hinter dem Seehotel bogen wir wieder rechts in die Hauptstraße ein. Und bereits von Weitem sah ich nun, dass dort einige Leute standen. Und das Seltsame an der Szenerie war, dass mir die meisten dieser Menschen sehr bekannt vorkamen. Da war tatsächlich auf Höhe des Platzes vor der Elfenhof-Vinothek ein kleines Abschiedskomitee zusammengekommen. Castle war mit seiner Frau und seinem drohnenliebenden Kind gekommen, Rudolf Schumich ebenfalls mit seiner Gattin, Alfred Dachs und Johannes Pruckner. Herbert hielt einen überdimensionalen Stoffstorch in die Höhe, dessen lange Beine durch sein hektisches Winken wie Geschosse durch die Luft geschleudert wurden. Der Drei-Länder-Mann und einige weitere Personen, die ich vom Spritzenhaus sowie von der Leopoldsnacht kannte, hatten sich ebenfalls eingefunden. Poidl hielt einen großen Zettel in die Höhe, auf dem er mit einem schwarzen Edding in einer alles anderen als schönen Schreibschrift »Gute Reise« geschrieben hatte.

Alfred Dachs postierte sich schließlich in seinen Birkenstock-Sandalen mitten auf der Straße, sodass die Prucknerin das Taxi anhalten musste. Ich kurbelte das Fenster runter, und Dachs hielt mir ein kleines braunes Papiersackerl entgegen. »Möge er dich beschützen«, sagte er und trat einen Schritt zurück auf den Gehweg.

Die Taxiprucknerin fuhr weiter. Ich wackelte mit der Hand und kam mir dabei vor wie die englische Königin, die an ihrem jubelnden Volk vorbeikutschiert wird. Ich beeilte mich, schnell zur anderen Seite aus dem Fenster zu schauen, denn nun begannen erneut dicke Kullertränen aus meinen Augen zu laufen. So ein sentimentaler Scheiß. Den Blick auf die andere Straßenseite zu richten, erwies sich nur im ersten Moment als gute Idee. Denn vor einem der bunten Häuser stand die kleine Nicole Karner mit ihrer Mutter aus dem Quelle-Katalog. Auch sie winkten mir zu. Also waltete ich meines Amtes und hob erneut meine Flosse. Eine rührendere Abschiedsszene hätten die Drehbuchautoren des »Weinkaisers« sicherlich auch nicht hinbekommen.

Dieses ehrliche Abschiednehmen mit den betrübten Gesichtern traf mich mit einer emotionalen Wucht, die ich so nicht erwartet hatte. Die ich so nicht kannte. Die Leute hier hatten irgendeinen Knopf in mir gedrückt, über dessen Existenz ich selbst zuvor nicht Bescheid gewusst hatte. Im Rückspiegel sah ich, wie das Abschiedskomitee nun gesammelt auf der Hauptstraße stand und dem Auto der Taxiprucknerin hinterhersah. Poidl hielt immer noch seinen Zettel in die Höhe. Wie gesagt, sentimentaler Scheiß.

Ich war ziemlich froh, dass Rust recht überschaubar war, wir die kleine Stadt bald hinter uns lassen würden und diese Fahrt, wie langsam auch immer die Taxiprucknerin vor sich hin kriechen würde, bald ein Ende nehmen würde. Beim Spritzenhaus stand Josef. Die Bürgermeisterin winkte mit einem weißen Taschentuch. Ich erwiderte den Gruß. Auf Höhe des Bahnhofsheiserls sah ich demonstrativ zu meiner Fahrerin. Hätte ich in diesem Moment auch noch Bella vor dem Haus sitzen sehen, egal, ob mit Taschentuch oder Schild oder einfach nur so, ich wäre wohl auf der Stelle aus dem Auto gesprungen. Und so ließen wir Rust und das Transparent der Bürgerinitiative sowie die mittlerweile verjährte Ankündigung der heurigen Leopoldsnacht hinter uns. Das Transparent würde die Bürgerinitiative bald abnehmen können, denn noch am Abend zuvor hatte die Kunde die Runde gemacht, dass Maximilian Plünder Abstand von einer Investition in das ungarische Hotelprojekt nehmen wollte. Zudem waren Gerüchte aufgekommen, wonach der Steinbruch auf mögliche Verunreinigungen aus der Vergangenheit hin untersucht werden solle. Kein Wort von Asbestfässern war gefallen. Das war mir in diesem Moment aber auch gar nicht so wichtig, Hauptsache, die Fässer wurden entsorgt.

»Hat's dir denn g'fallen, da bei uns?«, fragte die Taxiprucknerin, als wir Trausdorf hinter uns gebracht hatten und an den Hängen der Hügel bereits Eisenstadt zu sehen war.

»Welchen Teil meinst du?«, erwiderte ich. »Von der hiesigen

Polizei für einen Mörder gehalten zu werden? Mir beim Abstieg aus dem Hotelzimmer der Fantasinos Rosendornen in die Finger zu jagen? Oder den Moment, in dem die Mafiosi kurz davor waren, mich entweder zu erdrücken oder zu erschießen?«

Die Taxiprucknerin lachte.

»Tu mal nicht so wehleidig. Es gab doch sicher auch schöne Momente hier.«

»Jaja«, beruhigte ich sie. »War eh okay.«

»Überschlag dich mal nicht vor Begeisterung«, sagte sie und lachte erneut. »Ich würd mich jedenfalls freuen, wenn du wieder mal bei uns vorbeischauen würdest.«

»Ach so?«, fragte ich.

»Ja, sicherlich. Die Fahrten mit dir waren schon recht lustig. Und immerhin wurde ich mal wieder geküsst. Das kommt nicht so oft vor.«

Wieder dieses Lachen.

»Kannst du mir das erklären?«, fragte ich meine Chauffeurin.

»Was denn?«

»Warum verabschieden mich deine Leute so herzlich? Als Außenstehender hätte man meinen können, da verlässt ein großer Sohn seine Heimatstadt. Dabei bin ich doch nur ein Zuagraster g'wesen.«

Die Taxiprucknerin überlegte einen Moment.

»Weißt, Lauda«, sagte sie, und es war das erste Mal, dass sie meinen Nachnamen aussprach, »die Leute hier haben in den vergangenen Jahrhunderten viel mitgemacht. Da entwickelt man im Lauf der Generationen ein G'spür dafür, wer es ehrlich mit einem meint und wer nicht.«

Ich ließ das ein bisschen sacken. Nicht zu lange, weil da gab es ja noch eine Frage, die ich loswerden wollte.

»Sagt dir der Name Iceman etwas?«, fragte ich sie schließlich, als wir in Eisenstadt auf dem kleinen Bahnhofsvorplatz vorfuhren.

Martin stand als einziger der kleinen Stadtbusse auf seinem Platz und wartete auf fahrwillige Gäste.

»Iceman?«, wiederholte sie. »Du meinst das Schnittchen aus ›Top Gun‹?«

»Eher nicht«, antwortete ich, nicht wissend, ob Val Kilmer in dem Film an der Seite von Tom Cruise in den Augen von Daniela ein Schnittchen gewesen war. »Gab es hier bei euch mal jemanden, der sich so nannte? Oder jemand, der von anderen Iceman genannt wurde?«

Die Taxiprucknerin hatte auf dem länglichen Parkplatz neben dem Bahnhofsgebäude angehalten. Als die Tür zu Monikas Bahnhofsrestaurant geöffnet wurde, drang laute Schlagermusik zu uns herüber. Drei Autos weiter lungerten zwei Jugendliche vor ihrem blauen VW Golf herum. Die Getränke, die sie in Händen hielten, erweckten nicht den Anschein, als ob sie die Fahrtüchtigkeit der Burschen verbessern würden.

»Ja, ich glaube, da gab es früher mal jemanden bei uns, der sich selbst so genannt hat.« Sie hatte meine vollste Aufmerksamkeit. »Aber ich komme gerade nicht drauf.«

»Meld dich, falls es dir einfällt«, bat ich sie, und die Taxiprucknerin nickte. Anschließend half sie mir, meinen Koffer und den Rucksack aus dem Kofferraum zu wuchten.

»Wo sind jetzt eigentlich die Burgen im Burgenland?«

»Die zeige ich dir bei deinem nächsten Besuch«, antwortete sie.

»Woher willst du wissen, dass ich noch mal herkomme?«

»Wer einmal hier war, kommt immer wieder«, erklärte sie selbstbewusst. »Zum Abschied sagt man leise Servus«, sagte sie schließlich und gab mir die Hand.

»Servus«, sagte ich leise.

Sie stieg ins Auto ein und startete den Motor. »Und wennst mal wieder ein Taxi brauchst, ruf mich an«, waren ihre letzten Worte an mich. Das Seitenfenster wurde langsam hochgefahren, und es war noch nicht ganz oben angekommen, da fuhr die eierschalenfarbene Familienkutsche schon los. Ich sah ihr einige Zeit hinterher, bis sie nicht mehr zu sehen war. Danach setzte ich das schwarze Kapperl auf, das Castle aus Güssing mitgebracht hatte, schlich zum Fahrkartenautomaten und drückte einige Male auf dem Display herum. Kurz bevor der Kauf abgeschlossen war, fragte mich die Maschine, ob ich auch eine Rückfahrkarte haben wollte. Ich hielt für einen Moment inne und drückte schließlich das rote Feld mit dem weißen Kreuz. Dann schlenderte ich zum Bahnsteig.

Noch war kein Zug zu sehen. Ich nahm auf einem der auf dem Bahnsteig verteilten Dreiersitze Platz und warf einen Blick in das braune Papiersackerl, das mir Alfred Dachs in die Hand gedrückt hatte, als er uns auf der Hauptstraße abgepasst hatte. Kurz danach hielt ich einen gelb-blauen Kristallschädel in Händen. Er war nicht sehr groß, passte aber gut in meine Hand. Blau und Gelb. Das waren die Farben des Essener Stadtwappens. Ob Dachs das gewusst hatte? Oder hatte dieser Schädel Dachs eine unbewusste Botschaft gesendet? Oder war es einfach nur Zufall? Ich entschied mich für Letzteres und steckte ihn in eine der Innentaschen meiner Jeansjacke.

Dann kündigte sich der REX an. Ich stand auf und spürte einen Gegenstand unter meinem rechten Schuh. Reste eines grünen Lollis kamen zum Vorschein. Ein letztes Abschiedsgeschenk von Desiree, der Tochter der Taxiprucknerin. Ich kratzte das klebrige Zeug ab und stellte mich am Bahnsteig auf. Mein Zug fuhr ein. Der Fahrtwind, den er im Gepäck hatte, ließ die gefühlte Temperatur noch mal um ein oder zwei Grad sinken.

Das Vibrieren meines Handys signalisierte das Eintreffen einer Kurznachricht. Ich kramte das Smartphone aus einer der zahlreichen Jackentaschen. Die Taxiprucknerin hatte geschrieben: *Jetzt ist es mir doch noch eingefallen: Maximilian Plünder hat sich früher Iceman genannt. Aber warum wolltest du das wissen?*

Die Türen öffneten sich. Und wie man das als wohlerzo-

gener Mensch macht, ließ ich zuerst die Handvoll Leute aus-
steigen, die Eisenstadt an diesem Tag zu ihrem Ziel erkoren
hatten. Für einen Moment ertappte ich mich dabei, auf diese
Menschen neidisch zu sein. Sie gehörten hierher. Sie hatten ein
Ziel. Sie hatten eine Struktur und einen vorgegebenen Ablauf.
Sie hatten vielleicht Menschen, zu denen sie am Ende eines
Tages zurückkehren und von ihrem Tag und ihren Erlebnissen
erzählen konnten.

Und was hatte ich?

Danksagung

Was einer nicht schafft, das schaffen viele. Dieses ursprünglich genossenschaftliche Motto liegt auch »Tod am Neusiedler See« zugrunde. Ohne die Unterstützung der Ruster Bevölkerung hätte Nikolaus Lauda seine Herausforderungen nicht meistern können. Genauso wäre »Tod am Neusiedler See« niemals realisiert worden, wenn mich nicht so viele Personen im Entstehungsprozess des Buches unterstützt hätten.

Die Leopoldsnacht ist eine Erfindung von mir, ansonsten findet sich aber sehr viel im Buch, das es so oder so ähnlich tatsächlich in Rust und Umgebung gibt. Die dafür notwendige inhaltliche Recherche wurde mir wesentlich durch Stadtführer Gerald Szivacz und Mathias Szöke vom Magistrat der Freistadt Rust erleichtert. Wertvolle Informationen zur Tätigkeit des Storchenvereins steuerte dessen Obmann Josef Karassowitsch bei. Hans H. Piff, Initiator des Hianzischen Wörterbuchs, war bei der Verwendung der hianzischen Passagen behilflich. Dietmar Baurecht lieferte mir wertvolle Kontakte für die Recherche vor Ort. Besagte Vor-Ort-Recherche wäre nicht möglich gewesen ohne die logistische Unterstützung von Christian (Fotos), Elisabeth sowie vom Latein-Harry.

Dank gebührt ebenfalls meinen Testleser*innen Christina, Elisabeth, Laurenz und Natalia, ohne deren Feedback sich wohl so mancher Fehler im Manuskript versteckt hätte. Dass in dieser Hinsicht nichts durchgerutscht ist, dazu hat auch meine Lektorin Christiane Geldmacher einen entscheidenden (und sehr unterhaltsamen, danke dafür!) Beitrag geleistet. Wertvolle Informationen zur Polizeiarbeit kamen wie immer von Steffi, Ully checkte medizinische Details; und Hintergrundinfos zu regionaltypischen kulinarischen Highlights steuerte Stefanie bei.

Der größte Dank gebührt meiner Frau und meinem Sohn,

die nicht nur stets Verständnis dafür haben, was sich ihr schreibender Ehemann und Vater so in den Kopf setzt – sondern die dies sogar auch noch mit Rat und Tat unterstützen. Ohne euch ist alles nichts!

Spende für den Storchenverein der Freistadt Rust:

Einen Teil meines aus diesem Buch resultierenden Autorenhonorars spende ich dem Storchenverein der Freistadt Rust. Wenn auch Sie die wertvolle Arbeit des Vereins unterstützen wollen, können Sie dies mit einer Spende an folgende Bankverbindung tun: Raiffeisenbank Rust, AT95 3301 2000 0191 1585.

Weitere Informationen finden Sie unter www.storchenverein.at.